*Kreta in der Bronzezeit*

Heike Wolff

# DER UNTERGANG VON PHAISTOS

*Ein Bronzezeitroman über den Untergang der Minoer auf Kreta.*

istolé

Heike Wolff:
Der Untergang von Phaistos.

ISBN: 978-3-910347-04-5
ISBN E-Book (EPUB): 978-3-910347-05-2
ISBN E-Book (ePDF): 978-3-910347-12-0

1. Auflage 12/2022


Umschlaggestaltung: Marta Bosso, AKRES Publishing
Schrifttypen: Fira Sans by SIL Open Font License 1.1, Linux Libertine by SIL Open Font License 1.1, Rodetta Rossie by Brandsemut Nr. 2403 (Marta Bosso Project)
Druck und Bindung: Vogel digital, 79263 Simonswald; BoD GmbH, 22848 Norderstedt

Verlag: *istolé* Belletristik, ein Imprint im Verlag AKRES Publishing
Remscheider Straße 45, D-42369 Wuppertal
Tel.: 0049 (0)202 5198830, Telefax: 0049 (0)202 2447651
E-Mail: info@akres-publishing.com

*Besuchen Sie uns im Internet:* www.akres-publishing.com

**Bibliographische Information der Deutschen Nationalbibliothek:**
Die Deutsche Nationalbibliothek verzeichnet diese Publikation in der Deutschen Nationalbibliografie; detaillierte bibliografische Angaben sind im Internet über http://dnb.ddb.de abrufbar.

»Kreta«, murmelte ich,
»Kreta«, und mein Herz schlug rascher.

Nikos Kazantzakis in Alexis Sorbas, 1946

# Inhalt


Sturm an der libyschen Küste 9

Am Vorabend des Äquinoktiums 13

Die Wiederkehr des Lichts 27

Oreichares' Entscheidung 39

Die Knöchelchen haben gesprochen 51

Schwestern 61

Elikos Ruf 67

Narr und Närrin 73

Awesus Zuflucht 85

Hartes Brot und dünner Wein 97

Im Schutz der Erdgöttin 105

Beim Schärfen der Axt 113

Ein Handel in Kydonia 117

Spielball der Götter 135

Vom Aufschieben des Unvermeidlichen 147

Die Liebe zur Musik 153

Die Taube in den Wolken 165

Löwenhatz 175

Andere Sitten 187

Die Zahl des Lebens 195

Die Ballade von Ilithyia und Paredros 203

Die Scherben des Tages 219

Ein diebischer Affe 233

Der Lauf des Stiers 251

Zäsur 273

Ein Schritt nach dem anderen 285

Das Blut des Archons 301

Die Berge sind an Schnee gewöhnt 311

Welchanos' Geist 329

Aus der Asche von Phaistos 341

Ein Schimmer Türkis 349

Nachwort 351

# Sturm an der libyschen Küste

Der Winter wollte in diesem Jahr nicht enden. Seit Wochen zeigte jeder Tag ein anderes Grau. Stürme jagten tiefhängende Wolken über das Meer. Manchmal hielten sie für ein paar Stunden inne, nur um dann mit neuer Kraft die See aufzuwühlen und die bleiernen Wogen gegen die Felsen vor der Küste zu schmettern. Dazu trommelte ununterbrochen Regen auf die krummen Wacholderbäume in den Dünen und die schiefen Lehmhütten dazwischen. Er führte den feinen Sand aus der Wüste mit sich und hinterließ überall eine braune Schicht, die sich in jeder Ritze und jedem Gewebe festsetzte.

Unbeeindruckt vom Tosen der Brecher stand eine Frau am Ufer. Obwohl die gerundeten Schultern und der breite Stand verrieten, dass sie schon viele Jahre gesehen hatte, haftete ihrem Gestus, der Art, wie sie das Kinn erhoben trug, etwas Herrschaftliches an. Ihre bloßen Füße blieben gerade außerhalb des Schaumteppichs, den die Wellen auf den Strand rollten. Jeden Morgen kam sie hierher und starrte hinaus zu dem Schiff, das hinter der zerklüfteten Felsbarriere in der aufgepeitschten See krängte. Gegen die feuchte Kälte wickelte sie sich in eine gemusterte Decke in Rot, Orange und Violett. Die grauen, noch kräftigen Haare bändigte ein buntes Tuch. Vor der Kulisse aus Grautönen wirkte sie wie ein Versprechen, dass auch dieser Winter endete, Meer und Himmel zu ihrem Blau und Türkis zurückfanden und der rosafarbene Muschelsand die Wärme der Sonne speicherte.

Der Regen tropfte durch das Dach aus Zweigen, unter dem Kapetan Makar saß und die Frau beobachtete. Erste weiße Fäden zogen sich durch sein Haar, das ihm bis auf die Schultern fiel. Sein sehniger Körper verriet die harte Arbeit, an die er gewohnt war, obwohl er sich jetzt schlaff von all der Langeweile fühlte. Gedankenverloren ließ er den Feigenschnaps im Becher kreisen. Es war viel zu früh dafür. Allerdings ließ ihn das warme Brennen in seinem Bauch die Wochen ertragen, die er in diesem Nest mit seinen schlammigen Wegen und verrußten Hütten festsaß.

Anfangs, nachdem der Sturm sein Schiff beschädigt und ihm ein Drittel seiner Männer genommen hatte, war noch genug zu tun. Gegen die Reste der Ladung, die das Unwetter übriggelassen hatte, tauschte er Holz ein, um den Rumpf zu reparieren. Rasch ließen sich Männer anheuern, die die Aussicht auf Abenteuer und fremde Länder lockte. Seitdem verlief jeder Tag gleich: Sturm. Regen. Kalte Feuchtigkeit, die in seine Knochen kroch. Und dieser Sand. Mit der Zunge fuhr er sich über die Zähne, das raue Gefühl in seinem Mund blieb. Er war in einem Alter, in dem morgens die Gelenke steif waren, und so vermisste er die dicken Mauern und warmen Feuer seiner Heimat. Nur das Wetter musste noch mitspielen, damit er in See stechen und diesen trostlosen Ort hinter sich lassen konnte. Er nahm einen Schluck, um den staubigen Geschmack hinunterzuspülen.

»Darf ich mich zu dir setzen?«

Makar stellte den Becher weg. Vor seinem Tisch stand die Frau in der bunten Decke.

»Nur zu.« Er wies auf den Platz gegenüber und betrachtete sie genauer.

Die Falten, die das Alter in ihr Gesicht gegraben hatten, verrieten ein hartes, doch auch freudiges Leben. Sie war älter, als er gedacht hatte. So alt wie seine Mutter vielleicht, wenn sie noch am Leben wäre. Umständlich ließ sie sich auf dem Kissen nieder und nahm die Hände zu Hilfe, um die Beine unterzuschlagen. Dabei rutschte die bunte Decke über ihre Schultern und gab den Blick auf eine auffallende Kette frei, an der drei Achatkugeln baumelten.

»Wie üblich?«, fragte der Bärtige, dem das Haus gehörte und der Reisenden hier einen dünnen Sud aus Salbeiblättern, Schnaps und, wenn man Glück hatte, auch etwas zu essen anbot.

Ein Funkeln trat in ihre Augen. »Ich nehme das Gleiche wie er.« Ihre Stimme klang kratzig und das lag nicht allein an der kehligen Sprache, in der sie hier redeten.

Bis der Schnaps kam, schwieg sie. Makar fragte sich, warum sie sich zu ihm gesetzt hatte. In all den Wochen, in denen er jeden Tag unter diesem Dach verbracht hatte, kam sie das erste Mal zu ihm. Er hatte gesehen, wie sie am Ufer stand und zu seinem Schiff hinausstarrte. Irgendwann begann sie, ihn mit einem Nicken zu grüßen.

Als der Schnaps vor ihr stand, hob sie den Becher und prostete ihm zu. Ihm fiel die dünne, helle Linie an ihrem Unterarm auf. Eine alte Narbe.

»Der Regen endet morgen«, sagte sie zu seiner Überraschung in seiner Sprache. Ihre Betonung wirkte ungelenk, als hätte sie diese Worte schon lange nicht mehr benutzt. »Dann wirst du nach Kreta segeln.«

»Du bist gut unterrichtet.«

»Nimm mich mit.« Sie sagte es geradeheraus, ließ keinen Zweifel, dass sie es ernst meinte.

Makar lachte auf. »Warum sollte ich das tun? Du bist eine alte Frau. Ich bezweifle, dass du die Reise überstehst.«

»Es soll nicht dein Schaden sein. Hier.« Sie nahm die Kette ab, schob sie in die Mitte des Tisches.

Makar ließ sie liegen.

»Sie bedeutet mir viel. Mehr bedeutet mir, ein letztes Mal nach Kreta zu kommen.«

Er horchte auf. »Du warst bereits auf der Insel?«

»Ich will dort sterben.«

»Was sagst du da?«

»Lass mich dir meine Geschichte erzählen.«

Der Regen sang auf dem Blätterdach. Die See brandete hart auf die Klippen. Heute geschah nichts Besonderes mehr. Warum also nicht?

Sie nahm noch einen Schluck, als wollte sie sich Mut antrinken. Die Augen auf den Horizont geheftet, begann sie:

»Jedes Mal, wenn ich an Kreta denke, schlägt mein Herz schneller und eine Sehnsucht dringt in die Fasern meines Körpers. Dann gehe ich zum Strand hinunter, laufe durch den Sand, der sich zwischen meine Zehen presst, bis das Meer an den Füßen zieht, und ich schaue nach Norden. Dort liegt sie, meine Insel, meine Heimat. Wie viele Jahre ist es her, dass ich über die rote Erde schritt, der Duft von Zedern und Lorbeer mich umfing? Ich weiß es nicht genau. Die Tage hier ziehen dahin wie die Wellen. Das Land in meinem Rücken erstreckt sich ausgedörrt bis zum Horizont. Das ganze Jahr über weht einem der Wind den Staub ins Gesicht, der sich in den Augenwinkeln absetzt und in die Ohren kriecht. Wie vermisse ich die Olivenhaine mit silbrig schimmernden Blättern, die schroffen Gipfel, deren Spitzen weit ins Jahr hinein der Schnee bedeckt, und die sprudelnden Bäche in den Eichenwäldern. Ich erinnere mich an unsere Stadt auf dem Hügel: gepflasterte Wege, marmorverkleidete Wände, auf denen gemalte Szenen von Frohsinn und Schönheit künden. Das Meer liegt wie ein glänzender Spiegel zur Linken, zur Rechten erhebt sich das Gebirge, dessen Namen ich trage. Dazwischen erstreckt sich fruchtbares, grünes Land, ein üppiger Garten, der den Menschen seinen Reichtum schenkte. Meer und Berge sind immer noch da und werden die Ewigkeit überdauern, doch mein Kreta gibt es nicht mehr. Phaistos ist untergegangen. Hier an diesen fremden Gestaden erzähle ich seine Geschichte, damit sich jemand erinnert, wenn ich es nicht mehr kann.«

# Am Vorabend des Äquinoktiums

Meine Geschichte beginnt im Frühjahr auf dem Kofinas, dem heiligen Berg. Wie ein umgedrehter Korb liegt die Felsenkuppe auf dem Höhenrücken, der die Ebene nach Süden hin begrenzt. Seine Spitze neigt sich grüßend dem Meer zu. Aus der Ferne wirkt er glatt und einladend. Von seinem Fuß aus aber betrachtet gleichen die zerklüfteten Felsen einem riesigen Palisadenzaun, der Fremde fernhalten soll. Ich erinnere mich daran, wie sich der Himmel gleißend blau über uns wölbte und das Meer am Horizont in einer klaren Linie endete. Tief unten erstreckte sich die Ebene von Ost nach West. An ihrem Rand verrieten helle Flecken die Dörfer. Nach Norden ragten die gigantischen Berge mit ihren Mützen aus Schnee wie eine Wand auf.

Auf dem Gipfelplateau half ich Pareia, die Feier zur Wiederkehr des Lichts vorzubereiten. Morgen befanden sich Licht und Dunkelheit im Gleichgewicht. Die Sonne würde über der östlichen Kante des Plateaus erscheinen und genau gegenüber untergehen. An diesem Tag baten wir Ilithyia um reiche Ernte, um fruchtbare Herden und kräftige Nachkommen.

Die Hitze hatte von Jahr zu Jahr zugenommen und der letzte Sommer brachte die fürchterlichste Dürre, an die wir uns erinnern konnten. Das Getreide verdorrte auf den Feldern und die Obstbäume verloren im Erntemond ihre Blätter, die Früchte blieben klein und hart. Zum ersten Mal in meinem Leben fiel der flache See in der Ebene trocken und aus dem Lithaios, der ihn speiste und Phaistos das Wasser lieferte, ragten kopfgroße Rundsteine wie kleine Inseln, die dünne Rinnsale umspülten, bis sie schließlich ganz versiegten. Jetzt waren die Pithoi leer, in den Lagern huschten Mäuse über freie Flächen.

Das Volk von Phaistos brauchte ein fruchtbares Jahr. Umso wichtiger war es, dass das Ritual morgen perfekt lief. Wenn uns die Götter nicht erhörten, dann würden im nächsten Winter Kinder verhungern und Alte dahinsiechen.

Pareia umwickelte die beiden Doppeläxte neben dem Altar mit Olivenzweigen. »Du strahlst von innen heraus, Ide«, sagte sie.

»Dazu habe ich auch allen Grund«, antwortete ich, während ich Stoffbahnen an die Stützen knotete, damit sich morgen ein Baldachin über den Plätzen von Vater und Großvater spannte.

»Der Kapitän?«

Ich nickte. Seit dem Erntefest im letzten Herbst traf ich mich mit Geros, dem obersten Kapitän der Flotte unseres Vaters. Geros hatte auf alle Fragen eine Antwort, er stand zu seinen Überzeugungen und obendrein zeigten sich Grübchen in seinen Wangen, wenn er lachte.

»Die Zeit der Winterstürme ist bald vorbei.«

Ich schluckte. Der Gedanke saß mir schon seit Tagen wie ein schlechtgekautes Stück Teig im Hals. Geros bereitete die Schiffe vor. In wenigen Wochen brach er nach Ägypten auf. »Morgen wollen wir Vater erzählen, dass wir zusammengehören und ihn um die Hochzeitszeremonie bitten, bevor Geros aufs Meer fährt. Dann wirst du uns den Segen der Götter bringen.« Ich hob den Kopf und lächelte sie an. Als Hohepriesterin leitete Pareia jedes Ritual. Wenn ich nach Vaters Tod auf dem Thron von Phaistos saß, Geros an meiner Seite, war es ihre Aufgabe, die Götter anzurufen.

Sie stellte die Doppelaxt in den Halter. »Es wird Zeit, dass er sich eine Braut nimmt. In seinem Alter und in seiner Position gehört es sich, dass ein Mann eine Familie gründet.« Sie stach mit dem Zeigefinger in meine Richtung. »Und du bist eine gute Partie, kleine Schwester.«

»Er liebt mich.« Ich lächelte bei diesen Worten. »Und ich ihn. Bei ihm fühle ich mich vollständig. Als ob ein Teil von mir wieder da ist, den ich verloren hatte. Verstehst du? Außerdem tanzt er wie Welchanos persönlich.«

»In unseren Kreisen sucht man sich seinen Partner nicht aus Liebe. Eine Ehe ist ein Bündnis, das die Zukunft des Reiches sichert. Genau so geht Geros vor und das solltest auch du. Verbinde dich mit einem geeigneteren Mann. Dem jüngeren Sohn des Kydon vielleicht.«

Oberschlau. Berechnend. Kaltherzig. So gefiel sich Pareia. Ausgerechnet Kydon, dessen Reich Kydonia im Nordwesten von Kreta lag. Vater hatte ihn vor ein paar Jahren besucht, als bei uns das Getreide von Kornkäfern befallen war und gegen unsere Wolle Pithoi mit Gerste eingetauscht. Kydon hatte uns nichts von seinen Vorräten abgegeben, obwohl er noch Handel mit den Inseln trieb. In diesem Sommer waren viele Menschen in Phaistos verhungert.

Ich beschloss, die Bemerkung zu ignorieren. Unterkriegen lassen wollte ich mich nicht. Diesmal nicht. »Auch dafür ist Geros der Richtige. Wenn Vater einmal nicht mehr ist, werden wir gemeinsam das Volk von Phaistos führen. Geros' Wissen über Ägypten und die östlichen Reiche wird uns helfen, starke Bündnisse zu schließen.«

Pareias Blick verriet deutlich, dass sie immer noch das kleine Mädchen in mir sah, das mit Puppen aus Holz und Ziegenfell spielt.

»Vater ist alt. Er trifft die falschen Entscheidungen«, sagte ich trotzig.

»Wie kannst du so über Vater sprechen? Hüte deine Zunge, Schwester.«

»Er hat den Kontakt zu Knossos einschlafen lassen. Dabei würde uns eine Allianz gerade in diesen Zeiten schützen. Die Leute murren bereits. Du solltest hören, wie Gnosilas in der Schreibstube spricht.«

»Du meinst, du verstehst etwas vom Regieren? Du hast doch gestern noch mit deiner Puppe gespielt.«

Den beißenden Hohn atmete ich weg. So war Pareia nun einmal. Immer glaubte sie, allein alles zu verstehen und besser zu wissen. Wenn ich mit Geros über Phaistos herrschen wollte, musste es mir gelingen, sie zu überzeugen. Also sprach ich weiter.

»Dass die Achäer angeblich eine Flotte aufbauen, um den Handel zu verstärken, hast du gehört? Was ist mit unserer Flotte? Jedes Mal, wenn die Erde gebebt hat und eine Flutwelle folgte, haben wir Schiffe verloren. Jeder Winter nimmt uns Schiffe und wir bauen keine neuen. Die Leute hungern und Hunger macht aufrührerisch.«

»Welchanos' Zorn.«

»Überlege doch! Als erfahrener Kapitän wäre Geros genau der Richtige dafür.«

Geros hatte mir von den Ägyptern erzählt, was sie für Bauwerke geschaffen hatten, während unsere Ahnen noch verstreut in kleinen Siedlungen lebten: Pyramiden, höher als der Hügel, auf dem Phaistos lag.

»Ich möchte Wassergräben anlegen und die Felder bewässern, wenn der Lithaios niedrig steht. Sie werden vom Fluss und den Quellen gespeist. Der Hunger wird ein Ende haben. Wir müssen neue Schiffe bauen. Dann können wir mit Alasiya und Ugarit handeln.« Beide Länder lagen so weit östlich, dass sich der Mond einmal rundete, während Geros mit dem Schiff dorthin reiste. Alasiya war ein Inselkontinent, noch größer als Kreta. Von dort bezogen wir die Kupferplatten in der Form einer Ochsenhaut. Das Königreich Ugarit begrenzte das Meer im Osten. Es hieß, von dort könne man unendlich lang über das Land laufen, ohne jemals wieder auf eine Küste zu treffen. Ich hielt das für eine der abenteuerlichen Geschichten, die im Winter an den Feuern erzählt wurden. »Wir bieten ihnen Zedernholz und Olivenöl und kaufen dafür Metall und Gewürze. Und du, meine liebe Schwester«, ich berührte sie am Arm, »sprichst mit den Göttern und erbittest ihren Segen.«

Pareia verzog abschätzig ihren Mund. »Du wirst auf dem Thron nur eine Puppe sein, deren Glieder dein schöner Geros bewegt.«

»Wie kannst du nur so denken? Geros ist unserem Vater gegenüber loyal und er wird auch zu mir loyal sein. Weil es richtig ist, was ich vorhabe. Weil er mich liebt.«

»Behalte deine Illusion.« Pareia besah sich unser Werk. »Fertig. Ich stell noch die Schalen auf. Geh du zu deinem Helden.«

An manchen Tagen ertrug ich Pareias Spott nur schwer, ihre ewigen Spitzen. Heute, am Vorabend meines Lieblingsfestes, empfand ich ihre Worte als pure Missgunst. Vielleicht sagte ich deshalb schärfer, als ich es meinte: »Du verstehst nichts von Liebe. Vielleicht solltest du dir einen Mann suchen, damit du merkst, wie schön es ist, wenn jemand deine Träume teilt.«

Ich drehte mich um und stieg vom Plateau herab. Ab und an hatten die Vorfahren Stufen in den Felsen geschlagen. Der Pfad ließ sich kaum erkennen und ich musste immer wieder die Hände zu Hilfe nehmen. Dabei prüfte ich, dass die Fackeln fest in den Felsritzen steckten, denn morgen stiegen wir in der Dunkelheit hinauf.

Im Licht der untergehenden Sonne lag unser Lager auf dem Sattel am Fuße des Kofinas. Ich blieb oberhalb auf den Felsen stehen und betrachtete die Szenerie.

Unsere Zelte standen am Rand. Pareia und ich teilten eines, ebenso Vater und Großvater. Menschen scharten sich um Feuer, kuschelten sich unter Decken oder standen in Gruppen zusammen. Kinder wuselten zwischen ihnen herum. An der Kleidung erkannte ich Einwohner von Phaistos genauso wie Bauern aus den Dörfern am Rande der Ebene. Ein paar Matrosen von Geros' Schiff traten einen Ball hin und her. Ihn selbst entdeckte ich nicht. Es gab noch ein paar kleinere Zelte, die meisten aber schliefen im Freien. Irgendwo greinte ein Säugling.

Die Wiederkehr des Lichts war unser wichtigstes Fest. Jeder wollte dabei sein und einen Blick auf das Ritual erhaschen, auch wenn das Plateau für so viele Menschen keinen Platz bot.

Über der ganzen Szenerie hing Angespanntheit, die mich frösteln ließ wie dicker Nebel. Das Stimmengemurmel klang harsch zu mir herauf, vereinzeltes Lachen erstarb rasch. Ich vermisste die Ausgelassenheit der letzten Jahre. Etwas rumorte unter den Leuten von Phaistos.

»Ide! Ide!« riss mich eine helle Stimme aus diesen Gedanken. Zwischen den Felsen hüpfte Lydi, die Tochter meiner Freundin Ayra, herauf und nahm meine Hand. »Komm schnell. Kairomenes erzählt vom feuerspeienden Berg.« Das kleine Mädchen zog an meinem Arm.

»Dann hören wir mal, was er zu berichten hat.« Ich wuschelte ihr über den Schopf. Lydi war wie eine kleine Schwester für mich. Sie liebte Tiere und so nahm ich sie oft mit, wenn ich zu meinem Pony ging oder mein Äffchen fütterte. Dabei stellte ich mir vor, wie es wäre, wenn Geros und ich eigene Kinder hätten. Ob er in ihnen die Neugier auf die Welt weckte, so wie es Großvater Kairomenes bei mir gelungen war?

Lydi an der Hand stieg ich hinab. Dort, wo der Karst begann, wartete Ayra an den Felsen gelehnt. Sie zog das Mädchen an sich, das die Arme um ihre Hüften schlang. »Du sollst doch nicht immer fortlaufen. Erst recht nicht hier, wo jeder Schritt in den Abgrund führen kann.«

»Aber morgen klettere ich auch hinauf.«

»Wir hatten doch besprochen, dass wir im Lager bleiben.« Ayra bückte sich zu Lydi hinunter, um ihr ins Gesicht zu sehen. Es versetzte mir einen Stich, weil ich wusste, dass sie sich wegen des steifen Beins nicht hinhocken konnte. Weil ich schuld daran war.

»Aber ich möchte bei der Zeremonie dabei sein.« Lydi schob die Unterlippe vor.

»Ich kann sie mit hinaufnehmen«, sagte ich.

»Ja! Bitte! Bitte, Mama!« Sie hüpfte auf und ab.

Ayra seufzte. »Also gut. Aber du hörst auf das, was Ide sagt.«

»Das mach ich immer.«

Ich lächelte. »Ich muss nach Großvater sehen. Er erzählt wieder die alten Geschichten und hat bestimmt auch seinen Mantel vergessen.«

»Geht nur. Ich komme nach.«

Zusammen liefen wir den Hang hinunter. Über die Schulter sah ich mich nach Ayra um. Sie folgte langsam und setzte tastend ein Bein vor das andere. Geht nur, bedeutete sie mir mit einer Geste.

Zwischen den ersten Zelten liefen wir in eine Gruppe Männer hinein, die breitbeinig beieinanderstanden. Gnosilas, der Schreiber, deutete mit der Hand auf Vaters Zelt. Als er unser gewahr wurde, verstummte er. Die anderen verschränkten die Arme vor der Brust und schauten finster. Gerne hätte ich gewusst, worüber sie gesprochen hatten.

An vier Tagen in der Woche saß ich in der Schreibstube von Gnosilas am Hafen und glich die Listen auf den Tontäfelchen mit den Waren in den Lagern ab. Vater hatte das früher kontrolliert. Seit vier Jahren hatte er mir diese Aufgabe übertragen und ließ sich selbst kaum noch in der Schreibstube blicken.

»Gib darauf acht«, hatte er mir aufgetragen. »Zähle in der einen Woche die Pithoi mit Getreide, in der anderen die Amphoren mit Wein. Lasse die Würfel entscheiden, was du zählst, sodass es keiner vorhersagen kann. Die Schreiber und die Händler sind ein gerissenes Volk.«

In all der Zeit hatte ich nur am Anfang eine geringfügige Unregelmäßigkeit festgestellt, von der ich mir bis heute nicht sicher war, ob sie Gnosilas absichtlich auf die Tafel geritzt hatte, um herauszufinden, wie genau ich hinschaute. Schlichen der

Schreiber und seine Gehilfen zunächst misstrauisch um mich herum, vergaßen sie nach und nach meine Anwesenheit. Deshalb schnappte ich Satzfetzen auf, die nicht für die Ohren der Tochter des Archons gedacht waren, und deshalb hätte ich gern gewusst, was er gesagt hatte.

Mich ergriff eine dunkle Vorahnung und ich zog Lydi hastig weiter.

Tatsächlich lag Großvaters Mantel aus Hasenfell auf der Bettstatt im Zelt.

»Komm!«, drängelte Lydi von draußen. »Ich will die Geschichte hören!«

Ich nahm den Mantel an mich und folgte ihr. Großvater saß nur mit einem Hemd bekleidet am Feuer und erzählte mit voller Stimme und ausholenden Gesten von Thera. »Die Wolke habe ich von den Hängen des Psiloritis aus gesehen. Ich fürchtete mich und versteckte mich hinter den Beinen meiner Mutter. Nie wieder habe ich so etwas erblickt.«

Kairomenes hatte diese Geschichte schon unzählige Male erzählt, sodass ich jedes Wort mitsprechen konnte. Trotzdem hatte er wieder ein Schar Zuhörer gefunden, die gebannt an seinen Lippen hing.

»Wie eine gigantische Säule stiegen graue Wolken auf, als ob die Unterwelt aufgebrochen wäre und Potnia Finsternis in die Welt schleuderte. Hoch oben breiteten sie sich aus, bis sie den Himmel verdunkelten.« Die Zuhörer sogen die Luft ein. Lydi packte meine Hand fester. »Immer wieder bebte die Erde. Sie bebte so stark, dass Mutter strauchelte und ich auf die Knie fiel. Blitze zuckten aus der Wolke. Gewaltig und zahlreich spannten sie ein Netz über den fernen Himmel und ich war froh, weit fort vom Zorn der Götter zu sein. Das Meer bäumte sich auf und verschlang unsere halbe Flotte. Am nächsten Tag regnete es Asche. Wir haben uns gefragt, wodurch wir Welchanos erzürnt haben.« Kairomenes sank in sich zusammen und schwieg.

Eine Weile warteten die Zuhörer, ob er weitersprechen wollte. Ein Holzscheit barst im Feuer, Funken stoben auf.

»Das muss der Fluch Welchanos' gewesen sein«, flüstere eine Frau.

Ein Flackern trat in Großvaters Blick, von dem ich nicht sagen konnte, ob es das Feuer war. Er hob den Kopf und blickte die Sprecherin an. »Du hast recht. Wir sind verflucht. Bis heute.«

Unruhig rutschten die Leute auf ihren Plätzen herum. Ich beschloss, der Schauergeschichte ein Ende zu bereiten, und legte Großvater den Mantel um die Schultern. »Es wird alles gut werden«, sagte ich. »Morgen feiern wir die Rückkehr des Lichts.«

»Nichts wird gut!«, schrie er und warf den Stoff von sich. Die Frau wich zurück und schlug das Zeichen gegen das Böse. »Sterben werden wir. Tod und Verdammnis werden uns treffen!« Er spuckte und hustete. Der Husten plagte ihn schon seit letztem Sommer und ging nicht weg, ganz gleich, welche Kräuter ihm Menon verabreichte.

Ich bedeutete den Leuten zu gehen und hob den Mantel wieder auf. »Komm, Großvater, ich bringe dich in dein Zelt.« Widerwillig ließ er sich einhüllen und zum Zelt führen. Lydi folgte uns wie ein Schatten.

Im Zelt half ich ihm auf das Lager und hob seine Beine hoch. »Ruh dich aus. Morgen wird ein guter Tag.« Ich strich über seine Wange, die faltige Haut fühlte sich an wie Pergament.

»Ide«, murmelte er und packte meinen Arm. Sein kräftiger Griff überraschte mich. »Vergiss eines nicht, du kannst alles erreichen, was du willst.«

Das hatte er mir schon so oft gesagt. Ich strich eine graue Locke aus seiner Stirn. Sein Haar war dünn und strähnig geworden, aber es kringelte sich noch wie früher. »Schlaf jetzt.«

Gehorsam schloss er die Lider und drehte sich auf die Seite.

Einer der Palastdiener schaute behutsam herein. »Brauchst du Hilfe?«, fragte er.

»Bleib bei ihm, Naran, und bewache seinen Schlaf.«

Im Zelteingang wartete immer noch Lydi. Sie kaute auf den Knöcheln ihrer Faust. Ihre Augen wirkten riesig.

»Hat er recht?«, fragte sie. »Werden wir alle sterben?«

»Eines Tages bestimmt. Doch dieser Tag wird nicht heute sein.«

Sie trat von einem Fuß auf den anderen. »Ich habe Hunger.«

Ich nickte. »Es wird Zeit, dass die erste Ernte eingebracht wird. Komm.«

Wir gingen in mein Zelt und ich gab Lydi ein Stück meines Brots. Es war nicht das erste Mal. Ich erinnere mich noch heute, wie oft ich mich in die Backstube gestohlen hatte oder in der Küche ein Stück Fleisch abzweigte, damit Lydi und Ayra nicht hungern mussten. Immer heimlich, damit es kein anderer mitbekam.

Lydi presste den Kanten an ihre Brust. »Warum hast du immer zu essen, Ide, und wir nicht?«

Was sollte ich ihr darauf antworten? Weil ich die Tochter von Oreichares, dem Archon von Phaistos war? Wie sollte ein kleines Mädchen das verstehen? Ich drückte sie an mich, ehe ich in ihr herzförmiges Gesichtchen sah. »Teile es mit deiner Mutter.«

Lydi nickte und huschte davon. Ich ließ mich auf die Decken meiner Bettstatt sinken.

In einem hatte Großvater recht, etwas hatte sich verändert, auch wenn ich zweifelte, dass es mit Welchanos' Zorn zusammenhing. Ich erinnerte mich an Jahre voller Überfluss. Die Weinreben bogen sich unter schweren Trauben zur Erde, das Korn wuchs dicht, Schafe und Ziegen warfen reichlich. In den Lagerräumen drängten sich bis zum Rand gefüllte Pithoi. Niemand musste im Winter Hunger leiden. Diese Zeit lag viele Jahre zurück.

Trockene Sommer ließen die Felder verdorren. Die Tiere fanden kein Wasser und verendeten. Großvater behauptete, alles hätte an dem Tag begonnen, an dem sich die Unterwelt auf Thera öffnete. Ich holte tief Luft. Heute war nicht der rechte Abend für traurige Gedanken. Morgen kam das Licht zurück und mit ihm die Leichtigkeit des Frühjahrs und die Fülle des Sommers. Ich liebte dieses Fest, weil es voller Freude war, und die wollte ich wieder spüren. Ich wünschte mir Farbe im Leben, für eine Nacht und einen Tag, ehe uns der Alltag wieder einholte. Es gab nur einen, der mein Leben bunter machte. Deshalb strich ich mein Kleid glatt und verließ das Zelt, um Geros zu suchen und mit ihm das Fest zu genießen.

Ich fand ihn inmitten seiner Männer am Rande des Lagers beim Spiel der zwanzig Felder. Geros hatte das hölzerne Kästchen voller Figuren und Würfel aus Ägypten mitgebracht. Er nannte es *Tau* und spielte es gern, weil es ihn an seinen Vater erinnerte. Auch wir hatten an langen Winterabenden oft dabei zusammengesessen.

Gegner war sein Onkel Vafis, der gerade seine Figur, einen Hund, über das Zielfeld hinausspringen ließ. Die anderen johlten begeistert. Schon zwei Hunde saßen neben dem Spielkasten, die sieben Falken hockten auf dem Brett. Vor Vafis hatte ich mich als Kind gefürchtet, denn seine fleckige Haut verlieh ihm das Aussehen einer Schlange.

Geros kratzte sich den Nacken. Das tat er immer, wenn er in der Klemme saß. Er nahm die Zählknochen und warf. Drei Striche lagen oben. Geros konnte nicht setzen, er musste einen Falken zurück auf das Startfeld stellen.

Gebannt verfolgte ich das Spiel. Vafis konnte nur ein Feld vorrücken.

Ehe er die Knöchelchen rollen ließ, zwinkerte mir Geros zu. Eine Vier. Er langte nach einer Figur, doch das war die falsche. Ich beugte mich zu ihm, flüsterte ihm den nächsten Zug ins Ohr und er brachte einen Falken ins Ziel. Die Männer jubelten ihm zu.

Von nun an schien das Glück auf Geros' Seite. Falken um Falken brachte er in Sicherheit, während es nur noch ein weiterer Hund nach Hause schaffte. Vafis gratulierte Geros und schob ihm eine Münze zu. Wenn ich verlor, bekam Geros einen Kuss.

»Genug für heute«, sagte Geros und legte die Figuren und Zählknochen in den Kasten. Die Männer zerstreuten sich. »Du hast mir Glück gebracht.« Er zog mich an sich und barg seine Nase in meinem Haar.

Wir stiegen den Hügel hinab, der das Lager nach Westen begrenzte, bis wir einen Olivenbaum erreichten. Die knorrigen Wurzeln formten eine geschützte Kuhle, in die wir uns setzten. Der Nachtwind wehte die klagenden Töne einer Lyra herüber. Mich fröstelte und ich lehnte mich an ihn.

»Wenn uns das Glück hold ist, dann ist morgen vielleicht der rechte Zeitpunkt gekommen. Nach der Zeremonie. Beim Fest.«

Schweigen.

Ich lauschte auf seine Atemzüge. »Ich möchte es Vater sagen, bevor du wieder hinausfährst«, sagte ich. Geros liebte die Weite des Meeres. An Land fühlte er sich wie ein Vogel mit gebrochenem Flügel. Jeden Sommer stünde ich am Ufer, schaute ins unendliche Blau hinaus und hoffte, dass ihn Asasara, die die Seefahrer beschützt, heil wieder nach Hause brachte. Dieser Preis erschien mir klein, wenn ich ihn dafür an meiner Seite wusste.

Geros machte sich von mir frei und schaute mich an. Im rötlichen Schein des Feuers wirkten seine Augen traurig. »Du bedeutest mir alles, Ide, das weißt du.« Er strich mir eine Strähne hinter das Ohr.

»Gerade weil ich das weiß.« Ich nahm seine Hand in meine. »Ich habe Angst, wenn du da draußen bist. Keiner weiß, was in dieser Zeit passiert. Wenn ich deine Frau bin, sind Tatsachen geschaffen.«

»Ich bin von einfachem Blut. Nichts Königliches ist an mir. Ich bezweifle, dass dein Vater mit deiner Wahl zufrieden ist.«

»Er wird zufrieden sein. Er kann nicht mehr ewig regieren. Schon jetzt merke ich ihm an, wie es ihn anstrengt, wie lange er für Entscheidungen braucht, die er früher in einem Wimpernschlag traf. Er schätzt deinen Rat und er wird glücklich sein, wenn du mir ebenso zur Seite stehst. Zusammen können wir Phaistos zu neuer Stärke führen.«

»Noch nie hat eine Frau den Thron von Phaistos innegehabt.«

»Auch im Land deines Vaters regiert eine Königin.«

Geros nickte und ließ sich Zeit mit der Antwort. Unablässig zeichnete sein Daumen die Konturen meiner Knöchel nach. »Ich bezweifle, dass das deine Entscheidung sein wird«, sagte er schließlich.

»Natürlich entscheide ich das. Wie meine Mutter oder wie Pareia, die Hohepriesterin geworden ist. Ich werde nicht irgendeinen Herrschersohn aus Kydonia oder Knossos heiraten. Das machen die Achäer, ihre Töchter wie Vieh zum Tausch anbieten. Doch nicht wir.« Ich redete mich in Rage.

»Ich weiß doch.« Er streichelte mein Gesicht. Ein nachdenklicher Zug schlich sich in seine Miene.

»Was hast du?«

Geros entzog mir seine Hand, griff in seine Tasche und zog eine Kette hervor. Auf eine Silberschnur waren drei Achatkugeln gefädelt.

»Hier, das habe ich bereits eine Weile für dich.« Er legte mir die Kette um den Hals und verschloss sie in meinem Nacken. »Der Zeitpunkt hat nur nie gepasst.«

Mit den Fingerspitzen berührte ich die Kugeln. Schon lange hatte ich mir ein Schmuckstück von ihm gewünscht, das mich an ihn erinnerte, wenn er fort war. »Warum heute?« Ich merkte, dass ich die Frage laut ausgesprochen hatte.

Lange schwieg er, und als er antwortete, schien es, als ob die Antwort nichts mit meiner Frage zu tun hätte. »Es heißt, die Achäer wollen gegen Kreta ziehen.«

»Das glaub ich nicht.«

»In Mykene und Tiryns stellen sie eine Flotte zusammen.«

»Ja, für den Handel.«

Geros schüttelte den Kopf. »Es geht nicht um Handel.«

Ich war im Frieden aufgewachsen. Von Kriegen hatte ich nur aus Ägypten und aus Byblos gehört. Wir besaßen zwar eine Menge Schiffe, doch kriegserfahren waren unsere Soldaten nicht. Wir bereisten das Meer, zogen von Land zu Land und tauschten Waren unter den Völkern.

»Dann sollten wir erst recht mit Vater reden. Wenn es zum Krieg kommt und ihm stößt etwas zu, dann können wir das Volk von Phaistos beschützen. Dir untersteht die Flotte. Mich kennen sie von Kind an, niemand zweifelt an der Rechtmäßigkeit meiner Herrschaft.« Ich ergriff seinen Arm. »Geros, wenn wahr ist, was du sagst, dann besiegelt eine Hochzeit nicht nur unsere Liebe, sondern sie schenkt unserem Volk die Zukunft.«

Geros zeichnete mit den Fingerkuppen meine Wange nach und ohne ein weiteres Wort küsste er mich. Was ich damals nicht wusste: Das war der letzte glückliche Moment für lange Zeit.

## Die Wiederkehr des Lichts

Pareia weckte mich lange vor Sonnenaufgang. Ich fühlte mich, als hätte ich nur wenige Stunden geschlafen. Empfindliche Kälte hing über dem Lager und mich fröstelte. Pareia schenkte sich den Aufguss aus zehn verschiedenen Kräutern ein, den sie vor jedem Ritual trank und dessen muffiger Geruch durch das Zelt zog. Als Kind hatte ich ihn heimlich probiert. Er schmeckte genauso scheußlich, wie er roch, und außer, dass mir den ganzen Tag übel war, geschah nichts. Pareia aber bestand auf dem Gebräu. Die Kräuter, so sagte sie, öffneten den Weg zu den Göttern oder verschlossen ihn für immer.

Anschließend half ich ihr in das Zeremonienkleid, dessen Rock sich in fünf Kaskaden bis zum Boden ergoss. Die einzelnen Ringe waren aus schwarzen und gelben Vierecken gewebt. Bauch und Hüfte verbarg eine sandfarbene Schürze. Am schönsten fand ich den oberen Teil des Kleides, der in Rot und Schwarz Pareias Arme und Schultern bedeckte. Der Ausschnitt stellte ihre nackten Brüste zur Schau, die früher voll gewesen waren und nun bereits dahinwelkten. Ich selbst zog mein Festtagskleid an, auf dem sich blaue und weiße Streifen abwechselten und in einer roten Kante endeten, die unsere Erde symbolisierte.

Zum Abschluss bürstete ich ihr Haar und drehte die Strähnen mithilfe eines heißen Bronzestabs zu einzelnen Locken zusammen, die ihr bis zur Mitte des Rückens reichten. Ich mochte Pareias Haare. Sie glänzten schwarz wie Obsidian, während meine einen Braunstich hatten und störrisch waren, egal wie ich sie zu bändigen versuchte.

Wir redeten nicht viel an solchen Morgen. Pareia sammelte ihre Gedanken für das Ritual. Mir kam das gelegen, denn ich hasste es, eher als die Sonne aufzustehen.

Vor unserem Zelt wartete bereits Ayra, Lydi an der Hand. Das Mädchen hibbelte von einem Fuß auf den anderen.

»Was will die hier?«, fragte mich Pareia und ignorierte Ayra.

»Ich nehme Lydi mit hinauf auf den Gipfel.«

»Du?«

»Wegen ihres Beins schafft Ayra ...«

»Das verbiete ich dir!«, unterbrach sie mich.

»Was willst du dagegen tun?« Es war zu früh am Morgen, um mich mit Pareia zu streiten.

Brüsk wandte sie sich ab, griff eine Öllampe und stieg auf das Plateau. Dabei entzündete sie die Fackeln, eine nach der anderen, sodass eine Kette aus Lichtern den Weg markierte, den wir bald nehmen würden. Das Ritual verlangte, dass sie allein am Altar wartete und dabei Lorbeerblätter kaute, die die Wirkung des Aufgusses verstärkten.

Ich dagegen ging hinüber zu Vater und Großvater. Um mich herum erwachte das Lager. Schläfrige Stimmen, Getuschel. Geschirr klapperte. Der Geruch von lauwarmer Asche mischte sich in das Salz der Meeresbrise. Zwei Frauen begegneten mir. Sie verstummten und schlugen ihren Blick nieder. Ich blickte in verkniffene Gesichter, vermisste das Lachen, die quirlige Aufregung, die sonst für diesen Morgen des Festes bezeichnend war. Stattdessen hing die Anspannung des letzten Abends noch immer über uns.

»Warte hier«, sagte ich zu Lydi und schlug die Zeltbahn beiseite, die den Eingang verdeckte.

Naran half Großvater in das mit roten Spiralen bestickte Hemd und Vater starrte in den dampfenden Becher in seiner Hand. Die Falten gruben sich tief um seine geröteten Augen.

»Ide, mein Kind!« Großvater schob Naran zur Seite und erhob sich. »Wo ist mein Stock? Ich brauche meinen Stock!«

Naran drückte ihm den Stecken in die Hand, dessen oberer Teil zu einer Spirale geformt war. Das Holz des Abelitsia-Baumes eignete sich am besten dafür, weil es so hart war, dass der Stab als Waffe herhalten konnte. Katsouna sagten wir dazu.

Mir zog sich der Magen zusammen, so wackelig wie Großvater heute auf den Beinen stand. Es wäre besser, er bliebe im Lager und sparte sich den gefährlichen Aufstieg. Doch den Streit darum hatte ich bereits gestern verloren. Ich umarmte ihn. »Lass dir von Naran helfen, dich fertig anzuziehen.« Dann wandte ich mich an Vater. Tiefe Falten gruben sich in seine Wangen. »Geht es dir gut?«

Er zögerte und sah mich über den Becherrand hinweg an. »Es wird schlimmer mit ihm. Wir hätten ihn zu Hause lassen sollen.«

»Aber Großvater liebt die Wiederkehr des Lichts.« Vielleicht erlebte er sie in diesem Jahr zum letzten Mal. Ich sprach es nicht aus.

Vater stellte den Becher weg und stellte ihn dabei so hart auf, dass ich befürchtete, er wäre zersprungen.

Ein voller Ton schwang sich über das Lager. Pareia rief uns mit dem Tritonshorn.

Es begann.

»Gehen wir«, sagte Vater und schritt aus dem Zelt hinaus. Lydi schenkte er ein Lächeln.

Hastig schloss Naran die letzten Bänder an Großvaters Hemd und wir folgten ihm. Noch war es dunkel. Nur ein dünner Streifen Grau kündete am Himmel vom nahenden Morgen. Sechs Tempeldienerinnen erwarteten uns bereits und verneigten sich tief vor dem Archon.

Geros kam, berührte mich beiläufig, während er an mir vorbeiging, und ein Lächeln stahl sich in seine Mundwinkel. Ich streifte seinen Arm und hätte ihn gern festgehalten.

Die Würdenträger reihten sich hinter uns ein. Unter ihnen Menon, der Arzt, sein Gehilfe und auch Gnosilas, der erste

Schreiber, der Geros finster anstarrte. Er war nicht damit einverstanden gewesen, dass Vater ihn, den Sohn eines ägyptischen Einwanderers, in den Rat berufen hatte. Seither pflegte er seinen Hass, wo immer er auf Geros traf.

Lydi an meiner Seite blieb auffallend still, beeindruckt von ihrem ersten Fest der Wiederkehr.

Ich muss etwa in ihrem Alter gewesen sein, als mich Vater zum ersten Mal auf den Kofinas mitnahm. Damals begann der Tag so klar wie heute, und der Blick reichte bis zu den Weißen Bergen im Westen und dem Dikte-Gebirge im Osten, auf dessen Gipfel Welchanos als Kind von Erde und Himmel geboren ward. Der sandfarbene Kamm der Hügelkette mit Phaistos an einem Ende und Davos am anderen erhob sich aus den grünen Feldern und das Meer spiegelte die Wolken. Hier war ich nicht mehr die Tochter des Archons, sondern nur ein kleiner Mensch, dessen Geschicke die Götter lenkten, so dachte ich damals.

Auf Lydis Gesicht spiegelten sich ähnlich Empfindungen. Ich drückte ihre Hand und schenkte ihr ein Lächeln. Das Gefühl, dass die Welt viel mehr umfasste als Kreta und seine Menschen, war geblieben, doch inzwischen glaubte ich fest, mein Schicksal selbst gestalten zu können. Ich rieb mir über die Arme.

Gegen den heller werdenden Himmel zeichnete sich Pareias Silhouette auf dem Plateau ab. Wieder blies sie in das Horn. Die Tempeldienerinnen verneigten sich abermals und führten unsere Prozession den Lichtpfad hinauf, den Pareia entzündet hatte.

Vater trug eine Fackel. Ich hielt mich mit Großvater direkt hinter ihm, um ihm bei den hohen Stufen helfen zu können. Uns leuchtete Naran. Lydi folgte behände wie eine kleine Katze.

In einer langen Reihe kletterten wir zum Plateau hoch. Von der Kante schaute ich zurück auf die Kette von Menschen, die mich an Schafe erinnerten, die von einer Gebirgsweide auf die nächste getrieben wurden.

Der helle Streifen im Osten war breiter geworden und färbte sich gelb. Im Westen blinkten die letzten Sterne. Das Meer kräuselte sich und schimmerte wie flüssiges Silber. Mir fuhr der Wind unter das Kleid, ich fror.

Das Gipfelplateau erstreckte sich von Ost nach West. Bis auf die beiden vom Nordwind gebeugten Kiefern wuchs nur hartes Gras hier oben, das sich in Felsritzen festklammerte. Der Fels formte Stufen, auf denen die Leute Platz fanden und die Zeremonie gut sehen konnten. Vor dem Altar hatten Generationen vor uns eine ebene Fläche geschaffen. Hier stand der Baldachin mit den Sesseln für uns, die königliche Familie, die die Diener in den letzten Tagen unter Aufsicht Pareias hinauf geschleppt hatten. Zu beiden Seiten warteten Feuerschalen auf ihren Einsatz.

Die Tempeldienerinnen in ihren weißen Gewändern stellten sich neben dem Altar auf. Vater nahm auf dem hölzernen Thron in der Mitte Platz. Großvater half ich auf den Sessel zu seiner Rechten. Dabei stöhnte er leise, denn der Aufstieg hatte ihn angestrengt.

»Du bleibst hinter mir«, sagte ich zu Lydi. Ich setzte mich auf Vaters linke Seite und suchte Pareia. Aus dem Halbdunkel hinter dem Altar heraus beobachtete sie, wie jeder seinen Platz fand. Sobald der Himmel im Osten einen rötlichen Schimmer zeigte, trat sie vor und blies zum dritten Mal in die Tritonsmuschel. Jedes Gespräch erstarb. Alle Augen richteten sich auf sie. Sie reichte die Muschel einem der Mädchen und breitete die Arme aus. Die Vorfreude auf die Zeremonie wärmte mich von innen.

»Es wird nicht helfen«, murmelte Großvater. Ich lächelte ihn an. Beruhigend, wie ich hoffte. Vater hatte recht: Es wurde schlimmer mit ihm. An manchen Tagen wusste er nicht, was er von sich gab. Vater fing meinen Blick auf und presste die Lippen zusammen. Die Anspannung stand ihm deutlich ins Gesicht geschrieben. Etwas trieb ihn um und so, wie er dreinsah, hatte es nichts Gutes zu bedeuten. Das warme Gefühl in mir verflog.

Pareia klatschte in einer weit ausholenden Bewegung in die Hände und in den Becken neben dem Altar loderte Feuer auf.

Ein Kniff, wie ich wusste, doch er verfehlte nicht die Wirkung. Die Leute um uns herum sogen hörbar die Luft ein. In dem rötlichen Schein glühte ihr Gesicht. Eine Tempeldienerin spielte Flöte, eine andere Lyra. Die Melodie schwang sich hinauf in den beginnenden Tag und hallte weit über das Land und das Meer. Die Übrigen stimmten das heilige Lied an, mit dem das Licht begrüßt wurde. Wir fielen in den Refrain ein. Ein Seitenblick verriet mir, dass Vater mitsang, während sich Großvater hin und her wiegte.

Als Nächstes platzierte Pareia Früchte auf dem Altar: einen winzigen Apfel, eine verschrumpelte Birne, Getreide, die Früchte des Ölbaums. Dann hob sie das Rhyton, zeigte das Gefäß aus Bergkristall allen. Es stammte aus Byblos und befand sich schon in unserem Besitz, als Großvater auf dem Thron saß.

Der Gesang wurde zum Murmeln. Ich summte die Melodie wie alle anderen auch und die Härchen auf meinen Armen stellten sich auf. Diesen Moment liebte ich besonders, wenn sich die Sonne über die Berge schob und die Zeit des Lichts anbrach. Ich mochte den Sommer: seinen Duft, seine Wärme und ein Meer, das wie Öl in der Sonne glänzte. Trotzdem fühlte es sich dieses Mal anders an. Der letzte Winter war der schönste meines Lebens gewesen und vielleicht trug deshalb der Wind an diesem Morgen eine andere Kälte heran, die mich erschauern ließ.

Ich sah mich nach Geros um. Ob es ihm genauso ging? Er stand zwischen den Würdenträgern hinter uns und verbarg die Hände hinter dem Rücken. Sein Blick war starr. Ich zog die Unterlippe zwischen die Zähne und schaute wieder nach vorn, wo sich Pareia mit dem Kristallgefäß zum Altar und damit nach Osten wandte.

Der Himmel wechselt seine Farbe von einem blassen Blau zu Gelb und wenig später zur Orange. Gebannt starrte jeder nach Osten auf den Punkt am Felsgrat, an dem gleich die Sonnenscheibe erscheinen würde. Pareia hob das Rhyton mit beiden Händen über ihren Kopf. In dem Augenblick, in dem sich die

Sonne blutrot über den Horizont schob, goss sie Flüssigkeit auf die Opfergaben. Eine Stichflamme schoss hoch. Als der letzte Tropfen in die Flammen gefallen war, hob sie wieder das Rhyton und das rote Licht fing sich in dem Kristall und brach zu farbigen Punkten auf, die über uns irrlichterten.

Unter den Leuten brach Jubel aus. Sie klatschten und stampften. Musik und Gesang schwollen an, stiegen hinauf in den Morgen. Dort begrüßten sie die Geier, die von ihren Nestern in den Felswänden aufflogen und über unseren Köpfen kreisten. Die Enden ihrer weitgespreizten Flügel sahen wie Finger aus. Geros war einmal auf den Felsgrat hinausgeklettert und hatte mir eine braune Schwungfeder mitgebracht, die ich neben meinem Bett in ein leeres Alabastron, einem Tonfläschchen für Duftöl, gesteckt hatte. Ich sah zu den Geiern hinauf und wünschte, ich könnte mit ihnen fliegen.

Ein Kreis aus Tänzern formte sich, Geros war unter ihnen. Auch im letzten Jahr hatten wir zusammen zur Wiederkehr des Lichts getanzt. Mit diesem Tanz hatte alles zwischen uns begonnen. Zum ersten Mal hatten sich unsere Handflächen berührt. Zum ersten Mal hatten wir uns im Rhythmus der Musik gedreht und ich war in seinen Augen ertrunken. Mein Herz klopfte bei der Erinnerung und ich erhob mich, breitete die Arme aus. Der Kreis öffnete sich und ließ mich ein. Mit erhobenen Armen hielten wir uns an den Händen. Unsere Schritte wogten vor und zurück und dann seitwärts. Die bunten Kleider wirbelten, farbegewordene Musik, und offenbarten die mit Muscheln verzierten Sandalen der Mädchen, die bei jedem Schritt rasselten. Barfuß stampften die Männer den Takt. Zöpfe wippten und die Gesichter röteten sich.

Geros tanzte mir gegenüber und lächelte mir zu. Als sich der Kreis auflöste, führte uns der Tanz aufeinander zu. Ich legte meine Handfläche an Geros' und die andere auf meinen Rücken. Den Blick mit seinem verschränkt, drehten wir uns zu den nächsten Takten, bis sich der Kreis wiederfand. Andere Gruppen formten sich und taten es uns gleich. Wer nicht tanzte, klatschte den Rhythmus. In dem Sog, den die Musik und der Tanz schufen, wurde mein Geist leicht und frei.

Vater warf mir einen missbilligenden Blick zu. Die Tochter des Archons hatte sich würdevoll zu benehmen. Ich sah weg. Die Freude berauschte mich. Ich ließ mich mitreißen, meine Füße bewegten sich von allein. Es würde ein guter Sommer werden.

Das Feuer auf dem Altar erlosch, als die Sonne vollständig aufgegangen war und ihre glühende Scheibe an einem einzigen Punkt die Erde berührte. Gleichzeitig erstarb die Musik. Alle klatschten und die Tänzer lösten sich voneinander. Mein Gesicht glühte, als ich mich setzte.

»Es wird Zeit, dass du lernst, dich wie eine Herrscherin zu verhalten«, flüsterte Vater.

Diesmal hörte ich keine Kritik heraus, stattdessen lächelte er mir zu. Er ahnte wohl, was Geros und ich vorhatten. Ich strahlte ihn an und wandte mich wieder Pareia zu, die die Arme erhoben hatte.

»Ilithyia, Herrin des Lichts«, rief sie, »erhöre uns, die wir zu dir beten und dich ehren bis ans Ende der Ewigkeit.«

»Bis ans Ende der Ewigkeit«, wiederholte ich wie alle anderen.

»Nimm unser Opfer und segne uns. Schenke uns reichen, wohltuenden Regen, lass die Erde Früchte tragen, um uns zu nähren, und lass unsere Herden wachsen. Entfalte deine Güte, gedenke derer, die dich anrufen. Lass unsere Frauen fruchtbar sein und unsere Kinder kräftig, damit sie dir heute und für immer huldigen. Bis ans Ende der Ewigkeit!«

»Bis ans Ende der Ewigkeit«, wiederholten wir lauter.

Im Hintergrund schafften zwei Tempeldienerinnen eine Ziege herbei und zerrten sie zum Altar.

»Erhöre unsere Bitten, komme hernieder und segne das ganze Land. Wir werden zu dir sprechen und dir dienen bis ans Ende der Ewigkeit.«

»Bis ans Ende der Ewigkeit!« Hunderte Stimmen schwangen sich in den Morgen hinauf und ließen meine Haut kribbeln. Wir waren eins. Ein Volk, verbunden mit dem Meer und den Bergen.

Die Mädchen hatten die Ziege auf den Altar gehoben, wo sie ihre gefesselten Beine von sich streckte. Pareia ergriff einen Dolch mit dreieckiger Klinge, dessen Heft ein Knauf aus Bergkristall zierte.

»Das ist doch alles sinnlos!«, scholl ein Ruf über das Plateau.

Ich fuhr herum.

Gnosilas, der erste Schreiber. Sein ausgestreckter Arm klagte Pareia an. »Jedes Jahr zeigst du uns diese Zaubereien und nichts ändert sich. Wir hungern, während ihr euch die Bäuche vollstopft!«

Mein Herz setzte einen Schlag aus. Wie konnte er es wagen, das Ritual zu stören?

»Ihr seid keine Könige. Ihr seid Blutsauger, die sich von uns ernähren.«

Pareia lief rot an. Sie hielt immer noch den Dolch erhoben, als wollte sie Gnosilas töten.

»Jemand muss dem ein Ende bereiten«, flüsterte Vater neben mir.

Ja, du, dachte ich, wagte es aber nicht, das auszusprechen. Wie erstarrt saß er neben mir, die Miene versteinert.

Großvater kicherte und schlug sich auf die Schenkel.

»Spreche ich wahr oder lüge ich?«, wandte sich Gnosilas an die Leute auf dem Plateau. »Unsere Kinder weinen in der Nacht, weil ihr Magen leer ist. Sie sind zu schwach, um Krankheiten zu widerstehen. Unsere Alten siechen dahin. Und die«, er stach mit dem Finger in unsere Richtung, »haben alles. Alles!«

Zustimmendes Gemurmel.

Vater sprang auf. »Schweig!«

»Du willst mir das Reden verbieten, Oreichares? Ausgerechnet du? Was bist du für ein König, der sein Volk hungern lässt und nur um das Wohl seiner eigenen Familie besorgt ist?«

»Du entweihst diesen Ort! Du beleidigst Ilithyia!« Vaters Kiefer zuckte.

»Ilithyia interessiert sich nicht für uns. Eure Götter –« Er kam nicht dazu, den Satz zu vollenden, denn Geros sprang ihn an.

Der Hass, der sich seit Langem zwischen ihnen aufgestaut hatte, brach sich seinen Weg wie das Wintermeer, das Felsen von der Steilküste losriss. Gnosilas war Geros an Gewicht überlegen, doch Geros bewegte sich geschmeidig wie die Zweige einer Weide. Er duckte sich unter Gnosilas' Faust hinweg, packte seinen Arm und versuchte, ihm das Bein wegzutreten. Der Schreiber stand felsenfest und umklammerte Geros und verpasste ihm tiefe, harte Schläge auf den unteren Rücken.

Mich überraschte, wie gut er kämpfen konnte und ich presste die Faust gegen den Mund, als er Geros an die Kante des Plateaus drängte. Mein Magen krampfte sich zusammen, als der Stein unter Geros' Fuß bröckelte. Durch einen Schlag gegen das Kinn trieb Geros den Schreiber zurück und Gnosilas fiel gegen die Feuerschale. Sie kippte um und die Flammen leckten am Baldachin. Ich zerrte Großvater von seinem Stuhl.

Die Leute standen wie paralysiert. Keiner bewegte sich, alle starrten auf die Kämpfenden. Nur von Lydi hörte ich ein leises Wimmern.

Geros versetzte Gnosilas einen Stoß vor die Brust. »Es ist genug!«, rief er.

»Genug wird es erst sein, wenn der Archon von seinem Thron verschwunden ist.« Gnosilas taumelte rückwärts. Sein Fuß erwischte die Kante des Plateaus. Er fand keinen Halt, ruderte mit den Armen, den Mund ungläubig verzerrt, dann stürzte er in den Abgrund.

»Nein!«, gellte Pareias Schrei.

Großvater lachte immer noch. Vergebens versuchte ich, ihn zu beruhigen. Ich ließ ihn auf dem Boden sitzen und schlug mit seinem Mantel auf das Feuer ein, um es zu löschen. Es half nicht. Der Baldachin stand in Flammen.

Versteinert stand ich daneben. Meine Hände hingen mit dem angesengten Mantel herab. Das Fest der Wiederkehr des Lichts, die Zeremonie, die dem Leben geweiht war, vom Tod überschattet – ich konnte es nicht fassen. Die Freude, die ich noch eben beim Tanzen gespürt hatte, war einem dumpfen Druck gewichen, der mich kaum atmen ließ.

Was für ein Omen.

Eine Hand schob sich in meine. Lydi. Ich zog sie an mich und murmelte: »Es wird wieder gut.« Dabei fraß sich eine Angst in meine Eingeweide, dass das gelogen war.

Kichernd hielt sich Großvater Kairomenes den Bauch. Vater ballte die Faust, als ob er ihn schlagen wollte. Ich kniete mich neben Großvater. Lydi hockte sich neben mich.

»Halte ihn ein bisschen fest. Das tut ihm gut, wenn er spürt, dass wir bei ihm sind.«

Sie setzte ein ernstes Gesicht auf, das die Wichtigkeit ihrer Aufgabe unterstrich, und nahm ihn in die Arme, als wäre er ein kleines Kind, das getröstet werden wollte.

Geros stand noch an der Kante, über die der Schreiber gestürzt war. Hier fiel der Kofinas fast senkrecht ins Meer. Ich berührte ihn sacht. Er reagierte nicht. Niemand konnte etwas für Gnosilas tun.

Als Erste fing sich Pareia und ging auf Geros los. »Er hat das Ritual entweiht. Er trägt das Böse in sich. Er muss gehen!«

»Nein«, sagte Vater. »Wir werden dieses Fest nicht noch weiter überschatten.«

»Er ist keiner von uns. Ilithyia wird uns verfluchen. Er darf nie wieder einen Fuß nach Phaistos und nach Davos setzen!«

Geros drehte sich um. In seinem Gesicht stand etwas, das ich nicht deuten konnte. Etwas Fremdes.

Die Anspannung stellte mir die Härchen auf den Armen auf. Großvaters Mund stand offen, als wäre ihm das Lachen im Hals stecken geblieben, und Lydis Miene spiegelte, wie ich mich fühlte. Jeder um mich herum hielt den Atem an und fragte sich, wer diesen Disput für sich entschied: der Archon oder die Hohepriesterin.

»Ich sagte Nein!« Vaters befehlsgewohnte Stimme klang wie ein Donnern. Endlich verhielt er sich wie der Herrscher, den ich kannte. »Nicht Geros hat die Wiederkehr des Lichts entweiht. Das hat allein Gnosilas getan und er hat seine gerechte Strafe gefunden.«

»Aber ...«, begehrte Pareia auf.

Eine unwirsche Geste von Vater ließ sie abbrechen. »Was geschehen ist, ist ein Zeichen der Ilithyia«, wandte er sich an die Männer und Frauen auf dem Plateau. »Sie hat uns gezeigt, was geschieht, wenn wir mit den Traditionen brechen. Deshalb, Volk von Phaistos, werden wir den heutigen Tag so feiern wie in jedem Jahr.« Er machte eine Pause, ließ seinen Blick über die Menge schweifen. Das konnte Vater gut: Er gab allen das Gefühl, er schaue sie an. »Lasst uns gemeinsam das Licht begrüßen!«

Jubel brandete auf. Ich atmete auf.

Pareia schob den Unterkiefer vor. Sie hatte er noch nicht überzeugt. Vater drehte sich zu ihr und sagte sehr leise: »Du wirst jetzt Ilithyia die Ziege opfern.«

Eine kurze Weile starrten sie sich an. Endlich schlug sie die Augen nieder und wandte sich zum Altar um. Die Knöchel der Faust, die das Messer gepackt hielt, traten weiß hervor.

»Ziegenblut ist nicht genug«, murmelte Großvater. »Menschenblut. Es braucht Menschenblut.«

Ich hoffte, dass nur ich seine Worte hörte.

## Oreichares' Entscheidung

Mich plagte Kopfweh, als wir wieder nach Davos zurückkehrten, denn ich hatte schlecht geschlafen. Der Unfall von Gnosilas ging mir nahe, hatte ich doch viele Stunden mit ihm zusammen in der Schreibstube verbracht. Sein Tod überschattete das Fest. Obwohl Pareia die Ziege geopfert hatte und noch einige Schafe über den Feuern geröstet worden waren, blieb die Stimmung gedrückt. Den Menschen ging es wie mir. Sie verstanden nicht, dass so etwas zur Wiederkehr des Lichts passieren konnte. Die Leute redeten, drehten und wendeten das Geschehene in den Gesprächsfetzen, die ich aufschnappte, und fanden doch keine Antwort. Erst der Wein sorgte dafür, dass das Lachen nicht mehr erstarb und auch die Musikanten fröhlichere Weisen spielten.

Gestern war Geros nach dem aus dem Ruder gelaufenen Ritual gegangen und blieb den ganzen Tag verschwunden. Ich vermisste ihn, wollte mit ihm über die Geschehnisse reden. Doch mir blieb keine Zeit, ihn zu suchen, denn von der Tochter des Archons wurde erwartet, das Festessen an die Leute zu verteilen – es gab Lamm und Ziege, dazu gekochtes Getreide – und später bei den Tänzen dabei zu sein.

Vater zog sich schon am frühen Abend in sein Zelt zurück. Seinem Beispiel folgten die Leute, so dass gegen Mitternacht wohl jeder unter seiner Schlafdecke verschwunden war, obwohl wir in anderen Jahren bis zum nächsten Morgen gefeiert hatten. Ich saß noch lange am Fuß der Felsen, schaute zu dem silbernen Band hinauf, das den Nachthimmel teilte, und versuchte Ruhe zu finden.

Heute Morgen, rechtzeitig zum Aufbruch, hatte Geros vor Vaters Zelt gestanden. Jetzt lenkte er den Wagen, auf dem Großvater, Pareia und ich saßen. Seine Wangen wirkten eingefallen und unter den Augen lagen dunkle Schatten. Vater ritt auf seinem braunen Pony neben uns. Wie gerne hätte ich ebenfalls im Sattel gesessen, statt in dieser Kutsche, die mir bei jedem Stein auf dem Weg einen Stoß ins Kreuz versetzte. Doch Vater erwartete, dass ich mich zu offiziellen Anlässen meiner Herkunft entsprechend benahm.

Der Rückweg verlief schweigsam. Großvater hockte zusammengesunken neben mir und hielt die Augen abwesend ins Nichts gerichtet. Das tat er umso öfter, je älter er wurde. Pareias Kopf ruhte auf meiner Schulter, die Zeremonien erschöpften sie. Vielleicht lag es auch an dem Aufguss, den sie dabei trank. Im Rhythmus der rumpelnden Räder zogen die Ölbäume und Felder an mir vorbei und ich hoffte, dass der Kopfschmerz wegging.

Als ich Vaters Banner mit den gekreuzten Doppeläxten sah, das über dem Palast von Phaistos wehte, weckte ich Pareia. Sie hob kurz den Kopf und sagte, sie käme mit nach Davos. Phaistos und Davos verband eine gepflasterte Straße, die uns das letzte Stück nach Hause brachte. Großvater Kairomenes hatte erzählt, dass das Meer einst bis an den Fuß des Hügels gereicht hatte und Davos eine Hafenstadt gewesen wäre. Doch die Erde, die der Fluss aus den Bergen herantrug, formte neues Land und die Stadt wurde zum Landsitz unserer Familie, die den Sommer gern in den kühlen Kiefernhainen statt in den engen Gassen des turbulenten Phaistos verbrachte.

Der Großvater von Kairomenes hatte schließlich eine prächtige Villa mit stattlichen zwei Stockwerken und zahlreichen Nebengebäuden für die Dienerschaft errichtet. Es hieß, ihm bekäme die Luft hier besser als die auf dem Hügel von Phaistos. Ich glaube allerdings, dass er es leid war, inmitten der Steinmetze zu leben, die Phaistos nach den Erdbeben wiederaufbauen sollten. Selbst mir zerrte das Hämmern der Meißel auf den Steinen am Gemüt, denn weil die Steinmetze immer wieder nach Davos gerufen wurden, waren sie in Phaistos nach hundert Jahren noch nicht fertig.

Pareia liebte Phaistos. Sie lebte dort die meiste Zeit und meinte, Phaistos wäre ein Platz für die Götter, Davos einer für die Menschen. Vater ging jeden Tag hinüber, um im Megaron die Geschäfte zu regeln. Umso überraschter war ich, dass beide nach der Zeremonie nach Hause kamen.

Ich kletterte aus dem Wagen. Eine Taube pickte auf dem Hof und flog auf. Naran kümmerte sich um Großvater, worüber ich dankbar war, denn ich wollte nichts mehr, als mich in meiner Kammer aufs Bett zu legen.

»Warte, Ide«, hielt mich Vater zurück. »Ich will etwas sagen.«

Ich runzelte die Stirn. Musste das jetzt sein? Hatte es nicht Zeit bis morgen?

Geros, der die Zügel einem Burschen gegeben hatte, warf mir einen Blick zu, den ich nicht zu deuten vermochte, ehe er die breite Treppe hinunter zur Empfangshalle nahm. Hinter ihm lief Pareia her.

Vater bemerkte offenbar, wie meine Schultern nach vorn gefallen waren. Er legte den Arm um mich. Die Geste rührte mich an. Es war lange her, dass er mir auf diese Weise seine Zuneigung gezeigt hatte. Immerzu war er beschäftigt, wir fanden kaum Zeit für Gespräche. Schon früher, als ich noch ein Kind gewesen war, hatte er sich um die Staatsgeschäfte gekümmert und Großvater war mein Lehrer gewesen.

Ich lehnte mich an Vater, genoss die seltene Verbundenheit und doch kroch leises Misstrauen in mir hoch und verdarb den Moment. Wir betraten die Empfangshalle.

Vater ließ sich auf seinen aus Zedernholz geschnitzten Thron fallen und streckte die Beine aus. Thron ist vielleicht nicht das richtige Wort. Sein Megaron für offizielle Empfänge befand sich in Phaistos. Hier nutzte er einen größeren Raum, dessen Wände rot-weiße Fresken voller Strandlilien umliefen. An der schmalen Seite gegenüber vom Eingang stand der hölzerne Stuhl mit der als Eichenblatt gestalteten Lehne. Daneben demonstrierten zwei Doppeläxte den Gästen Kampfgeist und Stärke. Vaters persönliche Axt und sein Schild befanden sich in Phaistos.

Pareia nahm auf der Bank für Besucher Platz. Rechts vom Eingang hielt Geros die Hände auf dem Rücken verschränkt. Die Ringe unter seinen Augen lagen tiefer als am Morgen. Seine Lippen formten einen dünnen Strich und er wich meinem Blick aus. Neben ihm wartete Vafis in einer breitbeinigen Haltung, die für Männer typisch war, welche mehr Zeit an Deck eines Schiffs verbrachten als an Land.

Ganz gleich, was Vater sagen wollte, es war nichts Erfreuliches. Unschlüssig, ob ich mich setzen sollte, zupfte ich an meinem Kleid herum.

»Was gibt es, Vater?«, fragte Pareia. »Ich bin erschöpft und möchte mich ausruhen.«

Ich stimmte ihr zu, schwieg aber.

Vater rieb sich das Kinn und suchte nach Worten. Seine Augen irrten hin und her, er vermied es, mich anzuschauen.

»Vater!« Pareia hob eine Braue.

Mit einer Geste forderte er Geros zum Sprechen auf.

Geros nickte knapp und sagte: »Vafis verbrachte den Winter im Norden. Vor ein paar Tagen ist er zurückgekommen. Am besten er berichtet selbst.«

Oreichares bedeutete Vafis zu beginnen.

»Wir handelten in Phylakopi mit Keramik und Obsidian. Von dort sind wir nordwärts gesegelt, als uns die Stürme überraschten. Sie kamen viel früher als in den Jahren zuvor. Der Mast brach, das Segel riss und die *Xifias* wurde westwärts getrieben.«

Ungeduldig winkte Vater, er möge zum Punkt kommen.

»Wir erreichten den Hafen von Asini. Es dauerte, das Schiff zu reparieren, Stoffe für neue Segel zu besorgen. Sobald die *Xifias* bereit war, wieder in See zu stechen, ließen es die Winde und das aufgewühlte Meer nicht mehr zu. Ich entschied, in Asini zu überwintern.«

Geros hatte mir davon erzählt. Den ganzen Winter betete er darum, dass Vafis' Schiff in einem sicheren Hafen lag. Vafis und er standen sich nahe. Er hatte ihm den Vater ersetzt, nachdem der bei einem Sturm ertrunken war, und ihm alles beigebracht, was es über das Meer zu wissen gab. Trotzdem blieb mir der verschlossene Mann mit der fleckigen Haut unheimlich.

»Und was hast du dort gesehen?«, fragte Geros.

»Die Achäer stellen eine Flotte zusammen. Mykene, Tiryns, all die kleinen Städte. Sie sammeln Männer in den Hafenstädten und bilden sie im Nahkampf aus. Das wird eine Kriegsflotte.«

Pareia richtete sich etwas auf. Vafis hatte ihre volle Aufmerksamkeit. Meine auch. Ich fragte mich, was das mit Vaters Ankündigung zu tun hatte.

Vaters Finger trommelten auf das Knie. »Ich kann mir nicht vorstellen, dass sie gegen Kreta ziehen. Von uns erhalten sie alles, was sie begehren: Gold, Keramik, Öl.«

»Bei allem Respekt, Archon. Sie haben bei Wein davon erzählt. Haben damit geprahlt, was sie mit den Schätzen machen, die sie hier stehlen. Ich habe als Junge bereits unter deinem Vater die Meere befahren. Die Kraft, mit der er bei seiner letzten Fahrt die Piraten vernichtet hat, ist legendär. Diese Stärke braucht jetzt Phaistos.«

»Vafis«, fiel ihm Geros ins Wort. »Es steht dir nicht zu, dem Archon Ratschläge zu erteilen.«

»Ich bin ein alter Mann. Ich weiß, was ich weiß«, brummte Vafis, verließ aber die Halle.

Ich erinnere mich gut an die Zweifel, die ich in diesem Moment hatte. Phaistos und Davos lagen im Süden, geschützt durch das Gebirge. Seit Jahrhunderten bestand die größte Gefahr im Willen der Götter, die uns mit Beben oder Flutwellen heimsuchten, wenn ihnen der Sinn danach stand. So jung wie ich damals war, lag es außerhalb meiner Vorstellung, dass ein Feind gegen unser Reich ziehen könnte.

»Die Achäer sind ein kriegerisches Volk«, nahm Geros den Faden auf. »Sie verstehen, das Schwert zu führen, und sie sind reich. Ihnen stehen alle Mittel zur Verfügung.«

»Das glaube ich nicht. Rückständig und hinterwäldlerisch sind die. Wohnen in Lehmhütten und sind froh über die Waren, die wir ihnen liefern.« Pareia gestikulierte heftig.

Geros bedachte sie mit einem langen Blick. »Inzwischen bauen sie Städte, deren Mauern so dick sind, dass die Steine dafür von zehn Ochsen gezogen werden müssen.«

»Das Ereignis auf Thera hat die Achäer nicht so heftig getroffen wie uns«, sagte Vater. »Akrotiri, unser wichtigster und ruhmreichster Handelsstützpunkt für die Beziehungen zu den Inseln und den Achäern, ist untergegangen und mit ihm unsere halbe Flotte. Die Erdbeben haben unsere Städte zerstört. Phaistos steht heute noch nicht vollständig.«

»Weil du nur daran interessiert bist, Davos zu vergrößern. Genau wie dein Vater.« Dabei hob sie ihr Kinn auf in einer überheblichen Art, als ob sie die Archontissa wäre.

Vaters Mundwinkel zuckte. Er ließ sie gewähren. Wie immer. Oreichares, der Löwenwürger, ließ sich von seiner Tochter über den Mund fahren. Ich presste die Zähne zusammen.

»Kreta öffnet ihnen den Zugang nach Ägypten und Asien«, sagte Geros.

Vater nickte. »Strategisch wäre es für sie von Vorteil.«

»Die Insel ist unsere Festung«, sagte ich. Unsere Geschichten und Lieder erzählten von den Angriffen zahlreicher Völker und den ruhmreichen Siegen unserer Krieger. Alle Städte Kretas schlossen sich zusammen, um die Feinde abzuwehren. Von Kriegern besetzte Schiffe patrouillierten auf den Seewegen. Heute ließ sich diese Einigkeit nur schwer vorstellen.

Geros schaute mich auf eine Weise an, die Zweifel und Mitleid verriet. »Das reicht diesmal nicht, wenn die Berichte stimmen.«

Was ging hier vor? Die einstige Kraft hatte Welchanos hinweggefegt, als er Thera vernichtete und Feuer und Rauch in die Welt schleuderte. Trotzdem mochte ich nicht dran glauben, dass wir schwach waren und einem rückständigen Volk nicht die Stirn zu bieten vermochten. Selbst wenn dem so war, erklärte das nicht Geros' seltsames Verhalten.

»Was ist mit Knossos?«, fragte ich.

Vater winkte müde ab. »Der Minos sieht sich als Anführer aller Kreter und ist auf seinen Vorteil bedacht. Die Zeiten, in denen sich die Archonten der Städte bei Gefahr zusammengeschlossen haben, sind längst vorbei.«

»Aber ...«

»Hunger und Not sind schlechte Berater, Kind. Oder willst du, dass es noch mehr Unfälle«, bei diesem Wort bedachte er Geros unter hochgezogener Augenbraue hervor mit einem Blick, »wie den von Gnosilas gibt?«

»Was willst du dann tun?«

Schweigen hing in der Halle, drückte auf uns nieder.

»Du zweifelst nicht an den Worten deines Mannes?«, wandte sich Vater schließlich an Geros.

»Ich kann mich nur wiederholen: Er ist mein Onkel, das weißt du. Vafis ist einer der besten Kapitäne, die ich kenne, und dem Thron von Phaistos treu ergeben. Er hat schon deinem Vater gedient.«

Der Raum schwankte unter meinen Füßen. Sie hatten darüber gesprochen. Geros und Vater hatten bereits Pläne geschmiedet und diese Farce veranstalteten sie nur meinetwegen. Ich holte Luft, öffnete den Mund – doch ich kam nicht dazu, etwas zu sagen. Pareia sprang auf und lief im Raum umher. Jeder Schritt hallte wie ein Hammerschlag in meinem Kopf.

»Vielleicht sollten wir doch ein Menschenopfer in Betracht ziehen, um das Unheil abzuwenden?«

»Was? Wie grausam ist das denn!« Ich packte sie am Arm und hielt sie in ihrem Herumgelaufe auf.

»Früher haben wir damit Welchanos wohlwollend gestimmt. Der Minos hat jedes Jahr Jünglinge und Mädchen geopfert.«

»Dass du das in Erwägung ziehst! Was bist du nur für ein Mensch?« Ich wandte mich ab. Dass Großvater ein solches Opfer erst gestern erwähnt hatte, schrieb ich seinem Alter zu. Er stammte aus einer anderen Zeit, in der noch andere Regeln galten. Doch dass es Pareia voller Ernst in Erwägung zog, erschreckte mich und ich fragte mich, wie wir so verschieden sein konnten.

Pareia öffnete ihren Mund zu einer Erwiderung.

»Meine Töchter, bitte.« Vater hob die Hände. »Streitet euch nicht. Es wird kein Menschenopfer geben.«

Ich schaute ihn an. Pareia schloss wieder den Mund.

Vater erhob sich. »Wir sind ein Volk des Handels. Der Handel hat unsere Macht begründet und der Handel wird uns auch in dieser Zeit beschützen.«

Wovon redete er da? Wollte er Öl und Purpur gegen Frieden tauschen? Ich schaute zu Geros, doch der starrte auf seine Füße.

»Wir werden uns einen Verbündeten suchen. Ich will Diokles einen Handel anbieten.« Er sagte es in dem Tonfall, dem für gewöhnlich nichts Gutes folgte. Seine Hand ruhte auf einer Amphore, die mit Kraken verziert war.

»Dem König von Pylos?« Als ich noch ein kleines Mädchen gewesen war, waren wir einmal nach Pylos gereist. Ich mochte die halbrunde Bucht unterhalb der Siedlung, die sie Ochsenbauchbucht nannten. Das Wasser hier war von einem Blau, wie ich es von Kreta nicht kannte. Der Herrscher, ein runder, rotwangiger Mann, empfing uns herzlich. Vor der Königin, einer Frau mit verkniffenen Zügen, hatte ich mich gefürchtet.

Vater legte seine Hand an den Stamnos, den ihm damals Diokles voll Wein überreicht hatte. Eine Kriegerprozession war auf das Gefäß aus gelbem Ton gemalt, die mir jetzt wie eine dunkle Prophezeiung erschien. »Du erinnerst dich sicher an seinen Sohn, Agathon.«

Den Namen hatte ich vergessen. Ich wusste nur noch, wie mich das strohfarbene Haar fasziniert hatte, das in weichen Wellen auf seinen Rücken fiel. Er hatte für mich auf der Lyra gespielt und ich hatte ihn angestarrt und gedacht, dass so Welchanos aussehen musste.

»Ich werde Diokles vorschlagen, dass du Agathons Braut wirst.«

»Was?« Ich dachte, ich hätte mich verhört.

»Wir sind in Freundschaft auseinandergegangen. Wenn Mykene und Tiryns erstarken, wird Diokles froh über einen starken Verbündeten sein, und was besiegelt ein solches Bündnis mehr als eine Hochzeit?«

»Wir brauchen dieses Bündnis nicht. Geros und ich führen Phaistos.« Ich sah zu Geros. Er musste jetzt etwas sagen, musste um meine Hand anhalten. Stattdessen schaute er mit einem bedauernden Blick zu mir. Er hatte es gewusst! Die ganze Zeit hatte er es gewusst. Deshalb war er nach der missglückten Zeremonie verschwunden. Die Kette war ein Abschiedsgeschenk. Ich ballte die Fäuste, presste mir die Nägel in die Handfläche, um den Schmerz zu vertreiben, der sich wie eine Klammer um meine Brust legte.

»Ich wünschte, ich hätte einen Sohn gezeugt.«

Hitze stieg in mir auf. Pareia sog hörbar die Luft ein und setzte sich wieder. Ich versuchte, meine Stimme unter Kontrolle zu halten. »Was willst du damit sagen, Vater?« Es gelang nicht, meine Ohnmacht stand greifbar im Raum.

»Ich weiß, dass ihr einander zugetan seid, Ide.« Er suchte nach Worten. »Sein Vater stammt aus Ägypten.«

»Er ist dein oberster Kapitän! Herr über die Flotte von Phaistos. Geros zählt zu deinen wichtigsten Beratern. Wie kannst du so etwas sagen?« Mein Herz hämmerte und der Hals wurde mir eng.

»Das Volk von Phaistos wird ihn nicht an deiner Seite akzeptieren.« Jetzt hob auch Vater die Stimme.

»Aber den Sohn eines Achäers!« Bitterkeit troff aus diesen Worten. Stets hatte sich Vater weltoffen gegeben und mit Stolz von all den Ländern erzählt, mit denen wir Handel trieben. Doch jetzt, da es um den Thron ging, spielte plötzlich Geros' Herkunft eine Rolle.

Eine federleichte Berührung an meinem Arm riss mich aus der Wut, in der ich ertrank. Geros' Finger lagen auf meinem Arm, so sanft, so zärtlich wie sonst nur in unseren gemeinsamen Stunden. »Ide hat recht. Gemeinsam können wir Phaistos in eine bessere Zukunft führen«, sagte er und seine Stimme klang fest. »Ide als Herrscherin, an ihrer Seite Pareia, die Hohepriesterin, und ich, Kapitän und Krieger. Wir drei werden Menschen und Götter für uns gewinnen.«

»Du bist ein Narr, wenn du das glaubst.« Vater stand auf und wandte sich von uns ab, als ob er unsere Blicke nicht ertrug.

»Du selbst hast mich in deinen Rat berufen. Du hast mich zum Kapitän über deine Flotte ernannt.« Geros legte ihm die Hand auf die Schulter. Vater wischte sie unwirsch fort. »Die Leute kennen mich. Warum sollten sie Ide nicht folgen wollen, wenn wir vermählt sind?«

Meine Handflächen brannten. Ich bewegte die Finger und rieb mir über die sichelförmigen Male, bis der Schmerz nachließ.

Langsam drehte sich Vater um. Sein Gesicht wirkte gealtert. Als er wieder sprach, klang seine Stimme endgültig. »Es ist entschieden und ich erwarte, dass ihr das akzeptiert. Alle beide.«

Stumm schüttelte ich den Kopf.

»Wir reisen morgen ab«, sagte Vater und machte einen Schritt auf mich zu.

Ich wich zurück, hob abwehrend die Hände. »Jede Frau auf Kreta entscheidet selbst, wie und mit wem sie ihr Leben verbringen will. Du kannst mich nicht verschachern wie eine Ziege.«

»Phaistos steht vor dem Untergang. Ide, eine Verbindung mit Pylos ist unsere einzige Chance.«

»Nein. Phaistos hat schon immer Bestand, es geht nicht unter.«

Geros wollte meine Hände ergreifen. Ich zog sie fort. Eine Berührung ertrug ich jetzt nicht. Hämmernden Herzens lief ich hin und her. »Bist du auch ihrer Meinung?«, fuhr ich Pareia an, die auf der Bank saß und ihre Beine übereinanderschlug, als ob sie das alles nichts anginge.

Sie zuckte die Schultern. »Der Plan ist vernünftig.«

»Dann heirate du ihn doch!«

Ihre Unterlippe zuckte geringschätzig. Sie war die Hohepriesterin. Für einen solchen Vorschlag hatte sie nicht mal eine Antwort übrig.

»Du bist meine Tochter. Du stellst dich der Verantwortung und wirst tun, was ich dir sage.« Vater stürmte aus der Halle hinaus und beendete damit einen Streit wie so oft, in dem er einfach ging. An der Tür drehte er sich um: »Richte dich darauf ein, länger in Pylos zu bleiben. Du musst ihre Gebräuche kennenlernen, ihre Denkweise.«

Wenn ich heute an diesen Moment denke, überfluten mich noch immer die Wut und die Verzweiflung. Damals zerbrach etwas zwischen Vater und mir, das nie wieder geheilt werden konnte. Ich hatte das Gefühl, meine Beine trügen mich nicht mehr, und stützte mich an der Wand ab. Tränen brannten in meinen Augen.

»Es wird Zeit, dass du erwachsen wirst, kleine Schwester«, sagte Pareia. Ihre Stimme klang kühl, so als spräche sie über die richtige Art, Melonen zu wässern. »Jetzt ist es an dir, etwas für das Reich zu tun.«

»Du bist die Ältere. Wieso ich?«

»Benimm dich nicht wie ein Kind.«

»Ich will das nicht.« Ein Schluchzer kam aus meiner Kehle.

»Dann bleibt nur noch ein Menschenopfer. Vielleicht die kleine Lydi?«

Ungläubig löste ich mich von der Wand. Wie konnte sie so etwas sagen? Nur, um mich zu provozieren? »Heißt es nicht, ein wirksames Opfer muss von königlichem Blut sein? Dann opfere doch mich.« Die letzten Worte brüllte ich und rannte an Geros vorbei aus dem Raum.

Erst viel später wurde mir bewusst, wie Pareia dieses Gespräch genossen haben musste.

## Die Knöchelchen haben gesprochen

Die Wut hatte die Müdigkeit aus meinen Gliedern vertrieben. Ich rannte, so schnell mich meine Füße trugen, in die Ställe. Hastig warf ich die Decke auf mein Pony und zog ihm die Trense über. Ich führte es ins Freie, kletterte auf ein Mäuerchen und von dort auf seinen Rücken. Mit einem Zungenschnalzen trieb ich es an. Kaum hatten wir Davos hinter uns gelassen, forderte ich es zu einem Galopp auf.

Die Gedanken kreischten in meinem Kopf wie Möwen, die sich um Fisch stritten. Alles in mir sträubte sich gegen Vaters Entscheidung. Ich konnte und wollte seine Pläne für mich nicht akzeptieren. Mein Leben hatte ich mir anders vorgestellt und ich glaubte fest daran, dass das auch das Beste für das Wohlergehen von Phaistos wäre.

Rechts und links von der Straße blühten Zistrosen, Thymian und Rosmarin. Intensiver Duft nach Frühling lag in der Luft, doch mir war das egal. Die Welt hatte an Farben verloren, an Intensität.

Wozu hatte ich all die Dinge gelernt? Rechnen, Schreiben, verschiedene Sprachen, aber auch Entscheidungen zu treffen. Großvater sagte stets, Herrscher zu sein erfordere Mut. Mut, sich zu entscheiden, auch wenn sich das als falsch herausstellen konnte. Dann galt es eine neue Entscheidung zu treffen. Mut, Fehler zu machen. Mut, seine Sicht auf die Dinge fortzuwerfen und von vorn zu beginnen.

Eine Bäuerin sprang mir aus dem Weg. Auch dafür hatte ich keinen Blick. Ich musste zum Meer. Ganz gleich, was mir widerfuhr, dort fand ich zu mir. Das Lied des Meeres besänftigte meine aufgewühlten Gedanken und der Wind trug die Sorgen fort.

Auf den Sanddünen oberhalb des Hafens zügelte ich das Pony. Vor mir zog sich eine schmale Landzunge wie eine Mole ins Meer. Sie brach die Wellen und formte einen natürlichen Hafen, der den Booten Schutz bot. Auf ihrer Spitze brannte des Nachts ein Feuer, um den Fischern die Einfahrt zu erleichtern. An ihrem Anfang, dort, wo sie ins Land überging, lagen die Häuser von Amyklaion. Wie Ameisen liefen die Menschen durch die Gassen und an den Kais entlang. Eine Handvoll farbenfroher Fischerboote tupften die Hafenmauer. Noch ein Stück weiter lagen die Kreise der Fischreusen im Wasser.

Geros' Schiff, die *Thyella*, ankerte im tieferen Wasser. Der hochgezogene Vordersteven erinnerte mich an die Nase eines Schwertfischs und ließ mich selbst auf die Entfernung frösteln. Daneben dümpelte die *Xifias*, die Vafis nach Hause gebracht hatte. Eine Barke lag an ihrer Seite. Die Männer hievten über eine Seilwinde Kisten an Bord. Eine zweite Barke befand sich auf dem Rückweg zum Anleger, sicher um neue Ladung zu holen. Also bereiteten sie schon die Abreise vor. Das ganze Gespräch war nur ein Spiegelgefecht gewesen. Vater hatte sich längst entschieden.

Ich lenkte das Pony die Düne hinunter zu den Häusern von Amyklaion. Es rutschte im tiefen Sand mit der Hinterhand mehr, als dass es lief, und ich zwang mich, ruhig zu bleiben, damit es nicht stürzte.

Amyklaion summte wie ein Bienenkorb, zwischen dessen Waben ein aufgeregtes Gewimmel herrschte. Die Waren der Händler verstopften die Gassen. Stühle und niedrige Tische vor der Schreinerwerkstatt, Sandalen auf einem Regal vor dem Schuhmacher und bei der Töpferei Schalen, Becher und sogenannte Pithoi, tönerne Vorratsgefäße in allen Größen, zwangen mich, das Pony zu zügeln. Die kräftigen Farben der Gewürze aus dem Orient und ihren Duft liebte ich, an diesem Tag jedoch fehlte mir der Sinn, mich daran zu laben.

Über allem hing eine Kakofonie aus Tönen: Das Geschrei der Hausierer, ein Straßenmusiker spielte den Aulos und das Klagen von Bettlern, die zwischen all dem auf dem Boden hockten und mir ihre Hand entgegenstreckten. Der Lärm der Hafenstadt ließ das Pony tänzeln.

Die Leute murrten, als ich mich zwischen ihnen hindurchdrängte. Es gehörte sich, dass Reiter abstiegen und ihr Pferd führten.

»Haben dir deine Eltern keinen Anstand beigebracht?«, herrschte mich ein Mann an, der einen Karren hinter sich herzog, auf dem Säcke voller Oliven lagen.

»Mach Platz«, rief ich. Aufgebracht wie ich damals war, vergaß ich jeglichen Anstand und benahm mich wie ein verzogenes Mädchen und nicht wie die künftige Herrscherin, die ihrem Volk mit Respekt begegnet.

»Das ist die Tochter des Archons!« Eine Frau warf sich zu Boden und berührte mit der Stirn das Pflaster.

»Die Tochter des Archons!«, wiederholte sich der Ruf und der Karrenbesitzer zog hastig das Gefährt aus dem Weg. Nur eine alte Frau in braunen Lumpen wich nicht zur Seite und starrte mich unter ihrem Kopftuch heraus an.

Dann lag das Gewimmel der Gassen hinter mir. Ich hatte das Ufer erreicht. Ein Mann klopfte einen Oktopus auf der Hafenmauer weich. Ein anderer flickte sein Netz. Ich sprang vom Pony und warf die Zügel dem Hafenjungen zu.

Tief atmete ich die salzige Luft ein, spürte dem Wind nach, der in meine Haare fuhr und sie aus dem Stirnband löste. Ich lauschte auf die heranrollenden Wellen, wartete, dass sie meinen Herzschlag beruhigten. Vergebens. In Pylos bleiben, hatte Vater gesagt. Bei Leuten, die ich nicht kannte. Deren Sprache ungelenk über meine Zunge ging. Von denen ich nicht wusste, ob ich willkommen war. Wut, so kalt wie das Eis auf dem Psiloritis, saß in meinem Bauch fest und ließ sich nicht vertreiben.

Die Barke erreichte den Anleger. Unter Gelächter vertäuten die Männer das Boot.

»Morgen soll es losgehen«, sagte der eine, während sie auf mich zukamen. Ihren kräftigen Armen nach waren es Ruderer. Ich kannte keinen der drei. Vermutlich gehörten sie zu Vafis.

»So hastig wurde noch nie eine Reise vorbereitet«, antwortete der Zweite.

»Habt ihr das mit dem Schreiber gehört? Der Kapitän hat dem das Maul gestopft.« Stolz schwang in diesen Worten des Dritten mit. Die beiden anderen pflichteten ihm bei.

»Es wird Zeit, dass der Alte was unternimmt, dass wieder Ruhe einkehrt.«

Die drei hatten mich erreicht und ich wandte mich ab, um mein Gesicht zu verbergen.

»Habt ihr schon gehört, wohin wir fahren?«

»Nach Pylos. Oreichares will seine Tochter verheiraten, haben sie im Gasthaus erzählt.«

»Die ältere oder die jüngere?«

»Die Junge. Hübsches Ding. Einen Achäer!« Er spuckte aus. »Tut mir leid um sie.«

Der Erste machte eine Bemerkung, die ich nicht mehr verstand, weil sie bereits das Ende des Anlegers erreicht hatten. Sie musste zotig gewesen sein, denn die Männer stießen sich lachend an und der Zweite schlug dem, der Mitleid hatte, auf die Schulter.

Mir brannten die Wangen. Die Leute wussten Bescheid und tratschten über mich. Ich war die Letzte, die von Vaters Plänen erfahren hatte. Und Geros? Ich hatte geglaubt, dass das, was uns verband, für ein Leben reichte, und jetzt hatte er mich auf diese Art verraten.

Jemand zupfte an meinem Ärmel. Ich wischte mir über das Gesicht. Neben mir stützte sich ein altes Mütterchen auf einen

Holzstock. Die braunen Lumpen schlackerten um ihren ausgemergelten Körper. Unter dem Kopftuch, das ihr Haar verbarg, musterten mich klare Augen aus unzähligen Falten heraus. Trotz des Feuermals, das sich über ihre linke Wange zog, war unverkennbar, dass sie einst eine schöne Frau gewesen sein musste. Sie war bestimmt so alt wie Großvater Kairomenes.

»Du bist die Tochter von Oreichares?« Ihre Stimme klang rau, als hätte sie lange nicht gesprochen.

Ich nickte.

Sie wackelte mit dem Kopf. »Die Knöchelchen lügen nicht.«

Unwillkürlich wich ich einen Schritt zurück. Eine Hexe! Die Gabe der Voraussage war den Priesterinnen vorbehalten und doch gab es immer wieder Frauen, die sich selbst daran versuchten und den Zorn der Götter auf sich zogen. Die knotigen Finger hielten meinen Ärmel überraschend kräftig gepackt, sodass ich nicht fortkam.

»Lass los«, fuhr ich sie an.

»Die Knöchelchen haben gesprochen«, sagte sie und ignorierte meine Versuche, den Ärmel aus ihrem Griff zu lösen. Ihre andere Hand öffnete sich und offenbarte sechs kleine Knochen, die mit roten Hieroglyphen beschriftet waren. Sie erinnerten an die Spielknochen, die Geros für das *Tau* nutzte, auch wenn sie durch die Zeichen bedrohlich auf mich wirkten. »Die Knöchelchen sagen, das Ende naht.«

Als ob Vaters Vorahnungen nicht reichten. »Geh nach Hause, Mütterchen«, sagte ich, nicht willens, mir das Geschwätz der alten Frau anzutun.

»Du musst hören, Tochter von Oreichares. Höre auf die Götter. Sie lenken deine Schritte.« Sie machte einen Schritt auf mich zu, ohne mich loszulassen.

»Es ist frevelhaft, außerhalb eines Tempels in die Zukunft zu schauen. Ohne Opfer! Dafür kannst du bestraft werden.«

Sie kicherte. »Sorg dich nicht um mich, Königstochter. Sorg dich um dich und deine Lieben.« Ihr Kopf wandte sich zum

Meer, wo die zweite Barke vom Schiff ablegte. Die Bewegung erinnerte mich an einen Vogel. Ebenso ruckartig schaute sie mich wieder an. »Es liegt in deiner Hand, wer lebt und wer stirbt. Hör auf dein Herz.«

»Wer bist du?«, fragte ich. Eine Frage, die mir viel zu spät einfiel.

»Die Knöchelchen und die Götter kennen die Wahrheit.« Damit gab sie endlich meinen Ärmel frei. Sie wandte sich ab und schritt langsam mithilfe ihres Stocks zu den Häusern. Ich sah ihr nach, bis sich die braunen Lumpen im Gewimmel verloren.

Die Begegnung mit der alten Frau verwirrte mich. Ich setzte mich auf einen der hölzernen Poller, an denen die Barken festgemacht waren. Eine Taube landete neben mir und pickte in den Ritzen zwischen den Steinen, die den Anleger befestigten, nach Futter. Früher hatte ich Pareias Weissagungen vertraut. Als ich größer wurde und den Zauber dahinter durchschaute, wuchsen Zweifel in mir, ob sich die Götter von einer getöteten Ziege beeindrucken ließen. Was, wenn die Alte in ihren Orakelknochen wirklich etwas sehen konnte? Sollte ich den Prinzen von Pylos heiraten? Ich verwarf den Gedanken. Das war beschlossene Sache, nichts, weshalb sie zu mir sprechen musste. Was wollte sie dann? Es liegt in deiner Hand, hatte sie gesagt. Vielleicht lohnte es sich darüber nachzudenken.

Eine Gruppe Fischer lief schwatzend zu ihren Booten und bereiteten sie für den Fischfang vor. Eine Mutter sammelte mit ihrem Kind, das kaum laufen konnte, Muscheln im Sand. Ich aber wollte allein sein, der Gefahr, erkannt zu werden, aus dem Weg gehen. Erst recht nach dem, was ich gehört hatte. Also stieg ich zu der schiefgewachsenen Tamariske auf den Dünen oberhalb von Amyklaion hinauf. Irgendwann hatte sie ein Sturm umgeworfen, doch sie wuchs unverdrossen weiter. Ich setzte mich auf den Stamm und stützte das Kinn auf meine Hände. Die See wogte in weiten Wellen. Am Horizont schwebten graublau die beiden unbewohnten Inselchen zwischen Meer und Himmel. Von hier aus wirkten sie wie eine. Der Wind trug die Geräusche von Amyklaion als Murmeln zu mir herauf.

Der Aufstieg im losen Sand, in dem ich bei jedem Schritt ein Stück zurückrutschte, hatte die Wut in mir geschrumpft und die Kälte vertrieben. Leere blieb übrig. Das Seitenstechen kam mir wie ein missglückter Versuch der Götter vor, mir zu zeigen, dass ich noch etwas fühlte.

Ein Schatten fiel auf mich. Geros setzte sich.

»Ide«, begann er.

Ich antwortete nicht, starrte weiter auf das Meer und die Inseln. An einem warmen Herbsttag, dem noch einen Rest Sommer anhaftete, hatte mich Geros auf ein buntbemaltes Boot mitgenommen, das am Bug das Auge zum Schutz vor dem Bösen trug. Auf der östlicheren der beiden Insel legte er an und breitete eine Decke auf dem Kies aus. Er hatte Wein dabei, auch Brot und Käse. Das war so lange her. Als ob Jahre verstrichen wären.

»Vielleicht hat dein Vater recht.«

Geros schnitzte mit seinem Dolch an einem Stück Holz herum, schuf eine Lanzenspitze.

»Wir brauchen Verbündete. Die Ägypter sind mit ihren Feldzügen nach Mittani beschäftigt und die Familie meines Vaters ist dort weniger wert als eine Kuh. Vereinen wir uns mit Pylos, sind wir sicher, wenn die Achäer gegen Knossos und Kydonia ziehen.«

»Denkst du nur an Macht und Länder? Du hast heute einen Mann getötet.«

»Ich wollte ihn zum Schweigen bringen, nicht töten. Er hätte so etwas nicht sagen dürfen. Nicht zur Wiederkehr des Lichts.«

Der Sand klebte an meinen Beinen und ich rieb ihn ab, wie ich diese Worte wegwischen wollte. Sie brachten Gnosilas nicht zurück. »Was ist mit mir und meinen Wünschen?«

Er legte die Spitze zur Seite, wog den Dolch in der Hand und betrachtete die Lilienblüten, die den Knauf und die Klinge zierten, als läge die Antwort auf alle Fragen in einer Waffe. Schließlich steckte er ihn weg.

»Was ist mit uns?«, fragte ich. »Wir werden getrennt sein, lange Zeit. Vielleicht sehen wir uns nie wieder.«

Geros' Hand schwebte über meiner. Die Zeit dehnte sich. Ich hoffte auf seine Berührung und fand nicht die Kraft, ihm ein winziges Stück entgegenzukommen. Er bewegte die Finger und zog sie wieder fort.

»Du bist die Tochter des Archons. Deine Wünsche zählen nicht, wenn es um das Reich und die Sicherheit des Volkes geht.«

Ich presste die Lippen aufeinander und nickte. So einfach machte er es sich. »Du warst doch nur mit mir zusammen, weil ich eine gute Partie bin. Die Königstochter, die gleich ganz Phaistos als Mitgift dabeihat.«

»Wer hat das gesagt? Pareia?«

»Jetzt, wo ich diesen Achäerprinzen heiraten soll, bin ich uninteressant für dich geworden. Deshalb redest du so.«

»Wer auch immer das gesagt hat, du darfst ihm nicht glauben.«

»Was soll ich denn dann glauben? Erst schwörst du mir Treue bis ans Ende des Lichts und jetzt redest du mir zu dieser unsäglichen Hochzeit zu. Schlimmer noch, du hast Vaters Pläne genau gekannt und mir nichts gesagt.«

»Ich musste es selbst erst verstehen. Ide, du bist mein Feuer in der Dunkelheit. Daran wird sich nichts ändern, ganz gleich, was das Schicksal für uns bereithält.«

»Denkst du, ein paar süße Worte überzeugen mich? Wieso kämpfst du nicht für uns? Wieso gehen wir nicht einfach fort?« Die Wut war wieder da, die ich hier am Meer vertreiben wollte.

»Wie kannst du nur so selbstsüchtig sein? Deine Verpflichtung gegenüber deinem Volk ist größer als mir gegenüber. Das musst du doch begreifen!« Geros sprang hoch und lief auf und ab. »Das Volk von Phaistos hat ein Recht auf eine strahlende Zukunft und das ist wichtiger als wir beide.« Er seufzte, griff nach der geschnitzten Spitze und drehte sie zwischen den Fingern.

Das verräterische Glitzern in seinen Augen übersah ich. Wie dumm ich damals war! Ein verwöhntes Mädchen, das vor der ersten echten Herausforderung ihres Lebens stand. »Sie hat recht. Du bist überhaupt nicht an mir interessiert.«

Aufgebracht schleuderte Geros die Lanzenspitze in den Sand. »Pareia. Mein Vater hat immer gesagt, traue denen nicht, die sich den Göttern verpflichten.«

»Was hast du mit meiner Schwester zu schaffen?«

»Nichts.«

»Du lügst. Was läuft zwischen dir und Pareia?«

Er hob die Arme. »Es gibt jetzt wahrlich Wichtigeres.«

»Geros, wart ihr ein Paar?«

»Nein! Es ist Jahre her. Du warst noch ein Kind, Ide. Wir haben auf einem Fest zusammen getanzt. Ich habe es beendet, bevor mehr daraus werden konnte.«

»Weil sie Hohepriesterin geworden ist.«

»Sie hat nicht so ein strahlendes Wesen wie du, Ide.«

Ich gab ein gepresstes Geräusch von mir.

Jetzt griff Geros doch nach meiner Hand. »Bitte, Ide. Es wird sich eine Lösung finden. Ich habe gehört, dass Agathons Zuneigung Männern gilt, dann könnte ich ...«

Ich sprang auf. »Lass mich einfach in Ruhe, Geros.«

Ich lief die Dünen mit eiligem Schritt hinunter und sah mich nicht um, ob er mir folgte.

## Schwestern

Tränen liefen mir über die Wangen, während ich zurück nach Davos ritt. Die Freude, mit der ich vor dem Fest auf die Zukunft geblickt hatte, war verschwunden. Wie ein Stück totes Holz auf den Wellen warfen mich die Ereignisse der letzten Tage hin und her. Nirgendwo gab es Halt, nirgendwo ein rettendes Ufer. Selbst Geros, mein Geros, hielt die Idee meines Vaters für einen vernünftigen Plan. Das tat am meisten weh. Ich strich meine Haare zurück. Aufgeben durfte ich nicht. Ich musste einen Weg finden, die Götter umzustimmen.

Meine Füße trugen mich in den Garten. Noch war ich nicht bereit, unter Menschen zu gehen. Timi hing am Gitter und gab glucksende Laute von sich. Das graubraune Äffchen hatte Vater einem ägyptischen Seefahrer abgekauft, als ich zehn war. Seitdem besuchte ich sie, so oft es ging, und brachte ihr kleine Tricks bei, wie einen Ball zu fangen oder Zahlen zu klopfen. Timi besaß ein anhängliches Wesen und ich mochte es, wenn sie mich auf Spaziergängen begleitete. Zur Begrüßung kraulte ich ihr weiches Fell. Sie drückte ihren Kopf in meine Handfläche und quiekte leise.

»Weil du es bist, meine Süße«, murmelte ich und gab ihr einen Apfel aus dem Korb neben dem Käfig. Mit beiden Händen griff sie danach und machte sich sofort darüber her. Ich musste lächeln. »Was würdest du tun, Timi? Soll ich noch einmal mit Vater reden? Oder soll ich die Götter um Hilfe bitten?« Mir kamen schon wieder die Tränen. Ich öffnete die Käfigtür und Timi drängte sich in meine Arme und schmiegte ihr Köpfchen in meine Halsbeuge. Sie spürte, dass es mir schlecht ging. »Irgendeinen Mann heiraten! Ich kenne ihn nicht mal. Bin ich denn weniger wert als Vaters beste Stute? Von der würde er sich nie trennen.« Ich kraulte ihren Nacken und schniefte. »Nicht mal Geros versteht mich.«

»Hier bist du! Ich suche dich seit Stunden.«

Ich schrak zusammen und fuhr herum. »Pareia.« Hastig wischte ich mir die Tränen aus den Augenwinkeln.

Wie lange stand sie da schon? Was hatte sie gehört? Ich pflückte Timis Arme von meinem Hals und setzte sie zurück in den Käfig.

Auf der einen Seite wollte ich nicht, dass Pareia merkte, wie nahe mir die Sache mit Geros ging. Nicht nach ihren Bemerkungen über ihn. Auf der anderen war sie der einzige Mensch, der immer für mich da gewesen war. Natürlich hatte Vater eine Dienerin damit betraut, sich um mich zu kümmern, doch zu Pareia hatte ich aufgesehen. Sie hatte mir Salbe auf das aufgeschlagene Knie aufgetragen, mir das Haar gebürstet und mir in das Kleid zur Initiation geholfen. Ich wollte so sein wie sie: stets ein bisschen ernsthaft, überlegt und klug. Wenn ich heute darüber nachdenke, tanzte sie nie barfuß am Strand und hüpfte über die heranrollenden Wellen.

In meinen ersten Erinnerungen an Vater saß er auf seinem Thron in Phaistos über die Papyri gebeugt, die ihm der Schreiber reichte. Er besuchte die Dörfer in der Umgebung, prüfte einmal in der Woche in Amyklaion die Bücher des Hafenmeisters, reiste nach Knossos und Kydonia und brachte uns Geschenke mit. Zeit erübrigte er keine für uns.

Die Sehnsucht nach ihm ist mir heute noch so gegenwärtig wie damals. Ich fühlte mich allein und es wundert mich nicht mehr, dass das Kind, das ich einmal war, sein Herz an Pareia hängte, die große Schwester. Inzwischen habe ich verstanden, wie schwer die Bürde für sie wog, die selbst noch ein Kind gewesen war.

»Du hast geweint.« Sie strich mir mit dem Daumen über die Wange. »Ach, Ide, ist es so schlimm für dich?«

Unwichtig der Streit von heute Morgen. Ich ließ mich umarmen, suchte Trost wie an dem Tag, an dem mein erstes Hündchen gestorben war.

Pareia tätschelte meinen Rücken.

»Ich will nicht irgendeinen Achäer heiraten.«

»Es ist nicht irgendein Achäer. Agathon ist der Prinz von Pylos.« Sie klang wie Ayra, wenn sie Lydi überzeugen wollte, zu Bett zu gehen.

»Vielleicht will er mich gar nicht.« Ich wusste, wie töricht das klang. Ich hörte mich an wie ein Kind, nicht wie die Tochter eines Herrschers, die selbst ein Volk führen konnte. Kein Achäer schlüge eine mächtige Allianz mit Kreta aus. Enttäuschung sprach hier aus mir, Angst vor einem Leben, das ich so nicht geplant hatte, und meine Gefühle für Geros. Ich wollte kein Stein in einem politischen Spiel sein, der nach Belieben hin und her geschoben wurde.

»Wer würde dich nicht wollen?« Sie schob mich von sich. »Es ist deine Pflicht, Ide. Du musst unserem Vater helfen. Phaistos.« Eine kunstvolle Pause. »Uns.«

Nicht mal im Gespräch mit mir konnte sie davonlassen, ihren Worten gewollte Dramatik zu verleihen.

»Dafür soll ich dortbleiben?«

»Betrachte es als Ausbildung. Du musst die Gebräuche der Achäer studieren. Am Ende des Sommers kommt dein Gemahl mit dir nach Kreta und zur Wintersonnenwende wird er gekrönt.«

Sie hörte sich nicht so an, als hätte sie heute Morgen zum ersten Mal davon erfahren. »Wie lange weißt du schon davon?«

»Überlege doch, Ide, die Achäer werden von Norden kommen. Wenn sie Knossos überfallen, müssen wir unsere Krieger zur Unterstützung entsenden. Dann liegt Phaistos ungeschützt. Die Macht der Kreter beruht auf dem Handel. Greifen sie uns an, werden wir unterliegen. Sie werden die Dörfer plündern und unsere Städte niederbrennen. Willst du das?«

Ich schüttelte den Kopf, bezweifelte, dass dieser Plan aufging. Warum sollte Diokles sein eigenes Volk verraten? Und wenn er dazu bereit war, warum sollten Mykene und Tiryns ihn nicht ebenso zerstören, wie sie es mit den Kretern tun würden? »Du meinst, dass eine Allianz hilft?«

»Natürlich tut sie das. Durch Pylos als unseren Verbündeten werden wir weiterexistieren, wenn Knossos und Kydonia gefallen sind. Wir werden die Herrscher über Kreta sein.«

Wie sie dabei die Arme ausbreitete und den Kopf leicht in den Nacken warf ... Für Pareia gab es keinen Zweifel am Fortbestand von Phaistos und unserem Herrschergeschlecht. Schon lange hatte sie moniert, dass von anderen Völkern der Minos von Knossos als Kretas Herrscher wahrgenommen wurde und nicht Großvater oder Vater. Vielleicht witterte sie hier die Gelegenheit, Phaistos zu der Macht zu verhelfen, die uns ihrer Meinung nach zustand. Ja, dessen war ich mir sicher. Sie spielte genauso mit mir, wie Vater es tat.

»Es muss einen anderen Weg geben«, sagte ich.

Pareia wandte sich ab. »Du hast diesem Reich schon die Königin genommen. Nimm ihm nicht auch noch den Archon.«

Ich schnappte nach Luft. Immer wieder warf mir Pareia den Tod unserer Mutter vor. Zum ersten Mal begriff ich das zu Pareias Initiationsfeier. Die Diener hatten sie in ein wunderschönes Kleid gehüllt und ihr die Locken auf dem Oberkopf festgesteckt, sodass der Lauf von Sonne und Mond zu sehen war, den sie ihr ins Haar rasiert hatten. In einer Reihe mit den anderen Mädchen schritt sie zum Tempel, um ihre Weihe zu empfangen. Vater hatte mir eine Kette gegeben, an der ein goldener Anhänger befestigt war. Lange hatte ich das Bild betrachtet, das in die glänzende Oberfläche getrieben war: Pasaja, die Herrin der Tiere, stolz und aufrecht, umringt von Schlangen und Gänsen. Die Kette hatte meiner Mutter gehört und wie es die Tradition verlangte, ging an diesem Tag ein Schmuckstück von der Mutter auf die Tochter über.

Ich erinnere mich, wie ich das Kissen, auf dem der Anhänger lag, mit beiden Händen festhielt, während ich es nach vorn zur Priesterin trug. Ich spüre noch die Angst zu fallen und Pareia diesen Moment zu ruinieren. Wie froh war ich, als ich heil am Altar angekommen war. Ich reichte das Kissen der Hohepriesterin, die die Kette an beiden Enden aufnahm, sodass der Anhänger zwischen Pareia und mir pendelte und blinkte. Stolz und ein bisschen neidisch strahlte ich meine Schwester an. Jetzt würde sie eine Frau werden und ich musste noch so lange warten.

Die Priesterin trat hinter sie, um ihr die Kette umzulegen. Pareia sah auf mich herab und zischte: »Deinetwegen macht sie das jetzt und nicht meine Mutter.«

Wie erstarrt hatte ich dagestanden. Erst viel später war mir klar geworden, wie sehr es Pareia geschmerzt haben musste, dass Mutter an diesem Tag nicht bei ihr sein konnte, und an so vielen anderen Tagen danach.

»Ide, darf ich Timi füttern?« Lydi rannte in den Garten und enthob mich einer Antwort.

Ich rang mir ein Lächeln ab. »Zwei Möhren. Sonst wird sie zu dick.«

Lydi kicherte und holte die dicksten der wilden Möhren aus dem Korb. Sie waren frisch geerntet, die ersten des Jahres, und mich plagte jedes Mal das schlechte Gewissen, dass ich sie an das Äffchen verfütterte, wo doch die einfachen Leute hungerten. Lydi brach sie in kleine Stücke, die Bruchstellen glänzten weiß, steckte sich eines davon in den Mund und schob das nächste durch das Gitter.

Pareia stellte sich neben mich. »Ein Menschenopfer stimmt die Götter vielleicht gnädig.« Sie bückte sich und reichte Lydi ein Möhrenstück, das heruntergefallen war.

»Nein. Pareia, das ist grausam!«

Großvater hatte es erwähnt. Ein einziges Mal, als die Erde heftig bebte, viele Mauern einstürzten und Menschen unter sich begruben. Vater schlug ein Menschenopfer vor. Großvater brüllte, dass das nichts nützte und das Unglück nur vergrößerte, das hätte man an seinem Bruder gesehen. Bis dahin wusste ich nicht einmal, dass Großvater einen Bruder besessen hatte. Ich fragte Pareia danach. Als Welchanos die Erde öffnete, entschied der Archon, seinen älteren Sohn zu opfern, um die Götter gnädig zu stimmen. Wenn Großvater die Geschichte von der Zerstörung Theras erzählte, ließ er diesen Teil stets weg.

Pareia wusste, dass er diesen Verlust nie verwunden hatte. Wie konnte sie da ein solches Opfer vorschlagen?

»Fertig!«, rief Lydi, ließ das letzte Möhrenstück in ihrem Mund verschwinden und sauste davon. Am liebsten wäre ich ihr gefolgt, geflüchtet vor Pareia und ihren unmenschlichen Ideen.

»Du wirst tun, was von dir erwartet wird. Dann wird sich alles fügen.« Pareia wandte sich zum Gehen. Auf halbem Weg drehte sie sich noch einmal um. »Mit deinem Kapitän hast du gesprochen?«

»Geros hat mir alles gesagt.«

Sie verzog ihren Mund zu einem schiefen Lächeln und hob eine Braue. »Alles?«

Einen Augenblick stand sie noch da, musterte mich abschätzig, beinahe mitleidig, ehe sie mich mit meinen Zweifeln, meinen Ängsten zurückließ. Ihre Worte klopften in meinem Hirn wie ein Specht an einen toten Baum.

## Elikos Ruf

In meinem Gemach, dessen Flügeltüren zum Meer hinzeigten und im Sommer eine milde Brise in den Raum ließen, fiel ich aufs Bett. Mir fehlte die Kraft, um die Läden zu öffnen, die ich vor der Abreise zum Kofinas geschlossen hatte, und so starrte ich mit brennenden Augen in die muffige Dunkelheit.

Alles lief schief. Die Welt dröselte sich auf wie ein lose gesponnener Wollfaden, ich bekam die Fasern nicht wieder zusammen.

Als sich Pareia entschieden hatte, Priesterin von Phaistos zu werden, lag mein Weg klar vor mir. Ich regierte Phaistos, wenn Vater zurücktrat. Ja, wenn mir diese Aufgabe zu viel wäre, wenn ich lieber im Heiligen Hain den Göttern dienen wollte, dann könnte er einen anderen bestimmen. Doch ich hatte nie Zweifel daran gelassen, dass das für mich die richtige Aufgabe war. Ich beherrschte die alten Hieroglyphen wie die Silbenschrift, konnte rechnen und sprach den Dialekt der Achäer, konnte mich mit den Völkern aus dem Osten verständigen und dank Geros gelang mir auch etwas Ägyptisch.

Geros. Bis zu diesem Tag war alles wunderschön mit ihm gewesen.

Als ich damals in meinem Gemach lag und ins Dunkel starrte, kamen mir Zweifel an unserer Liebe. Waren meine Gefühle für ihn echt oder gaukelte mir mein Verstand das nur vor, weil er der perfekte Mann an meiner Seite als Herrscherin von Phaistos war?

Ein Geräusch holte mich aus diesen Gedanken. Ein Kratzen an meiner Tür. Es wiederholte sich. Ich stemmte mich aus dem Bett und öffnete.

»Großvater!«

Im Schein der Fackeln, die des Nachts die Gänge erhellten, wirkte er in seinem Nachtgewand klein und zerbrechlich. Er hatte keinen Stock dabei und schwankte leicht. Flackernd irrte sein Blick umher.

»Komm herein.« Ich entzündete die Kerzen auf dem Tisch und stieß die Fensterläden auf. Ein sanfter Wind trug den Duft von Zedern in den Raum.

Großvater setzte sich auf einen der beiden Sessel.

»Kannst du nicht schlafen?«, fragte ich ihn und füllte Wasser in zwei Becher. Einen reichte ich ihm.

Als er danach griff, zitterte er so, dass er etwas auf sein Gewand verschüttete. »Der junge Ägypter und du«, begann er und drehte den Becher in den Fingern.

Tränen ließen mir die Sicht verschwimmen und ich wischte sie energisch fort. »Vater will, dass ich den Prinzen von Pylos heirate. Morgen fahren wir los.«

»Nicht gut. Nicht gut.« Er schüttelte den Kopf.

»Was soll ich denn machen?« Ich merkte, dass ich wie eine gefangene Wildkatze im Käfig hin und her lief und setzte mich ebenfalls. »Geros bedeutet mir alles. Ich kann ihn nicht einfach aufgeben. Oder muss ich das? Ist es das, was die Pflicht einer Königstochter ist?«

»Liebe. Ich war jünger als du, als ich meine Liebe traf.«

»Meine Großmutter«, sagte ich. Ich hatte sie nie kennengelernt und in unsere Familie wurde nicht von ihr gesprochen. Nicht einmal ihren Namen kannte ich. Einmal hatte ich aufgeschnappt, dass Vaters Mutter aus Knossos stammte, sicher war ich mir nicht, und ohne dass es mir einer verboten hatte, traute ich mich nicht, nach ihr zu fragen. Zum ersten Mal erzählte Großvater von ihr. Ich nahm einen Schluck Wasser und lehnte mich gespannt zurück.

Doch zu meiner Überraschung schüttelte Kairomenes den Kopf. »Ich sah Eliko bei einem Treffen der Archonten. Vater hatte mich mitgenommen, damit ich zuhöre und lerne. Eliko bediente uns am ersten Abend. Sie stammte aus dem Osten, aus einem Dorf nördlich von Dikta.«

Von Dikta wusste ich, dass es den Osten so beherrschte wie Knossos den Norden, Kydonia den Westen und wir den Süden. Auch von den Treffen der Herrscher hatte ich gehört. Einmal im Jahr versammelten sich die Archonten aller Städte, um über die Geschicke unseres Volkes zu beraten, eine Zusammenkunft, die mehrere Tage dauerte.

Es tat weh, dass Vater nie in Erwägung gezogen hatte, mich mitzunehmen. Hatte er gar nicht vorgehabt, die Herrschaft über Phaistos an mich abzugeben?

Der Gedanke schmerzt mich noch heute, obwohl ich eine alte Frau bin, die es besser wissen müsste. Damals begriff ich, dass das Band zwischen Vater und mir nur ein dünner Faden war, den ein leichter Wind zerreißen konnte.

»Sie strahlte so viel Fröhlichkeit aus, und das, obwohl ihr Dorf untergegangen war, als Welchanos das Feuer von Thera aus in die Welt schickte, wie ich später erfuhr. Erst überrollte es eine riesige Woge aus dem Meer, und als sich das Wasser zurückzog, legte sich eine Handbreit Asche wie ein Leichentuch auf die Häuser, die verendeten Tiere und die Toten.

Eliko hatte an den Hängen des Petsofas Schafe gehütet, so entkam sie den Fluten. Niemand aus ihrer Familie überlebte. Allein schlug sie sich nach Gournia durch, wo wir uns begegneten.«

Großvaters Augen glänzten und sein Gesicht wirkte weich. Oder lag das am Licht der Kerzen?

»Noch in derselben Nacht stahl ich mich hinaus und schlich zu den Gebäuden, in denen die Diener wohnten. Die nächsten Tage traf ich sie, so oft es ging, und ich bedrängte meinen Vater, dass wir sie mit nach Phaistos nahmen. Er war dagegen. Ein einfaches Mädchen ohne Familie, ohne bedeutsame Herkunft.

Doch es gelang mir, ihn zu überzeugen. Jeder trägt die Folgen seiner Entscheidungen, hat er zu mir gesagt. Auch du.«

Er lächelte versonnen und nahm einen Schluck, um sich die Kehle zu befeuchten. Sein Blick ging ins Leere, als läse er die Vergangenheit.

Ich spürte, dass die Geschichte noch nicht zu Ende erzählt war, und ließ ihm die Zeit.

Schließlich trank er noch einmal und fuhr fort.

»Wir kehrten heim nach Phaistos. Die Zeit, die dann folgte, war die glücklichste meines Lebens. Das Volk von Phaistos liebte sie. Viermal feierten wir die Wiederkehr des Lichts zusammen. Ilithyia hatte unsere Opfer angenommen und Elikos Bauch rundete sich.

Sie schenkte einem wundervollen Mädchen das Leben. Unsere Tochter starb an einem Fieber, noch ehe sie ein Jahr alt war. Im Sommer darauf brachte Eliko einen Jungen zur Welt. Dieser verschied wenige Tage nach der Geburt. Als auch das dritte Kind vor Ablauf eines Jahres starb, verschwand die Fröhlichkeit aus Elikos Gesicht. Sie zog sich immer mehr in sich zurück. Hatte sie früher oft gesungen, wenn sie den Teig für das Brot knetete, schlich sie jetzt gebückt und schweigend durch das Haus.

Eines Morgens, als ich von einer mehrtägigen Jagd nach Hause kam, fand ich sie tot in unserem Bett.«

Tränen rannen über seine Wangen. Ich hatte Großvater noch nie weinen sehen.

»Friedlich lag sie da und sah im Tod glücklicher aus als zuletzt im Leben. Seither ist kein Tag vergangen, an dem ich nicht an sie gedacht habe.« Seine Stimme brach.

Zusammengesunken lag er mehr im Sessel, als dass er saß. Zum ersten Mal begriff ich, wie alt er schon war, wie zerbrechlich.

Die Stille legte sich wie ein schwerer Mantel über uns, eine unnatürliche Ruhe. Selbst die gewohnten Geräusche der Nacht, das Scharren der Pferde im Stall, der Ruf eines Käuzchens, das Knurren eines Hundes im Traum waren verstummt.

Großvater richtete sich auf. »Spürst du es? Das ist sie. Eliko. Sie ruft mich.«

Ein Beben durchdrang die Erde, kroch in meine Knochen, ließ die Becher auf dem Tisch wackeln. Ich erstarrte. Das Windspiel an der Decke klingelte, ohne dass die Brise aufgefrischt wäre.

Kurz darauf herrschte wieder Stille und ich atmete auf.

Es hieß, ein solches Beben hätte einst Phaistos zerstört und eines Tages würde Welchanos ein Beben schicken, heftiger als alle anderen, und von Phaistos und den anderen Städten bliebe nichts übrig, um die Zeiten zu überdauern. Dieses hier aber war eines der leichten, das mich nicht einmal aus dem Schlaf geweckt hätte, und nach dieser Erzählung von Großvater glaubte ich ihm beinahe, dass Eliko aus dem Land der Geister grüßte.

Wieder schwiegen wir lange, aber Großvater setzte seine Geschichte nicht fort, obwohl ich gern erfahren hätte, wer meine Großmutter war. Er starrte in seinen Becher und hing seinen Erinnerungen nach. Ich glaubte zu verstehen, warum er mir diese seine Geschichte erzählt hatte.

»Ich möchte Phaistos eine Zukunft schenken. Mit Geros«, sagte ich irgendwann. »Doch wie soll das gehen, wenn mich Vater an diesen Achäerprinzen verheiraten will?«

»Folge deinem Herzen, Ide. Mache nicht die Fehler, die ich gemacht habe.« Schwerfällig stemmte sich Großvater hoch und legte seine fleckige Hand auf meine. Mit überraschend klarer Stimme sagte er: »Vertraue, Ide.«

## Narr und Närrin

Lange lag ich in dieser Nacht wach, nachdem ich Großvater Kairomenes zurück in seine Kammer gebracht hatte. Unruhig warf ich mich hin und her. Im Traum sah ich mich auf der Schautreppe von Phaistos, Geros und Vater neben mir. Auf dem Platz drängten sich Männer, Frauen, Kinder aus Phaistos und Davos. Mitten unter ihnen Pareia. Sie schrien, doch ich verstand sie nicht. Nach und nach verblassten sie: zuerst Vater und Geros, dann die Leute, zuletzt Pareia, bis ich allein auf der Treppe zurückblieb. Die Häuser um den Platz herum zerbröckelten, zerfielen zu Staub. Von Ferne rief jemand meinen Namen, wollte auch mich fortholen aus dieser zerstörten Welt. Schweißgebadet schreckte ich hoch.

»Ide!«

Ich brauchte etwas, bis ich begriff, dass der Ruf nicht aus meinen Träumen stammte, sondern von der Tür herrührte.

»Ide!« Aufgeregt. Dringlich.

Ich rappelte mich hoch. Draußen kündete bereits ein grauer Schimmer den nahenden Morgen an. Die Geräusche des erwachenden Palastes drangen herein: Schritte, Guten-Morgen-Grüße, das Schaben des Mahlsteins. Jemand pfiff eine Melodie. Meine Schläfen pochten, als ich zur Tür schlurfte.

Kaum war sie offen, schob sich Naran an mir vorbei und sah sich in meiner Kammer um. Ungeheuerlich. Das war nicht die Art des zurückhaltenden Dieners.

»Was soll das?«

»Ist Kairomenes hier?«

»Was ist mit Großvater?«

»Er ist verschwunden.« Er stürzte schon wieder hinaus.

»Warte«, rief ich und zog mir einen dünnen Mantel über. Mit schnellen Schritten holte ich ihn ein. »Was heißt ›verschwunden‹?«

»Sein Bett ist unbenutzt. Ich suche ihn überall.« Naran blieb stehen und atmete schwer. »Er hat seinen Mantel vergessen.« Über seinem Arm, den er mir entgegenhob, hing Großvaters Pelzmantel.

»Warst du schon bei meinem Vater?«

»Ja, und bei Pareia auch. Sie finden, Kairomenes könne auf sich selbst achten. Aber er sieht die Dinge nicht mehr so klar wie früher.«

»Ich rede mit ihnen. Such du weiter.«

Vaters Gemach war leer. Im Laufschritt rannte ich hinunter und fand ihn im Hof, wo er Diener dazu anhielt, die Sachen für die Reise nach Pylos zu packen.

»Wenn du wegen Großvater kommst ...« Er hielt es nicht einmal für nötig, den Blick von den Dienern zu nehmen, die Kisten auf einen Karren luden.

»Er war gestern noch bei mir.«

»... er ist alt genug, für sich zu entscheiden.«

»Ich habe ihn in sein Gemach gebracht, nachdem die Erde gebebt hat. Er kann doch nicht einfach verschwunden sein!«

»Hast du deine Sachen gepackt?«

»Aber Vater, wir müssen ihn suchen.«

»Ide, wir reisen heute ab und daran wird sich nichts ändern, nur weil sich Kairomenes versteckt hat.« Endlich wandte er sich mir zu, verzog den Mund zu einem Lächeln, das tröstlich wirken sollte. »Naran wird ihn finden und jetzt zieh dir etwas an, damit wir pünktlich abreisen können.« Er drehte sich um und trieb die Diener zur Eile an.

Mir einzureden, Blutsbande sind stärker, wäre zu einfach. Großvater hatte mir stets beigebracht, dass jeder Mensch für sich und seine Taten verantwortlich war. Ich erinnerte mich an den Tag, als ich Früchtebrot aus der Bäckerei gestohlen hatte, um es Ayra zu geben.

Wir waren beide Kinder und Dauerregen hatte den Sommer bestimmt, sodass die Halme auf den Feldern knickten und die Äpfel am Baum verfaulten. Vater erwischte mich. Es war das erste Mal, dass er mich schlug. Später fragte mich Großvater, ob ich den Diebstahl bereute. Ich dachte an Ayras dankbaren Blick und wusste, ich hatte richtig gehandelt. Großvaters Lächeln auf meine Antwort lehrte mich: Es gab nicht nur eine Wahrheit und am Ende zählen die Taten, die ein Mensch vollbringt.

An diese Geschichte musste ich denken, als ich auf Vaters Rücken schaute. Damals, dort im Hof von Davos, veränderte sich etwas in mir. Ich fasste einen Entschluss. Mein Mund öffnete sich weit, ließ die Morgenluft in meine Lungen.

Fieberhaft überlegte ich, wo Großvater stecken könnte. Die Gemächer hatte Naran durchsucht. Nachdem wir uns getrennt hatten, war er in Richtung der Werkstätten gelaufen. Der Stall. Kairomenes mochte den Duft der Pferde. Sie brachten Ruhe in seinen Geist, sagte er oft. Ich rannte los.

Ich schaute in die Boxen, traute mich nicht zu rufen, damit niemand meine Stimme hörte.

Nichts.

Mein Pony begrüßte mich brummelnd. Auch hier spähte ich über die Boxenwand. Große Augen schauten mich aus einem verweinten Gesicht an.

»Lydi!«

Sie kam aus der Box heraus und schlang ihre Arme um mich.

Ich strich ihr über den zerzausten Schopf. Ayra hatte mir nie erzählt, wer Lydis Vater war. Ich ließ ihr dieses Geheimnis, auch wenn ein Schleier über ihr lag und ihr stets etwas Trauriges, vielleicht Sehnsuchtsvolles verlieh. »Was ist los? Was machst du denn hier?«

Sie druckste herum, malte mit dem Zeh Kreise auf den Boden.

»Nun sag schon«, ermunterte ich sie. »Es ist alles in Ordnung.«

»Ich wollte sehen, ob Großvater Kairomenes zurück ist.«

»Du hast ihn gesehen? Wann?«

»Nachdem Welchanos böse wurde und die Erde wackeln ließ. Das macht den Pferden Angst.« Sie verstummte.

»Als du hierhergekommen bist, hast du Großvater gesehen?«, ermunterte ich sie.

Sie schluckte. Auf ihrem Gesicht zeichnete sich ab, wie sie allen Mut zusammennahm.

»Er ist fortgegangen.«

»Wie meinst du das?«

Lydi legte den Kopf schief und rieb sich den Arm.

»Was ist mit Großvater?«

»Er ist fortgegangen. Aber er ist doch alt. Da geht man doch nicht nachts fort?«

Jetzt schaute sie mich aufmerksam an.

»Das stimmt.«

»Ich bin die ganze Nacht hiergeblieben und hab auf ihn gewartet.«

»Das ist tapfer von dir. Weißt du, wohin er gegangen ist?«

Sie zuckte die Schultern. Eine vage Vermutung ergriff von mir Besitz. Noch war der Gedanke flüchtig, nicht greifbar.

»Ist er durch die Seitenpforte hinaus?«

Ein Nicken bestätigte, dass ich recht hatte, und der Gedanke verfestigte sich.

»Weißt du, welchen Weg er genommen hat?«

Sie deutete mit dem Finger nach Norden.

»Er ist die Straße nach Vorizia gegangen?«

Dieser alte Narr. Vertrauen! Das hatte er gemeint. Nein, ich war die Närrin. In meinem Selbstmitleid hatte ich ihn dazu gebracht, ins Gebirge hinaufzugehen. Die Erkenntnis schwappte über mir zusammen wie eine hohe Welle. Er wollte in der Höhle der Götter ein Ritual vollziehen. Ein Ritual, das Geros und mich wieder zusammenbrachte.

»Ist das schlimm?« Lydis Stimme zitterte und ihre Augen begannen zu schwimmen.

»Nein. Nein, Lydi. Es ist nicht schlimm.« Zumindest hoffte ich das.

Um diese Jahreszeit bedeckte Schnee die Berge. Die Wolken hingen tief. Wilde Eber trieben sich in den Wäldern herum und die Bären erwachten hungrig aus dem Winterschlaf. Meinetwegen irrte er da draußen umher. Vater würde mir das nicht verzeihen.

Die Wasser wirbelten mich herum, ich verlor das Gefühl für oben und unten und bekam kaum noch Luft. Wieder war ich dafür verantwortlich, wenn jemand zu Schaden kam. Zum zweiten Mal.

Damals war ich mit Ayra verabredet, deren Blut zu fließen begonnen hatte. Wir wollten hinauf zur Höhle oberhalb von Vorizia und ein Opfer bringen. Es verhieß Glück, wenn das erste Blut einer Frau Ilithyia geopfert wurde. Vater aber hielt mich auf. Er erwartete Kydon, den Archon von Kydonia im Westen, und hatte beschlossen, dass ich das erste Mal einer solchen Zusammenkunft beiwohnen sollte, um zu lernen. Ayra ging allein in die Berge, denn das Opfer musste gebracht werden, ehe der erste Blutfluss aufhörte. Auf dem Weg zurück stürzte sie und brach sich das Bein.

Bis heute trug ich die Schuld mit mir, dass Ayra bei jedem Schritt Schmerzen spürte, obwohl sie es mir nie nachgetragen hatte. Es ist deine Pflicht, einmal dieses Volk zu regieren, hatte sie gesagt. Die großen Dinge werden immer wichtiger für dich sein als das Schicksal eines einzelnen. Vehement hatte ich ihr widersprochen. Sie hatte gelächelt und gemeint, eines Tages würde ich verstehen.

Und jetzt war Großvater in Gefahr.

Großvater, der mich getröstet hatte, als ich von einem Baum gefallen war und mir den Arm gebrochen hatte, der mir das Schreiben beigebracht hatte. Ich saß auf seinem Schoß, die Zungenspitze zwischen meinen Lippen, und ritzte mit dem Griffel die Zeichen in weichen Ton. Bei den schwierigen Zeichen half er mir und führte meine Hand, wenn die Bögen misslangen. Verschrieb ich mich, formten wir den Ton neu. Wie stolz war ich, als ich zum ersten Mal auf Papyrus schreiben durfte. Eine Liturgie, die Pareia später im Heiligen Hain vorgetragen hatte.

Heute sollten wir abfahren. Die Schiffe waren beladen und ich sollte meiner Pflicht als Tochter des Archons von Phaistos nachkommen. Vater würde nicht dulden, dass ich nach Großvater suchte. Er würde seine Männer schicken und vermutlich war es ihm egal, wenn Großvater da draußen ums Leben kam. Nicht noch einmal. Damals hatte ich mir geschworen, es nicht wieder zuzulassen, dass jemand meinetwegen verletzt wurde.

»Ich hole Kairomenes zurück«, sagte ich und beugte mich zu Lydi hinunter: »Das muss unser Geheimnis bleiben, verstehst du?« Auf keinen Fall wollte ich, dass Vater mich aufhielt. Ich legte einen Finger auf ihre Lippen, dann auf meine. »Unser Geheimnis.«

Sie nickte.

»Lauf jetzt nach Hause, ehe sich deine Mutter noch Sorgen um dich macht.« Ich lächelte sie an.

»Unser Geheimnis«, wiederholte sie und rannte davon.

Ich fragte mich, ob sie ihr Versprechen hielt. Pareia ließe nicht zu, dass jemand in die Berge hinaufstieg und ein heiliges Ritual vollzog, das ihr vorbehalten war. Vater wollte nur, dass ich an Bord dieses Schiffes ging. Tief in seinem Inneren wollte er, dass Großvater starb, dessen war ich mir sicher.

In der Kammer für das Pferdefutter und die Ausrüstung stand ganz hinten eine Kiste. Aus ihr holte ich ein fleckiges Hemd und den schäbigen Schurz hervor, den ich vor ein paar Jahren Vaters Knecht gestohlen hatte. Hastig zog ich mich an, befestigte den Dolch an meinem Gürtel und rollte den alten Mantel zusammen. In der Küche nahm ich Brot, Käse und Wasser und noch ein paar Dinge an mich.

Die Seitenpforte knarzte, als ich Davos verließ.

Inzwischen hatte sich die Sonne als rote Feuerscheibe über den Horizont geschoben und erfüllte den Morgen mit blassem Licht. Auf dem Weg zum Bergdorf Vorizia schritt ich zügig aus. Der ausgetretene Pfad wand sich in einer sanften Steigung bergan. Ein Bauer, der fünf Ziegen an einem Strick hinter sich herzog, kam mir entgegen. Ich wich aus, indem ich einen Schritt ins Gras trat. Er grüßte mit einem Nicken. Mehr nicht. Die Haare unter einer Kappe verborgen, erkannte keiner die Tochter des Archons in diesen abgetragenen Kleidern.

Hinter der Ansammlung von Rundhütten und niedrigen Schuppen, aus denen Vorizia bestand, verschwand der Pfad beinahe auf dem felsigen Grund. Ein schmaler Steig, kaum zu erkennen, zog sich links vom Bach durch die Schlucht. Die Luft roch nach den ersten Blüten und nach frischem Grün.

Sorgen um Großvater verschattete meine Gedanken, sonst hätte ich den Aufstieg genossen. Wieso hatte ich mich gehen lassen und ihn mit meinen Problemen behelligt? Jetzt irrte er hier in den Bergen herum.

Der Stein, auf den ich trat, kippelte. Ich rutschte ab, fing mich, ehe ich stürzte. Und hier lief Großvater entlang, unsicher auf den Beinen und ohne Mantel. Achtsam setzte ich von nun an die Schritte. Wenn ich ihn retten wollte, durfte ich mir nicht den Fuß brechen.

Damals fragte ich mich, ob das das Geheimnis des Alters war? Handeln, wie es einem in den Sinn kam, ohne sich an Regeln halten zu müssen? Heute weiß ich, dass ein Mensch manchmal eine Entscheidung treffen muss, die niemand versteht, nur dem eigenen Gewissen verpflichtet.

Ich überwand ein paar Felsbrocken, indem ich mich an Oleanderstämmen hochzog. Ein Auflachen entflog meinen Lippen.

Vater würde behaupten, das täte ich jetzt schon. Anstatt dem zu folgen, was von mir erwartet wurde, bedauerte ich mich selbst und lief hinter Großvater her. Ja, eine Flucht war das, gestand ich mir ehrlich ein. Die Hoffnung, nicht auf dieses Schiff nach Pylos steigen zu müssen. Wütend trat ich einen trockenen Ast aus dem Weg. Eines nach dem anderen. Jetzt galt es, Großvater zu finden.

Die Schlucht zog sich steil nach oben. Der steinige Untergrund forderte Konzentration auf den nächsten Schritt. Ich atmete tief und gleichmäßig, um meine Kräfte zu schonen. Das half, die aufgewühlten Wogen in mir nach und nach zu glätten.

Nach gut einer Stunde endete der Pfad an einer steinernen Wand, höher als ich. Der Bach stürzte hier in die Tiefe, doch daneben war noch genug Platz, dass ich über den rauen Felsen hinaufklettern konnte.

Ich bezweifelte, dass Großvater hier heraufgekommen war. Die Götter hatten ihm eine außergewöhnlich lange Lebenszeit geschenkt, viel mehr als den meisten Bewohnern von Phaistos. Die Jahre hatten seine Beine gekrümmt, sodass eine Melone zwischen den Knien hindurchpasste. Vermutlich saß er irgendwo mit einer Amphore Wein und kicherte über alle, die ihn suchten, und ich war völlig unnötig aufgebrochen.

Dennoch glaubte ich nicht an diese Erklärung. Die Gewissheit, dass Kairomenes in die Berge hinaufgegangen war, erfüllte mich so sicher, wie ich anhand der Wolken das Wetter vorhersagen konnte.

Wenn ich recht hatte, musste es Spuren geben. Im feuchten Ufersand fand ich einen halben Fußabdruck, in Greifhöhe glänzte eine Stelle im Felsen hell, als wäre hier vor Kurzem ein Stück herausgebrochen, vielleicht weil sich jemand festgehalten hatte.

Ohne zu zögern, machte ich mich an den Aufstieg. Bedacht setzte ich meine Füße auf winzige Vorsprünge, hielt mich an hervorstehenden Kanten fest. Großvater war oft mit mir in den Bergen gewesen, als ich klein war. Gemeinsam kletterten wir auf Felsen, um von dort über die ganze Ebene zu schauen. Er zeigte mir Phaistos, das auf dem Hügel thronte. Ein angemessener Platz für einen Herrscher, so sagte er. Von Davos lugten nur die Dächer zwischen den Bäumen hervor. An klaren Tagen konnten wir die Inseln im Meer erkennen. Bei diesen Ausflügen hatte er mir alles über das Klettern beigebracht. Ich wünschte mir, dass er davon noch genug wusste. Schnaufend zog ich mich das letzte Stück empor.

Oben bemerkte ich einen abgebrochenen Zweig am Bach, von dem ein Faden herabhing. Ich pflückte ihn ab. Weinrot. Vielleicht stammte er von Großvaters Kleidung. Das sollte er geschafft haben? Mein Blick ging zurück zu der Klippe, die ich gerade heraufgeklettert war. Also weiter, ihn einholen, mich vergewissern, dass es ihm gut ging.

Vorher trank ich noch aus dem Bach, füllte meine Trinkblase und richtete mich wieder auf, da stand er: ein ausgewachsener Bär. Mein Herz machte einen Satz und ich unterdrückte einen Schreckensschrei. Er starrte mich an und schien zu überlegen, ob ich eine gute Mahlzeit abgab. Der Felsabbruch begann nur zwei Schritt hinter mir. Kein Platz, rückwärts zu gehen, wie ich es von Großvater gelernt hatte. Der Bär tat einen Schritt auf mich zu. Ich hob die Arme und bewegte sie auf und ab.

Rede mit ihm, hatte Großvater gesagt, er muss verstehen, dass du ein Mensch bist. »Ich bin Ide, verehrter Bär«, sagte ich.

Der Bär hob sich auf die Hinterbeine. Jetzt überragt er mich und in seinem geöffneten Maul blitzten die Zähne. Hunden oder Löwen stand ins Gesicht geschrieben, was sie vorhatten. Die Mimik eines Bären blieb unlesbar.

Atmen, befahl ich mir und redete weiter: »Hast du Großvater Kairomenes gesehen? Er will zur Grotte hinauf. Zu den Göttern sprechen.«

Der Bär bewegte sich zwei Schritte auf mich zu und fauchte.

»Bitte, verehrter Bär. Es ist wichtig. Großvater ist alt, ich muss ihn suchen.« Ich merkte, wie ich plapperte.

Den Bären schien das zufriedenzustellen. Er ließ sich auf alle Viere fallen und trottete davon. Bevor er zwischen den Wacholderbäumen verschwand, drehte er sich noch einmal zu mir um, als wollte er mir einen Gruß senden.

Erst jetzt bemerkte ich, wie mein Puls hämmerte und dass ich schwitzte. Ich atmete tief durch. Großvater hatte oft die Geschichte von Pasaja, der Herrin der Tiere, erzählt. Die Bären begleiteten sie genau wie die Raben und die wilden Hunde. Manchmal drang sie in den Geist eines ihrer Tiere ein und begab sich unter die Menschen. Wer ein gutes Herz hat, dem half sie. Nun, es war das eine, das in einer Geschichte zu hören. Das andere war es, einem ausgewachsenen Bären allein gegenüberzustehen.

Ich spritzte mir etwas Wasser ins Gesicht. Du kannst alles schaffen, was du willst, sagte ich zu meinem verzerrten Spiegelbild.

Am Ufer lag ein schlanker Ast, von dem ich die Zweige abbrach. Als ich weiterging, schlug ich damit alle paar Schritte auf das Gebüsch und hoffte, der Lärm hielte den Bären fern.

Der Pfad zog sich an der linken Seite der Schlucht nach oben und schlängelte sich durch dichten Kiefernwald, den Steineichen und Wacholderbäume durchsetzten. Es duftete nach Harz und wilden Kräutern. Steinmännchen, von denen einige umgefallen waren, wiesen mir den Weg. Je höher ich kam, desto häufiger traf ich auf Schneeflecken, die sich in schattigen Nischen gehalten hatten.

Schließlich wuchsen die weißen Stellen zu einer geschlossenen Schneedecke zusammen, deren verharschte Oberfläche unter meinen Füßen brach. Eine schnurgerade Linie von Fußstapfen zog sich bergaufwärts. Daneben fand sich ein runder Abdruck. Großvater war tatsächlich hier gewesen, das waren seine Spuren und die seines Stocks. Der Hals wurde mir eng, denn der Hang fiel steil ab. Auch wenn die Kiefern hier dichter wuchsen, ein falscher Tritt führte in den Tod. So schlecht wie

Großvater lief, fürchtete ich das Schlimmste. Doch die Spur verlor sich nicht, auch wenn die Schritte kürzer wurden.

Mein Atem stand als weiße Wolke vor dem Mund. Trotzdem fror ich nicht, denn das Laufen hielt mich warm. Am späten Nachmittag erreichte ich den Pass und drehte mich um. Tief unten teilte der Lithaios die Ebene. Nirgendwo verriet eine Bewegung, dass mir jemand folgte. Auf der einen Seite erleichterte mich das, auf der anderen bewies es einmal mehr, dass ich Vater nicht mehr bedeutete als ein Pferd. Egal. Ich musste Großvater finden.

## Awesus Zuflucht

Scheinbar unberührt lag die weiße Fläche des Hochplateaus vor mir. Hierhin trieben die Bauern im Frühsommer ihre Herden und holten sie vor dem ersten Schnee wieder herunter. Die Höhle befand sich an der westlichen Hangseite. Unterhalb lag ein Mitato, eine runde Steinhütte, in der die Hirten während der Schur wohnten. Dort wollte ich die Nacht verbringen und vielleicht fand ich dort Großvater.

Je tiefer ich kam, umso mehr Details erkannte ich: die Fährte von wilden Ziegen, die Pfotenabdrücke eines Hasen und die Fußabdrücke, die von Großvater stammen mussten. Sie führten mich zu einem Gebüsch, das sich in einen geschützten Winkel am Rand der Ebene duckte. Ein Strauch mit kleinen harten Blättern versteckte sich unter einer Schneehaube. Vogelspuren, ein paar Getreidekörner und der Faden einer Kordel an einem Zweig verrieten, dass Großvater eine Falle gebaut hatte. Den Spuren nach waren ihm Götter hold gewesen und er hatte ein Steinhuhn gefangen.

Die Sonne kroch hinter die Berge und die einsetzende Dämmerung verschluckte bereits die Details am Berghang. Trotzdem glaubte ich, eine Linie auszumachen, die sich in Mäandern hinauf zur Höhle wand und immer wieder auf dem felsigen Untergrund verschwand – Großvaters Fußstapfen. Ich zögerte. Vielleicht befand er sich bereits in der Sicherheit des Mitato.

So schnell ich im Schnee vorankam, lief ich zu der Hütte. Meine Hoffnung verflog angesichts der Wehe, die der Wind vor dem Eingang geformt hatte. Trotzdem warf ich einen Blick hinein. Bis auf ein paar Ziegenköttel und losem Holz neben dem

Türdurchbruch enthielt die Hütte nichts. Sie lag schon lange Zeit verlassen.

Das ließ nur einen Schluss zu: Großvater musste sofort zur Höhle hinaufgestiegen sein. Nach der Färbung des Himmels zu urteilen, konnte ich den Aufstieg schaffen, solange mir noch etwas Licht den Weg wies. Über den Abstieg würde ich mir später Gedanken machen. Jetzt zählte, Großvater zu finden. Ohne Schutz überlebte er keine Nacht in den Bergen.

So rasch es der rutschige Untergrund zuließ, erklomm ich den Hang. Tatsächlich formten Fußstapfen die Linie, die ich ausgemacht hatte. Neben ihnen fand sich der runde Abdruck eines Stockes. Die Spur führte nur bergauf. Großvater musste noch in der Nähe der Höhle sein. Das Herz hämmerte mir bis zum Hals und das lag nicht allein an dem beschwerlichen Aufstieg.

Schneller.

Lose Steine unter dem Schnee erschwerten das Vorankommen. Immer wieder glitt mein Fuß auf den vereisten Felsen aus, ich musste mich abstützen. Und hier war Großvater hinaufgeklettert?

Schneller.

Die Sorge um ihn trieb mich vorwärts. Im letzten Rest des Tageslichts erreichte ich das Plateau vor der Höhle.

»Großvater! Großvater Kairomenes!«

Über das Rauschen des Blutes in meinen Ohren hinweg lauschte ich auf eine Antwort. Nichts. Ich rief noch einmal. Stille. Nicht ein Laut. Der Tag legte sich schlafen. Selbst der Wind flaute ab.

Die Höhle gähnte als finsterer Schlund in der Felswand. Davor war es bereits so dunkel, dass ich nichts im Schnee erkennen konnte. Steil fiel der Eingang ab. Die Vorfahren hatten eine grobe Treppe in den Felsen geschlagen, deren Stufen die Dunkelheit verbarg. Wenn Kairomenes dort unten war, dann müsste ich einen Lichtschein sehen. Die ersten Nachtschatten hüllten den Grund der Höhle in tiefes Schwarz. Mir schlug feuchtkalter Dunst nach Vogelkot und Moder entgegen. Nichts zu erkennen.

Noch einmal sah ich mich auf dem Plateau um. Die Fußspuren führten vom Weg bis zu dem Altar, einem etwas erhöht liegenden Felsquader vor der Höhle, den Welchanos persönlich mit seiner Axt geschaffen hatte.

Es hieß, dass Awesu, der Urahn, im späten Herbst zur Jagd hier heraufgekommen war und vom ersten Wintersturm überrascht wurde. Er suchte in der Höhle Schutz. Am anderen Morgen bedeckte den Boden der Haupthalle mannshoher Schnee und der Eingang lag hinter dem milchigen Blau einer Schneewehe. Die ganze Welt war zu Eis erstarrt. Es gab kein Durchkommen, die Wege ins Tal waren unpassierbar. Awesu fror, die Kälte kroch in seine Knochen. Nirgendwo fand er Feuerholz. Hunger plagte ihn. So rief er Welchanos an und bat um Hilfe. Nach vier Tagen und Nächten, in denen der Urahn dem Tode nah war, schickte Welchanos einen Bären.

Er sprach: »Töte mich. Nähre dich von meinem Fleisch und hülle dich in meinen Pelz. Dann berichte den Menschen von meiner Güte.«

Awesu versprach von nun an Welchanos zu ehren. Sobald er sein Gelübde gesprochen hatte, schoss aus dem klaren Himmel ein Blitz in Form einer Axt und schlug den Quader aus dem Felsen. Der Bär stieg hinauf und ein zweiter Blitz tötete ihn. Das warme Blut schenkte Awesu Kraft und heilte seine Erfrierungen. Gegen die Kälte wickelte er sich in den Pelz und das Fleisch half ihm, die nächsten Tage und Wochen zu überstehen, bis das Wetter milder wurde und er heimkehren konnte. Er verkündete Welchanos' Wort, berichtete von seiner Güte und seither huldigten wir ihm an diesem Platz.

Ich stieg zu dem Steinblock hinauf, der dunkel aus dem Schnee ragte. Etwas Graues erregte meine Aufmerksamkeit. Federn. Auf dem Altar entdeckte ich frische Blutspritzer. Hier hatte jemand ein Steinhuhn geopfert, das Blut, den Spritzern nach zu urteilen, aufgefangen und den Kadaver mitgenommen. Großvater. Nirgendwo gab es Abdrücke, die davon zeugten, dass er diesen Platz wieder verlassen hatte, und den Platz vor dem Höhlenschlund hatte ich zertrampelt. Es half nichts. Ich musste hinunter und nachschauen.

Neben dem Eingang lagen zwei aufgerollte Seile und ein Korb voller Fackeln. Wieder und wieder schlug ich den Feuerstein gegen das Katzengold, flehte und fluchte, bis endlich das in Holzteer getränkte Ende der Fackel Feuer fing. Ein Dankesgebet auf den Lippen klemmte ich sie in eine Felsspalte. Die Stufen, die von unzähligen Füßen rund und glatt gelaufen waren, erhellte das flackernde Licht nur spärlich. Mit einer weiteren Fackel in der Hand stieg ich vorsichtig hinunter.

Ich war noch keine fünf Stufen weit gekommen, als es mir die Beine unter dem Körper wegzog. Schmelzwasser war vom Eingang herabgeronnen und hatte die Treppe mit einer dünnen Eisschicht überzogen. Mein Fuß glitt von der Kante, ich ruderte mit den Armen, landete auf dem Rücken, drehte mich dabei. Die Stufe traf meinen Steiß und schickte einen Schmerz durch meinen Körper. Vergeblich suchte ich nach Halt und schlitterte den Kopf voran dem Höhlenboden entgegen. Erst später begriff ich, dass der Schrei, den ich hörte, mein eigener war.

Unten blieb ich liegen und horchte in meine Glieder. Vor den Augen flirrten mir Lichtpunkte. Mein Jochbein pochte. Ich betastete es und zuckte zusammen. Eine nässende Wunde, ich musste bei dem Sturz irgendwo angeschlagen sein. Der Rücken schmerzte, ebenso mein rechtes Bein. Vorsichtig bewegte ich es. Ich schien mir nichts gebrochen zu haben.

Der Flamme oben am Eingang reichte nicht bis hier hinunter, so tastete ich im Dunkeln nach der zweiten Fackel, die ich bei dem Sturz verloren hatte. Verharschter Schnee, loses Geröll, etwas Undefinierbares. Endlich umschloss ich das Holz. Mit zitternden, schmerzenden Fingern begann ich erneut, Feuer zu schlagen, bis der Schein meine Umgebung erhellte, die glänzende Fläche des Eises auf dem Boden, die moosüberwucherten Wände, auf denen Eisblumen blühten, und die hüfthohe Schneewehe, die der Wind hereingetragen hatte. In manchen Jahren hielt sich der Schnee bis in den Sommer.

Ich war erst einmal in der Höhle gewesen und mich schauderte wieder. Dieser Ort musste für die Götter erschaffen sein. Ihr vergangener Atem stellte die Härchen auf meinen Armen auf. Die Decke der großen Halle wölbte sich so hoch über meinem Kopf, dass das flackernde Licht nicht bis zu ihr hinaufreichte.

Damals grassierte eine Krankheit im Volk von Phaistos, die besonders Kinder und Alte dahinraffte. Pareia trat zum ersten Mal als Hohepriesterin vor die Götter und bat sie um Hilfe. Ich trug das gelbe Kleid, das schönste, das ich besaß. Großvater hielt meine Hand und ich war dankbar dafür, obwohl ich kein kleines Kind mehr war. Pareia führte Vater ins Heiligtum. Ihn hatte das Fieber gepackt und die Sorge um ihn, die mich erfüllt hatte, ist mir heute noch gegenwärtig. Alles andere hatten Potnias Dämonen verschlungen. Nach dem Ritual war Vater genesen und ich glaubte, das verdankte er den Göttern. Pareia sonnte sich in der Anerkennung unseres Volkes dafür. Doch das begriff ich erst viel später.

Ich rappelte mich auf und rieb mir den schmerzenden Oberschenkel. Am Boden, nicht weit von der Stelle, an der ich gelandet war, lagen Scherben. Ein aus Ton geformtes Horn. Ein eingraviertes Auge. Das sah aus wie ein zerbrochenes Rhyton in Form eines Stierkopfes. Ich hob eine der Scherben auf und fuhr über die Innenseite. An meinem Finger blieb rote Flüssigkeit zurück, Wein mit Blut versetzt, wie mir der Geruch verriet. Großvater musste hier sein.

Die Fackel vor mich haltend betrat ich den Tunnel, der mehr als doppelt mannshoch war. Im gelben Licht wurden Falten im Felsen, lose Steine und Stalaktiten lebendig. Der Schnee reichte nicht bis hierher. Feuchtigkeit in Vertiefungen und das hallende Geräusch von tropfendem Wasser verrieten, dass es hier etwas wärmer war.

Nach einigen Schritten fiel der Fackelschein auf den Schrein für die Opfer. Der Felsen dahinter barg zahlreiche Ritzen, in denen Rinder- und Ziegenfigürchen aus Bronze oder Ton sowie kleine bronzene Doppeläxte steckten – Opfergaben, um die Götter gnädig zu stimmen. Auf dem Schrein, nah an der Kante, stand ein tönerner Stier, so groß wie meine Faust, daneben die Resten des Steinhuhns, dessen Federn grotesk abstanden. Am Boden lag ein Bündel. Ich brauchte einen Moment, bis ich begriff, dass es Großvater war, zusammengerollt, offenkundig um der Kälte zu entgehen. So schnell es der rutschige Boden zuließ, rannte ich zu ihm und rüttelte sanft an seiner Schulter.

»Großvater! Großvater Kairomenes.«

Stöhnend bewegte er sich. Ilithyia sei Dank, er lebte noch. Ich klemmte die Fackel in eine Felsspalte und half ihm, sich aufzurichten. Dann hängte ich ihm meinen Mantel um die Schultern.

»Was machst du nur?«, fragte ich ihn, ohne wirklich mit einer Antwort zu rechnen. Mein Blick glitt von Großvater zu der Figur auf dem Altar und ich verstand. Das Stierrhyton, das Blut. Er hatte Welchanos persönlich angerufen. Ach Großvater, obwohl du dein Leben lang lieber auf ein klares Wort und das Schwert vertraut hast, wolltest du nichts unversucht lassen, um Phaistos und mich zu retten.

Das durfte nicht sein Tod sein. Ich nestelte an meinem Bündel und hielt ihm die Trinkblase an die Lippen.

Flatternd öffneten sich seine Lider. Die Augen irrten hin und her, ehe sie an meinem Gesicht Halt fanden und sich sein Blick klärte. »Ide.«

»Ja, Großvater, ich bin hier.«

Er trank ein paar Schlucke.

»Wir müssen dich hier herausschaffen.« Hier in der Höhle war es viel zu kalt, um die Nacht zu verbringen. Es gab nur eine Möglichkeit: das Mitato. Dort konnte ich ein Feuer entzünden und Bergtee aus Malotira zubereiten, einem Kraut, das auf kargen Böden im Gebirge wuchs. »Meinst du, dass du aufstehen kannst?«

Keine Antwort.

Ich griff unter seine Achseln und zog ihn ächzend hoch. Wie dünn er war und wie leicht. Seinen Arm über meiner Schulter schleppte ich ihn mehr, als dass er lief, zurück in die große Halle. Hier setzte ich ihn hin und sah zum Eingang hinauf, wo der Himmel neben der Fackel schwarz wirkte. Irgendwie musste ich ihn über die vereisten Stufen bekommen. Allein schaffte er es nicht. Die Fackel klemmte ich in eine Halterung.

Unschlüssig stützte ich die Hände in die Hüfte. Hilfe käme keine. Niemand wusste, wo wir waren. Selbst Lydi kannte nur die Richtung, nicht das Ziel. Ich verfluchte meine Kurzsichtigkeit: einfach überhastet aufzubrechen, ohne nachzudenken. Hätte ich Lydi doch wenigstens geheißen, Ayra zu unterrichten. Sie hätte gewusst, wann es Zeit war, Hilfe zu schicken. Jetzt musste ich sehen, wie ich zurechtkam. Ich konnte ihn unmöglich hinauftragen, soviel stand fest. Ihn allein zurückzulassen und Hilfe zu holen, kam ebenfalls nicht infrage, die Kälte brächte ihn um.

Du kannst alles schaffen, was du willst. Das Pochen in meinem Gesicht ließ daran Zweifel aufkommen.

Hatten am Eingang nicht Seile gelegen? Ja, neben dem Korb mit den Fackeln. Mit neuer Kraft ging ich an den Aufstieg. Hinauf gelang mir leichter als herab, zum einen, weil ich um die überfrorenen Stufen wusste und besser aufpasste, zum anderen, weil ich die Hände zu Hilfe nahm. Eines der Seile war so lang, dass es zweimal bis zum Grund der Höhle reichte. Durch die Feuchtigkeit war es steifgefroren und ich hoffte, dass die Fasern noch hielten und nicht nur vom Eis zusammengehalten wurden.

Jetzt brauchte ich noch etwas, um das Seil zu befestigen. Ein Felsbrocken ragte nahe der Kante aus dem Schnee, den eine dicke Schicht aus gefrorenem Schmelzwasser überzog. Das musste reichen. Ich legte das Seil um die glatte, feuchte Oberfläche und ließ die Enden hinunterfallen. Dann stieg ich wieder hinab. Das zweite Seil nahm ich mit.

Großvater schaute mich schon deutlich munterer an. Ich legte ihm die Hand auf die Schulter. »Wir werden dich hier herausholen. In dem Mitato kannst du dich ausruhen.«

Er versuchte ein schiefes Lächeln. »Es hat keinen Zweck, Ide. Lass mich hier und bring dich in Sicherheit.«

Ich schüttelte den Kopf und machte mich dran, aus dem zweiten Seil eine Art Geschirr zu knoten. »Siehst du, das hast du mir beigebracht. Damals, als ich in den Bergen umgeknickt war und den Weg zum nächsten Mitato nicht mehr geschafft habe. Erinnerst du dich?« Ich zeigte ihm, was bislang entstanden war, und er betastete die Knoten. »Du hast mich auf deinen Rücken gebunden und bis in die Hütte getragen. Dort hast du meinen Fuß versorgt. Drei Tage haben wir dort oben verbracht. Dann war ich kräftig genug, wieder zurückzulaufen. Wie Vater dich angebrüllt hat, als wir endlich zuhause waren.« Ich lachte. »Fertig!«

Damit ihm das Geschirr nicht ins Fleisch schnitt, polsterte ich es mit meinem Mantel aus. Dann half ich ihm hinein, befestigte das Seil daran und legte seine Hände darum.

»Ich zieh dich jetzt hoch. Du musst mithelfen.«

Er nickte.

Mit dem ganzen Gewicht legte ich mich in das Zugseil. Stück für Stück zog ich ihn die Schräge hinauf und hoffte, dass der Stein das Seil nicht aufscheuerte. Großvater stützte sich mit den Füßen am Felsen ab, was es mir leichter machte. Die Hälfte war geschafft, da rutschte er weg. Der Ruck zog mir das Seil durch die Hände. Es riss mir die Handflächen auf. Großvater fiel. Ich schrie und packte trotz der brennenden Schmerzen zu. Ein weiterer Ruck, der mir im Rücken zerrte, und ich hatte ihn wieder.

Keuchend hielt ich inne. Der vom Sturz geprellte Oberschenkel schmerzte, als ob ein Messer in ihm steckte, und mein Gesicht war durch die Anstrengung so weit angeschwollen, dass ich kaum noch aus dem linken Auge schauen konnte.

»Geht es dir gut?«, fragte Kairomenes.

»Machen wir weiter.«

Wieder zog ich. Es fiel mir schwerer. Das Blut an meinen Händen nässte das Seil und machte es rutschig. Im letzten Drittel nahm die Steigung ab. Großvater krabbelte auf allen vieren, bis er den Felsbrocken erreicht hatte. »Komm, Ide.«

Ich setzte mich und atmete tief durch. Mein Herz raste von der Anstrengung. Im Nachhinein erscheint es mir wie eine Fügung, dass ausgerechnet der Kniff, mit dem mir Großvater einst geholfen hatte, nun zu seiner Rettung beitrug. Vorsichtig öffnete ich meine Hände und betrachtete sie. Das Seil hatte die Handflächen verbrannt. Blut tropfte herab. Mit einem Streifen, den ich von meinem Hemd abriss, verband ich erst die eine, dann die andere Hand, und kletterte ein letztes Mal hinauf. Großvater streckte mir sogar den Arm entgegen. Ich nahm das letzte Stück aus eigener Kraft, hatte zu viel Angst, dass er mich nicht halten konnte und wir wieder hinunterstürzten. Großvater hatte sich bereits des provisorischen Geschirrs entledigt. Ich nahm meinen Mantel, schüttelte ihn aus und half ihm hinein. Er brauchte ihn nötiger als ich.

»Wir müssen hinunter. In der Hütte kann ich Feuer machen. Denkst du, wir schaffen das?«

Er nickte. »Mein Stock. Hier.« Er hob den Stecken hoch, den er hier oben gelassen haben musste, ehe er in die Höhle hinuntergestiegen war.

Ich band mir mein Bündel auf den Rücken, nahm die Fackel aus der Halterung und legte wieder seinen Arm um meine Schultern. Gemeinsam stiegen wir den Pfad hinunter zum Mitato. Der nächtliche Wind war eisig, doch ich schwitzte. Einmal rutschte ich aus und zog Großvater mit mir. Wir landeten beide auf dem Rücken und blieben unverletzt.

Als ich mich endlich bückte, um durch den niedrigen Eingang ins Innere der Hütte zu gelangen, trieb mir die Erleichterung die Tränen in die Augen. Obwohl die flachen Steine nur lose übereinandergeschichtet waren, hielten sie den kalten Wind ab. Mit dem Holz, das die Hirten für Reisende zurückließen, die hier unerwartet Zuflucht suchten, entfachte ich ein kleines Feuer. Sein rötlicher Schein brachte die Schatten auf den Wänden zum Tanzen und spendete ein wenig Wärme.

Einmal noch trat ich in die klirrend kalte Nacht hinaus und schöpfte Schnee in einen bronzenen Kessel, den Großvater über das Feuer hängte. Wenig später stieg der Duft von Bergtee auf, in den ich ein Stück Wabenhonig gab, das ich aus meinem Bündel holte. Ich kühlte mein Gesicht mit Schnee, während wir aßen. Nach ein paar Bissen Brot und Käse legten wir uns hin. Ich rückte dicht an Großvaters Rücken heran.

»Wie ging es weiter?«, fragte ich in seinem Nacken, »nachdem Eliko …« Ich ließ den Satz unvollendet.

Erst glaubte ich, Großvater schliefe bereits, doch dann antwortete er. »Zwei Sommer blieb ich allein. Eines Tages bat mich Vater zu sich. Er sagte mir, es wäre an der Zeit, den Schild an mich zu übergeben. Nun, ein Herrscher braucht eine Gemahlin. Er hatte bereits mit dem Archon von Knossos über seine Drittgeborene gesprochen. Ich hatte keine Söhne, keine Töchter. Wer sollte nach mir in Phaistos die Geschicke leiten? Also stimmte ich zu.«

Ich richtete mich etwas auf und schaute im Schein des glimmenden Feuers auf sein Gesicht. Großvater hatte die Augen geschlossen, die Wangen wirkten eingefallen. »Melistika war eine gute Frau. Still. Fleißig. Loyal.«

Er schwieg und ich verstand. Sie konnte nie Elikos Platz einnehmen und das hatte sie gewusst.

»Drei Söhne gebar sie mir. Einen nahm das Meer, einer starb auf der Jagd. Dein Vater blieb.« Er wandte den Kopf und sah mich an. »Er ist vielleicht nicht der Vater, den du dir gewünscht hast, Ide. Er tut sein Bestes. Für Phaistos.«

»Für Phaistos«, wiederholte ich. Also sollte ich den Achäerprinzen zum Gemahl nehmen, weil es für Phaistos das Beste war?

Als hätte er meine Gedanken gelesen, schüttelte Großvater den Kopf. »Was für meinen Sohn gut ist, muss es nicht für meine Enkelin sein.« Er schloss wieder die Lider, drehte sich auf die Seite und ich zog den Mantel über uns.

Es dauerte nicht lang und die gleichmäßigen Atemzüge verrieten mir, dass Großvater weggedämmert war. Meine Gedanken dagegen tanzten mit den Schatten und ließen mich nicht zur Ruhe kommen. Wie konnte ich entscheiden, was das Richtige war? Zu müde zum Schlafen trieb mein Verstand Halbsätze und Bilder vor sich her. Rauch, aus dem Flammen leckten. Ein Fremder, der eine Krone aus goldenen Ölbaumzweigen trug. Die Scherben, die ich gefunden hatte. Großvater war es nicht gelungen, das Ritual zu vollziehen. Ich begriff nicht, warum er überhaupt hier heraufgekommen war. Sagte er nicht selbst, dass ein jeder, der die Götter fragt, die Antwort schon in sich trägt. Ein Narr. Oder nicht?

Irgendwann war ich eingenickt, denn als ich aufwachte, war das Feuer niedergebrannt und hinter der Türöffnung ließ ein bläulicher Schimmer die Berge wie eine Kohlezeichnung hervortreten.

Vorsichtig löste ich mich von Großvater und ging nach draußen. Die ersten Schritte taten weh. Das Bein fühlte sich steif an. Meinem Gesicht dagegen hatte die Ruhe gutgetan. Die Wunde war verschorft und die Schwellung war etwas zurückgegangen. Die Schmerzen ließen sich ertragen.

Vor der Hütte trat ich von einem Fuß auf den anderen, um mich warmzuhalten. Es roch nach Winter. Der Frühling ließ sich

Zeit hier oben. Die Nachtschwärze wich einem tiefen Blau, in dem die Sterne verblassten. Bald würde es hell genug sein, dass wir uns an den Abstieg wagen konnten. Zurück in der Hütte stocherte ich in der Asche nach Glut. Das Wasser in der Trinkblase war angefroren und selbst den Rest Tee in dem kleinen Kessel bedeckte eine dünne Eisschicht. Ich weckte Großvater. Wir tranken den Tee und aßen noch etwas. Dann löschten wir das Feuer und brachen auf.

## Hartes Brot und dünner Wein

An den Abstieg erinnere ich mich heute kaum noch. Mit Großvater, den ich mehr trug, als dass er selbst lief, fühlte sich jeder Schritt wie hundert an. Einzelne Momente blitzen auf wie die Landschaft bei Gewitter. Großvater, der auf dem verharschten Schnee ausrutscht. Ich kann ihn nicht halten. Wir stürzen beide, hieven uns wieder hoch. Schnee setzt ein, legt sich schwer und nass auf unsere Kleidung, dringt bis auf die Haut. Mich friert und zugleich schwitze ich von der Anstrengung. Rasten. Jeder Muskel brennt, die Gelenke schmerzen, wenn ich sie bewege. Der Schneematsch durchweicht mein Hemd, lässt mich zittern. Geht in Regen über. Also weiter. Die Felsklippe. Diesmal lasse ich ihn mit dem Seil hinab. Es hört auf zu regnen. Zeitgefühl im Grau verloren. Vorizia. Ich knicke in die Knie, als ich die Hütten sehe.

Ein Ziegenhirte rennt auf mich zu, nimmt mir Großvater ab, begleitet uns zu einer Bank und einem Tisch, grob aus Holz geschlagen. Die Erleichterung, als ich mich setzte, den Rücken gegen die Wand der Hütte lehnte, als uns Brot, Oliven und Wein gebracht wurden, hat sich mir tief eingebrannt. Das Brot war hart und bitter, die Oliven klein und schrumpelig und der Wein so stark verdünnt, dass er mehr Wasser glich, doch er schmeckte süß nach Honig. Jemand reichte mir eine Decke. Von überall her liefen die Dorfbewohner herbei. Ein Mädchen und ein Greis, die entkräftet aus den Bergen kamen, verirrten sich nicht alle Tage hierher.

»Habt Dank, das ist sehr freundlich von euch«, sagte ich und flößte Großvater etwas von dem Wein ein. Sein Gesicht war aschgrau. Ohne ein Wort, ohne eine Regung saß er mit gebeugtem Rücken neben mir und starrte die Maserung der Tischplatte an. Ich musste ihn nach Phaistos bringen. Allein schaffte ich das nicht. »Großvater braucht Hilfe.«

Ich überlegte, wie ich den Leuten beibringen konnte, dass sie die königliche Familie an ihrem Tisch bewirteten und wir nach Phaistos mussten. Jetzt, da die Unzufriedenheit im Volk immer größer wurde, war ich mir nicht sicher, wie sie darauf reagieren mochten.

»Holt Ersi«, rief der Hirte und rieb sich die Nase, die an eine Hyazinthenzwiebel erinnerte. »Sie ist eine Kräuterfrau und wird deinem Großvater helfen, so gut sie es vermag.«

Dankbar nickte ich. Durch die Anstrengungen des Abstiegs hatte die Schwellung wieder zugenommen und das Pochen hallte wie Hammerschläge in meinem Kopf.

»Was macht ihr denn zu dieser Jahreszeit in den Bergen?«, fragte er und musterte mich aufmerksam. Ebenso gebannt warteten die Dorfbewohner auf meine Antwort.

»Großvater ist allein hinaufgestiegen.« Was sollte ich den Leuten sagen? Dass Großvater ein heiliges Ritual in der Höhle der Götter ausführen wollte? Undenkbar.

»Jetzt? Wo oben noch Schnee liegt?« Der Hirte schüttelte den Kopf, dass die wilden Locken flogen.

»Macht Platz für Ersi«, rief jemand und enthob mich einer Antwort.

Die Dorfbewohner bildeten eine Gasse, durch die eine gebeugte Frau schlurfte, die so verwittert aussah wie die Felsen. Vor uns blieb sie stehen, legte wie ein Huhn den Kopf schräg und musterte mich. Ihre Iris glänzte milchig. Trotzdem hatte ich das Gefühl, ihr bliebe nichts verborgen. Sie kramte in den Falten ihres Gewandes und stellte ein überraschend filigran getöpfertes Döschen auf den Tisch. Mit dem Zeigefinger deutete sie auf ihr Auge.

»Für mich?«, fragte ich.

»Die Salbe ist gut.« Der Hirte schob die Dose auf mich zu.

Die braune Paste duftete nach verschiedenen Kräutern. Ich trug etwas davon auf die Wange und rund um das Auge auf. Es brannte leicht.

»Danke, Ersi«, sagte ich.

»Das ist der alte Mann«, sagte der Hirte und legte Ersis Hand auf die von Großvater.

Sie betastete seine Finger, glitt an seinem Arm nach oben und strich über sein Gesicht. Großvater ließ es ohne eine Regung über sich ergehen. Ein Laut entfuhr ihrem zahnlosen Mund. Sie wich zurück, verbeugte sich.

»Was hast du?«, fragte sie der Hirte.

Ersi schüttelte den Kopf und malte vor Großvaters Gesicht ein seltsames Zeichen.

»Sag, welche Kräuter sollen wir dem alten Mann geben?«

Immer noch kopfschüttelnd wandte sie sich ab.

Der Hirte blickte Ersi nach und legte mir die Hand auf die Schulter.

In der Geste lag so viel Trost, dass ich nachfragen musste. »Was hat das Zeichen zu bedeuten?«

»Um deinen Großvater steht es schlecht. Sie schlägt das Zeichen, um ihn vor den Dämonen Potnias zu schützen.«

Der Herrin des Labyrinths. Der Kutscherin des von Greifen gezogenen Wagens. Der Botin des Todes. Mein Atem setzte einen Herzschlag aus. Ich fasste nach Großvaters Hand. Wir mussten nach Phaistos, so schnell es ging.

»Du bist die Tochter des Archons«, sagte da jemand.

Ein Bursche, jünger als ich, drehte vor dem Tisch eine Kopfbedeckung unbestimmbarer Farbe in seinen Händen. Eine Locke fiel von seinem kahlrasierten Schädel in den Nacken.

»Was sagst du da, Tiro, mein Sohn?« Der Blick des Hirten flog zwischen Großvater und mir hin und her, als er versuchte, meine abgerissene Gestalt mit der Vorstellung von einer Königstochter übereinzubringen.

»Sie ist die Tochter von Oreichares, Archon von Phaistos«, wiederholte Tiro und der Hirte zog die Hand fort, als hätte er sich verbrannt. »Ich habe dich gesehen, als das Licht wiederkehrte und der Kapitän den Schreiber in den Abgrund gestoßen hat. Ihn habe ich auch gesehen.« Er deutete auf Großvater. »Du hast ihn unter dem brennenden Dach hervorgezogen.«

Geros hatte den Schreiber nicht gestoßen. Ich öffnete den Mund, um es auszusprechen, und schloss ihn wieder. Streichelte Großvaters Wange, murmelte: »Hörst du? Er kennt dich.«

Tiro straffte sich. »Wir haben Ide, die Tochter des Archons, und seinen Vater Kairomenes zu Gast.«

Der Hirte fiel auf die Knie, während die Leute um uns herum nach Luft schnappten. »Verzeih mir. Ich wollte nicht ...«

Die Tochter des Archons, tuschelten sie, er hat die Tochter des Archons berührt. Sie wichen zurück, vergrößerten den Bogen um uns herum.

»Nicht. Bitte erhebe dich.«

Der Ziegenhirt presste die Stirn an den Boden. »Ich wusste nicht ... Bestrafe mich«, stammelte er.

Ich berührte seinen Rücken. »Sage mir deinen Namen.«

»Akos.«

»Ich bin dir zu Dank verpflichtet, Akos. Du hast Großvater und mich gerettet. Dir wird nichts geschehen.«

Zögerlich hob er den Kopf. Ich lächelte ihm zu, hoffte, dass ich wenigstens etwas Würde ausstrahlte und nicht so wirkte, wie ich mich fühlte: am Ende meiner Kräfte. »Kannst du uns nach Phaistos bringen?«

Eifrig nickte er.

Tiro trat einen Schritt vor. »Es wird bald dunkel.«

Er hatte recht. Die Nacht brach bereits an. Zudem setzte der Regen wieder ein.

»Schlaft in meiner Hütte. Ich komme bei meinem Bruder unter.« Der Mann neben Akos trug die gleiche Knollennase wie er.

Obwohl ich am liebsten sofort weitergereist wäre, sah ich ein, dass Akos Vorschlag das Beste war, was uns passieren konnte. Eine Nacht an einem Feuer würde zumindest mir etwas Kraft schenken.

»Einverstanden«, sagte ich.

Akos legte sich einen Arm von Großvater um die Schultern, sein Bruder nahm den anderen. Gemeinsam trugen sie ihn zu einer der Hütten. In der Mitte leckten Flammenzungen an Holzscheiten, über denen ein Kessel hing, in dem Bergtee simmerte und den Raum mit dem würzigen Duft der Malotira füllte. Sie betteten Großvater auf das strohgepolsterte Lager, zogen ihm den Mantel aus und das nasse Hemd. Dann deckten sie ihn mit einer Kaninchenfelldecke zu, vielleicht das Wertvollste, was sie besaßen.

Tiro erschien, den Arm voller Decken, und reichte mir ein grobes Hemd und einen wollenen Rock.

»Die Sachen sind von mir. Sie sind löchrig und alt«, sagte er.

»Sie sind trocken. Das ist das Einzige, was wichtig ist. Danke, Tiro.«

Der Junge lächelte und verschwand wieder nach draußen.

»Wenn du etwas brauchst, dann rufe«, sagte Akos. »Die Hütte meines Bruders ist gleich nebenan. Ich werde dich hören.« Er wandte sich zum Gehen.

»Hab Dank.« Ich zögerte. »Eine Frage noch.«

Er blieb stehen.

»Hat jemand nach uns gefragt? Die Palastwache vielleicht?«

Stumm schüttelte Akos den Kopf und ließ uns allein.

Wie ich erwartet hatte. Kairomenes war Vater völlig egal. Wütend warf ich die nassen Sachen auf den Boden. Dass er nicht einmal mich, sein Pfand für diesen Handel, suchte, wunderte mich. Und Geros war mir auch nicht gefolgt.

Ich schlüpfte in Tiros Hemd. Es war zu lang, sodass ich die Ärmel umschlagen musste. Den Rock hielt ich mit einem Seil zusammen, denn Tiros war nicht nur größer, sondern auch kräftiger als ich. Dann hängte ich meine Kleider ans Feuer, in der Hoffnung, dass sie morgen trocken waren. Ich beugte mich zu Großvater, strich über seine heiße Stirn und zog die Felldecke zurecht. Er atmete pfeifend. Aber er lebte.

Wenigstens das.

Aus den Decken und Schaffellen, die in der Hütte lagen, baute ich mir eine Bettstatt. Die Müdigkeit übermannte mich, kaum dass ich mich zugedeckt hatte.

Am Morgen betten sie Großvater auf einen Karren, den sie mit Schaffellen ausgelegt hatten. Akos ließ es sich nicht nehmen, die Holme des Wagens zu ergreifen. Energisch schob er Tiro zur Seite, obwohl dessen Oberarme von großer Kraft kündeten. Der Weg hinunter nach Phaistos kam mir kürzer vor als vorgestern der Weg hinauf. Neben Akos und Tiro begleiteten uns noch Akos' Bruder und ein weiterer Mann aus dem Dorf.

In der Nacht hatte der Regen aufgehört und jetzt zog die Sonne die Feuchtigkeit aus dem Boden, sodass sie als gelbe Scheibe hinter den Schwaden stand. Ersis Salbe hatte Wunder gewirkt, denn die Schwellung war so weit zurückgegangen, dass ich wieder gut sehen konnte. Das und die Aussicht, bald in Phaistos zu sein, wo Großvater Hilfe fand, hoben meine Stimmung.

Gegen Mittag verflüchtigte sich der Nebel. Schon von Weitem hörte ich das vertraute Hämmern der Steinmetze, die Rufe der Händler. Die Geräusche der Stadt vermischten sich zum Summen eines geschäftigen Bienenstocks. Wenig später erreichten wir den Hügel und die Hütten, die sich an seinen Fuß duckten. Über dem inneren Palast wehte Vaters Banner mit den gekreuzten Doppeläxten. Freude wärmte mich. Das hier war mein Zuhause, mein sicherer Hafen.

Ein Handelsstreit mit Knossos, die Sturmflut, bei der wir zwei Schiffe verloren hatten, und selbst die Dürren der letzten Jahre – all dem hatte Phaistos widerstanden. Unser Reich war mir stets so stark wie seine Mauern vorgekommen. Jetzt wankten diese Mauern. Einem Erdbeben gleich hatte Vaters Eröffnung auf mich gewirkt, eine Flutwelle hatte in mir alles durcheinandergewirbelt. Zum ersten Mal in meinem Leben fürchtete ich mich vor der Zukunft. Mich schauderte.

Großvaters Augen waren geschlossen. Ich berührte ihn am Arm.

»Wir sind bald da. Hörst du es? Wir haben es geschafft.«

## Im Schutz der Erdgöttin

An der Brücke, unter der der Lithaios plätscherte, wuschen Frauen Wäsche. Kinder spielten im flachen Wasser, und wenn die Mütter sie ermahnten, halfen sie, die nassen Kleider in Körbe zu packen. Sobald sie uns bemerkten, rannten sie unter viel Geschrei die Straße zum Palast hinauf. Langsamer folgten wir ihnen, vorbei an Reihen aus gleichförmigen Quadern, die neben der Ziegelei unter einem Dach zum Trocknen lagen. Tiro ergriff einen der Holme und half seinem Vater, denn es ging in den Gassen steil bergauf.

Im Nordhof erwartete uns Pareia. Sie trug ein rotes Kleid, das gelbe Palmenwedel zierten. Der Unterschied zu meiner abgerissenen Gestalt konnte nicht größer sein. Die Hände stützte sie in die Hüften, sodass die weiten Ärmel zurückrutschten und ihre Ellbogen freigaben. Auf ihrer Nasenwurzel lag die Falte wie ein dunkler Strich.

»Was hast du dir dabei gedacht?«, fuhr sie mich an.

»Hol Menon. Rasch!« Ich bedeutete einem Palastdiener, den Arzt zu rufen.

»Ich habe dich etwas gefragt!«

»Pareia, ich bitte dich.« Ich hockte mich neben Großvater und streichelte seine glühende Stirn.

»Ich erwarte eine Erklärung, Ide!«

Das durfte nicht wahr sein. Großvater lag bleich auf dem Karren. Sein Atem ging flach. Meine Kleidung verdreckt und zerrissen, Arme und Gesicht aufgeschürft – und sie hatte nichts Besseres zu tun, als mich zu verhören.

»Hat das nicht später Zeit? Großvater geht es schlecht.«

»Du wirst dich dafür verantworten müssen.«

»Großvater hat entschieden, in die Berge zu gehen.«

»Was wollte er dort?«

Ich schwieg. Aus den Augenwinkeln bemerkte ich, wie die Neugierigen auf den Nordhof strömten.

Drohend beugte sich Pareia zu mir herunter. »Was wollte er dort?« Sie betonte jedes einzelne Wort.

Ich hatte zu viel gesagt. Im Stillen leistete ich Großvater Abbitte. »Ich habe ihn in der Höhle gefunden.«

»In der Höhle der Götter?« Pareias Stimme überschlug sich. Mein Schweigen war Antwort genug. »Gotteslästerlicher Frevel! Dieser alte Narr! Sich an Welchanos persönlich zu vergehen! Jetzt wird er die Konsequenzen tragen.« Sie baute sich vor den Dorfbewohnern auf. »Ihr gehört eingesperrt. Kairomenes, der einst euer Archon war, wie einen Sack Korn auf einem Karren hierher zu fahren! Und seht euch meine kleine Schwester an. Ich will nicht wissen, was ihr primitiven Bauern ihr angetan habt. Wachen!«

Akos fiel wieder auf die Knie und drückte seine Stirn gegen den Boden. Die anderen beiden blickten nach unten. Nur Tiro schürzte trotzig die Lippen und hielt Pareia stand.

Stille senkte sich über den Nordhof.

»Nein!« Ich sprang auf, schob mich zwischen Pareia und die Dorfleute. Ich war zu jung, um zu begreifen, dass sie um ihre Macht fürchtete. Mich erschütterte, dass sie sich nicht über unsere Rückkehr freute und stattdessen die Dorfbewohner maßregeln wollte. »Sie haben ihr Essen mit uns geteilt und uns Obdach gegeben. Ohne sie wären wir nicht hier.«

Die Wachen beobachteten uns von der Seite des Platzes aus. Ihr Anführer Larkas, dessen sepiafarbene Haut eingeölt glänzte und wie die hohe Stirn und die schwarzen Augen seine Herkunft aus Nubien verriet, wartete mit verschränkten Armen ab.

Akos bedeckte seinen Kopf mit den Händen, als erwarte er Schläge, und zitterte.

»Sieh dich doch an, Ide.« Pareias Stimme schnitt durch die Stille. »Deine verrückten Ideen haben Großvater zu diesem Frevel getrieben. Dich kann ich nicht bestrafen. Die dort schon. Geh aus dem Weg!«

Eine Kälte erfasste mich, die ich in dieser Form noch nicht gespürt hatte. Ich straffte mich, wandte mich an die Leute, die die Szene beobachteten. »Volk von Phaistos. Diese Leute hier haben meinem Großvater und mir zu essen gegeben, als wir am Ende unserer Kräfte in ihr Dorf gekommen sind. Sie haben nach einer Heilerin geschickt. Und sie haben uns sicher nach Phaistos gebracht. Ihnen gebührt mein Dank. Der Dank eurer zukünftigen Archontissa.«

»Was bildest du dir ein?«, zischte Pareia.

Ich drehte mich zu ihr. »Niemand, auch nicht die Hohepriesterin, wird ihnen ein Leid zufügen. Sie stehen unter meinem Schutz.«

Pareias Blick glitt zu den Wachen. Aber Larkas rührte sich nicht. Seine Hand lag entspannt und doch unmissverständlich auf seinem Dolch.

Ohne die Schärfe meiner letzten Worte sagte ich zu dem Hirten: »Steh auf, Akos. Du musst nicht vor ihr knien. Niemand muss das.«

Als ich später über dieses Gespräch nachdachte, wurde mir bewusst, dass dort das fragile Verhältnis zwischen Pareia und mir endgültig brach wie ein Krug aus feinster Keramik.

Unsicher rappelte sich der Hirte auf. Tiro legte den Arm um seine Schultern.

Ich nickte ihnen zu. »Euch wird nichts geschehen.«

»Du findest Vater in Davos. Ich rate dir, ihn sofort aufzusuchen.« Mit verkniffenem Mund wirbelte Pareia herum und eilte in Richtung der Treppe, die zum Westhof führte.

Vater musste warten. Zuerst wollte ich Großvater versorgt und sicher wissen. »Wo bleibt der Arzt?«, rief ich.

»Ich bin ja schon da«, kam es zurück.

»Lasst ihn durch.«

Die Leute teilten sich und Menon eilte, so schnell es seine Körperfülle zuließ, auf den Platz. Ich fand es immer wieder erstaunlich, dass ein Mann, der sich der Gesundheit verschrieben hatte, so viel aß, dass sich sein Bauch stärker als der einer Schwangeren rundete. Ihm folgte Neilaios, sein hagerer Helfer aus Kanaan im Osten des Meeres, der eine Tasche aus Ziegenleder trug, die Instrumente und Medikamente enthielt.

»Großvater geht es schlecht«, sagte ich. »Er hat Fieber.«

»Das sehe ich«, rügte mich Menon und kniete sich neben den Karren. Er befühlte die Stirn, tastete nach dem Puls.

Von der Berührung aufgestört, öffnete Großvater die Augen. Als er Menon erblickte, schlug er dessen Hand fort. »Lass mich.« Er versuchte sich hochzustemmen. Beherzt griffen ihm Akos und Tiro unter die Arme. Zitternd stützte sich Kairomenes auf die beiden und schaffte es nicht, allein zu stehen.

»Leg dich wieder hin, Großvater«, bat ich.

»Ich will nicht, dass der mich anfasst!«

»Menon hilft dir. Damit du wieder gesund wirst.«

Großvater holte Luft für eine Erwiderung und ihm knicken die Beine weg. Nur der Griff der beiden Hirten hielt ihn aufrecht.

»Bringt ihn in mein Haus. Folgt mir.« Menon wedelte mit der Hand.

Menons Haus lag im südlichen Teil des Palastes in der Nähe des Tempels. In zwei Räumen im Erdgeschoss versorgte er Kranke, die sich diese bevorzugte Behandlung leisten konnten. Er selbst wohnte im Geschoss darüber. Dass er Großvater nicht in unser Heim nach Davos bringen ließ, verriet mir, wie ernst er seinen Zustand einschätzte.

Im größeren der beiden Räume, den Menon Schlafsaal nannte, waren nur drei der sechs Betten belegt. Großvater bekam den zweiten Raum, in dem zwei Betten standen, und hatte diesen für sich, wie es sich für einen ehemaligen Archon ziemte. Als ihm Akos den Rücken stützte, so dass er sich vorsichtig niederlegt, wehrte sich Großvater nicht mehr.

Menon öffnete sein Hemd und streckte Neilaios die geöffnete Hand hin. Dieser legte einen Lorbeerzweig hinein. Damit zeichnete der Arzt auf Großvaters Brust alte Hieroglyphen und stimmte einen Singsang an, mit dem er Ameja, die Göttin der Heilkunst, um Beistand bat. Schließlich legte er den Zweig zur Seite und bewegte seine Hände langsam entlang Großvaters Körpers, ohne ihn zu berühren, vom Kopf bis zu den Füßen. Dabei variierte er den Abstand, hielt über der Brust inne, führte Kreise aus. Nachdem der Gesang geendet hatte, nahm er seine Hände fort und richtete sich auf, seine Augen sorgenvoll verengt.

Mit einem Winken forderte er Neilaios auf, Großvater zu untersuchen. Die Leute aus dem Osten verstanden sich wie keine anderen auf die Heilkunst und Neilaios verließ sich mehr auf das Beobachten von Veränderungen eines kranken Körpers als auf die Magie. Ich hielt deshalb große Stücke auf ihn und hatte schon länger den Eindruck, dass sich Menon hinter dem Wissen des Amoriters versteckte.

Neilaios nahm sich für die Untersuchung mehr Zeit. Auch er fühlte nach Temperatur und Puls. Außerdem schnüffelte er an Großvaters Atem, maß dessen Stärke, horchte an seiner Brust, bewegte Großvaters Gelenke und tastete seinen Bauch ab. Nachdem er fertig war, flüsterte er mit Menon.

»Wird Großvater gesund?«, fragte ich.

Menon seufzte, dass seine umfangreiche Brust bebte. »Das Schicksal von Kairomenes liegt in den Händen Amejas.« Suchend glitt sein Blick zu Neilaios.

»Den Großvater ist älter als jeder von uns«, sagte der einfühlsam. »Die Anstrengung, die Kälte ... Ich weiß nicht, ob er noch stark genug ist, das Fieber zu vertreiben.«

Entsetzt starrte ich ihn an, zu keinem Wort fähig.

Menon drängte sich vor. »Wir werden unser Möglichstes tun. Selbstverständlich. Für unseren Königsvater werden wir nichts unversucht lassen. Und wir fangen damit an, Kairomenes zu waschen und aufzuwärmen.« Er klatschte in die Hände und Diener eilten mit Schüsseln warmen Wassers und Tüchern herbei. Einer trug eine Schale auf einem Dreifuß herein und stellte sie neben das Bett. Menon griff hinein und hob eine Schlange heraus. Der orangerote gefleckte Leib wand sich in seinen Händen. »Ameja wird ihn beschützen.« Er strich über den geschuppten Kopf und setzte sie behutsam in der Schale ab.

Neilaios schob mich sanft aus dem Raum und ich begriff, dass ich nur im Weg herumstand. Ohne ein weiteres Wort verließ ich Menons Haus. Wie sollte ich das Vater beibringen?

In der Gasse lehnten Akos und Tiro an einer Mauer. Sie stellten keine Fragen, mein Blick sagte ihnen genug. Gemeinsam gingen wir zurück zum Nordhof, wo die beiden anderen Männer aus Vorizia neben dem Karren ausgeharrt hatten und auch Larkas und seine Leute warteten.

»Womit kann ich euch danken«, fragte ich.

Akos druckste herum und traute sich nicht mit der Sprache heraus. Was für eine dumme Frage, hatte ich doch selbst gesehen, wie wenig sie im Dorf besaßen. Das gestreckte Brot, der dünne Wein, die schrumpeligen Oliven. Der Winter hatte die wenigen Vorräte aufgebraucht und noch lag die nächste Ernte in weiter Ferne.

»Fülle den Karren mit Getreide, Bohnen und Öl«, sagte ich deshalb zu Larkas.

An seiner Körperhaltung ließ sich ablesen, wie wenig ihm diese Entscheidung passte. Ja, wir hungerten selbst. Wir sehnten den Sommer herbei, in dem die Gerste wieder wuchs. Keinen Fuß bewegte er, um meiner Anordnung nachzukommen.

Ich baute mich vor ihm auf, stützte die Fäuste in die Hüften und hoffte, die Autorität auszustrahlen, die es jetzt brauchte. »Du hast gehört, was ich gesagt habe.«

Er stieß widerwillig die Luft aus und fügte sich.

Akos verneigte sich tief und war des Dankes voll. Tiro allerdings drehte seine Kappe in den Händen, schaute zwischen Akos und mir hin und her.

»Ide!« Ein Diener meines Vaters rannte atemlos auf den Hof. »Der Archon will dich sehen.«

Der Archon. Nicht: dein Vater.

»Du siehst, dass ich beschäftigt bin.«

»Er sagte ›sofort‹.«

»Ich werde erst das hier zu Ende bringen.« In weniger scharfem Tonfall wandte ich mich an den Jungen: »Was hast du auf dem Herzen, Tiro?«

»Ich ...« Er rang nach Worten.

Geduldig wartete ich ab.

»Ich möchte zur See fahren.« Verlegen zog er die Unterlippe zwischen die Zähne.

Das überraschte mich. Ein Junge aus den Bergen. Wusste er überhaupt, wie die Muskeln vom Rudern brannten? Wie die Haut Blasen schlug, wenn die Sonne auf sie niederbrannte? Wie feuchte Kälte in die Knochen kroch, wann immer der Wind die Gischt einem ins Gesicht schlug? Geros hatte mir von den Entbehrungen auf See erzählt und trotzdem leuchteten seine Augen dabei. Das Meer scheidet die Männer, hatte er gesagt. Die einen lieben es und ertragen alles Ungemach. Die anderen betreten nach einer Fahrt niemals wieder ein Schiff. Ratlos sah ich Akos an, dem Tiros Bitte sichtlich peinlich war.

»Entschuldige die Vermessenheit meines Sohnes«, sagte er. »Er hat schon als Kind vom Meer geträumt.«

Mir kam eine Idee. »Bringt mir eine Tafel.« Ich ritzte eine Botschaft für Geros hinein, drückte meinen Siegelring in den weichen Ton. »Hier, Tiro. Wenn du wirklich das Meer kennenlernen möchtest, dann geh nach Amyklaion und gib das Geros, dem Kapitän der *Thyella.*«

Das Leuchten in Tiros Augen war mir Dank genug.

Wenig später schoben Akos und er den beladenen Karren aus dem Tor hinaus. Ich blickte den beiden lange nach. Als sie über die Brücke liefen, drehte sich Tiro noch einmal um. Ohne zu wissen, ob er mich auf dem Hügel erkennen konnte, hob ich den Arm und winkte.

Jetzt gab es keinen Grund mehr, den Gang aufzuschieben, der unausweichlich war.

## Beim Schärfen der Axt

Ich fand Vater im Hof von Davos, wo er seine Axt mit kräftigen Zügen schliff. Im Schatten unter den Arkaden blieb ich stehen. Mich fröstelte und ich schlang die Arme um mich.

Die buschigen Brauen zusammengezogen, dass sie sich über der Nase trafen, den Kiefer vorgeschoben, ging er seinem Werk nach, ohne mich zu bemerken. Selbst seine Schultern verrieten die Anspannung, unter der er stand. Die Sonne spiegelte sich in der Klinge, jagte leuchtende Punkte in die Schatten. Das Geräusch des Schleifsteins auf dem Metall zerschnitt die Stille und ließ die Vögel verstummen. Ich erinnerte mich nicht, wann ich ihn das letzte Mal mit der Kriegsaxt in der Hand gesehen hatte. Sie war für mich ein Schmuck seiner Empfangshalle, nicht mehr. Ich atmete tief ein und trat ins Helle.

Vater ließ den Schleifstein sinken und lehnte die Axt an den steinernen Tisch. Die Falten um seine Augen waren tiefer geworden. »Ide.« Er legte den Schleifstein fort, wischte sich die Hände an seinem Hemd ab. »Was hast du dir dabei gedacht? Dein leichtsinniges Verhalten hat uns zwei Tage gekostet.«

Vorwürfe. Keine Frage nach Kairomenes. Ich biss mir auf die Lippe, bis ich Blut schmeckte.

»Wie kannst du unseren Plan gefährden? Wir könnten längst in Pylos sein.«

»Hat es so lange gedauert, kommt es darauf auch nicht an.«

»Falsch! Es ist nicht deine Aufgabe, einen verwirrten alten Mann zu suchen.«

»Wir reden von Großvater!«

»Es gibt genug Männer, die nach ihm sehen.«

»Wenn sie es tun würden! In Vorizia war niemand. Du hast ihn aufgegeben! Es wäre dir recht gewesen, wenn er gestorben wäre.«

»Lenk nicht von dir ab. Deine Pflicht ist es, mit mir nach Pylos zu reisen.«

»Nach mir hast du auch nicht gesucht.«

»Ich habe dir vertraut. Habe darauf vertraut, dass du rechtzeitig zurück bist. Dass du deine Verantwortung kennst. Dass dir das Volk von Phaistos wichtig ist. Es scheint, ich habe mich geirrt.«

»Du hast mir immer gesagt, ich solle Verantwortung für meine Taten übernehmen. Es war meine Schuld, dass Kairomenes losgezogen ist. Also habe ich ihn zurückgeholt.«

»Es geht um etwas Größeres. Es geht um Phaistos.«

Wir waren laut und lauter geworden. Ich lief hin und her wie ein aufgescheuchtes Tier und versuchte, mich zu beruhigen.

»Wenn es um Phaistos geht, wie kannst du es dann in diesen Zeiten alleine lassen? Was ist, wenn die Achäer angreifen und wir sind nicht hier? Was ist, wenn dir etwas zustößt?«

»Mir wird nichts zustoßen. Diese Angelegenheit ist zu wichtig, um sie einem Boten zu übertragen. Während unserer Abwesenheit wird sich Pareia um die Geschicke kümmern.«

Ich ließ die Arme hängen. Ich dachte an ihren satten Gesichtsausdruck, als mir Vater von dieser Idee erzählte. An das Leuchten in ihren Augen, als sie im Garten davon sprach, dass wir immer über Phaistos herrschen würden. An den raschen Aufbruch, wo doch sonst eine solche Reise wochenlang vorbereitet wurde.

»Du hast das schon längst entschieden.« Eine Feststellung. Keine Frage.

»Das ist richtig. Vafis hat nur den letzten Ausschlag gegeben. Ich sehe das Leid unseres Volkes, das von Jahr zu Jahr größer wird. Ich ... wir müssen etwas tun.«

»Warum ...« Ich brach die Frage ab. Er hatte mich nie ernst genommen. Sich nie für meine Gedanken interessiert.

»Du liebst doch die Wiederkehr des Lichts. Ich wollte dir das Fest nicht verderben.«

Ich schüttelte den Kopf. »Warum gibst du mir und Geros keine Chance?«

Auch Vater schluckte, sammelte sich. Er strich mir übers Haar. Der würzig-süße Duft von Myrrhe und Zimt erinnerte mich an die seltenen Momente, in denen er mich früher auf sein Knie gesetzt und mit dem Bein gewippt hatte, bis ich aufhörte zu weinen und lachen musste. »Glaube nicht, dass mir diese Entscheidung leichtgefallen ist.«

Ich wandte mich aus seiner Berührung. »Warum tust du das dann?«

»Weil es die einzige Chance für unser Reich ist. Eine kleine Chance.« Sein Blick irrte zu der Axt. Er streckte die Hand nach ihr aus und zog sie wieder zurück.

»Du denkst, es wird Krieg geben.«

»Ich versuche einen zu verhindern.«

»Und deshalb schärfst du deine Axt.«

»Weil ich nicht weiß, ob es funktioniert, Ide. Politik ist kompliziert. Nichts ist sicher und meine Aufgabe ist es, dass unsere Chancen steigen.«

»Für dich ist das ein Spiel, das du gewinnen willst. Es geht um mich, um dein Fleisch und Blut.«

»Es ist, wie es ist. Du bist die Tochter des Archons und ob es dir gefällt oder nicht, es gehört zu deiner Pflicht, in schweren Zeiten zu deinem Volk zu stehen.«

Vater sprach ruhig, jeglicher Zorn war aus seiner Stimme verschwunden. In der Erinnerung kommt es mir wie Resignation vor und ich bedauere, dass ich ihm nicht mehr sagen kann, dass ich heute verstehe, wie schwer ihm diese Entscheidung gefallen ist. Damals war ich jung, mein Leben war unbeschwert und behütet verlaufen. Als Tochter von Oreichares, dem Archon von

Phaistos, wurde mir jeder Wunsch erfüllt. Es war das erste Mal, dass etwas nicht so verlief, wie ich es mir vorgestellt hatte. Ich schüttelte den Kopf.

»Pack deine Sachen, Ide. Wir legen noch heute ab.«

Er nahm wieder den Schleifstein zur Hand und schärfte die Schneide der Axt, als ob das Gespräch eben nie stattgefunden hätte.

# Ein Handel in Kydonia

Bei unserem Aufbruch tauchte die Sonne Amyklaion in ein goldenes Licht und malte eine festliche Kulisse für die Schaulustigen, die sich am Ufer eingefunden hatten. An der Spitze der Landzunge hob Pareia die Arme, rief Asasara an und bat um den Segen der Göttin. Ihre hohe Stimme übertönte das Rauschen der Wellen und den Jubel der Leute.

Ein Pfiff von Geros gab das Signal zum Auslaufen und die Männer auf den Ruderbänken klopften rhythmisch die Riemen auf die Bordwand.

Noch ein Pfiff von Geros. Als Kind hatte ich es geliebt, dabei zuzuschauen, wie die Schiffe ablegten und die Ruderer eine Schau vollzogen, bei der die Ruder große Schleifen beschrieben und das Ruderblatt mit einem Knall auf der Wasseroberfläche auftraf. Sie erschienen mir wie Tänzer. Heute tat mir der Lärm in den Ohren weh.

Vater drüben auf der *Xifias* winkte, ehe er sich in den Aufbau zurückzog. Seine Haltung wirkte kraftlos. Unter den Ruderern von Vafis entdeckte ich Tiro hinten auf der letzten Bank, auf der es nicht ins Gewicht fiel, wenn er einen Fehler machte.

Geros pfiff wieder, nachdem sich die Schiffe so weit vom Hafen entfernt hatten, dass Pareia wie ein Tonfigürchen aussah. Damit sie ihre Kräfte schonten, änderten die Männer ihre Art zu rudern. Der Vorruderer auf der ersten Bank stimmte ein Lied an und die anderen fielen ein, nahmen den Takt auf. Sie sangen von der Sehnsucht nach der Ferne, nach unbekannten Ländern und Schätzen. Ein Lied, das Mut verlieh, die Angst vor dem Unbekannten vertrieb. Gleichmäßig tauchten die Riemen ins Wasser und trieben das Schiff aufs offene Meer. Zwei Männer entrollten das Segel. Die Brise aus Süden blähte das Tuch und Geros packte das Steuer fester.

Amyklaion blieb zurück, wurde kleiner und kleiner. Bald verschmolz der Hügel von Phaistos mit der Umgebung. Die Spitzen der Berge steckten in Wolken. Ich wand mich ab und lief zwischen den Ruderern zum Heck.

Auf den strohgepolsterten Ruderbänken der *Thyella* saßen sechzehn Männer jeweils zu zweit. Ihre Oberkörper glänzten geölt. Die *Xifias,* die Vafis steuerte, besaß nur sechs Ruderbänke. Aus der Mitte ragte ein mächtiger Mast, den das zusammengerollte Rahsegel kreuzte. Darunter spannte sich ein Baldachin. Hier lagerten Kisten voller Geschenke und Pithoi mit kretischem Öl und Trinkwasser für die Reise. Im Heck gab es einen geschnitzten Aufbau mit einem bequemen Schlafsessel, den flauschige Felle bedeckten – mein Platz für die Fahrt. Davor hing auf der rechten Seite das Ruder, an dem Geros die nächsten Stunden stehen würde.

Seine Hand zuckte vor, als ich an ihm vorbeiging, und fiel wieder zurück. Hier, vor seinen Männern würde er mich nicht berühren. Ohne ihn anzusehen, ließ ich mich in den Sessel fallen und legte die Füße hoch.

Bald schon ließen wir die beiden Inselchen hinter uns. Kretas Küste zog an mir vorbei. Saktouria. Myxorrouma. Das Hügelland. Der Gesang hatte längst aufgehört, die Männer blieben im Takt. Im rötlichen Abendlicht, bei dem sich die Sonne unter die Wolken schob und den Himmel in Farben des Feuers tauchte, lag zur Linken der flache Strich der Insel Ogygia. Eine Gruppe Delfine erschien neben dem Rumpf und begleitete uns, bis die Sonne hinter dem Horizont verschwunden war. Ein gutes Omen. Ich kuschelte mich in die Felle.

Als ich aufwachte, passierten wir die Inselchen Mese und Tretos, die vor der Landzunge lagen, die wir als das linke Horn des Stiers bezeichneten. Wir umschifften es und hielten quer durch die Bucht auf das rechte Horn zu. Hier auf der Nordseite stauten sich die Wolken an den Bergen. Die feuchte, kalte Luft kroch mir in die Knochen und ich zog den Pelzmantel fester um mich, ehe ich hinaustrat.

Das Segel war eingeholt. Hohlwangig und mit roten Augen zogen die Männer die Riemen durch. Ihre Bewegungen wirkten lange nicht mehr so kraftvoll wie gestern.

»Sind sie die ganze Nacht durchgerudert?«, fragte ich Geros, der scheinbar unverändert das Steuer in der Hand hielt.

»Guten Morgen, Ide. Ich habe sie abwechselnd schlafen lassen. Oreichares will einen Tag in Kydonia bleiben. Da können sie ausruhen.«

Nun, das überraschte mich nicht. Zwischen Kydonia und Phaistos verkehrten zwar Boten, allerdings gab es selten eine Gelegenheit, sich von Angesicht zu Angesicht auszutauschen. Auch ich war dankbar, noch eine Nacht auf kretischem Boden zu verbringen. Einen Tag Aufschub.

Ich war noch nie in Kydonia gewesen. Eine weite Bucht zog sich vom rechten Horn bis zu der Halbinsel, an deren Beginn die Stadt lag. Das liebte ich an Kreta: In jeder Himmelsrichtung trug die Landschaft ein anderes Gesicht. Unsere fruchtbare Ebene zwischen zwei Bergrücken. Endlos lange Sandstrände im Norden. Palmenwälder im Osten. Im Südwesten zerschnitten schmale Schluchten, deren Wände ich mit ausgestreckten Armen berühren konnte, die Berge. Umso mehr überraschte mich, wie sanft hier das Land vom Ufer aus flach anstieg und in sanfte, üppig grüne Hügel überging, über denen schneebedeckte Bergspitzen aufragten. Ein völliger Gegensatz zu der vertrauten Küstenlinie im Süden, wo die Berge direkt aus dem Meer zu wachsen schienen. Im Grau des beginnenden Tages entdeckte ich lehmfarbene Tupfen in dem satten Grün der Ebene: Bauernhöfe und Siedlungen, die nur aus wenigen Häusern bestanden.

Am Vormittag kam Kydonia in Sicht. Mich erstaunte die Größe der Stadt. Im Osten wurde sie von Hügeln begrenzt, im Westen von einem Fluss. Sie lag direkt am Wasser und die Häuser breiteten sich wie ein Teppich um den Hafen aus. Die zweistöckigen Gebäude im Zentrum mussten dem Herrscher gehören.

»Hier herrscht Kydon«, sagte Geros zu mir, als hätte er meine Gedanken gelesen. »Jeder erstgeborene Sohn trägt diesen Namen.« Er grinste.

Das hatte ich noch nicht gewusst. »Und was ist, wenn der Erstgeborene stirbt?«

Geros zuckte die Schultern. »Vermutlich übernimmt der zweite den Namen, denn ich habe hier noch nie von einem Archon anderen Namens gehört.«

Er gab den Männern ein Zeichen, langsamer zu rudern, sodass die *Xifias* vorbeizog. Es gebührte Vater, als erster in den Hafen einzulaufen.

Der gemauerte Kai beschrieb einen kreisförmigen Bogen, sodass die Schiffe dahinter geschützt lagen. Wir passierten den schmalen Durchlass. Am Ufer erwarteten uns neugierig die Bewohner der Stadt. Eine Gruppe stach durch ihre reich geschmückten Kleider heraus. Das musste Kydon und sein Gefolge sein.

Geros dirigierte die *Thyella* neben Vaters Schiff. Dort zerrten die Männer bereits eine Planke vom Kai zur Reling. Vater schritt an Land und ging geradewegs auf die Gruppe Würdenträger zu. Mit beiden Händen ergriff er die Rechte des mittleren Mannes. Kydon war überraschend klein und von gedrungener Gestalt. Er zog Vater an sich und küsste ihn auf beide Wangen. Um ihn herum verneigten sich die Männer tief.

Jetzt lag auch die *Thyella* fest am Kai und die Planke wurde gebracht. Ich balancierte hinüber. Vater lud mich mit großer Geste ein, zu ihm zu kommen.

»Kydon, ich möchte dir meine Tochter vorstellen. Das ist Ide, meine Jüngste.«

Ich grüßte den Archon von Kydonia ehrerbietig und verbeugte mich.

»Was für ein kluger Blick.« Kydon fasste mich an den Schultern und küsste mich ebenfalls auf die Wangen. Sein süßes Parfüm stieg mir schwer in die Nase und ich hielt unwillkürlich die Luft an. Ich lächelte ihn irritiert und verlegen zugleich an, meine Klugheit hatte noch keiner hervorgehoben. »Folgt mir. Ihr seid meine Gäste.« Ohne uns seinen Hofstaat vorzustellen, lief er voraus.

Über die Schulter warf ich einen Blick zurück zum Hafen. Müde trotteten die Ruderer an Land. Insbesondere Tiro schien sich kaum auf den Beinen halten zu können. Er blies auf seine Hände, die von den Riemen wundgescheuert waren. Zwei der Schildträger, die Vater mitgenommen hatte, nahmen Aufstellung vor den Schiffen, um die Geschenke zu bewachen. Die beiden anderen eskortierten uns. Geros blieb mit verschränkten Armen im Bug der *Thyella* stehen und sah zu mir herüber.

Kydonia erinnerte mich in vielem an Amyklaion, nur dass es ungleich größer und bunter war. Ich mochte das Flair von Hafenstädten und so gefiel mir Kydonia sofort. Fischer saßen auf den Kais und flickten Netze. Einer pries laut und wortgewaltig seinen Fang ein paar Frauen an, die gestenreich den Preis verhandelten. Auf zwei umgedrehten Tongefäßen lag eine Stange, über der Tintenfische zum Trocknen hingen, damit sie intensiver nach Meersalz schmeckten.

Wir tauchten in die Gassen ein, die rot und blau bemalte Türen säumten. Säulen im gleichen Rot, von schwarzen Kapitellen gekrönt, formten Arkaden, unter denen Händler ihre Waren feilboten. Ich entdeckte Gefäße voller Erbsen, Bohnen und Getreide ebenso wie Tische, deren Platten sich unter feinster Keramik bogen. Wie gern wäre ich stehen geblieben, um mir das alles näher anzusehen. Jeder grüßte Kydon und uns respektvoll, doch nicht unterwürfig. Auf einem kleinen Platz verkaufte eine Frau Backwerk aus einem Bauchladen, das köstlich duftete. Ich hatte den Eindruck, hier litten die Menschen keinen Hunger.

»Du hättest einen Boten schicken sollen«, plapperte Kydon. »So wird es nur ein einfaches Mahl.«

Vater winkte ab. »Wichtig ist es, Neuigkeiten auszutauschen.«

»Unbedingt.«

Wir betraten eine Säulenhalle. Opulente Pflanzen-Fresken, die für meinen Geschmack zu bunt waren, umliefen die Wände. Vater befahl den Schildträgern, draußen zu warten. Auch Kydons Gefolge zerstreute sich bis auf einen jungen Mann, der Kydons Züge trug. Sein Sohn, wie ich vermutete. In der Mitte stand ein niedriger Tisch mit Polstern ringsum und am Kopfende ein Thron, dessen geschnitzte Dekoration aus Blüten und Blättern den Fresken in nichts nachstand.

»Bitte.« Kydon wies auf die Kissen und ließ sich selbst auf den Thron fallen.

Vater nahm zu seiner Rechten Platz.

»Das ist mein jüngerer Sohn, Dalon.«

Dalon nickte uns zu und setzte sich mir gegenüber.

»Mein Erstgeborener, Kydon der Jüngere, weilt gerade in Knossos, um einen neuen Handelsvertrag zu schließen.«

Diener trugen verdünnten Wein, Käse und Früchte herein.

Nachdem sie gegangen waren, griff Kydon nach seinem Becher und prostete uns zu. »Noch einmal: Herzlich willkommen, Oreichares, Archon von Phaistos! Prinzessin!«

»Wir danken dir für deine Gastfreundschaft, Kydon.« Vater erwiderte den Toast. »Es ist lange her, dass wir uns gesprochen haben.«

»Viel ist seitdem passiert. Knossos wird immer dreister. Der Minos nimmt für sich in Anspruch, die Interessen unserer Insel nach außen zu vertreten.«

Vater überging diese Bemerkung. Wir waren stärker mit Knossos verbunden als Kydonia und ich verstand, dass er sich nicht angreifbar machen wollte. Wenn es wirklich zum Krieg gegen die Achäer kam, waren wir auf die Unterstützung von

Knossos angewiesen. Allerdings widersprach er nicht und sagte stattdessen: »Ich habe gehört, die Achäer rüsten ihre Schiffe.«

»Ich habe mein letztes Handelsschiff vor Phylakopi an sie verloren.«

»Bist du sicher, dass es keine Piraten waren?«, platzte ich heraus.

Vater hob mahnend die Hand.

Kydon quittierte meinen Einwand mit einem Lächeln. »Eine gute Frage«, sagte er. »Ja, wir sind uns sicher. Wir hatten Öl gegen Obsidian getauscht. Eine halbe Tagesreise auf dem offenen Meer kamen zwei Boote unter der Flagge von Tiryns und kaperten mein Schiff.«

Das erschreckte mich. Bislang war die Bedrohung, von der Vafis berichtet hatte, fern gewesen, tief in meinem Inneren hatte ich sie für übertrieben gehalten. Durch den Überfall wurde sie greifbar und das warf ein anderes Licht auf Vaters Pläne.

»Wie hast du davon erfahren?«, wollte ich wissen.

»Meine Männer wurden gefangen genommen und nach Tiryns gebracht. Einer ist in der Nacht von Bord gesprungen und an Land geschwommen. Er hat sich nach Kranai durchgeschlagen und dort auf einem Schiff aus Knossos angeheuert. Das war letzten Herbst. Seither schlafe ich schlecht.«

Das nahm ich ihm nicht ab. Kydon wirkte wie ein Mann, den nichts aus der Ruhe brachte.

»Die Zeiten haben sich verändert«, bestätigte Vater.

»Und statt Einigkeit mit den anderen Archonten zu schaffen, erhöht der Minos die Preise für Gerste.« Kydon verzog das Gesicht. »Deshalb ist mein erster Sohn jetzt in Knossos. Hier leben zu viele Menschen, als dass wir auf Getreidelieferungen verzichten können.«

Vater nickte. »Wir brauchen Verbündete und wenn wir sie in eigenen Reihen nicht finden, dann müssen wir sie an anderen Orten suchen.«

»Deshalb seid ihr nach Pylos unterwegs?«

»So ist es. Mich verbindet eine lange Freundschaft mit Diokles. Ich kann mir gut vorstellen, dass er über die Entwicklungen in Mykene und Tiryns besorgt ist.«

»Und du, Ide, spielst dabei eine gewichtige Rolle.« Eine Feststellung, keine Frage.

Ich nickte und ignorierte das Grinsen, das über Dalons Gesicht huschte.

»Auch unsere beiden Reiche könnten sich verbünden«, sagte Kydon und deutete beiläufig auf seinen Sohn.

Abschätzend musterte Vater Dalon und wiegte den Kopf, als ob er ernsthaft über den Vorschlag nachdachte.

Dalon sah zur Seite und schwieg.

»Was meinst du, Ide?«

Ich schrak hoch. Kydon schaute mich aus leicht zusammengekniffenen Augen an. Was sollte ich dazu sagen? Welche Antwort wäre die richtige?

Vater öffnete den Mund, doch Kydon gebot ihm zu schweigen. »Warte, Oreichares. Ich schätze, deine Tochter möchte gern über Phaistos herrschen. Lass uns sehen, ob sie dazu klug genug ist.«

Vater klappte den Mund wieder zu.

»Also, Ide?« Etwas Lauerndes lag in seinem Blick. Kydon war ein Mann, der Spaß an solchen Spielen hatte.

»Ich danke dir, Kydon«, sagte ich und nickte auch Dalon zu. Mein Lächeln schmeckte wie saurer Wein. »Doch ich glaube, das genügt nicht, wenn Vaters Befürchtungen eintreffen.«

Kydon wartete, dass ich weitersprach.

»Seit vielen Jahren, länger als ich auf der Welt bin, kämpfen die Reiche Kretas jedes für sich. Der Minos beansprucht für sich, der Führer Kretas zu sein. Uns aber spielt er gegeneinander aus. Seit sich auf Thera die Erde öffnete und Großteile unserer Flotte vernichtete, seit sich Asche auf den Osten der Insel legte und immer wieder für Missernten sorgt, seit Erdbeben unsere

Städte zerstörten, ist die einstige Macht Kretas in viele Teile zerfallen. Ich denke, es ist zu spät.«

Ich schwieg und hielt seinem Blick stand. Die Zeit zog sich.

»Ich fürchte, du hast recht«, sagte Kydon schließlich und an Vater gewandt: »Deine Tochter ist so schön wie klug. Ich kann uns allen nur wünschen, dass euer Plan aufgeht.«

Die Gespräche wandten sich anderen Themen zu. Ich aber grübelte noch über die Frage, ob es wirklich zu spät war, die Völker von Kreta zu einen.

Als Vater und Kydon bei alten Geschichten über schnelle Schiffe, die geschicktesten Handelszüge und gefährliche Jagden nach wilden Ebern angekommen war, entschuldigte ich mich. Eine Idee hatte ich noch. Wenn Geros mir half, dann bestand eine Chance, die Hochzeit mit dem Prinzen von Pylos zu verhindern.

Es dämmerte bereits, als ich wieder am Hafen ankam. Am Heck der *Thyella* brannte eine Öllampe, die durch Dünung auf und ab schwang. Insekten umflirrten das Licht. Leise gurgelten die Wellen zwischen Bootswand und Kai.

Ich fand Geros lang ausgestreckt auf dem Oberdeck im Bug. Den Kopf bettete er auf den Vordersteven.

»Ich weiß, wie ich alles retten kann«, platzte ich heraus.

»Was willst du retten?« Geros richtete sich auf.

»Phaistos. Kreta.«

Er hob eine Braue.

»Uns.«

»Wie soll das gehen?«

»Fahre mich nach Knossos. Wir müssen mit dem Minos reden. Wenn sich alle unsere Reiche vereinen, dann sind wir stark genug, die Flotte der Achäer zurückzuschlagen.«

»Das ist völlig illusorisch. Der Minos ist ...«

»Ich weiß«, fiel ich ihm ins Wort. »Er ist ein Großmaul und hält sich für das herrlichste Geschöpf nach Welchanos. Trotzdem. Wir müssen ihn überzeugen.«

Ich sprang auf das Deck, strauchelte durch das Schwanken. Geros griff zu und hielt mich fest. In seinen Augen erkannte ich, wie der Plan in ihm arbeitete. Er strich mir eine Strähne hinters Ohr. Stumm flehte ich ihn an, suchte in seinem Gesicht nach einem Zeichen.

»Hier steckst du, Ide.«

Wir fuhren auseinander.

»Dalon!« Ich sammelte mich. »Dalon, darf ich dir Geros, den Kapitän unserer Flotte vorstellen? Geros, das ist Dalon, der Sohn des Kydon.«

»Der zweite Sohn«, betonte Dalon. »Ich hole dich zum Abendmahl, Ide. Dir lasse ich gern etwas bringen.« Er deutete vor Geros eine Verbeugung an und reichte mir die Hand, um mir an Land zu helfen.

Ich sah Geros an, hoffte, dass er etwas sagte, mir ein Zeichen gab. Ich hatte es doch in seinen Augen gelesen.

Doch er sagte nur: »Das ist sehr freundlich von dir, Dalon.«

Widerstrebend griff ich Dalons Hand und ging an Land.

»Du magst den Kapitän?«, fragte Dalon, während wir zurückliefen.

War das so offensichtlich gewesen? »Ich werde eine Verbindung mit dem Prinzen von Pylos eingehen«, sagte ich. Ein Gedanke drängte sich mir auf. »Was denkst du über die Achäer?« Er hatte heute kein Wort darüber verloren. Mir war allerdings aufgefallen, wie aufmerksam er dem Wortgefecht zwischen Kydon und mir gelauscht hatte.

Dalon blieb stehen. »Denkst du wirklich, dass es zu spät ist, die Reiche von Kreta zu vereinen?«

»Du antwortest mit einer Frage. Also glaubst du, dass noch ein anderer Weg möglich wäre?«

»In unseren Liedern wird Kreta als ein starkes Reich besungen, das den Frieden an alle Ufer des Meeres trägt. Davon habe ich in meinem Leben nichts gesehen.« Er zog einen Mundwinkel nach unten.

»Du siehst das. Ich sehe das. Warum vereinen wir nicht die Reiche?«

»Ich wüsste nicht wie.«

Durfte ich ihm vertrauen? Ich schaute zurück zum Hafen. Wenn Dalon mich unterstützte, dann konnte Geros nicht Nein sagen. Einen Weg gab es. Eine winzige Chance. Ich sah Dalon nicht an, als ich es aussprach. »Wir könnten gemeinsam nach Knossos fahren und den Minos überzeugen.«

Jetzt war es heraus.

Dalon lachte trocken auf. »Das ist dein Plan? Dann bist du doch so verträumt, wie Vater vermutet hatte.«

Er lief weiter. Ich hielt ihn am Arm auf.

»Was spricht dagegen? Der Sohn von Kydon ...«

»Der Zweitgeborene«, warf er ein.

»... und die Tochter des Archons von Phaistos. Er wird uns anhören.«

»Er wird uns auslachen. Wie du selbst gesagt hast: Die Missernten, der Hunger, die Erdbeben, all das lässt uns gegeneinander kämpfen. Mein Bruder verhandelt seit Wochen mit Knossos über Getreidelieferungen.«

Dalon setzte sich wieder in Bewegung und ich eilte neben ihm her.

»Ich weigere mich zu glauben, dass es aussichtslos ist. Es gibt immer einen Weg. Wir sehen ihn nur nicht.«

Wir erreichten die Treppe, die zum Palast hinaufführte.

»Träumerin.« Es klang freundlich. Er fasste mich am Ellbogen und geleitete mich die Stufen hinauf.

Vor der zweiflügeligen Tür blieb ich stehen. Es musste etwas geben, womit sich Dalon ködern ließ. Dalon legte bereits seine Hand auf das Türblatt.

»Es wäre die Gelegenheit für dich, aus dem Schatten deines Bruders herauszutreten.«

Er nahm die Hand fort. »Wie meinst du das?«

»Wenn du mir hilfst, wird es dein Name sein, an den sich die Nachfahren erinnern.«

Nachdenklich rieb sich Dalon das Kinn. »Was springt für mich dabei heraus?«

»Wie meinst du das?« Ich verstand es nicht.

»Nur in die Lieder einzugehen, ist mir zu wenig.«

»Was willst du?«

Dalon hatte den gleichen lauernden Blick wie sein Vater vorhin. Der Zweitgeborene, der niemals einen Thron besteigen würde. Es gab nur eines, das er hören wollte, etwas, das allein ich ihm schenken konnte. Im Stillen leistete ich Geros Abbitte.

»Du wirst Archon von Phaistos.«

Der Triumph stand ihm ins Gesicht geschrieben. »Also gut.«

So einfach. So berechenbar. Mich fröstelte.

Gemeinsam liefen wir zurück zum Hafen.

Geros erhob sich überrascht, als wir den Kai erreichten.

»Rufe deine Leute zusammen, Geros. Wir fahren nach Knossos«, sagte ich und sprang schon an Bord.

»Was soll das, Ide?«

»Dalon unterstützt uns.«

»Ihr seid völlig übergeschnappt!« Geros schüttelte den Kopf.

»Vater ist mit Kydon beschäftigt.«

»Du hast dich von ihr überreden lassen? Dann musst du noch naiver sein, als erzählt wird.«

»In welchem Ton sprichst du mit mir, Seemann!« Dalon machte Anstalten, ebenfalls an Bord zu kommen.

Abwehrend streckte Geros die Hand aus. »Wage es und du findest dich im Hafenbecken wieder.«

»Geros, bitte.« Ich hängte mich an ihn, streichelte sein Gesicht.

»Ich werde nicht Oreichares hintergehen.« Diese Schärfe in seinem Tonfall hatte er mir gegenüber noch nie gebraucht.

»Geros. Bitte. Ich möchte die Reiche von Kreta vereinen.«

»Du wirst tun, was deine künftige Herrscherin und ihr Gemahl dir sagen!« Dalon baute sich vor ihm auf.

Mir wurde die Kehle eng und ich verfluchte mich für meine Blauäugigkeit und das vorschnelle Versprechen.

Geros schnaubte. »Da lacht ja die bunte Ziege! Du angelst dir ein Reich, indem du diesen irrwitzigen Plan unterstützt?«

Dalon hechtete auf das Deck und baute sich vor Geros auf, obwohl er einen Kopf kleiner war.

Geros packte ihn an den Oberarmen, doch Dalon überraschte Geros damit, dass er ihm ein Knie wegtrat. Geros stürzte und riss Dalon mit sich. Sie rollten über das Deck. Geros kam wieder auf die Beine, zog den Kydonier hoch.

»Runter von meinem Schiff.«

Dalons Beine ruderten in der Luft, dann landete er im Wasser und tauchte wenig später prustend wieder auf.

»Was geht hier vor?« Eine donnernde Stimme, die mich zusammenzucken ließ.

»Vater!«

Dalon und ich sagten es gleichzeitig, denn Kydon und Oreichares stapften den Anleger entlang. Mehrere Männer von Kydon begleiteten sie, ihrem Gang nach zu urteilen Krieger. Ebenso Vaters Garde. Sie zogen Dalon aus dem Wasser.

»Ich erwarte eine Erklärung!«, brüllte Kydon.

Dalon, tropfnass, blickte zu Boden, die Schultern nach vorn gesunken und stammelte etwas von Minos, Reiche vereinen, Ides Idee.

Ich presste die Handflächen zusammen und legte die Zeigefinger an die Lippen.

Statt einer Antwort schoss Kydons Faust vor und schickte seinen Sohn zu Boden. »Den Rest klären wir später.« Er gab den Kriegern einen Wink.

Sie fassten Dalon unter den Achseln, hoben ihn hoch, sodass er benommen zwischen ihnen hing.

Ich war inzwischen vom Schiff heruntergekommen und hatte mich neben Vater gestellt.

»Was hast du dazu zu sagen?« Vater packte mich am Arm, dass es wehtat.

»Es tut mir leid, Vater.« Tränen brannten in meinen Augen und ich hoffte, er hielt sie für Reue. Tatsächlich war es Enttäuschung, dass mein Schicksal unausweichlich blieb, gepaart mit Ärger über mich selbst.

»Was hast du dir nur dabei gedacht?« Sein Gesicht wirkte eingefallen.

Ich setzte zu einer Erklärung an, doch er gebot mir zu schweigen. Stattdessen wandte er sich an Kydon.

»Es tut mir aufrichtig leid, dass meine Tochter deine Gastfreundschaft mit Füßen tritt.«

»Sie ist jung und versteht wenig vom Herrschen. Viel mehr beschämt es mich, dass mein Sohn diese Torheit unterstützt. Nun, das werde ich ihm austreiben.«

Meine Lippen schmeckten blutig, weil ich darauf gebissen hatte, um nichts zu entgegnen. Dass Dalon bestraft wurde, bedauerte ich. Ich suchte seinen Blick, doch er wich mir aus.

»Wir reisen ab. Sofort.« Vater zeigte mit ausgestrecktem Arm auf Geros. »Mach die Schiffe klar!«

Geros hatte das Geschehen mit verschränkten Armen und einer steinernen Miene verfolgt, die seine Gedanken verbarg. Jetzt rührte er sich. »Bei allem Respekt, es sieht nach Sturm aus.«

»Ich werde Kydons Gastfreundschaft nicht länger missbrauchen. Haben wir uns verstanden?«

»Jawohl.« Geros legte in einer so laschen Geste die Faust auf die Brust, dass erkennbar war, was er von diesem Plan hielt. Selbst er erkannte jedoch, dass es für heute genug war.

Das Spektakel hatte bereits einige der Männer herbeigelockt. Sie liefen los, um die anderen aus den Tavernen und von ihren Schlafplätzen zu holen.

Vater verabschiedete sich von Kydon. Ohne große Worte drückten sie ihre Hände.

Ich schob mich neben Dalon, um mich zu entschuldigen. Diesmal meinte ich es ehrlich.

»Ich glaube, dein Vater hat die richtige Entscheidung getroffen«, sagte er und ließ seinen Blick auf Oreichares ruhen. »Wenn die Achäer angreifen, dann müssen mein Bruder und ich mit dem Schwert gegen sie kämpfen. Du wirst auf jeden Fall überleben.«

Der Satz wirkte wie eine Ohrfeige auf mich. Sollte ich also froh sein, dass mich Vater wie ein Stück Vieh verschacherte? Und was sollte aus Geros werden? Der Gedanke, dass er sterben könnte, verursachte mir Übelkeit.

Dalon schlich mit hängenden Schultern fort wie ein geprügelter Hund. Ich sah ihn nicht wieder. Damals hoffte ich, dass er von Kydon nicht zu sehr bestraft wurde. Bis heute frage ich mich, ob er all das, was dann geschah, überlebt hat oder ob sich seine düstere Prophezeiung erfüllt hat.

»Du fährst mit Vafis«, ordnete Vater an und setzte den Fuß auf die *Thyella*. Noch einmal drehte er sich zu mir. »Ich hoffe, dass du eines Tages verstehst, warum ich so handele, Tochter.«

Ich verzog das Gesicht. So weit traute er Geros und mir also nicht, obwohl Geros sich nichts hatte zuschulden kommen lassen. Im Gegenteil. Er war Oreichares gegenüber loyal, unsere Liebe bedeutete ihm weniger als die Treue zu seinem Archon.

Die Männer zurrten die Ladung fest und nahmen mit finsteren Gesichtern ihre Plätze auf den Ruderbänken ein. Keiner sprach viel, nur wenige Befehle wurden gebellt.

Vafis war ein verschlossener Mann, dessen Habitus etwas Heimtückisches anhaftete. Salzwasser und Sonne hatten helle Flecken in seine Haut geätzt. Er diente länger in Vaters Flotte als jeder andere und hatte Titel und Macht stets abgelehnt. Außerdem mochte er mich nicht besonders. Vermutlich erinnerte ich ihn an Geros' Mutter, eine Frau von unserem Volk, die ihm den kleinen Bruder weggenommen hatte, ihn an Kreta gefesselt hatte. Vafis, so hatte mir Geros erzählt, fühlte sich immer für seinen Bruder verantwortlich, seit die Eltern bei einem Kriegszug der Amariter in die Sklaverei verschleppt wurden. Sie fuhren zu See, bis sie nach Kreta kamen. Hier verliebte sich Geros' Vater und gründete eine Familie. Dennoch fuhr er weiter zur See, bis ihn das Meer zu sich rief und ihm nur wenige Monate später die Mutter aus Gram folgte. Vafis nahm Geros wie einen Sohn an und lehrte ihn den Traum von Wellen und Wind. Jetzt beobachtete er mit vor der Brust verschränkten Armen, wie ich mich zum Heck begab.

Das Auslaufen erfolgte ohne das Schaurudern, ohne Trommeln. Sobald wir die Hafenausfahrt passiert hatten, ließ Vafis das Segel entrollen. Der Südwind bauschte es und die *Xifias* nahm merklich Fahrt auf. Den Mantel eng um mich gezogen, blieb ich vor dem Aufbau stehen und schaute zu, wie die Lichter von Kydonia immer kleiner wurden. Eine Schiffslänge hinter uns fuhr die *Thyella*. Geros' Silhouette stand hochaufgerichtet am Ruder und ich bildete mir ein, dass er zu mir herübersah. Ich hob die Hand ein wenig und ließ sie wieder sinken. Das Schiff schwankte und ich machte einen halben Schritt, um das Gleichgewicht wiederzufinden.

»Begib dich in deinen Sessel, Prinzessin«, sagte Vafis. »Die See ist rau.«

Langsam wandte ich mich um. Als wäre er mit den Planken verwachsen, stand er am Steuer.

»Woher hat Vater gewusst, dass wir die Männer zusammenrufen?«

»Loyalität, Prinzessin, ist das höchste Gut.« Er deutete ein Nicken an und pfiff, um den Ruderern einen neuen Takt vorzugeben, der dem Wellengang angepasst war.

Loyalität seinem Archon gegenüber und Loyalität seiner Familie gegenüber. Das passte zu Vafis. Ich hatte ihn unterschätzt.

Der Wind fuhr empfindlich unter meinen Fellrock. Mich schauerte und ich nahm im schützenden Aufbau Platz.

## Spielball der Götter

Im Laufe der Nacht nahm der Wind stetig zu. Er trug entfernten Donner heran und Vafis suchte immer öfter den Himmel ab. Am Horizont wetterleuchteten Gewitter und weiße Schaumkämme krönten die Wellen, von denen Gischt verwehte.

»Erwartest du Regen?«, fragte ich ihn.

»Regen stört die Männer nicht.«

Ich begriff: ein Unwetter schon.

»Es bringt Unglück, nachts zu fahren.« Der Vorwurf war nicht zu überhören.

»Von Phaistos sind wir auch nachts gefahren.«

»Die Küstenlinien kennt Geros wie jede Planke seines Schiffs.« Er wandte sich ab und sein Rücken sagte mir deutlich, was er von mir hielt.

Gegen Morgen zeichnete sich im Osten eine Landmasse vor einer kupferfarbenen Wolke ab. Ogylos. Ein kleines Eiland auf halbem Weg zwischen Kreta und dem Festland. Neugierig streckte ich die Nase aus dem Aufbau heraus. Der Wind blies mir die Gischt ins Gesicht. Nichts war passiert, Vafis' Unkenrufen zum Trotz. Ich ersparte es mir, ihm das unter die Nase zu reiben. Die *Thyella* glitt vor uns über das Wasser. Ich erwartete, dass Geros das Signal für den Landgang gab. Doch nichts geschah.

»Gehen wir nicht an Land?«, fragte ich.

»Ein Piratenversteck«, rief Vafis, um den Wind zu übertönen.

Nie hatte ich darüber nachgedacht, wo die Männer lebten, die unseren Schiffen auflauerten und die Ladung stehlen wollten. Ich band den Vorhang wieder fest und hoffte, der Wind ließe etwas nach.

Aufgewühlte Wolken zogen sich zusammen, brodelten über uns, und der Wind wurde stärker, riss an meinen Haaren, meinem Kleid, wuchs zum Sturm. Blitze zuckten aus dem bleigrauen Himmel, den der beginnende Tag kaum aufhellte. Die *Xifias* bockte wie ein wildgewordenes Pony und schleuderte mich in meinem Sitz hin und her, so dass ich mich festklammerte, um nicht über Bord zu gehen. Um das Schiff in der rollenden See zu stabilisieren, stemmten sich die Männer gegen die Ruder. Trotzdem krängte die *Xifias* immer stärker. Stumm rief ich Asasara an, sie möge das Meer besänftigen.

»Hier gibt es ein Eiland, in dessen Windschatten suchen wir Schutz«, rief mir Vafis zu. Er fixierte das Steuerruder und stürzte Befehle brüllend zum Mast.

Meine Gebete wurden nicht erhört. Der Sturm packte uns mit aller Kraft, trieb die *Xifias* vor sich her. Gischt und Regen drückten in den Aufbau und weichten meine Kleider durch. Ich versuchte, Geros' Schiff auszumachen, doch die Wellenberge, die sich um uns herum auftürmten, nahmen mir jede Sicht. Die Seefahrer sagten zu einem solchen Orkan, dass sich Asasara mit Sijamato stritt. Asasara wühlte die See auf und Sijamato die Lüfte. Längst war die *Xifias* zum Spielball in diesem Streit geworden.

Vafis und einer der Männer, ein besonders hochgewachsener Kerl, kämpften mit dem Segel. Sie hatten es zur Hälfte eingerollt, als ein Krachen das Brüllen des Sturms übertönte. Der Mast neigte sich. Die Rahe traf Vafis an der Schulter. Er strauchelte. Sein Mund war geöffnet. Noch ein Bersten und der Mast verschwand über die Bordwand. Dabei riss er den Ruderer, der dem Mast am nächsten saß, und den Riesen fort. Ich hörte sie nicht einmal schreien. Holz splitterte. Vafis brüllte etwas, das ich nicht verstand. Das Schiff sackte in ein Loch zwischen zwei Wellen und ich glaubte, jetzt verschlang uns das Meer.

Inzwischen war es so dunkel, dass es mir wie Nacht vorkam.

Furchterregendes Getöse kündigte den nächsten Brecher an. Er krachte gegen den Schiffsrumpf, riss den halben Aufbau fort. Die *Xifias* legte sich auf die Seite und ich klammerte mich an dem geborstenen Pfosten fest. Meine Finger rutschten ab. Ich glitt aus, schlitterte vom Wasser mitgerissen auf das Loch in der Bordwand zu. Verzweifelt krallte ich mich in die Planken, hielt den Atem an, als mein Kopf unter Wasser geriet.

Die nächste Woge zerrte an mir, wollte mich ins Meer spülen. Heißer Schmerz in meinen Fingern. Jeden Moment musste ich loslassen und dann verschluckte mich die Schwärze der See. Da packte mich jemand am Fuß, zog mich zurück. Hart landete ich auf dem Deck. Tiro über mir. Er wickelte ein Tau um mich und knotete es an eine Ruderbank. Wieder krängte die *Xifias* gefährlich zur Seite. Die Stricke hielten mich. Gleich darauf richtete sich das Schiff wieder auf, nur um von der nächsten Welle überrollt zu werden.

Zu meinem Entsetzen war die Stelle, an der Vafis eben noch gestanden hatte, leer.

Die Männer erstarrten.

In den Blitzen zeichnete sich ein Felsen zur Linken ab. Das musste die Insel sein, zu der Vafis gewollt hatte.

Ich fasste den Mann, der mir am nächsten saß, an der Schulter. Es war der Vorruderer, ich kannte nicht einmal seinen Namen. Erst später erfuhr ich, dass er Selas hieß. »Ans Steuer!«

Er gehorchte.

»Dorthin«, schrie ich und zeigte auf die Insel.

»Das schaffen wir nicht«, rief er.

»Ihr müsst.« Der Windschatten des Inselchens würde uns Schutz geben.

»Zu gefährlich! Die Felsen.«

Er hatte recht. Wenn uns der Sturm an die Felsen drückte, würden wir alle ertrinken. Dann blieb uns nur eins.

»Raus aufs offene Meer«, brüllte ich und klammerte mich an der Bank fest, als das Schiff wieder in ein Wellental stürzte.

Er nickte und stieß einen schrillen Schrei aus. Die Männer legten sich in die Riemen. Von zielgerichtetem Rudern konnte keine Rede sein, doch die größte Wut des Sturms war verraucht und die *Xifias* richtete ihren Bug etwas aus, begannt die Wellen zu reiten. Die Angst, ebenfalls von den Fluten verschlungen zu werden, trieb die Männer an und sie ruderten, bis die Insel nicht mehr zu sehen war.

Selas machte sich an einer Leine zu schaffen, die neben dem Aufbau lag.

Ich begriff: Die Schleppleine würde uns vor dem Wind halten, sodass die *Xifias* nicht kentern konnte. Wieder schwappte eine Welle über die Bordwand und ich klammerte mich am Pfosten des Aufbaus fest. Zwei der Ruderer schöpften das Wasser hinaus. Breitbeinig, um das Bocken des Schiffs auf den Wellen auszugleichen, plagte sich Selas mit dem Seil und scheiterte daran, es über die Bordwand zu werfen. Deshalb ließ ich den Pfosten los und packte mit an. Das nasse Seil wog so viel wie ein Berg. Gemeinsam hievten wir die Leine über Bord. Zum Schluss folgte der Sack, der ein Gewicht enthielt. Die *Xifias* drehte sich ein wenig und wurde merklich ruhiger.

Wir mussten die offene See erreicht haben, denn auf Selas' Kommando holten sie die Ruder ein. Er hielt das Steuer gepackt und versuchte, die heranrollenden Wellen zu lesen. Die anderen beteten. Und ich? Ich hockte nass bis auf die Knochen im Aufbau und starrte in das Unwetter. Dort war nur das tosende Meer. Nirgendwo die Silhouette eines anderen Schiffs hinter der Gischt. Nirgendwo die *Thyella*. Nirgendwo Geros.

Ein orangefarbener Streifen zwischen Meer und gebauschten Wolken kündete im Westen den Abend an, als der Sturm endlich weitergezogen war. Die See ging immer noch hoch. In dem dünnen, klammen Unterkleid fror ich, dass es mich schüttelte. Den klatschnassen Fellrock hatte ich ausgezogen, nachdem der Regen endlich einer feuchten und trüben Luft gewichen war, die den Sand der südlichen Wüsten herantrug. Zähneklappernd trippelte ich von einem Fuß auf den anderen und begutachtete die Schäden, die der Sturm hinterlassen hatte.

Der Aufbau hatte, wie von göttlicher Hand beschützt, Wind und Wellen standgehalten. Nur die Vorhänge hingen in Fetzen. Vom Mast ragte ein gesplitterter Stumpf nach oben. Dort, wo er über Bord gegangen war, klaffte ein Loch in der Bordwand, durch das Wasser ins Boot schwappte. Zwei Ruderer schöpften es hinaus.

»Wir haben Vafis und zwei Männer verloren. Und wir haben noch sechs Ruder«, sagte Selas und reichte mir einen Becher Bergtee aus einem Topf über einem tönernen Stövchen, in dem Holzkohle glomm.

Dankbar legte ich die Hände um den Becher und genoss die Wärme. Somit blieben zehn Männer: Selas, der das Steuer übernehmen musste. Zwei, die das Wasser zurück ins Meer schütteten. Sechs an den Rudern. Einer war übrig, der kein Ruder hatte.

Er hockte auf dem Boden zwischen den Pithoi, die das Unwetter unbeschadet überstanden hatten, und hielt sich die Seite. Blut quoll zwischen seinen Fingern hervor. Ich kniete mich neben ihn, untersuchte die Wunde. Die Haut klaffte auf. Ein langer Holzspan stak in ihr. Beherzt griff ich zu und zog ihn heraus. Der Mann stöhnte auf. Von meinem Unterkleid riss ich einen Streifen Stoff ab und verband ihn. Dankbar versuchte er ein Lächeln.

»Können wir weiterfahren?«, fragte ich unterdessen Selas.

»Ich möchte die Nacht abwarten. Dann ist das Meer ruhiger und im Tageslicht können wir uns besser orientieren.«

Solange die Wolkendecke nicht aufriss und die Sterne freigab, trieben wir blind auf dem Meer. Ich nickte.

In der unruhigen, kalten Nacht schöpften zwei Männer beständig Wasser. Damit sie sich wenigstens etwas ausruhen konnten, löste ich erst einen von ihnen so lange ab, bis meine

Muskeln unerträglich brannten, und nachdem ich mich ausgeruht hatte, übernahm ich den Eimer des anderen, bis ich am Ende meiner Kräfte war.

Der Jüngste, Tiro, trocknete eine Decke über dem Stövchen und gab sie mir. Trotzdem dämmerte ich nur weg, um gleich darauf wieder hochzuschrecken. Am anderen Morgen besaßen die Wolken mehr Struktur als gestern und die Sonne drückte durch. Übermüdet kroch ich an Deck.

»Hast du eine Ahnung, wie weit wir vom Land entfernt sind?«

Selas wiegte den Kopf und schwieg.

Das hatte ich befürchtet.

»Was schlägst du vor?«

»Ich weiß es nicht.« Er rieb sich über das Gesicht, doch die tiefen Schatten unter seinen Augen blieben. Hilflosigkeit zitterte in seiner Stimme.

»Der Sturm ist von Osten gekommen?«

»Von Südosten.«

»Dann hat er uns nordwestlich getrieben.«

»Ja. Ja, das muss so sein.« Ratlos kratzte sich Selas am Kopf.

Soweit ich wusste, fuhr er schon viele Jahre mit Vafis zur See. Er musste wissen, was zu tun war. Meine Aufgabe war es, das aus ihm herauszukitzeln.

»Weißt du, wie schnell wir waren?«

»Das lässt sich nicht sagen.«

»Sind wir in der Nacht weiter abgetrieben?«

»Es gibt Strömungen hier.« Er hob die Schultern. »Ich weiß es nicht. Wirklich nicht.«

Beruhigend streichelte ich seinen Arm. »Zuletzt haben wir Ogylos gesehen. Was wäre danach gekommen?«

»Kutira.«

»Wo das Purpur herkommt?«

Er nickte.

»Also gut. Kutira. Dann müssen wir zwischen Ogylos und Kutira hindurchgekommen sein.

»Ich … ich weiß nicht.«

Er trug das Wissen in sich. Die Schrecken des Sturms lähmten ihn bloß. Deshalb fragte ich: »Was würde Vafis tun?«

Selas hörte auf, sich am Kopf zu kratzen und sah mich an. Das Flackern wich aus seinen Augen. »Er würde nach Norden rudern. Zur Küste des Festlands.«

»Dann tun wir das.« Ich wandte mich an die Männer. »Ihr habt gehört, was er gesagt hat. Wir rudern nach Norden!«

Mit ausgestrecktem Arm wies Selas in die Richtung.

Endlich ein Ziel vor Augen, johlten die Männer, packten die Ruder und legten sich in die Riemen.

Zu unruhig, um mich zu setzen, blieb ich stehen und betrachtete die Mannschaft. Nur die Hälfte der Ruderbänke war besetzt, so krochen wir über die Wellen dahin. Den Bewegungen fehlte die Kraft des ersten Tages. Alle hatten die Münder zu schmalen Strichen zusammengepresst und dunkle Ringe unter den Augen. Selbst Tiro schaute verkniffen. Der Sturm hatte den Männern viel abverlangt. Doch sie wussten wie ich, dass wir es bis an Land schaffen mussten.

Selas gab den Männern einen Rhythmus aus Rudern und Pausen vor. An den Eimern wechselten sie sich ab. Er selbst dämmerte immer wieder am Steuer weg. Einmal hielt ich es eine Zeit lang fest gepackt, bis mir die Hände schmerzten, damit es sich nicht bewegte und wir vom Kurs abkamen, sodass er ein wenig Schlaf abbekam.

Stundenlang hatte ich das Gefühl, dass wir uns nicht vom Fleck bewegten. Mich quälten Vorwürfe. Meine Entscheidung hatte uns in den Sturm geführt, mein kindischer Plan. Ich war schuld, dass Vafis über Bord gegangen war. Wie sollte ich Geros den Verlust seines Onkels und Ziehvaters erklären? Es würde ihm das Herz brechen.

Irgendwann hörten diese Gedanken auf, in meinem Hirn Kreise zu rennen, taumelten müde umher, und ich glitt in einen Halbschlaf, den immer wieder das Schlagen der Wogen gegen den Rumpf unterbrach.

Als die Sonne höher stand und die Wellen ruhiger wurden, zeichnete sich ein blaugrauer Streifen am Horizont ab. Ich rieb mir die Augen, traute dem nicht, was ich sah. Der Streifen blieb.

»Selas! Dort!«, rief ich.

Selas schrak auf.

»Ist das Land?«

Einen Moment lang starrte er in die Richtung, in die ich wies. Dann überzog ein breites Grinsen sein Gesicht und er rief: »Land in Sicht!«

Die Männer jubelten. Von nun an ruderten die sechs schwungvoll und Tiro stimmte ein Lied über die Heimkehr der Seefahrer an, in das nach und nach alle einfielen.

Trotzdem dauerte es noch einen halben Tag, bis wir endlich die Küste erreichten, und die halbe Nacht, in der wir an ihr entlang ruderten. Seit wir uns parallel zu der felsigen Uferlinie bewegten, blieb ich hellwach. Ich wollte kein Dorf, keinen Hafen verpassen und schließlich wurde ich belohnt. Eine Handvoll flackernder Lichter erschien hinter der schwarzen Silhouette eines hervorspringenden Kaps.

»Da!«, schrie ich. »Da sind Lichter!«

Selas gab das Kommando zum Ankerwerfen.

»Warum fahren wir nicht in die Bucht?«

»Wegen der Felsen warten wir bis zum Morgen.« Er entzündete die Lampen. »Schlaf noch etwas, Prinzessin. Morgen früh sehen wir, wo genau wir sind.«

Vernünftig, keine Frage. Ich lehnte mich in dem Sessel in der Kajüte zurück und legte meinen vom Salzwasser steifen Mantel über mich. Schlaf fand ich keinen. Immer wieder schreckte ich aus wilden Träumen hoch und suchte nach dem ersten Grau des beginnenden Tages.

Als ich zum fünften oder sechsten Mal aus dem Aufbau schaute, wichen die Nachtfarben den Pastelltönen des Morgens. Die Dunkelheit gab langsam die Küstenlinie frei und offenbarte eine Ansammlung von Lehmhäusern etwas oberhalb vom Strand, auf dem umgedrehte Boote lagen.

Dort, wo in der Nacht die Lichter geblinkt hatten, ragte jetzt der lang gezogene Vordersteven eines Schiffs einem Schwanenhals gleich nach oben. In seiner Mitte erhob sich ein Mast. Das Rahsegel war zusammengerollt. Die Zeichnung an der Bordwand nahm zunehmend Konturen an. Ich kniff die Augen zusammen. Vögel. Eine Reihe Sturmtaucher. Die *Thyella*!

Mein Herz machte einen Satz. Hier, in dieser Bucht, die wie ein Halbrund geformt war, ankerte die *Thyella*. Soweit ich es in dem diffusen Licht erkennen konnte, hatte sie den Sturm unbeschadet überstanden.

»Geros!« Mit den Händen formte ich einen Trichter, damit der Ruf hinübertrug.

Drüben bewegte sich etwas an Deck. Geros trat auf das Vorderdeck und ich winkte, wie ich wohl noch nie im Leben gewunken hatte.

»Geros!«

Erst schaute er nur und rieb er sich das Gesicht, als traute er seinen Augen nicht. Ich rief noch einmal seinen Namen. Da sprang er kopfüber ins Wasser und kraulte herüber. Selas und die Männer stießen ihre Fäuste nach oben, stampften mit den Füßen und schrien vor Freude durcheinander, als er die Hände um die Bordwand schloss. Zwei halfen ihm an Bord. Ohne ein weiteres Wort schloss er mich in seine Arme. Ganz egal wie nass er war, streichelte ich immer wieder sein Gesicht, um mich zu versichern, dass er kein Trugbild war.

»Ide, ich dachte, ich hab dich verloren«, flüstere er in meiner Halsbeuge.

Er küsste mich. Es interessierte mich nicht, dass uns die Männer zuschauten. Es war mir egal, dass ich hier war, um mich dem Prinzen von Pylos als Pfand für den Frieden anzubieten. Jetzt zählte nur, dass Geros lebte, dass er mich festhielt.

»Wie geht es Vater?«, fragte ich zwischen zwei Küssen.

»Ihm geht es gut.«

Erleichtert zog ich Geros wieder an mich.

Auch wenn ich am liebsten den Lauf der Wellen angehalten hätte, es kam der Moment, in dem er mich von sich schob und sich umsah.

»Wo ist Vafis? Wo ist mein Onkel?«

Ich schüttelte den Kopf.

»Wir haben ihn und zwei Männer verloren. Die *Xifias* ist schwer beschädigt.« Selas hielt den Kopf gesenkt, als wäre das seine Schuld.

Geros kniff die Lippen zusammen und rieb sich die Schläfen. Eine Wolke schob sich vor die Freude über unser Wiedersehen.

»Selas hat die Trosse ins Wasser geworfen«, sagte ich.

Geros legte ihm die Hand auf die Schulter. »Das hast du gut gemacht.« Er wandte sich an die Männer. »Ihr alle habt es gut gemacht.«

Sie stampften auf und legten die Faust aufs Herz.

Geros betrachtete das Loch in der Bordwand und den zerborstenen Stumpf vom Mast. Dann ließ er den Blick über die Mannschaft wandern. Ich sah die Männer durch seine Augen: blasse Gesichter, zitternde Glieder, blutige Hände, die unermüdlich gerudert waren.

»Du bleibst mit deiner Mannschaft hier, Selas, und machst die *Xifias* wieder seetüchtig. Die Leute in dem Fischerdorf helfen euch. Auf dem Rückweg von Pylos holen wir euch ab.«

»Meine Mannschaft?« Selas schaute ungläubig.

»Ja. Du hast diese Männer und die Tochter des Archons sicher hierhergebracht.«

Selas straffte sich und salutierte.

»Du kommst an Bord der *Thyella*«, sagte Geros zu mir.

»Kann uns Tiro begleiten? Ich verdanke ihm mein Leben. Zum zweiten Mal.«

Geros musterte den Jungen, der ihn hoffnungsvoll anstrahlte, und nickte.

Auf einen Befehl von Selas ruderten die Männer tiefer in die Bucht hinein.

»Es tut mir leid«, sagte ich und berührte Geros am Arm.

»Vafis hat das Meer geliebt. Er wusste, dass es einmal sein Grab wird.« Er sprach gelassen, in seinen Bewegungen aber lag eine neue Härte, die mich traurig stimmte.

Wir gingen längsseits zur *Thyella*. Dort erwartete mich bereits Vater.

Ein großer Schritt und ich wechselte von einem Schiff zum anderen.

Ohne ein weiteres Wort zog mich Vater an seine Brust. Der Moment ging vorüber und er schlüpfte wieder in die Rolle als Herrscher, die mir vertrauter war als die Zuwendung eines Vaters.

Ich wäre so gern an Land gegangen, wollte nach dem Sturm festen Boden unter den Füßen spüren, meine Zehen in die Erde krallen und die Rinde eines Olivenbaums berühren. Oreichares jedoch drängte auf einen schnellen Aufbruch. Allerdings versprach er mir, dass wir die Nacht an Land verbringen würden. Ein paar der Vorräte und Geschenke wurden noch umgeladen, dann legten wir ab und ließen Selas und die *Xifias* zurück. Vater überließ mir den Schlafsessel und setzte sich auf das Vordeck.

Unsere Fahrt folgte der Küstenlinie. Wir querten einen Golf und umschifften ein windumtostes Kap, karges Land, auf dem nur Buschwerk wuchs, in dem ich eine regelmäßige Form aus geschichteten Steinen auszumachen glaubte. Einen Tempel vielleicht. Gut vorstellbar, dass sich hier an diesem verlassenen Ende der Welt die Götter zeigten.

Vater hielt Wort. In einer lang gestreckten Bucht, die sich tief in das raue Land schnitt, ankerten wir. Ein schmaler Pfad zog sich an der südlichen Seite im Zickzack einen Hang hinauf zu ein paar Häusern umgeben von Ölbäumen. Die Bewohner hießen uns herzlich willkommen. Wir überreichten ein paar Geschenke, Wolle und Wein. Obwohl offensichtlich war, dass sie selbst nicht viel hatten, stak auf einmal eine Ziege auf einem Spieß über dem Feuer. Ein graubärtiger Mann setzte sich dazu und zupfte eine Lyra. Seine Musik klang der unseren ähnlich. Ich lehnte mich zurück und genoss die Gastfreundschaft dieser Menschen. Sie fragten nicht, woher wir kamen oder nach unserem Stand. In dieser Nacht schlief ich tief.

## Vom Aufschieben des Unvermeidlichen

Nach einem weiteren Tag auf See, quer durch die Bucht, die das Land hier bildete – Geros sprach von drei Fingern und wir segelten nun vom mittleren zum westlichen –, erreichten wir die Gegend von Pylos.

Mich überraschte die Lieblichkeit der Landschaft. Eine lang gestreckte Insel grenzte eine Bucht ab, hinter der sich grüne Hügel ausbreiteten. Am Horizont erhob sich ein Gebirge, dessen weiße Spitzen mich an Kreta erinnerten. Auf die Insel folgte ein felsiges Kap, dessen höchsten Punkt ein massives Bauwerk krönte, über dem eine rot-gelbe Fahne wehte. Das musste Koryphasion sein. Ein Horn erscholl und kündigte uns mit lang gezogenen Tönen an. Ein zweites antwortete von irgendwo weiter landeinwärts.

Zwischen dem Inselchen und dem Felsenkap führte ein schmaler Durchlass zu den Ankerplätzen in der Lagune. Ich hielt den Atem an, als wir die Hafeneinfahrt passierten. Hier lag eine Flotte von acht, nein neun Schiffen, jedes so groß wie die *Thyella.* Drei waren gewaltiger, denn sie besaßen auch zwischen den Ruderbänken Aufbauten und an ihren Masten waren zwei Segel an den Rahen aufgerollt. So hatte unsere Flotte ausgesehen, bevor eine Flutwelle von Welchanos die meisten Schiffe auf den Meeresgrund geschickt hatte.

Am Kai erwarteten uns dicht gedrängte Menschen. Männer und Frauen in bunten Kleidern, die sich nur in Details von unseren unterschieden. Zwischen ihnen wuselten Kinder und Hunde herum. Sobald wir anlegten und die Seeleute Taue um dicke Steine wanden, wichen die Leute zur Seite und bildeten eine Gasse. An deren Ende wartete eine Gruppe Krieger, die uns aus zusammengekniffenen Augen beobachteten. Jeder von ihnen trug einen rot-gelben Schurz über den er ein Schwert gegürtet hatte. Ihre Oberkörper glänzten eingeölt. Sie flankierten einen dicken Mann in einem weißen Gewand und farbig abgesetzten Borten. Eine auffallende Nadel auf seiner Schulter hielt das Tuch zusammen.

»Das ist Fadianos, der Statthalter von Koryphasion«, sagte Geros zu mir. »Er gehört zum Rat von Diokles. Ich kenne ihn von meinen Handelsreisen.« Er hob den Arm und winkte.

Fadianos grüßte zurück und kam uns entgegen.

Hafenarbeiter schafften eine Planke herbei und überbrückten den Spalt zwischen dem Kai und dem Schiff.

Geros ging als Erster an Land und grüßte den Statthalter wie einen Freund. Der leichte Wind trug die Worte zu mir herüber.

»Du bist früh im Jahr hier«, sagte Fadianos.

»Ich komme nicht, um zu handeln. Ich habe Oreichares, Archon von Phaistos, und seine Tochter Ide hierhergebracht.« Geros wies auf das Schiff und trat einen Schritt zurück.

Vater rückte sich den Mantel zurecht und schritt hoheitsvoll an Land. Das beherrschte er: Egal wie zerrupft er nach dem Sturm aussah, seine ganze Haltung strahlte Macht und Würde aus. Unsicher folgte ich ihm. Mir war nur zu deutlich bewusst, dass mein Anblick alles andere als königlich war.

Fadianos verneigte sich.

»Ich ersuche um Audienz bei Diokles, dem Herrscher von Pylos«, sagte Vater.

»Sehr wohl.« Fadianos verneigte sich servil. »Er wird über euren Besuch erfreut sein. Darf ich dir und deiner Tochter anbieten, euch in meinem Haus zu erfrischen?«

»Danke für deine Großzügigkeit. Das wissen wir sehr zu schätzen.«

Vermutlich ich noch mehr als Vater, der sich nie viel aus einem Bad gemacht hatte. Ganz gleich, wie ich zu dieser Hochzeit stand, dreckig, abgerissen und mit vom Salzwasser verklebten Haaren wollte ich niemandem gegenübertreten.

»So kommt. Unterdessen entsende ich einen Boten, um Diokles eure Ankunft mitzuteilen.«

Auch das war zu erwarten. So blieb Diokles noch genügend Zeit, Vorbereitungen für den würdigen Empfang eines anderen Herrschers zu treffen.

Die Menschen auf der Hafenpromenade teilten sich, als wir Fadianos folgten, und musterten uns neugierig, doch nicht unfreundlich. Ein kleines Mädchen, das mich an Lydi erinnerte, zupfte an meinem Kleid.

»Bist du eine Prinzessin?«

»Ja«, sagte ich.

»Du siehst aber nicht so aus.«

Die Mutter zog das Kind hastig an sich und barg sein Gesicht an ihrem Kleid. »Entschuldige, bitte.« Sie verneigte sich.

Ich lächelte. »Kinder sprechen die Wahrheit.«

Koryphasion gefiel mir. Wie Amyklaion haftete auch diesem Ort der typische Geruch einer Hafenstadt an. Fischhändler, eine Gerberei, eine Färberei, dazwischen Feuerschalen, über denen Fleisch brutzelte, und Stände voller Backwaren mischten einen unvergleichlichen Duft. In der Nähe der Kais erhoben sich zweistöckige Speicher, aus denen gerade unter der Aufsicht eines strengblickenden Mannes Pithoi geschafft und auf ein Schiff geladen wurden. Ein Stück weiter lagen zwei Seilereien nebeneinander. Vor der einen türmten sich Fischernetze und Taue, vor der anderen lagen Spindeln, auf die Stricke unterschiedlicher Stärke gewickelt waren. Von weiter hinten drang das Hämmern aus der Werft herüber und verschmolz mit dem Stimmengewirr und den Rufen der Händler. Das Gebäude war länger und bot viel mehr Booten und Schiffen Platz als das, was ich von zu Hause kannte. Überhaupt wirkte hier alles größer und bedeutender als in Amyklaion. Der Weg wand sich in einer weiten Schleife hinauf auf den Berg. Ich genoss die Aussicht auf die

Bucht und das geschäftige Treiben unten am Hafen. Wenn schon Koryphasion so groß war, wie musste dann erst der Hafen von Mykene aussehen?

Wir erreichten die Festung. Auf steinernen Mauern erhoben sich zwei Stockwerke, die so aussahen, als wären die einzelnen Gebäudeteile im Laufe der Jahre angestückelt worden. Die Aussicht von hier oben war atemberaubend. Auf der einen Seite streckte sich das glitzernde Meer bis zum Horizont aus. Auf der anderen öffnete sich über die ganze Bucht hinweg der Blick auf das hügelige Land und die Berge dahinter. Ich suchte nach Pylos. Fadianos bemerkte das und wies in nordöstliche Richtung.

»Der helle Punkt dort, das ist der Sitz unseres Herrschers.«

Tatsächlich, ein erdfarbener Fleck besaß zu ebenmäßige Konturen, um Felsen zu sein.

Fadianos ließ es sich nicht nehmen, uns persönlich zu unseren Räumen zu geleiten.

»Leider entgeht dir der Sonnenuntergang über dem Meer, denn wir brechen nach Pylos auf, wenn der Schatten zehn Füße misst«, sagte er und verabschiedete sich.

Ich betrat den Raum. Er war kleiner als meine Kammer in Davos und es gab keine Terrasse. Die beiden Fenster zeigten nach Westen. Weit standen die Flügel offen und ließen salzig riechende Meeresluft und das Rauschen der Brandung herein. Irgendwo stritten sich Möwen um einen Fisch. Jemand hatte bereits die Kiste mit meinen Sachen herbeigeschafft. Bestimmt Geros, dachte ich. Er achtete auf so etwas.

In dem Raum stand ein Badezuber. Eine Dienerin kippte gerade einen Eimer heißes Wasser in das Becken. Dann bedeutete sie mir, dass das Bad bereitstünde. Ich löste die Schnüre an meinem Kleid und hielt inne. Das Mädchen war stehen geblieben und schaute zu Boden. Ich begriff, dass sie darauf wartete, mir zur Hand zu gehen.

»Ich möchte allein sein.«

Sie verneigte sich und huschte hinaus.

Seufzend ließ ich mich in das heiße Wasser gleiten.

Heute Abend schon stand ich Agathon gegenüber. Ich hatte gehofft, mir wäre noch eine Nacht vergönnt. Doch was hätte das genützt? Eine Illusion, dass in dieser Nacht ein Wunder geschah? Ich tauchte in der Wanne unter, bis das Wasser meine Ohren bedeckte und nur das Gesicht herausschaute. Die Geräusche verschwanden.

Das Aufschieben des Unvermeidlichen brachte nur größere Schmerzen, hatte mich Großvater Kairomenes gelehrt. Zehn oder elf Jahre war ich gewesen, als ich in Tontafeln Waren und Mengen aus unserem Lager in Davos ritzte, während draußen die Sonne schien und zum Schwimmen lockte. Als mich Großvater auf Fehler aufmerksam machte, dort ein falsches Zeichen, sodass aus dem Wort für Gerste das Wort für Musik wurde, da eine Zahl zu viel oder zu wenig, und mich anwies, die Liste erneut zu schreiben, packte ich den Stapel Tafeln, der auf dem Tisch lag, und schleuderte ihn quer durch den Raum. Er traf das Regal, in dem gebrannte Tafeln für die Wintervorräte standen. Die stürzten herab und zerbrachen. Ich rannte weg.

Wenn ich erwartet hatte, dass mir Großvater folgte, so täuschte ich mich. Ich ging schwimmen, wie ich es gewollt hatte. Aber ich konnte das Bad nicht genießen, hatte ich doch Angst, was geschehen würde, wenn ich zurückkam. Immer wilder malte ich mir die Strafe aus, die sich Großvater ausdachte. Außerdem fürchtete ich mich vor dem Zorn meines Vaters, wenn er davon erfuhr. Als ich am Abend zum Essen erschien, führte mich Großvater still, aber bestimmt in die Schreibstube und hieß mich alle Tafeln, auch die zerbrochenen neu beschriften. Spät in der Nacht war ich fertig. Mein Magen knurrte, doch die Köche schliefen bereits. In der Küche fand sich ein Stück Dörrbrot, das wir uns teilten. Ohne Worte schickte mich Großvater zu Bett. Am meisten hatte mir leidgetan, dass auch er hungrig schlafen gehen musste.

Ich tauchte ganz unter, hielt den Atem so lange an, wie es mir möglich war. Als ich auftauchte, mischten sich Tränen mit Wasser. Dort, in diesem Bad in Koryphasion begriff ich endgültig, dass mein Schicksal besiegelt war.

## Die Liebe zur Musik

Als ich aus der Wanne stieg, erschien die Dienerin wieder. In den Händen hielt sie mein gestreiftes Kleid und den Marderfellmantel, dessen Härchen frisch gebürstet glänzten.

»Das Kleid muss gewaschen werden, dafür reichte die Zeit nicht. Die Risse habe ich gestopft«, sagte sie in dem seltsamen, weichen Singsang, der für die Achäer typisch war.

»Hab dank.«

Das Mädchen half mir, meine Haare über einem schmalen Reif aufzustecken, sodass sie über meinen Rücken fielen. Dann griff sie nach dem Kohlstift und dem Puderdöschen. Nachdem sie meine Augen umrandet und das Blau auf die Lider gestäubt hatte, trat sie zurück und betrachtete ihr Werk. Sichtlich zufrieden reichte sie mir einen polierten Bronzespiegel. Eigentlich mochte ich es nicht, geschminkt zu sein. Die Farbe auf meinem Gesicht fühlte sich wie eine Maske an. Doch heute war es vielleicht gut, wenn meine Gedanken verborgen blieben.

Mit einem Nicken gab ich ihr den Spiegel zurück. Wenigstens ähnelte ich jetzt einer Prinzessin.

Auf dem Platz vor der Festung unterhielten sich Fadianos und Vater. Zwei Sänften standen bereit, neben denen die Träger warteten.

»Bezaubernd!«, rief Fadianos, sobald er mich sah, und klatschte in die Hände.

Vater hob nur eine Braue.

»Mein bester Führer wird euch begleiten. Ich selbst bleibe hier. Die Geschäfte in Koryphasion verlangen meine Anwesenheit.«

Vater verabschiedete sich unter vielen Dankesworten und ich entbot ihm den Ehrengruß. Dann nahmen wir in den Sänften Platz.

Am Hafen warteten Geros und einige seiner Männer neben den Kisten, in denen die Geschenke verstaut waren. Auch Tiro gehörte zu ihnen. Vater wechselte ein paar Worte mit Geros und sie schlossen sich uns an.

Durch das grüne Hügelland ging es an Feldern vorbei. Die Bauern, die die Furchen für die Aussaat zogen, richteten ihre gebeugten Rücken gerade und sahen uns nach. Die gepflasterte Straße wand sich durch Olivenhaine, später durch Eichenwald. Die Landschaft erinnerte mich an den Norden Kretas, nur die Berge waren weiter weg und halb im Dunst verschwunden.

Schließlich öffnete sich der Blick auf den Hügel, dessen Kuppe der Palast krönte. Häuser und Hütten umschlossen den Fuß. Daneben grasten zahlreiche Pferde, mehr Pferde, als wir überhaupt besaßen. Felder schlossen sich an, auf denen bereits die Gerste durch die Erde drängte. Der Palast dagegen wirkte im Vergleich zu Phaistos winzig. Die Mauern bestanden aus groben Steinen und ich vermisste die Verzierungen, die unsere Gebäude schmückten, und die Hörner, die jede Dachkante säumten.

Hier sollte ich also bleiben. Nun, es kam nicht auf Häuser und Mauern an, sondern auf die Menschen, die darin wohnten.

Unsere Gesandtschaft hielt auf dem zentralen Platz vor dem Palast. Ich lugte aus dem Palankin. Uns erwarteten Männer in der hellen Tracht der Achäer. Ihre harten Gesichter verrieten die Kampferfahrung. Auffallend auch die Helme, auf denen rotgefärbte Pferdehaarbüschel wippten. Neugierige drängten sich am Rand des Platzes, gafften und tuschelten, als wäre unsere Ankunft das größte Ereignis, seit Welchanos die Erde geöffnet hatte.

Wo steckte der Archon und wo der Achäerprinz? Da! Vor der breiten Treppe, die in den Palast führte, schaute uns ein Mann in reichbesticktem Rock und einem goldverzierten Wams entgegen, dessen weizenfarbenes Haar in einem Zopf zwischen die Schulterblätter fiel. Ich schätzte ihn auf das gleiche Alter wie Geros. Das musste Agathon sein, auch wenn er kaum noch Ähnlichkeit mit dem Jüngling besaß, an den ich mich erinnerte.

Einen halben Schritt hinter ihm stand ein breitschultriger Mann mit verschränkten Armen, der eine Kapuze über seinen Kopf gezogen hatte, die sein Gesicht verbarg. Er trug Beinkleider aus dunklem Leder und ein ebensolches Wams, das wie eine Rüstung an seinem Körper lag. Kleider von dieser Art hatte ich noch nie gesehen, durch sie erschien er wie ein Fremdkörper in der Reihe der Achäer.

Auf der anderen Seite lehnte sich ein schmaler Jüngling an einer Mauer, der sich durch seine auffallend bunte Kleidung und den wilden Knoten, zu dem er sein Haar auf dem Kopf zusammengesteckt hatte, von den anderen unterschied. Mir fiel seine missbilligende Miene auf.

Vater kletterte steif aus der Sänfte und streckte die Gelenke.

Wieder übernahm es Geros, uns vorzustellen.

Agathon hielt sein Haupt erhoben und ging auf Vater zu.

»Ich heiße dich, Oreichares, Archon von Phaistos, samt deinem Gefolge in Pylos willkommen.« Er sprach minoisch, wobei ihm die weichen Zischlaute Schwierigkeiten bereiteten.

Vater antwortete in der Sprache der Achäer. »Ich grüße dich, Agathon, Prinz von Pylos. Mögen die Götter unser Treffen segnen.«

Einen Augenblick lang musterten sie sich, dann streckte Vater dem Prinzen seinen Arm entgegen. Sie fassten sich an den Handgelenken, sodass jeder den Puls des anderen spüren konnte – ein Gruß unter Gleichrangigen.

Agathons Männer quittierten das, indem sie ihre Schwertknäufe gegen die Schilde schlugen und mit den Füßen aufstampften. Geros und seine Leute taten es ihnen gleich.

Jetzt richteten sich alle Blicke auf die Sänfte, aus der ich herausspähte. Den melancholischen Schleier auf Geros' Gesicht, der so gut zu meiner Stimmung passte, sah wohl nur ich. Agathons Miene wirkte gespannt, aber freundlich. Obwohl ich am liebsten in der Sänfte geblieben und wieder nach Hause gefahren wäre, setzte ich ein Lächeln auf, von dem ich hoffte, dass es gewinnend wirkte, und trat hinaus.

Agathon verbeugte sich tief und schaute mich dann offen an. »Du musst Ide, zweite Tochter des Oreichares, sein.«

»So ist es, Prinz von Pylos.« Ich verneigte mich ebenfalls und ärgerte mich über das Zittern in meiner Stimme.

»Du sprichst unsere Sprache sehr gut«, bemerkte er und zog eine Augenbraue hoch. »Viel besser als ich die deine.«

Haltung, ermahnte ich mich und war froh über das Kleid und die Schminke.

Agathons Blick ruhte offen auf mir. Durch die hohe Stirn, auf der sich schmale Brauen wölbten, die fein geschnittenen Wangenknochen und die gerade Nase sah er aus, als wäre er einem von Ayras Fresken entstiegen. Ihm fehlte jegliche Rohheit, die ich so häufig an Männern aus Herrscherfamilien wahrnahm, und ich entspannte mich etwas.

»Ich freue mich, dass du hier bist«, sagte er, als hätte ich es mir ausgesucht. Ich nickte und wusste nicht, was ich entgegnen sollte. Meine Augen irrten zu Geros. Er starrte mit gestrafftem Rücken ins Nichts.

»Du hattest sicher eine anstrengende Reise«, sagte er. »Ich bin neugierig, wie dir Pylos gefällt.«

»Was ich bis jetzt gesehen habe, gefällt mir gut.«

Die Andeutung eines Lächelns kroch in seine Mundwinkel.

Tändelte er etwa mit mir? Ich lächelte zurück, denn das war es, was alle von mir erwarteten.

»Prinzessin Ide, wir gönnen dir und deinem Gefolge noch etwas Ruhe. Heute Abend können wir beim Mahl unsere Bekanntschaft vertiefen.«

Ich verneigte mich. Vater nickte dem Achäer zu.

Agathon ging voraus. Wir passierten das Tor und gelangten in einen von Arkaden gesäumten Innenhof. Von hier aus ging es weiter durch einen Korridor an Treppenaufgängen vorbei in einen zweiten Hof.

»Iphitos wird euch eure Räume zeigen.«

Der Bursche mit den wilden Haaren sprang herbei und vollführte eine übertrieben tiefe Verbeugung, bei der seine Locken den Boden berührten. »Stets zu Diensten«, sagte er.

Agathon lachte. »Er wird sich um eure Wünsche kümmern. Seine Kammer ist gleich nebenan.«

Die Räume, die mir zugewiesen wurden, waren großzügig und gemütlich. Hinter einem Durchgang befand sich sogar eine Badekammer. Aus den breiten Fenstern schaute ich über die grünen Hügel bis zur Bucht und dem Hafen. Ein kleines Feuer prasselte anheimelnd in einem tönernen Ofen und vertrieb die Frühjahreskälte aus den Ecken. Trotzdem fühlte ich mich nicht wohl.

Eine gewebte Decke, dunkelbraun und mit roten Blumen, bedeckte das große Bett, auf dem passende Kissen aufgetürmt waren. Angezogen wie ich war, legte ich mich darauf. Meine Gedanken sprangen wie Hasen umher.

Mir fiel es schwer, Agathon einzuordnen. Ahnte er, weshalb wir hier waren? Wie stand er zu Vaters Wünschen? In meiner Erinnerung war er sanftmütig und feingeistig und schien mir nicht in diese raue Welt zu passen. Hatte ihn die Zeit verändert?

Irgendwann musste ich eingeschlafen sein.

Ein Klopfen weckte mich. Ich streckte mich und stand auf. Es dämmerte bereits und durch die Fenster drang frische Abendluft. Vor der Tür erwartete mich Iphitos.

»Es ist Zeit zum Essen.«

Ich erwischte mich dabei, das Kleid glatt zu streichen und die Haare zu ordnen.

Iphitos grinste. »Du siehst hübsch aus.«

Meine Wangen wurden heiß.

Er reichte mir den Arm und ich hängte mich ein.

Auf dem zentralen Hof loderte inzwischen ein großes Feuer, um das Kissen und Decken sowie niedrige Tischchen drapiert waren. Kleinere Feuer boten Platz für die niederen Ränge. Agathon unterhielt sich bereits mit Vater. Geros hatte ihnen im Schneidersitz gegenüber Platz genommen. Seine Miene ließ keinen Schluss auf seine Gedanken zu.

Als Agathon mich erblickte, erhob er sich und kam mir entgegen. Er überreichte mir eine Blüte, eine blaue Anemone.

»Hier hatten wohl die Götter ihre Hand im Spiel. Sie passt perfekt zu deinem Kleid.«

Iphitos zwinkerte uns zu und zog sich zurück.

Ich nahm die Blüte und befestigte sie an meinem Haarschmuck. Agathon bot mir den Arm und geleitete mich zu den Kissen, wo ich mich neben ihm niederließ. Vater lächelte mir wohlwollend zu. Dienerinnen brachten Wein und getrocknete Früchte. Vater setzte sein Gespräch mit Agathon fort und ich blieb mir selbst überlassen. Noch.

Wenig später ertönte ein Gong. Vater und Agathon erhoben sich wie alle anderen Gäste, also stand auch ich auf.

»Diokles, König von Pylos«, kündigte ein Rufer an. Es war Iphitos. Ich fragte mich kurz, welche Rolle er hier spielte, doch zog der Herrscher alle Aufmerksamkeit auf sich.

Ein goldbestickter Mantel umhüllte die massige Gestalt des Archons. Um seinen Hals lagen zahlreiche Ketten aus Gold und sein Haupt krönte ein goldener, edelsteinbesetzter Kranz. Seine ganze Erscheinung entsprach der eines Mannes, der auf seine Wirkung bedacht war, und täuschte nicht über die harten Züge und Hände hinweg, die es gewohnt waren, ein Schwert zu führen. Ich hatte ebenso die Königin erwartet, doch er kam allein.

Diokles zog Vater in eine herzliche Umarmung, ehe er sich mir zuwandte und auch mich in seine Arme zog. Dann schob er mich ein Stück von sich und musterte mich.

»Aus deiner Tochter ist eine schöne Frau geworden«, sagte er zu Vater.

Ich verneigte mich.

»Setzen wir uns.« Diokles legte die Hand auf Vaters Rücken. »Ich schätze, es ist nicht der Zufall, der dich hierhergeführt hat. Doch zunächst möchte ich wissen, was es aus Kreta und den südlichen Meeren Neues gibt.«

Wir nahmen wieder Platz. Wenn sich zwei Archonten trafen, tauschten sie zuerst Neuigkeiten aus. Ich folgte der Unterhaltung mit halbem Ohr. Hin und wieder warf Agathon eine Bemerkung ein.

Die Achäer befuhren seit einigen Jahren die Handelsroute entlang der Inseln und der Küste Luwiyas nach Alasiya, das noch größer als Kreta war, bis nach Ugarit, Byblos und Kanaan. Geros hatte mir davon erzählt. Er beobachtete das voller Sorge, denn in all den Jahren zuvor waren die Schiffe aus Kreta die einzigen, die auf diesen Meeren segelten.

Sie sprachen über das Kupfer von Alasiya, das sich gut gegen unsere Keramik eintauschen ließ. Kanaan war das südlichste Land, das die Achäer besucht hatten. Geros war dieser Route bis hinunter nach Ägypten gefolgt. Die Ägypter begehrten vor allem Zedernholz für ihre Paläste und grünes Öl, das Geros gegen Gold und Silber, Salben und Farbpulver tauschte. Die Route über das offene Meer von Kreta nach Süden hatte er erst einmal befahren und es beinahe mit seinem Leben bezahlt. Das Meer hier war gefährlich.

Während sich die drei unterhielten, sah ich mich um. Geros' Männer und die Achäer saßen an verschiedenen Feuern, bereit sofort aufzuspringen, die Hände nah bei den Dolchen. Sie beäugten sich misstrauisch.

Über die Flammen hinweg suchte ich Geros' Blick. Die Falte auf seiner Nasenwurzel schien tiefer. Irgendetwas gefiel ihm nicht.

Das Gespräch von Vater und Agathon wandte sich den Kriegen der Ägypter gegen die Nubier im Süden zu, als ringsum alle verstummten und zum Eingang schauten.

Der Mann mit der Kapuze trat aus den Schatten.

Es gibt einen Geruch von Gewalt und Härte. So wie Hunde riechen, ob jemand Angst hat, spürten die Leute, wer eine Gefahr für sie war. Jeder hielt einen größeren Abstand zu ihm als zu Agathon. Ohne zu fragen, setzte er sich neben Geros, der ein winziges Stück zur Seite rückte.

»König Oreichares! Prinzessin!«, grüßte er. Seine Stimme klang tief und überraschend angenehm.

Ich erwischte mich dabei, ihn anzustarren, als er die Kapuze auf die Schultern schob. Die kretischen Männer legten Wert auf glatte Gesichter und schabten sich das Barthaar ab. Dieser Mann trug einen dichten Bart, der seine Lippen verbarg. Die Narben von zwei schlecht verheilten Wunden zogen sich über seine Wangen. Er musterte uns aus schmalen Augen, bis ich unwohl auf meinem Kissen herumrutschte. Es fiel mir schwer, sein Alter zu bestimmen. In seinem Haar, das bis auf die Schultern reichte, entdeckte ich erste graue Fäden.

»König Oreichares, darf ich dir Borras vorstellen?« Diokles wies auf den Mann. »Er ist seit vielen Jahren mein Berater.«

Berater? Was für ein Berater war dieser Mann? Er verursachte mir Gänsehaut.

»Ich freue mich, dich kennenzulernen, Borras«, sagte Vater. »Es ist immer gut, einen kundigen Berater an seiner Seite zu wissen. Nicht wahr, Geros?«

Geros fing meinen Blick auf und schüttelte kaum merklich den Kopf. Sein Kiefer war angespannt. Er mochte diesen Borras nicht.

»Geros ist wahrhaftig ein ruhmreicher Kapitän«, sagte Agathon. »Ich bewundere, wie er sein Schiff durch die Strömungen steuert.«

Jetzt kamen die Dienerinnen mit Tabletts voller Speisen herein. Zunächst gab es in Wein gekochte Schnecken und Fisch. Später reichten sie im Tontopf gegartes Kaninchen, das süß nach Honig und Thymian duftete. Vater lobte das Essen überschwänglich. Ich aß nur wenig.

Nachdem die Töpfe abgeräumt waren, erhob sich Vater und hielt eine Lobrede auf die Gastfreundschaft Diokles'. Auf einen Wink trugen Geros' Männer die beiden Kisten herbei und schlugen die Deckel zurück. Der Schein der Feuer fiel auf Bronzewaffen, feinste Keramik, armdicke Zöpfe aus gefärbter Wolle, Elfenbeinkämme und glänzenden Goldschmuck.

»Nimm diese Geschenke, Diokles. Ich bin sicher, dass sie unsere Freundschaft untermauern.«

Jedem musste klar sein, dass das mehr war als nur ein Gastgeschenk, dass es sich um einen Brautpreis handelte. Ich spähte zu Agathon, doch der zeigte sein wohlwollendes Lächeln. Nur Borras' Augen huschten zwischen den Kisten und mir hin und her.

Diokles dankte Vater formvollendet. Ein Nicken und aus den Reihen der Achäer lösten sich vier, die die Kisten forttrugen.

Als getrocknete Feigen und Backwerk gereicht wurden, wandte sich Agathon mir zu.

»Ich erinnere mich noch gut an das pausbäckige Kind, das vor vielen Jahren den Palast von Pylos besuchte.«

»Das ist wirklich lange her.« Längst vergessene Bilder stiegen in mir auf: Der rundliche König, dessen Wangen rot glänzten und der ununterbrochen auf Vater einredete. Eine hagere Dame, die Königin, vor der ich Angst hatte. Und der Prinz mit dem weizenfarbenen Haar, der für mich auf der Laute spielte. »Du hast einen Ringelreigen für mich gespielt und ich habe dazu getanzt.«

Agathon lachte. »Daran erinnerst du dich noch? Ich hoffe, du tanzt immer noch so gern. Bist du seither noch einmal im Land der Achäer gewesen?«

Ich schüttelte den Kopf. »Der Minos von Knossos vertritt Kreta bei den Herrschern von Mykene und Tiryns. Wir aus Phaistos verstehen uns mehr auf den Handel.«

Musik setzte ein, Lyra, Kithara und Flöte. Zu den flotten Klängen formte sich eine Reihe Tänzer.

»Und du? Hast du schon oft dein Land verlassen?«

»Ich war einmal in Tiryns. Sie bauen dort Mauern um den Palast, die mächtiger sind als alles, was ich je gesehen habe.«

Davon hatte Geros berichtet. »Und bist du über das Meer gereist?«

»Noch nicht. Ich wollte Kreta schon immer sehen. Märchenhafte Legenden ranken sich um diese Insel.«

»Du wärest vermutlich enttäuscht.«

»Vielleicht finde ich es bald heraus.« Er grinste verschmitzt.

Ich zuckte zusammen. Also hatte auch er Vaters Botschaft verstanden.

Überraschend hob er eine Hand, als wollte er meine Wange streicheln. Bevor seine Fingerspitzen meine Haut berührten, hielt er inne. »Hast du dich verletzt?«

Erstaunlich. Er hatte die Verletzung vom Sturz aus der Höhle bemerkt, obwohl sie fast abgeheilt und von einer Schicht Puder bedeckt war.

»Wir sind in einen Sturm gekommen«, sagte ich.

Um ihn nicht ansehen zu müssen, beobachtete ich die Tänzer, die sich bewegten, als bestünden sie aus einem Körper. Völlig synchron schwangen sie die Beine nach vorn, gingen in die Knie und schnellten wieder in die Höhe. Agathons Fußspitze wippte im Takt.

»Dir gefällt das?«, fragte ich.

»Ich mag die Musik und den Tanz.«

»Eine ungewöhnliche Leidenschaft für einen Prinzen.«

»Du hörst dich an wie mein Vater.« Er lachte. »Meine Mutter hat mich die Liebe zur Musik gelehrt.«

Die verhärmte und verbitterte Frau aus meiner Erinnerung?

Er muss die Frage auf meinem Gesicht gelesen haben, denn er fügte hinzu: »Ich glaube, die Musik war ihre einzige Freude.«

»War?«

»Sie ist vor zwei Jahren an einem Fieber gestorben.«

Traurigkeit lag in seinen Worten und ich berührte seinen Arm.

Seine hellbraunen Augen musterten mich. »Das ist nicht der rechte Stoff für diesen Abend, Ide. Ist es erlaubt zu tanzen?«

Ich zuckte die Schultern. »Du bist hier zu Hause. Du darfst tun, was du wünschst.«

»Dann tanz mit mir.« Er reichte mir die Hand und die Tänzer öffneten ihre Reihe für uns.

Ich brauchte etwas, die Schritte zu erfassen, auch wenn mich der Takt an die Tänze zu Hause erinnerte. Nachdem ich den Rhythmus gefunden hatte und nicht mehr auf meine Füße schauen musste, schwebte ich förmlich mit den anderen zwischen den Feuern. Jemand schob Agathon an die Spitze. Er bewegte sich geschmeidig, vollführte wagemutige Sprünge, die die Anwesenden pfeifend und klatschend bejubelten. Sein Haar glänzte im flackernden Feuerschein golden. Die Hitze zauberte einen Glanz auf seine Wangen und in mir glomm der Gedanke auf, dass Vaters Idee vielleicht doch keine schlechte war.

Das Lied endete, alle spendeten Beifall. Auch wir Tänzer. Sogar Vater. Nur Borras rührte sich nicht.

Agathon lächelte und führte mich zu unseren Plätzen zurück. Geros' Platz war leer. Ich suchte den Hof ab und sah ihn in einer Tür zu seinem Quartier verschwinden. Auf der Schwelle wandte er sich kurz um. Schaute er zu mir? Ich war mir nicht sicher, denn die Schatten verbargen sein Gesicht. Ein kleiner Stich in meiner Brust verdrängte meine Euphorie vom Tanzen.

Außer Atem ließen wir uns auf den Kissen nieder. Ich fächelte mir Luft zu, zwang mich zu lächeln und beugte mich zu Agathon.

»Woher kommt er?« Mit einer Kopfbewegung wies ich auf Borras.

»Er stammt aus dem Norden. Vor einigen Jahren kam er an unseren Hof und verdingte sich bei meinem Vater, der große Stücke auf ihn hält.«

Das klang nicht so, als wäre auch Agathon dieser Ansicht. Ich musterte ihn von der Seite und verkniff mir die Frage danach, denn er sah zu den Musikern, die ein neues Lied anstimmten und wippte mit dem Kopf im Takt.

Immer wieder forderte mich Agathon zum Tanzen auf. Irgendwann fiel mir auf, dass Vater und Diokles verschwunden waren.

Noch später, es musste gegen Mitternacht sein, zog ich mich in meine Räume zurück. Vater war nicht wieder aufgetaucht. Aufgewühlt vom Tanzen und den vielen Eindrücken, dachte ich, ich fände nie Schlaf. Doch tatsächlich schlief ich sofort ein.

## Die Taube in den Wolken

Der nächste Tag verlief wie in Trance. Vater und Diokles hockten hinter verschlossenen Türen. Obwohl sich Agathon alle Mühe gab, mir eine gute Zeit zu schenken, erinnere ich mich an die Unrast, die mich erfüllte. Er führte mich durch den Palast und die Unterstadt. Ich versuchte mich auf die Dinge zu konzentrieren, die er mir zeigte, sie mit allen Sinnen aufzunehmen. Meine Gedanken aber reisten immer wieder zurück nach Kreta, verglichen das, was ich hier sah, mit unseren Gewohnheiten. Wie wunderbar die Spieße dufteten, die in den Straßen von Phaistos gegrillt wurden. Wie fein die Keramik bemalt war. Wie viel freundlicher die Leute zu Hause grüßten. Ich wusste, es war ungerecht, und konnte mich doch nicht dagegen wehren.

Zwei Dinge sind mir besonders im Gedächtnis geblieben.

Auf einem kreisrunden Platz am Rande der Unterstadt trainierten Kämpfer. Ihre Körper glänzten geölt. Die Gesichter blickten verbissen, während sie mit Holzschwertern aufeinander einschlugen. Ein Ausbilder, dessen Pferdehaarhelm in der Sonne spiegelte, bellte Kommandos und korrigierte die Haltung des Schwertarms, wenn sie ihm nicht gefiel. Eine andere Gruppe rang paarweise miteinander. Eine dritte übte sich im Bogenschießen auf eine Holzscheibe.

Allem haftete eine militärische Präzision an, die mich einfach nur abstieß. Wir Kreter maßen uns in spielerischen Wettkämpfen. Es ging um Freude und unsere Liebe zu Mutter Natur. Wurden wir angegriffen, wussten wir auch Schwert und Schild zu führen, doch die Kriegskunst stand nie im Zentrum unserer Kultur. Vater hatte das erkannt. Er erwartete unruhige Zeiten und wusste, dass uns ein Heer gut ausgebildeter Krieger schützen konnte. Deshalb wollte er diese Hochzeit. Doch das verstand ich damals noch nicht. Viel zu sehr beschäftigte mich mein eigenes Unglück.

Das zweite, was mich so beeindruckte, dass ich es heute noch weiß, waren die Pferde. Auf einer umzäunten Koppel grasten bestimmt dreißig Tiere. Ein paar dösten im Schatten eines Unterstands. So viele Pferde auf einmal hatte ich noch nie gesehen. Wir hatten sechs, die Vater für viel Gold und Öl und Kupferplatten aus Alasiya einst getauscht hatte. Zwei davon waren im Laufe der Zeit gestorben. Zwischen den kleinen, drahtigen Ponys stand ein kräftiger Schimmel. Ich hatte noch nie ein so großes Pferd gesehen.

»Ist der schön!«, rief ich aus.

»Halt dich besser fern von ihm«, sagte Agathon. »Er gehört Borras.«

Als ob uns der Nordländer gehört hätte, trat er hinter Büschen hervor und nickte knapp. Er stellte sich an das Koppeltor und pfiff. Der Schimmel hob den Kopf aus dem Gras. Noch ein Bissen, dann setzte er sich in Bewegung und trabte auf Borras zu. Fasziniert beobachtete ich, wie der kräftige Mann, an dessen Armen sich jeder Muskelstrang abzeichnete, sanft über die Nase des Schimmels strich, der mit gesenktem Kopf und halb geschlossenen Lidern vor ihm stand. Nachdem er das Pferd begrüßt hatte, legte er ihm einen Strick um den Hals und führte es von der Koppel. Dabei warf er uns einen Blick zu, der mich frösteln ließ. Unheimlich. Ich mochte ihn nicht.

Agathon nahm meinen Widerwillen nicht wahr oder überging ihn einfach. Er fragte, ob ich reiten könne, und als ich das bejahte, holte er zwei Ponys aus der Herde und sattelte sie. Ich wollte ihm helfen, doch das ließ er nicht zu. Als er nur noch die Trensen aufziehen musste, erklang ein fröhliches: »Ah, wie passend. Ihr wollt ausreiten. Das hatte ich auch vor.«

Iphitos. Er führte ebenfalls ein gesatteltes Pony an der Hand.

Agathon schenkte ihm ein Lächeln. »Dann schließ dich uns an.« Ein kurzes Zögern. »Es ist dir doch recht, Ide?«

Was konnte ich dagegen haben? Weder als Gast noch als zukünftige Gemahlin stand es mir zu, diesen Wunsch abzulehnen. Tatsächlich fühlte ich mich sogar erleichtert, denn tief in mir fürchtete ich mich, mit Agathon allein zu sein. Der gut aufgelegte Iphitos, dessen Haare wild in alle Richtungen standen, kam mir da gerade recht. Vielleicht erfuhr ich etwas mehr über Agathon und wenn ich den Sommer hier verbringen sollte, schadete es nicht, noch andere Leute näher kennenzulernen.

»Wunderbar. Ich habe sogar etwas zu essen aus der Küche mitgehen lassen.« Iphitos klopfte auf ein Bündel, das er auf seinem Pferd befestigt hatte. Mit einer Flanke hechtete er auf den Rücken.

Ich stieg über ein Mäuerchen auf und war froh, dass mein Kleid aus zwei seitlichen Schals bestand, die mir gut das Sitzen auf dem Pferderücken erlaubten.

Wir streiften durch die Umgebung von Pylos bis hinunter ans Meer zu der halbrunden Bucht, die wir schon bei unserer Ankunft gesehen hatten. Am Nordufer banden wir die Pferde unter Tamarisken an. Die Dünen rutschten wir mehr hinunter, als dass wir liefen. Iphitos glitt aus und stürzte. Lachend rollte er den Hang hinab und blieb unten liegen, die Arme ausgestreckt, als ob er den Himmel umarmen wollte. Agathon sammelte das Bündel auf, das er fallen gelassen hatte, und lief ihm nach.

Ich setzte mich nah beim Wasser in den Sand, der überraschend warm war, und ließ die feinen Sandkörner durch meine Finger rinnen.

Agathon zog Iphitos hoch. Arm in Arm kamen sie zu mir.

Neben mir schnürte Agathon das Bündel auf. »Lass sehen, was du dem Koch gestohlen hast.«

»Gestohlen! Pah!« Iphitos kniete sich daneben.

In das Tuch waren Käse, Feigen, Rosinen, Dörrbrot und Gebäck gewickelt – mehr als genug für drei Leute. Iphitos hatte von Anfang an geplant, mit uns auszureiten. Ich nahm mir auch einen Apfel.

Obwohl sich beide wirklich Mühe gaben, mich mit Anekdoten aufzuheitern, blieb ich still. Meine Gedanken glitten immer wieder fort zu den Gesprächen, die Vater und Diokles führten. Ich fragte mich, wie Agathon dazu stand. Er wirkte so fröhlich, so gelassen.

Mit einer Geste unterbrach ich ihn, als er zu einer neuen Geschichte ansetzte. »Agathon, ich ... du ...« Ich brachte die Frage nicht heraus, die ich stellen wollte.

Er legte seine Hand auf meinen Arm. »Du willst wissen, ob ich weiß, dass uns unsere Väter verheiraten wollen?«

Ich nickte.

»Und was ich davon halte?«

Ich nickte wieder.

Iphitos erhob sich und sah uns auf eine Weise an, die ich erst viel später zu deuten wusste. Er entledigte sich seines Hemdes und rannte ins Wasser.

»Lass es mich so sagen, Ide: Ich weiß schon sehr lange, dass ich nicht das Leben führen werde, das ich mir erträume. Angesichts des erstarkenden Mykene erscheint es mir vernünftig, ein Bündnis mit deinem Vater einzugehen. Es ist das Beste für unser beider Reiche.«

»Und das, was du willst, das, was ich will – das zählt nichts?«

Er verzog den Mund zu einem schiefen Grinsen. »Gute Söhne und erst recht gute Töchter tun, was ihre Väter bestimmen.«

Ich hob eine Augenbraue und zog meinen Arm unter seiner Hand fort.

»Ebenso folgt eine gute Ehefrau den Wünschen ihres Gemahls. Aber das weißt du sicher.« Er lächelte mich an und erhob sich.

»Nun, das mag hier gelten«, sagte ich lauter als beabsichtigt. »Auf Kreta bestimmen wir immer noch selbst, was wir tun.«

Agathon lachte. »Gut! Es wird nicht langweilig werden.« Auch er zog das Hemd aus und rannte Iphitos nach ins Meer. Der spritzte ihn nass und Agathon stürzte sich kopfüber in die nächste Welle.

Ich warf den angebissenen Apfel fort. Er schmeckte mir nicht mehr. Es war das eine, nur davon zu hören, dass eine Frau den Achäern so viel galt wie ein Stück Vieh. Das andere war es zu erleben, wie selbstverständlich Agathon davon sprach, dass Frauen nichts zu sagen hatten. Welcher Gegensatz zu Geros, der mich stets danach fragte, wonach mir der Sinn stand, der eher mit seinen Wünschen zurücksteckte, um mich glücklich zu machen.

Verstimmt stand ich auf, nahm meine Sandalen in die Hand und folgte der Wasserlinie. Am gegenüberliegenden Ende erhob sich der Felsen, auf dem die Oberstadt Koryphasions thronte. Darunter entdeckte ich eine Höhle. Hinaufsteigen wollte ich nicht, denn ich hörte das Gebimmel von Schafglocken. Wo Schafe weideten, war ein Hirte nicht weit, und mir war nicht danach, einem Menschen zu begegnen. Drüben stand Agathon bis zur Hüfte im Wasser, wollte offenbar ans Ufer. Seine Haut schimmerte wie Marmor aus Hayasa, viel heller als die von Geros. Iphitos schwamm auf ihn zu, fasste seinen Arm und zog ihn zurück. Dann rannten sie gemeinsam hinaus und ließen sich in den Sand fallen. Zwischen den Büschen auf den Dünen bewegte sich etwas. Ein Reiter. Sollte das Borras sein? Er verharrte dort kurz, ehe er sein Pferd wendete und eine Staubwolke jenseits der Dünen verriet, dass er sich entfernte.

Langsam ging ich zurück.

Iphitos lag auf dem Rücken, die Arme hinter dem Kopf verschränkt. »Siehst du die Wolke dort? Sie sieht aus wie eine Schildkröte.«

Agathon stützte sich auf die Seite und beschattete die Augen. »Ich finde, sie sieht aus wie ein Schmetterling.« Er wandte sich zu mir. »Was siehst du, Ide?«

Ich blinzelte in den Himmel. Die Wolke sah ein bisschen wie eine Taube aus. Doch ich sagte nichts.

Geros bedachte mich mit einem langen Blick, als ich den großen Hof betrat, in dem das Abendbankett stattfand. Die Art, wie er mich förmlich grüßte, versetzte mir einen Stich. Nervös wischte ich mir die Hände an meinem Rock ab.

Die Sitzordnung entsprach der gestrigen. Wieder saß ich neben Agathon.

»Ich hoffe, der Tag hat dir gefallen.«

Ich lächelte höflich. Es wäre ungerecht gewesen, anderes zu behaupten, und doch fühlte ich mich verloren.

Zum Glück enthob mich die Ankunft von Diokles und Vater einer genaueren Antwort.

Seite an Seite kamen sie die breite Treppe herunter. Vater sah zufrieden aus. Er suchte die Menge ab, bis er mich fand, und zeigte ein schmales Lächeln. Ich lockerte die Finger. Wieder hatte ich mir die Nägel in die Handflächen gebohrt. Auf halber Höhe blieben sie stehen.

Iphitos bediente den Gong.

Sobald der verhallt war, klatschte Diokles in die Hände. »Volk von Pylos! Geschätzte Gäste aus Phaistos! Heute wird ein großer Tag in der Geschichte unserer beiden Völker sein.« Er breitete die Arme aus, als ob er jeden umarmen wollte.

»Wir leben in schwierigen Zeiten. Seit sich die Erde geöffnet hat, besuchen uns die Götter nur selten. Noch heute leiden wir unter dem, was der Generation unserer Väter und Großväter widerfahren ist: Missernten, Plagen, Kinder, die das erste Jahr nicht überleben. Die Dunkelheit dieser Jahre hängt weiter über uns.«

Zustimmendes Gemurmel sowohl von Diokles' Leuten als auch von unseren.

»Deshalb müssen wir heute neue Wege beschreiten, die uns zurück ins Licht führen.«

Erster Beifall. Das musste man ihm lassen, Diokles verstand es, eine Rede zu halten. Jetzt hob er die Hand und spreizte den Zeigefinger ab.

»Erstens: Unsere Schiffe werden die Meere befahren. Wir werden Handel treiben mit Alasiya, Kanaan und Ägypten und unseren Reichtum mehren.«

Er machte eine kleine Pause, ließ die Worte wirken.

»Zweitens: Für den Aufbau einer starken Flotte braucht es das Geschick der Männer von Pylos und die Erfahrung der Kreter.«

Der zweite Finger und gleich darauf der dritte.

»Und drittens: Mykene strebt die absolute Herrschaft über das Meer der Inseln und seine Völker an. Dem müssen wir eine mächtige Kraft entgegensetzen.«

Klatschen, begeisterte Rufe, Füßestampfen. Diokles hatte die Leute hinter sich. Ich wünschte mir, dass Vater nur etwas mehr von dieser Überzeugungskraft besaß.

»Um all das zu erreichen, um unseren Völkern die Zukunft zu schenken, die sie verdienen, haben mein geschätzter Freund Oreichares«, er legte einen Arm um Vaters Schultern, »und ich heute ein Bündnis geschlossen.«

Vater nickte gewichtig zu diesen Worten.

»Von nun an vereinen wir unsere Kräfte zu einer Macht. Um dieses Bündnis zu besiegeln, wird mein Sohn Agathon die so schöne wie kluge Tochter von Oreichares zur Gemahlin nehmen.« Mit ausgestrecktem Arm wies er auf Agathon.

Der erhob sich und reichte mir strahlend die Hand, um mir aufzuhelfen. Ich zwang ebenfalls ein Lächeln in mein Gesicht. Diokles hatte es nicht einmal für nötig gehalten, meinen Namen zu erwähnen.

Als hätte Agathon meine Gedanken gelesen, rief er: »Ide, Tochter des Oreichares, König von Pylos!«

Wieder brandete Beifall auf.

»Die Braut folgt ihrem Bräutigam und wohnt bei seiner Familie, so will es unsere Tradition. Mein Sohn Agathon aber wird nach Kreta ziehen. Deshalb wird seine Braut bis zum nächsten Frühjahr bei uns wohnen, um die Götter gnädig zu stimmen.«

Bis zum nächsten Frühjahr? Mir blieb der Mund offenstehen. Bis zum Herbst hatte Vater gesagt. Jetzt sollte ich ein Jahr hierbleiben? Geros. Wo war er? Er stand einen halben Schritt hinter Vater und mahlte mit dem Kiefer.

»Ich erwarte, dass jeder sie willkommen heißt und als Gemahlin meines Sohnes Agathon behandelt.«

Eine Bewegung im hinteren Teil des Hofs zog meine Aufmerksamkeit auf sich. Iphitos lief die Treppen hinauf. Seine Haltung wirkte angespannt.

Zufrieden faltete Diokles die Hände auf seinem Bauch.

»Heute ist ein großartiger Tag in unserer Geschichte«, wiederholte er seine Worte. Wieder bewunderte ich das große Geschick, mit dem er die Zuhörer für sich gewann. »Unsere Namen gehen in die Lieder ein. Die Kinder unserer Kinder werden von uns singen und unseren Ruhm für immer weitertragen. Die Götter verdienen dafür ein großzügiges Opfer. Deshalb, meine Freunde, werden wir morgen einen Löwen jagen.«

In den Jubel hinein kamen Diener, die Tabletts voller Speisen und Wein trugen. Später spielten die Musikanten auf. Heute hatte Agathon keine Lust zu tanzen. Das kam mir ganz recht. Obwohl die Entscheidung schon bei unserem Aufbruch von Kreta festgestanden hatte, hatte doch ein winziges Vögelchen das Lied der Hoffnung in mir gesungen. Jetzt war es verstummt und ich war müde.

Alsbald nach dem Essen verabschiedete sich Agathon von mir.

»Ich ziehe mich jetzt zurück. Morgen wird von mir erwartet, einen Löwen zu töten.«

Um seine Augen lagen Schatten. Weggewischt die Leichtigkeit vom Strand. Tatsächlich schien mir, als ob ich in einen Spiegel blickte. Ich nickte ihm zu und wünschte ihm im Stillen, dass Welchanos seinen Schlaf bewachen möge.

Ich blieb noch etwas sitzen und suchte Geros' Blick. Er schürzte ein wenig die Unterlippe. Der Augenblick dehnte sich. Ein schiefes Lächeln löste schließlich das Bedauern ab, dazu eine resignierende Geste. Wie gerne wollte ich ihn noch einmal sprechen, ein letztes Mal mit ihm allein sein.

Weil mich die Fröhlichkeit der Leute bedrückte, erhob auch ich mich. Ich ging noch einmal zu Vater hinüber, der vornübergebeugt aufmerksam dem lauschte, was Diokles ihm erzählte.

»Ich gehe schlafen«, sagte ich. An Diokles gewandt fügte ich hinzu: »Eine beeindruckende Rede.«

Er lächelte breit. Ja, Vaters Angebot brachte ihm so große Vorteile, dass es dumm gewesen wäre, es auszuschlagen.

»Gute Nacht.« Ich ging zur Treppe, hoffte, dass Geros mir folgte, dass auch ihn der gleiche Wunsch umtrieb. Noch einmal miteinander sprechen, ein letztes Mal vielleicht.

»Ide! Warte!«

Vater war mir nachgegangen und fasste mich am Arm.

Gemeinsam stiegen wir die Stufen hinauf. Vor meinem Gemach blieben wir stehen.

»Ide«, sagte er erneut.

Ich schaute ihn an, wartete auf eine Erklärung. Auf Verständnis. Mitgefühl.

Sein Blick irrte über die regelmäßigen Muster, die die Wände zierten, und vermied es, mich zu streifen. Die Worte wollten nicht von seinen Lippen.

Ich zitterte und versteckte meine Hände hinter dem Rücken, damit Vater es nicht sah. Angst. Ja, es war Angst, die ich spürte. Doch er war so sehr mit seinen eigenen Gedanken beschäftigt, dass er mich nicht wirklich wahrnahm. Ich konnte nur raten, was in seinem Kopf vorging. Die Sorge um unser Reich, um Phaistos drückte seine Schultern nieder. Stumm legte ich meine Hand an seinen Rücken.

Als ob er mich heute das erste Mal erblickte, sah er mich an und schloss mich in die Arme.

»Es ist auch für mich nicht einfach.«

Heute weiß ich, wie er mit der Entscheidung haderte, sich nicht sicher war, das Richtige zu tun. Ich barg das Gesicht an seiner Brust, verbot es mir jedoch zu weinen.

Der Moment verflog und er schob mich von sich. »Nach der Löwenhatz fahre ich zurück.« Er ging ein Stück den Gang hinunter und drehte sich noch einmal um. »Du wirst hierbleiben.«

## Löwenhatz

Als mich die Palastdienerin am anderen Morgen weckte, zog ich die Decke über die Ohren. Die Nacht hatte ich mich hin und her gewälzt. Wirre Träume, an die ich mich nicht mehr erinnerte, hatten mich immer wieder aus dem Schlaf gerissen. Nur ein Gefühl von Unruhe war geblieben, so wie wenn vor einem Gewitter die Luft knisterte. Die Dienerin stieß die Verandatüren auf und ließ Morgenluft herein, die nach den Resten des Winters roch. Sijamato, Herr über die Winde, hatte graue Wolken geschickt, aus denen Schneeregen fiel.

Zerschlagen kroch ich aus dem Bett und wusch mir das Gesicht. Hunger hatte ich keinen. Trotzdem zwang ich mich, etwas von dem Brot und dem Käse zu essen, die die Dienerin auf den Tisch gestellt hatte.

Wenig später stand ich in meiner Reisekleidung auf dem Platz vor dem Eingang, auf dem die aufbruchstypische Hektik herrschte. Diener luden Packen auf Karren und riefen sich laute Kommandos zu. Dazwischen haschten sich Kinder und nutzten drei Streitwagen als Deckung, vor denen Pferde tänzelten. Die Tiere trugen Festtagszaum: eine blaue Decke, rote Bänder und goldene Schellen. Offensichtlich wollte Diokles Eindruck hinterlassen. Zwei Burschen hatten alle Mühe, die Pferde zu beruhigen, die mit geblähten Nüstern und geweiteten Augen vor dem Käfig fliehen wollten, der an der Seite stand. Eingepfercht hinter Stämmen gab ein Löwe ein tiefes Grollen von sich.

Gleich daneben hielt ein Junge den Schimmel, der Borras gehörte. Im Gegensatz zu den Pferden vor den Streitwagen rührte er trotz des Lärms und des scharfen Geruchs der Raubkatze keinen Huf. Außerdem entdeckte ich eine Sänfte, die wohl für mich bestimmt war.

»Ich möchte gern mitkommen«, sagte Tiro neben mir. »Ich war noch nie auf einer Löwenhatz.«

Ich schaute ihn an und erinnerte mich an mein erstes Mal. Damals war ich nur wenig älter als Lydi gewesen. Vater gab das Fest zu Ehren des Minos, der als Gast bei uns weilte. Ich fand die Jagd beschämend und hatte bitterlich geweint, als das arme Tier getötet wurde, nachdem es hundert Männer in die Enge getrieben hatten.

Er schob die Unterlippe vor. »Geros sagt, ich soll hierbleiben.«

Das sah ihm ähnlich. Er schätzte es so wenig wie ich, ein Tier zu quälen.

Um den Käfig standen ein paar Kinder in gebührendem Abstand herum. Nur das vorlauteste, ein Junge, hatte sich näher herangetraut. Er steckte einen Zweig zwischen den Stäben hindurch und pikte die Katze in die Hüfte. Fauchend wollte sie herumschnellen und scheiterte an der Enge des Käfigs.

»Lass das!«, herrschte ich den Jungen an. Der Löwe würde bald sterben, die Quälerei hatte er nicht verdient.

»Wer sagt das?«, fragte er und wollte den Löwen noch einmal drangsalieren.

»Prinzessin Ide, Tochter des Archons von Phaistos«, sagte Tiro und stemmte die Fäuste in die Hüften.

Der Junge drehte sich zu mir um und musterte mich von oben bis unten. »Das kann ja jeder behaupten.«

Tiro tat einen Schritt auf ihn zu und ballte die Faust.

Ich richtete den Rücken auf, hob das Kinn, so wie es Pareia tat. Mit aller Autorität, zu der ich fähig war, sagte ich: »Los, verschwinde und nimm deine Freunde mit.«

Kreischend stoben die Kinder auseinander und auch der Junge trottete fort.

Tiro und ich traten an den Käfig. Zwischen den Stämmen starrte der Löwe aus gelben Augen hervor. Sein braunes Fell sah aus, als hätte er sich in Holzkohle gewälzt, und die dunklen Streifen auf seinem Kopf verliehen ihm einen mürrischen Ausdruck. Er kräuselte die schwarze Nase, um unsere Witterung aufzunehmen. Die Lefzen bebten und über seinen Rücken lief ein nervöses Zucken. Im Stillen rief ich Pasaja, die Herrin der Tiere, an. Möge sie ihm gnädig sein. Unvermittelt warf sich der Löwe gegen das Gitter. Tiro zuckte zusammen.

»Wenn du ihm zu nahekommst, frisst er dich.« Borras' Stimme schnitt durch den Morgen. Er stand in seinem schwarzen Umhang an der Treppe zum Eingang.

»Er würde wohl eher das Weite suchen«, sagte ich.

Borras lachte und schwang sich auf sein Pferd. »Da wäre ich mir nicht so sicher, Prinzessin. Er sieht hungrig aus.«

»Wir brechen auf!«, scholl Diokles' Stimme über den Platz. Er bestieg einen Streitwagen.

Agathon nahm den zweiten. Für Vater blieb der dritte.

Träger eilten herbei und platzierten sich an den Holmen des Käfigs. Krieger nahmen vor und hinter den Streitwagen Aufstellung. Erleichtert bemerkte ich, dass Geros unter ihnen war.

Vater schaute zu mir herüber. »Bist du fertig?«

»Ja, Vater«, sagte ich.

Der Schneeregen ging in feinen Niesel über. Wie gerne wäre ich gelaufen. Die Bewegung täte mir gut. Wenn ich zu Fuß unterwegs war, verflüchtigten sich mit jedem Schritt meine dunklen Gedanken und eine wohltuende Leere erfüllte mich, mein innerer Himmel, blau und ruhig. Die Dämonen meiner Sorgen und Ängste zogen sich in Schatten zurück. Stattdessen knibbelte ich in der schaukelnden Sänfte an meinen Fingernägeln und ermahnte mich still zu sitzen, um es den Trägern mit meinem Hibbeln nicht unnötig schwer zu machen.

Der nasskalte Regen, der sich im Laufe des Vormittags einstellte, passte zu meiner Stimmung. Ich hatte keine Freude daran, wenn Vater ein Tier tötete, um seinen Ruhm zu unterstreichen. Er dagegen liebte es, bei Sonne zu jagen. Welchanos in Sonnengestalt unterstrich seine Herrschaft, so sagte er. Allerdings hegte ich den Verdacht, dass er den Vorteil von trockenem Wetter bei einer Löwenjagd schätzte, weil die Raubkatze durch ihre vier Pfoten im Regen überlegen war.

In einem von Eichenwäldern umstandenen Tal gab Diokles das Signal zum Halten. Ein Bach durchzog es, an den Weiden grenzten. Am Waldrand standen Lanzenträger bereit, die dem Löwen am Ausbrechen hindern sollten. Vom unteren Talausgang her kläffte die Hundemeute. Am oberen Ende versammelten sich bereits die Krieger von Diokles. Hier trotzte auf einer Anhöhe ein weinroter Baldachin dem nassen Wind: der Platz, von dem aus ich das Spektakel verfolgen sollte. Ich schlug die Kapuze meines Umhangs hoch und eilte durch den Regen hinüber.

Vater hockte bereits auf einem Schemel und rieb sich die Schläfen. Seine Bewegungen wirkten fahrig.

»Kein gutes Omen«, sagte er mit kratziger Stimme und wies auf das Wasser, das durch den Baldachin tropfte. Letzte Nacht musste er dem Wein mehr zugesprochen haben, als gut für ihn war. »Ich wünschte Pareia wäre hier. Sie könnte die Götter bitten, die Sonne hervorzuholen.«

»Ich befürchte, das stünde nicht in ihrer Macht. Sie entscheiden selbst, wer ihrer würdig ist.«

Vater straffte sich und streifte mich mit einem Blick. »Es wird erwartet, dass ich den Löwen töte. Dabei sollte es Agathon tun. Er wird Archon von Phaistos.«

»Ich bezweifle, dass er so ein großer Löwenwürger ist wie du, Oreichares«, sagte jemand hinter mir in spöttischem Tonfall.

Ich schrak zusammen. Borras stand in meinem Rücken, so nahe, dass sein Umhang meinen Arm streifte. Ich rückte ein Stück weg von ihm.

»Geros ist an deiner Seite«, sagte ich zu Vater. Daheim wurde er stets von zwei Kriegern begleitet, die ihn schützten, falls sich die Bestie wehrhafter erwies als gedacht. Hier lag diese Aufgabe allein bei Geros.

»Ich werde da sein«, sagte Borras.

Vater erhob sich. »Ich muss zu den Männern.« Er schwankte ein wenig, als er ging.

»Ich mache mir Sorgen um ihn«, sagte ich mehr zu mir als zu Borras.

»Er ist alt. Es wird Zeit, dass es einen neuen König gibt.«

»Sprich nicht so von meinem Vater.«

Er verzog den Mund. »Du willst die Wahrheit nicht sehen.«

»Du kennst uns überhaupt nicht!«

»Regieren erfordert eine harte Hand und einen klugen Kopf.«

Wieder hoben sich seine Mundwinkel zu diesem angedeuteten Lächeln, das mich schaudern ließ. Was wollte er mir damit sagen? Dass ich zu weichherzig war? Vielleicht. Allerdings glaubte ich, dass das nicht alles war. Wie ich Agathon kennengelernt hatte, entsprach der auch nicht Borras' Vorstellung eines Herrschers.

»Die Jäger versammeln sich. Es wird Zeit, ihnen den göttlichen Segen zu erteilen.« Mit dem Gang eines Mannes, der gewohnt war, ein Kommando zu führen, schritt er hinunter. Diener und Krieger wichen vor ihm zur Seite.

Ich blieb allein unter dem tropfenden Baldachin zurück.

Eine Taube landete zu meinen Füßen und hüpfte in die Pfütze, die sich von dem Tropfen gebildet hatte. Sie drehte sich hin und her, vollführte einen seltsamen Tanz, bei dem sich auf eine Seite legte und den anderen Flügel abspreizte, sodass der Regen die Innenseite des anderen erreichte. In unseren Geschichten hieß es, Pasaja nehme gern die Gestalt einer Taube an, um den Menschen zu versichern, dass sie über sie wache. Die Herrin der

Tiere bei einer Löwenhatz, das gefiel mir. Der Vogel schüttelte sein Gefieder und flog auf.

Am Fuß des Hügels stieß Geros zu den Jägern. Als Waffe hatte er eine Lanze und ein Messer dabei. Er trug einen ledernen Harnisch und seinen Eberzahnhelm, der aus unzähligen Hauern des weißzahnigen Schweins bestand, die auf Leder aufgenäht waren. Ein Busch aus schwarzen Pferdehaaren krönte die Spitze. Geros hatte erzählt, dass er fünf Dutzend Eber erlegen musste, um diesen Helm fertigen zu können. Nur Vaters Helm bestand aus noch mehr Zähnen. Auch steckte er in einem Harnisch, der mit Eberzähnen gepanzert war.

Jetzt schritt eine Gestalt in einer polierten Bronzerüstung zu den Männern. Agathon. Unter dem Harnisch, der seine Schultern bedeckte und bis über den Schoß reichte, trug er ein weißes Hemd. Vor Vater nahm er seinen ebenfalls bronzenen Helm, auf dem ein roter Busch wippte, ab und verneigte sich. Ein wenig bedauerte ich, dass die Sonne hinter den Wolken steckte, denn diese Rüstung sähe wahrhaft königlich aus, wenn sich das Licht darin spiegelte. Er wechselte ein paar Worte mit Vater und der deutete hinauf zu mir. Agathon folgte seinem Blick und stieg den Hügel herauf.

»Ich grüße dich, Ide.« Er verneigte sich leicht.

»Sei gegrüßt, Agathon.«

»Abscheulich.« Agathon ließ seinen Blick über das Tal wandern. Der Löwenkäfig wurde herbeigetragen und in der Nähe des Bachs platziert. Die Hundemeute, die das Tier roch, überschlug sich in ihrem Gebell. »Eine Jagd, die dem Vergnügen dient.« Er verzog missbilligend die Lippen.

»Und der Zurschaustellung königlicher Herrlichkeit.« Ich klang bitter.

»Mein Vater hält mich für zu weich. Deshalb hat er Borras zu meinem Lehrer bestimmt.«

Die Worte fielen wie die Knöchelchen bei einem Wurf und kurz schien es, als erhaschte ich einen Blick in die Zukunft.

Als hätte er gehört, dass wir von ihm sprachen, betrat Borras die Szene. Er schaute zu uns herauf und ich fühlte mich seltsamerweise ertappt. Den Umhang hatte er abgelegt und er trug die ledernen Beinkleider und das Wams, die ich bereits gestern an ihm gesehen hatte. Seine Mähne bändigte eine Lederschnur. In der Hand hielt er einen Speer, auf dem Rücken trug er ein Schwert.

»Keine Rüstung«, sagte ich.

»Borras ...« Agathon unterbrach sich und überlegte, ehe er den Satz vollendete. »... stammt aus dem Norden.«

Ich war mir sicher, dass er etwas anderes hatte sagen wollen, doch ich ließ es auf sich beruhen. Mir missfiel dieser Mann. Agathon wirkte dagegen so sanft und freundlich auf mich. Oder gab er das nur vor?

»Es ist an der Zeit, dass du hinunter gehst.«

»Ja. Ich hoffe, dass wir bald wieder am Feuer sitzen können.«

»Welchanos möge über dich wachen und deinen Speer führen.«

Er drückte meinen Arm und schritt hinunter. Unten stellte er sich neben Vater. Borras und Geros flankierten die beiden.

Die vier Männer drehten sich zu Diokles, der die Arme hob und die Götter um ihren Segen bat. Klar drang seine Stimme durch den Regen. Sogar die Hunde hörten für einen Moment mit ihrem Gekläff auf. Dann ließ er seine Hände sinken. Die Männer erboten ihm ihren Gruß und wandten sich dem Tal zu.

Am Bach zogen die Diener das Fallgitter am Käfig hoch. Dann nahmen sie die Beine in die Hand und rannten los. Der Löwe trat bedächtig aus dem Käfig heraus. Er schaute sich um und ließ ein Brüllen los, das die Hundemeute anheizte. Er bemerkte die beiden Fliehenden und setzte ihnen nach. Vater und die anderen rannten los.

Der Löwe holte den langsameren der beiden Diener ein. Geros' Kampfgeheul hörte ich bis auf den Hügel. Mit einem Sprung stürzte sich die Raubkatze auf den Mann, erwischte ihn am Rücken und warf ihn zu Boden. Der Löwe war über ihm. Ein grässlicher Schrei erscholl und erstarb.

Ich erstarrte.

Geros warf seinen Speer, doch er verfehlte die Katze. Die Hundeführer machten die Meute los. Der Löwe ließ von seinem Opfer ab und wandte sich den Hunden zu. Fünf zählte ich, die sich auf ihn stürzten. Zwei erledigte er schon beim Angriff. Einer verbiss sich in die Hüfte. Die beiden anderen versuchten, in sein Genick zu kommen. Mit dem Maul schnappte der Löwe nach einem und erwischte ihn am Rücken. Er schleuderte ihn hin und her, bis ihm das Rückgrat brach, und ließ ihn los. Jaulend verendete das Tier.

Unterdessen hatten Vater und Agathon den Löwen erreicht. Geros, seines Speeres beraubt, konnte nicht viel ausrichten und hielt sich zurück. Borras versuchte der Katze von der anderen Seite beizukommen.

Der Löwe erkannte jetzt, dass die vier Männer eine größere Gefahr darstellten als die verbliebenen Hunde. Vater versuchte einen Lanzenstich. Ich weiß nicht, ob er strauchelte oder auf dem nassen Boden wegrutschte. Ich sah nur, wie er stürzte und der Löwe mit seiner Tatze nach ihm langte. Vater rollte sich zusammen und hob die Arme über den Kopf, um sich zu schützen.

Agathon bewegte sich um die beiden herum. Seine Lanze ragte schräg nach oben. Er suchte eine Position, um zuzustechen, ohne Vater zu verletzen. Sein Arm fuhr vor, doch der Löwe musste die Bewegung gesehen haben. Er schnellte herum und schlug nach der Lanze, die zerbrach. Brüllend stürzte er sich auf seinen neuen Angreifer.

Zusammengekrümmt lag Vater am Boden und rührte sich nicht. Am liebsten wäre ich hinuntergelaufen, doch ich wusste, wie töricht das wäre.

Agathon hielt noch den Schaft der Lanze in der Hand und drosch damit auf den Kopf des Löwen ein. Den schien das nur mehr zu reizen. Immer wieder tatzte er nach Agathon. Dabei wandte er Borras den peitschenden Schwanz zu. Wieso unternahm der nichts?

Jetzt hatte der Löwe Agathon aus dem Gleichgewicht gebracht, der rückwärts taumelte. Der Löwe setzte nach, langte wieder mit den Pranken nach ihm. Borras wagte einen Angriff und stach mit der Lanze zu. Dem Gejaule nach erwischte er den Hund, der sich in den Nacken des Löwen verbissen hatte. Der Löwe reagierte nicht darauf und griff erneut Agathon an, sodass der auf den Rücken fiel. Jetzt nahm Geros sein Messer und warf sich in dem Moment zwischen Agathon und den Löwen, in dem der sich auf den Prinzen stürzen wollte. Ineinander verkeilt kamen sie halb neben, halb auf Agathon zu liegen. Dann ging ein Zucken durch den Körper des Löwen und er bewegte sich nicht mehr. Geros hatte er unter sich begraben.

Mein innerer Himmel verdunkelte sich wie dieser Tag.

Mich hielt nichts mehr auf meinem Platz. Durch den Regen rannte ich hinunter, glitt aus, fing mich. An Diokles vorbei, der mich am Arm packte, mich aufhalten wollte und mir dann folgte. Inzwischen waren bereits Männer zu den Verletzten geeilt. Vier hoben den Löwenkörper von Geros herunter. Geros bewegte den Arm und rieb sich die Schläfen. Neben ihm lag der Eberzahnhelm. Mir rannen Tränen über die Wangen und mischten sich mit dem Regen. Diokles half Agathon sich aufzurichten, dessen Hemd sich rot färbte.

Borras hockte bei Vater, der sich nicht rührte. Sein Wams war blutdurchtränkt und ich konnte nicht sagen, ob es seines oder das des Löwen war.

»Ist Vater ...?«, fragte ich ihn.

»Er lebt, auch wenn er nicht bei Bewusstsein ist.«

»Gibt es einen Heiler bei euch?« Ich kniete mich neben Vater. Der Eberzahnharnisch war gerissen. Zwischen den Zähnen hingen Fetzen des Hemdes heraus. Der Löwe musste Vaters Brust aufgerissen haben. Außerdem kreuzte eine große Fleischwunde sein Bein oberhalb des Knies. Hier wusste ich, was zu tun war. Ich riss einen Streifen von meinem Kleid ab und verband das Bein.

»Wer nicht fähig ist, sein Leben zu verteidigen, braucht keinen Heiler.« Borras' Augen blitzten.

»Borras!«, sagte Diokles schneidend, während er sich um Agathon bemühte und dessen Schulter von dem zerrissenen Hemd befreite. »Hilf ihr, ihn aus dieser Rüstung herauszubekommen.«

»Wieso hast du Vater nicht beschützt?«, fuhr ich Borras an.

Borras presste die Lippen zusammen, seine Hand glitt zum Messer. Der Blick ließ mich schaudern. Dann entspannte sich sein Gesichtsausdruck. »Ich habe es versucht. Es ist mir nicht geglückt.« Er machte sich an dem Harnisch zu schaffen.

Ich sah zu Geros, dem Diokles eine Trinkblase Wasser reichte. Ilithyia sei Dank war er nicht groß verletzt. Das Blut auf seinem Wams musste vom Löwen stammen. Ich hob den Helm auf. Die Spitze war eingedrückt und es fehlten Zähne. Ohne ihn wäre Geros nicht mehr unter den Lebenden.

»Du hast dem König und meinem Sohn das Leben gerettet«, sagte Diokles zu ihm.

»Nicht ich. Das war der Prinz selbst, der die Bestie getötet hat. Sieh, er hält noch das Messer.« Geros schaute Agathon an. »Wir verdanken dir unser Leben.«

Selbst verletzt gelang es Agathon noch, huldvoll den Kopf zu neigen.

Ungläubig schaute ich von einem zum anderen. Von meinem Platz unter dem Baldachin aus hatte es anders ausgesehen. Doch der blutige Dolch lag in Agathons Hand. Den Knauf zierten Lilienblüten. Geros' Dolch.

Mit einer langsamen Bewegung gab ich ihm den Helm zurück und fing seinen Blick auf. Kaum merklich schüttelte er den Kopf.

Geros wandte sich an die Menschen ringsum. »Agathon, Prinz der Achäer, Versprochener der Ide, hat Oreichares, den Archon von Phaistos, gerettet und den Löwen getötet!«

Ringsum brandete Jubel auf.

Inzwischen hatte Borras Vater von der Rüstung befreit. Jetzt zerriss er ihm das Hemd. Auf Brust und Bauch zeichneten sich vier tiefe Schnitte von den Krallen ab, die aufklafften, als stammten sie von einem Messer. Der Regen spülte das Blut fort.

»Bringt saubere Tücher«, rief ich. Jemand reichte mir Stoff und ich verband notdürftig die Wunden.

Durch die Berührung kam Vater zu sich. »Was ist geschehen?«

»Dich hat der Löwe erwischt. Agathon hat dein Leben gerettet.«

Er drehte den Kopf. Schmerzerfüllt verzog er das Gesicht.

»Mir ist schwindlig.« Er glitt wieder in die Bewusstlosigkeit.

Diokles winkte Träger herbei, die Vater in die Sänfte betteten.

»Kannst du auf einem Streitwagen stehen?«, fragte er mich.

»Ich denke schon.«

»Gut. Dann fährst du mit Agathon, und du«, er deutete auf Geros, »lenkst den Wagen von Oreichares.«

Geros nickte.

»Ich kann auch laufen«, sagte ich. »Das macht mir nichts aus.«

Eine knappe Handbewegung gebot mir zu schweigen.

Innerhalb kürzester Zeit waren alle abreisebereit. Schweigend stand ich neben Agathon auf dem Streitwagen und hielt mich an der Kante des Vorderteils fest, als es losging. Er lenkte einhändig den Wagen. Den anderen Arm hielt er an den Bauch gepresst. Ein notdürftiger Verband reichte von der Schulter bis zur Taille, dort hatte ihn der Löwe erwischt, doch offenbar nicht so schlimm wie Vater.

Wenn ich an den Rückweg denke, so erinnere ich mich hauptsächlich an Regen, der mir in den Kragen kroch, meinen Umhang und meine Kleider durchnässte, bis nichts Trockenes mehr an mir war. Langsam stapften die Pferde durch den Matsch, in den sich die Wege verwandelt hatten. Ihre Köpfe hingen herunter und das Wasser troff aus den Mähnen. Zwei Männer trugen den an eine Stange gebundenen Löwen, dessen erhabene Wildheit dem traurigen Anblick des triefenden, struppig wirkenden Kadavers gewichen war. Uns folgte Vater in der Sänfte, neben der Borras auf seinem stämmigen Schimmel ritt. Diokles führte den Tross an. Geros bildete den Schluss.

Während ich mit leicht gewinkelten Knien die Stöße des Wagens abfederte, beobachtete ich Agathon von der Seite. Er starrte ernst auf die Pferderücken oder den Weg. Kein Wort, kein Blick für mich. Irgendwann hielt ich es nicht mehr aus.

»Geht es dir gut?« Ich berührte ihn am verletzten Arm.

Er entzog ihn mir und ich wusste nicht, ob er die Berührung nicht ertrug oder ob es an der Bodenwelle lag, über die der Wagen gerade sprang.

Nach einer Weile, ich glaubte schon, er würde nicht mehr antworten, sagte er: »Die Zeiten ändern sich schneller, als mir lieb ist.« Der Regen lief ihm über das Gesicht, die Haare klebten an ihm.

»Wie meinst du das?«

»Du wirst es sehen.«

Wieder verfiel er in Schweigen, die Lippen zu einem schmalen Strich zusammengepresst.

Die Mauern von Pylos, die sich aus den Regenschleiern schälten, lenkten mich von meinen Grübeleien ab.

## Andere Sitten

Wir hielten auf dem Platz vor dem Palast. Die Träger hoben Vater aus der Sänfte. Er stöhnte leise, doch er hielt die Augen geschlossen. Unter den harten Kommandos von Diokles eilten sie die Treppen hinauf. Ich rannte hinterher. Ein Mann, offensichtlich der Heiler, winkte sie in einen Raum. Ich wollte folgen, doch er schloss die Tür vor meiner Nase.

Wütend hämmerte ich gegen die Tür.

»Lasst mich ein.« Niemand öffnete. »Das ist mein Vater!«

Wieder trommelte ich mit den Fäusten gegen das Türblatt. »Hier ist Ide, Tochter des Oreichares, Archon von Phaistos. Öffnet die Tür!«

Da legte sich eine Hand auf meine Schulter.

»Lass. Sie werden dir nicht öffnen.«

Ich fuhr herum. Agathon.

»Was soll das?«

»Frauen sind nicht erlaubt.«

»Aber ich bin seine Tochter!«

»Das sind unsere Gebräuche.«

»Es wird Zeit, dass du die Gebräuche von Kreta kennenlernst, wenn du unser Archon werden willst.«

»Deshalb solltest du ein Jahr oder zwei hier leben, ehe wir zurückgehen und Oreichares ablösen.«

»Wie meinst du das?«

»Du solltest unsere Gesetze kennenlernen.«

Jetzt war es an mir zu schweigen. Ich verschränkte die Arme, umklammerte die Ellbogen und starrte absichtlich an Agathon vorbei. Die Wand neben der Tür gab mir Halt.

»Komm mit ins Trockene, Ide. Sie werden dich nicht zu ihm lassen.«

Ich würdigte ihn keiner Antwort.

Resigniert drehte sich Agathon um und ging.

Irgendwann verließen die Träger den Raum. Sie taten, als ob sie mich nicht wahrnahmen. Noch später war ich an der Wand heruntergerutscht und saß auf dem nassen Boden. Ich würde Vater nicht alleine lassen. Wo war Geros? Wenn ich nicht bei Vater sein konnte, dann musste er es doch sein. In der Aufregung bei unserer Ankunft hatte ich jedoch nicht mitbekommen, wohin er gegangen war. Der Regen war in Nieseln übergegangen. Mich fror und ich wusste nicht, ob das an der nassen Kleidung lag oder an der Ungewissheit, wie es um Vater stand. Ich fühlte mich allein.

Ein Schatten fiel auf mich. In der Hoffnung, es wäre Geros, sah ich auf.

Iphitos.

»Darf ich mich zu dir setzen?«

Ohne meine Antwort abzuwarten, nahm er neben mir Platz, als ob es trocken und sonnig wäre.

»Hier.« Er reichte mir einen Becher. »Du musst durstig sein.«

Dankbar nahm ich das Getränk, nippte daran. Eine honigsüße Mischung aus Fruchtsaft und Wasser.

»Weißt du, wo Geros ist?«

»Diokles hat ihn nach Koryphasion geschickt.«

»Zum Hafen?«

»Ja.«

»Warum das?«

»Agathon ist ein guter Mann«, sagte er, ohne auf meine Frage einzugehen. Er starrte auf einen Punkt im Pflaster vor sich.

Ich sah ihn von der Seite an. Wie blass er aussah. Selbst seine Haare, die bisher aus dem Knoten fröhlich in alle Richtungen gestanden hatten, hingen schwer und traurig herunter.

Langsam wandte er den Kopf zu mir. »Er wird dir niemals die Nähe geben, die du suchst. Er kann es nicht. Es liegt nicht an dir, Ide.« Er hielt inne, studierte meine Reaktion auf diese Worte. »Ich mag dich. Deshalb möchte ich, dass du das weißt. Vergiss es nicht, wenn er dir fremd erscheint.«

Er erhob sich und ging die Gasse hinunter, ohne sich noch einmal umzudrehen. Seine Schritte wirkten kraftlos.

Ich schüttelte den Kopf. Was wollte er mir damit sagen?

Das Knarzen, mit dem die Tür über den Boden schleifte, verhinderte, dass ich den Gedanken weiterverfolgte.

Diokles.

»Steh auf.« Der Tonfall duldete keinen Widerspruch.

Die Gelenke taten mir vom langen Sitzen auf dem Boden weh, als ich aufstand. Ich folgte Diokles bis ins Megaron. Er wies auf eine der Bänke und überraschte mich, indem er sich auf die Bank gegenübersetzte, statt auf seinen Thron.

»Dein Vater hatte geplant, dich wenigstens bis zum nächsten Frühling hierzulassen, damit du unsere Gebräuche kennenlernst«, begann er.

Ich nickte.

»Ein kluger Plan. Es hätte dir vieles erleichtert. Allerdings hat der Unfall die Umstände verändert.«

Er erwartete nicht, dass ich etwas sagte oder fragte. Obwohl ich gern gewusst hätte, wie es Vater ging, beobachtete ich ihn schweigend und überlegte, worauf er hinauswollte.

»Wir wissen nicht, ob dein Vater diese Verletzungen überlebt. Es ist das Beste, wenn ihr so schnell wie möglich nach Kreta zurückfahrt.«

»Meinst du, dass er reisen kann?«

»Er wird es müssen. Ihr könnt nicht ohne ihn zurück und ihr dürft nicht lange fortbleiben, sonst rebelliert euer Volk.«

»Meine Schwester ist da.«

»Die Hohepriesterin.« Ein angedeutetes Lächeln. »Eine Frau kann kein Volk führen. Deshalb wird euch Agathon begleiten.«

»Was?«

»Sieh es von der praktischen Seite, Ide.« Er erhob sich und begann mit langen Schritten, auf und ab zu laufen. »Wenn dein Vater die Reise nicht überlebt, bringst du den neuen König nach Hause.«

Wollte er, dass Vater stirbt? War das von Anfang an der Plan gewesen? Er musste mir ansehen, welche Gedanken sich aufdrängten, denn er sagte: »Hoffen wir, dass er überlebt. Es wird leichter für euch beide, wenn Oreichares sein Amt in einer offiziellen Zeremonie an Agathon übergibt.« Schon halb im Gehen bedachte er mich mit einem langen Blick. »Geh schlafen. Du kannst deinem Vater heute nicht mehr helfen. Er ist in guten Händen.«

»Ich möchte ihn sehen.«

Diokles zögerte. Ich glaubte, er würde ablehnen, an seinen seltsamen Gebräuchen festhalten. Er aber überraschte mich. »Ich bringe dich hin.«

Die Nacht verbrachte ich an Vaters Seite und tat kaum ein Auge zu. Der Heiler hatte mich missbilligend gemustert, als Diokles mich in die Krankenkammer führte, ihm jedoch nicht widersprochen. Er hatte Vater einen Kräutersud eingeflößt, der ihn tief schlafen ließ.

Jetzt am Morgen ging sein Atem ruhiger, auch wenn ein Schweißfilm seinen Köper überzog und ihn das Fieber glühen ließ. Bisswunden vergifteten das Blut. Das hatte ich erfahren müssen, als einer meiner Spielgefährten von einem Hund gebissen worden war. Er war daran gestorben. Menon, der damals noch dem Arzt zur Hand ging, um die Heilkunst zu erlernen, hatte mir erklärt, dass im Speichel der Tiere und an ihren Krallen ein Gift hafte, das Menschen töten kann.

An diese Worte erinnerte ich mich, als ich Vater dort so liegen sah. Mein Magen krampfte sich zusammen. Er durfte mich jetzt nicht allein lassen. Nicht in diesen Zeiten, in denen nichts mehr so war, wie es sein sollte.

An den Weg zurück nach Koryphasion erinnere ich mich nur noch dunkel, weil ich völlig übermüdet war. Am Hafen herrschte geschäftiges Treiben. Auf dem Kai warteten eine Gruppe Achäer, die tänzelnde Pferde hielten. Andere stapelten Kisten auf, die wohl noch verladen werden sollten.

Außer der *Thyella* ankerten noch vier Schiffe im Hafen: eines an der Kaimauer neben Geros' Schiff und die beiden anderen ein Stück weiter draußen. Vier Männer versuchten ein Pferd auf das Deck zu führen. Das war doch der Schimmel von Borras! Einer zerrte am Strick. Zwei hielten einen weiteren um die Hinterhand geführt und versuchten ihn von beiden Seiten nach vorn zu schubsen. Der Vierte zog eine Gerte über die Kruppe des Tiers, sodass ich abgestoßen die Lippen zusammenpresste. Das Pferd versuchte zu steigen und mit den Vorderhufen nach den Männern zu schlagen. Ringsum standen Schaulustige und kommentierten das Geschehen.

Dann kam Bewegung in die Leute. Borras schob rabiat die Gaffer auseinander. Er brüllte den Männern etwas zu, das ich nicht verstand. Grob stieß er den Mann zur Seite, der das Pferd am Strick hielt, sodass der stürzte. Die anderen brüllte er an und sie wichen zurück. Im nächsten Moment kraulte er das Pferd an der Stirn, beruhigte es, bis es völlig ruhig neben ihm stand. Am durchhängenden Strick führte er es Schritt für Schritt auf das Schiff, in dessen Mitte sich ein Unterstand befand.

»Mit wie vielen Schiffen wollt ihr nach Kreta fahren?«, fragte ich Agathon und biss mir auf die Lippe.

»Drei. Wir möchten nicht als Bettler erscheinen.« Er lachte hell und ich fand das ausnehmend ansprechend.

Das erklärte auch die Pferde. Borras übernahm es gerade, die anderen Tiere zu verladen. Mir gab das zu denken. Bei uns hatte jede Familie höchstens einen Esel. Pferde waren kostbar und ich kannte niemanden außer Vater, der eines besaß.

Die Pferde waren verladen und das Schiff legte ab, um Platz für das nächste zu machen.

»Auf diesem reisen dein Vater und du«, sagte Agathon.

Das Schiff besaß fünfzehn Ruderbänke und war damit fast doppelt so lang wie die *Thyella.* Ich hatte noch nie ein so großes Schiff gesehen. Zwischen den Ruderbänken befand sich ein lang gestreckter Aufbau. Darunter entdeckte ich eine Bettstatt, auf der sich bunte Kissen und Decken türmten.

Die Träger brachten Vater an Bord.

»Er wird dort gut und sicher liegen«, sagte Agathon. »Ich fahre auf dem anderen Schiff.«

Das kam langsam heran und machte Bordwand an Bordwand an dem anderen fest. Er ließ mich stehen, um das Verladen der Waren zu beaufsichtigen. Mit ausgestrecktem Arm dirigierte er zwei Männer zur *Thyella*, die einen Holzrahmen trugen, auf dem das Löwenfell aufgespannt war. Einerseits fragte ich mich, warum er sich mir entzog. Andererseits war ich erleichtert, denn so brauchte ich mich nicht mit ihm auseinanderzusetzen.

»Wie geht es dir?«

Ich fuhr zusammen.

»Geros.«

»Welchanos hat uns verlassen«, sagte er, ohne den Blick vom Geschehen am Kai zu nehmen. »Gestern ... das hätte nicht geschehen dürfen.«

»Ich glaube, er hat seine schützende Hand über uns gehalten.«

Geros reagierte nicht.

»Agathon lebt. Vater lebt. Du lebst.«

»Ich muss mit dir reden, Ide!« Er wandte den Kopf. Sein Blick streifte mich, blieb kurz an den Achatkugeln hängen, ehe er wieder das Treiben am Kai beobachtete.

Unwillkürlich griff ich nach der Kette, bemerkte die Geste und ließ meine Hand wieder sinken.

»Es gibt nichts zu sagen. Vater hat alles so eingefädelt, wie es seiner Meinung nach richtig ist. Daran ändert auch sein Zustand nichts. Jetzt ist alles zu spät.«

»Es geht nicht um uns.«

Meine Schultern sackten nach vorn. »Geh, Geros.«

»Bitte.«

»Du hast sicher zu tun und ich muss zu Vater.« Brüsk wandte ich mich von ihm ab und lief die Stufen hinunter zum Schiff. Als ich mich auf dem Vordeck umdrehte, stand Geros noch an derselben Stelle. Seine Haltung wirkte angespannt. Ich seufzte und begab mich zu Vater. Noch vor zwei Tagen hatte ich mir nichts mehr gewünscht als ein Gespräch mit Geros, und heute fehlte mir die Kraft dazu. Von hier aus beobachtete ich, wie weitere Kisten, Pithoi und Bündel auf die Schiffe geladen wurden. Am Heck hatten die Träger eine Kette gebildet und reichten die Pakete weiter, um sie auf dem parallel ankernden Schiff zu verstauen.

Auf dem schmalen Uferstreifen und am Kai liefen immer mehr Menschen zusammen, die die Abreise ihres Prinzen beobachten wollten. Wenig später entstand ein Tumult unter ihnen und ein Reiter teilte die Menge. Diokles. Er hatte eine Festtagsrüstung an, deren Goldplatten spiegelten, und aus dem Helm fielen blutrot gefärbte Pferdehaare auf seinen Rücken. Das schwarze Pferd trug eine ebenso rote Decke und war mit Ketten aus getriebenen Bronzeplatten behangen, die das Licht einfingen.

Agathon wechselte ein paar Worte mit ihm und sie fassten sich an den Unterarmen, um sich zu verabschieden. Musik spielte auf. Ich entdeckte die Musiker etwas oberhalb, wo ich vorhin mit Geros gestanden hatte. Hoch aufgerichtet kam der Prinz zu den Schiffen, wandte sich noch einmal um und hob die Hand zum Gruß. Die Leute jubelten lauter als die Musik. Seine Augen streiften über die Menge, als suchte er etwas. Ein enttäuschter Ausdruck zog kurz über sein Gesicht, als ob eine Wolke die

Sonne verdunkelte. Ohne einen Blick, ohne ein Wort an mich sprang er auf das hintere Schiff und nahm den Platz des Kapitäns ein.

Die Musik wurde lauter, schwang zur Festung hinauf. Ein langer Ton aus einem Tritonshorn gab das Signal. Langsam entfernte sich das Schiff, auf dem Agathon stand. Jetzt schaute er mit zusammengepressten Lippen nach vorn zur Hafenausfahrt und sah nicht einmal zurück. Gleich darauf folgte unser Schiff. Ich dagegen konnte meinen Blick nicht vom Hafen und den Menschen losreißen. Die Leute schwenkten bunte Tücher.

Diokles' Pferd tänzelte ob des Lärms, sodass um ihn herum viel Platz entstand. Eine Mutter trug ein kleines Mädchen auf dem Arm und bewegte dessen Hand zum Winken. Ein Paar hielt sich umschlungen. Ein Alter hob eine Blase wie zum Toast, ehe er sie an den Mund führte. Unsere Hochzeit und damit das Bündnis unserer Völker musste sich wie ein Lauffeuer herumgesprochen haben. Über allem lag eine so fröhliche Stimmung, dass sie nicht zu Agathons Haltung passte.

Hinter den feiernden Schaulustigen, halb verborgen in den Schatten der Häuser lehnte ein Mann an einer Mauer, der die Arme so um sich schlang, als wollte er sich selbst umarmen. Der Wuschelkopf ließ keinen Zweifel. Iphitos. War er es, den Agathon vorhin in der Menge gesucht hatte? Ich drehte mich um, richtete mich halb auf, wollte Agathon auf ihn aufmerksam machen. Sein Schiff fuhr gerade zwischen den beiden Felsen hindurch, die die Einfahrt begrenzten – zu weit, als dass er mich rufen hörte. Noch einen letzten Blick warf ich zum Kai. Iphitos' Wuschelkopf war verschwunden. Dann fuhr auch unser Schiff aufs offene Meer.

# Die Zahl des Lebens

Auf der Heimfahrt war uns Asasara hold. Eine kräftige Brise trug uns zuerst nach Osten, wo sich uns Selas mit der *Xifias* anschloss. Das Loch in der Bordwand war geflickt und sie hatten einen neuen Mast gesetzt. Gemeinsam segelten wir Richtung Süden.

Vater ging es unverändert. Er lag im Fieber, obwohl ich ständig seine Stirn kühlte und ihm honiggesüßten und mit Diktamos versetzten Bergtee einflößte. Ab und an kam er zu sich und sprach wirr. Dann drängte ich ihn, ein paar Bissen zu essen. Ich hoffte und betete, dass er bis Phaistos durchhielt. Menon wüsste, was zu tun war.

Umso erleichterter war ich, als wir endlich an der Südküste Kretas entlangruderten und Ogygia in Sicht kam. Beim Anblick der schneebedeckten Bergspitzen, der beiden Inselchen in der Bucht und der vertrauten Küstenlinie von Amyklaion weitete sich mein Herz. Ich streichelte Vaters Gesicht.

»Bald sind wir zu Hause. Dann wird alles gut.«

Dass alles schlimmer kommen würde, wusste ich zu diesem Zeitpunkt noch nicht.

Als wir in den Hafen von Amyklaion einfuhren, hatten sich die Menschen wie bei unserer Abfahrt versammelt. Pareia erwartete uns. Larkas stand an ihrer Seite. Offenbar war unsere Flotte zeitig genug entdeckt worden, sodass sie herkommen konnten. Drüben am Ufer entstand hektische Betriebsamkeit. Mit so vielen Schiffen hatten sie nicht gerechnet.

Agathons Schiff, das bislang an der Spitze gefahren war, fiel zurück. Ich rechnete es ihm hoch an, dass wir als erste anlegen durften. Denn auf diese Weise kam Vater schnell an Land und zu Menon. Das war auch bitter notwendig, so wie er aussah. In den Tagen auf See waren seine Wangen eingefallen und sein Gesicht wirkte grau.

Kaum dass wir uns dem Anlegesteg genug genähert hatten, sprang ich hinüber und rannte auf Pareia zu. Ihre Haltung drückte Stolz und Anmut aus und ich schämte mich für mein schäbiges Reisekleid.

»Du reist auf einem anderen Schiff als dein Gemahl?« Kein Wort zur Begrüßung. Stattdessen eine provozierende Bemerkung.

Ich ignorierte sie. »Habt ihr eine Sänfte hier? Vater geht es nicht gut.«

Ihre Augen wurden zu Schlitzen. »Was heißt das?«

»Wir brauchen eine Sänfte und die schnellsten Träger, die hier sind.« Ich sah mich um und entdeckte die Sänfte dort, wo die Fischerboote ankerten. »Hierher! Kommt hierher!«, rief ich und winkte. Die Männer setzten sich in Bewegung.

»Das ist meine Sänfte.« Pareia packte mich am Arm und hielt mit der anderen Hand die Träger auf. »Erkläre mir, was hier los ist.«

Ich riss mich los. »Schnell. Oreichares muss nach Phaistos gebracht werden.« Der Name des Archons wirkte. Ohne Pareia zu beachten, schafften sie die Sänfte zu dem Schiff. Ich wollte ihnen folgen, doch Pareia hielt mich fest. »Ich will wissen, was los ist. Jetzt!«

»König Oreichares benötigt dringend die Hilfe eures Arztes, Hohepriesterin.«

Ich fuhr herum. Agathon hatte es tatsächlich geschafft, Pareia mundtot zu machen. Sie starrte ihn an und brauchte einen Augenblick, bis sie sagte: »Und du bist?«

»Agathon. Sohn des Diokles und der zukünftige König«, er stutzte und korrigierte sich, »Archon, an der Seite von Ide.« Er deutete eine Verbeugung an und legte einen Arm um mich.

Pareia öffnete den Mund und schloss ihn wieder. Ihre Verunsicherung dauerte nur einen Lidschlag lang. Sie straffte ihre Schultern und schaffte es, Agathon von oben herab anzusehen, obwohl er einen Kopf größer war als sie. »Wie kommt es, dass der Archon von Phaistos in eurer Obhut verletzt wurde?«

»Bei einer Hatz hat ihn der Löwe erwischt.«

»Das glaube ich nicht. Vater ist der größte Löwentöter, den ich kenne!« Den Blick, den Pareia bei diesem Satz Larkas zuwarf, verstand ich erst später. Der trat einen Schritt vor.

»Es ist so gewesen«, sagte ich. »Ich werde nachher alles erzählen.«

Sie ließ mich nicht ausreden. »Ein abgekartetes Spiel! Die Achäer wollen die Macht an sich reißen!«

Die Worte waren noch nicht zu Ende gesprochen, da stürzte sich Larkas auf Agathon. Die Klinge blitzte auf.

»Nein!« Ich warf mich auf Larkas, der mich zur Seite stieß, sodass ich stürzte.

Als Nächstes lag Agathon am Boden, Larkas auf ihm. Er versuchte, ihm das Messer in den Hals zu rammen. Durch seine Verletzung eingeschränkt zitterte Agathon. Er würde es nicht schaffen, Larkas wegzudrücken.

Ein Schatten fiel auf die Kämpfenden. Brüllend wie Potnias Dämonen, die aus der Unterwelt hervorbrachen, riss Borras Larkas von dem Achäerprinzen weg und stieß ihm das Messer in die Brust. Ein erstickter Laut entwich Larkas, als er zusammenbrach. Ein Blutfaden lief aus seinem Mundwinkel. Er war tot.

Meine Glieder fühlten sich an wie Blei. Unfähig, auch nur den Arm zu rühren, starrte ich auf die rote Pfütze, die sich unter Larkas' erstarrtem Gesicht sammelte.

»Tötet ihn!«, schrie Pareia die anderen Wachen an und zeigte auf Agathon. Borras stellte sich breitbeinig vor ihn, in der Hand immer noch das Messer, dessen Klinge rot glänzte.

»Nicht!«, rief ich. »Das ist der Prinz von Pylos, mein Gemahl.«

Die Wachen schauten unschlüssig von ihr zu mir.

Agathon stand auf, hielt mir die Hand hin und half mir hoch. »Bist du verletzt?«

»Nein.« Ich klopfte mir den Sand von der Kleidung. Mir tat der Oberschenkel vom Aufprall weh, dieselbe Stelle, auf die ich schon beim Sturz in der Höhle gefallen war. Agathons Hemd aber färbte sich rot. Entweder war die Wunde von der Löwenhatz aufgegangen oder Larkas hatte ihn erwischt.

Er baute sich vor Pareia auf, ohne sich um die Verletzung zu kümmern. »Es tut mir um deinen Krieger leid. Du verstehst sicher, dass mein Leibwächter das getan hat, wofür ich ihn in meine Dienste nahm.«

Borras stand einen halben Schritt hinter Agathon und sein Blick ließ mich frösteln. Keiner aus der Palastwache wagte nur eine unbedachte Bewegung.

Pareia funkelte Agathon an.

Die Anspannung war greifbar.

Drüben bei den Schiffen setzten die Träger Vater in die Sänfte. Ich klatschte in die Hände, um die Aufmerksamkeit aller auf mich zu lenken. »Vater ist an Land. Wir bringen ihn jetzt zu Menon. Auch deine Schulter sollte er sich anschauen, Agathon.«

Einen winzigen Moment starrte Agathon Pareia an, dann wandte er sich an Borras. »Du kommst mit mir.«

Die geschäftige Unrast von Phaistos umhüllte mich wie ein wärmender Mantel. Das weithin klingende Gehämmer der Steinmetze, das Gebimmel des Ziegengeläuts, die Rufe der Leute in vertrauter Sprache, dazu der Duft nach Kräutern, Oliven und roter Erde – ich fühlte mich zu Hause. Ein Läufer eilte voraus, um Menon unser Kommen anzukündigen.

Der Arzt erwartete uns im Nordhof und stützte die Hände in die Hüften.

»Wo ist der hochgeehrte Gast? Wie schwer ist die Verletzung?« Er bemerkte Agathon und dessen blutende Schulter.

Ehrerbietig verbeugte er sich, so tief es seine Leibesfülle erlaubte. »Prinz Agathon, ich bin Menon, Arzt unserer verehrten Herrscherfamilie, ja, von ganz Phaistos. Du bist bei mir in den besten Händen, die es auf Kreta gibt.«

Abwehrend hob Agathon die Hand, obwohl die graue Farbe, die sein Gesicht angenommen hatte, verriet, wie es um ihn stand. »Kümmere dich um deinen Archon. Er hat es nötiger als ich.«

Menon suchte die Leute ab, die sich auf dem Nordhof tummelten.

»Er liegt in der Sänfte«, sagte ich.

Nach einem Blick hinein wedelte er den Trägern. »Begleitet den Archon zu meinem Haus, und du, Prinz Agathon, folge mir bitte! Deine Wunde muss dringend behandelt werden.«

Während wir die Gasse hinunterliefen, plapperte Menon auf Agathon ein. »Leider habe ich keine eigene Kammer für dich. Kairomenes, der Vater unseres geschätzten Archons, ist zu Gast in meinem Haus.«

»Wie geht es Großvater?«

»Er wird erfreut sein, solch ehrenwerte Gesellschaft zu erhalten«, wich Menon meiner Frage aus. »Ich hoffe sehr, dass das seine Heilung beschleunigt.«

Ich berührte Menon am Arm. »Sag mir, wie es ihm geht.«

Mit einem Seitenblick auf die Sänfte sagte Menon: »Vom Zustand seines Sohnes sollte er besser nichts erfahren.«

Wir erreichten das Haus des Heilers. Neilaios sprang aus der Tür heraus. Er fasste Vater unter der linken Schulter, während sich Agathon trotz seiner Verletzung dessen rechten Arm umlegte. Gemeinsam trugen sie ihn mehr, als dass er lief, in den Raum zur Linken. Ich folgte ihnen.

Sie legten Vater auf das Bett und Menon entzündete Kräuter in einer Schale. Würziger Rauch füllte den Raum. Er befreite Vater von der dreckigen Kleidung, während Neilaios eine Schale warmes Wasser hereintrug. Vorsichtig wusch er zuerst Vaters Gesicht, dann seine Brust und seine Arme.

»Dein Vater ist stark«, sagte Menon. »Die Götter halten ihre schützende Hand über ihn. Nur so hat er die Reise hierher überstanden. Er wird es schaffen.« Er nickte mir aufmunternd zu.

Ich hoffte, er behielt recht.

»Bringe bitte Agathon nach nebenan. Wir kommen gleich.«

Ich führte Agathon in den Raum auf der rechten Seite des Eingangs. Erschöpft sank er auf die freie Bettstatt und ich setzte mich zu Großvater auf die Kante des Lagers. Seine fahle Haut glänzte feucht und die Stirn fühlte sich heiß an. Das Fieber war zurückgekehrt und das heftiger als zu unserer Abreise, wie es mir schien. Die Augen flirrten umher, ohne etwas wirklich wahrzunehmen.

»Das ist Agathon«, sagte ich. »Der Prinz von Pylos.« Mein Gemahl. Die Worte schafften es nicht über meine Lippen.

»Dein Großvater ist sehr alt. Ich habe selten so alte Menschen gesehen. Er muss auf ein reiches Leben zurückblicken.«

»Er wollte immer auf mich aufpassen.«

»Du liebst ihn sehr.«

»Das tue ich.«

Borras polterte in den Raum. »Diese Barbaren. Keiner wollte mir sagen, wo ich dich finde.«

»Leise.« Agathon legte den Finger an seine Lippen und deutete auf Großvater.

Die Schlange lag zusammengerollt in ihrer Schale und züngelte.

Über Borras' Gesicht huschte ein Schatten.

»Dein Vater schläft jetzt und wir sehen uns den zweiten geehrten Gast an.« In der Tür klatschte Menon in die Hände. Er erneuerte die Kräuter in der Schale, die sich zwischen den Betten befand, und zündete sie an. Der Rauch stimmte die Göttinnen milde. Der Schlange warf er einen Käfer hin. Ihr

Maul schnellte vor und sie würgte das Insekt mit mehreren Rucken hinunter.

Neilaios entfernte die notdürftigen Verbände, die ich angelegt hatte. Agathons Haut glänzte feucht. Sein Blick flackerte. Er musste Schmerzen haben und ich hoffte, dass sich die Wunden nicht entzündeten.

Nachdem Neilaios Agathons Wunden gewaschen hatte, nahm er Nadel und Faden aus Schafdarm. »Das muss genäht werden. Soll dich dein Landsmann festhalten?«

Agathon schüttelte den Kopf.

»Also gut. Ich werde fünf Stiche benötigen.«

»Eine gute Zahl«, presste Agathon heraus, während Neilaios den ersten Stich ausführte. »Sie steht bei uns für das Leben.«

»Besser du sparst dir deinen Atem«, sagte Neilaios.

Der verkniffene Gesichtsausdruck verriet, wie Agathon während der Tortur die Zähne zusammenbiss. Zum Schluss trug Neilaios eine gelbe Salbe auf.

»Was ist das?«, herrschte ihn Borras an.

»Heilsalbe. Das Öl des Ölbaums als Basis für verschiedene Kräuter. Sie beschleunigt die Heilung.«

»Allerdings werden Narben bleiben«, ergänzte Menon und pustete den Rauch über Agathons Körper. »Für einen Herrscher und Krieger eine Auszeichnung.«

Neilaios mischte Pulver in einen Becher Wasser und hielt ihn Agathon an die Lippen. Borras' Hand schnellte vor und packte ihn am Arm. »Du trinkst zuerst davon.«

»Es ist ein Trank gegen das Fieber.« Menon legte seine Hand auf Borras Arm.

Der schüttelte sie ab, ohne Neilaios aus den Augen zu lassen. »Trink.«

»Aus Weidenrinde.«

Borras ruckte an Neilaios' Arm und hob eine Braue, was sein Gesicht in das eines Dämons verwandelte. Noch einmal würde er seinen Befehl nicht wiederholen.

Neilaios führte den Becher an die Lippen und trank einen Schluck.

Noch einen Augenblick lang starrte ihn Borras an, dann nickte er.

Etwas zupfte an meinem Ärmel. Großvater zog mich zu sich hinunter.

»Wer ist dieser ungehobelte Kerl?«, fragte er.

»Das ist Borras, der Ratgeber und Schwertmann von Prinz Agathon.«

»Borras, sagst du?«

Ich nickte.

»Ich will ihn ansehen.« Seine Stimme hatte das Zittern verloren. »Mach schon, Kind.«

»Fertig.« Neilaios erhob sich. »Deine Tapferkeit ehrt die Götter.«

Ächzend richtete sich Agathon auf.

»Bleib liegen. Ich rate dir, eine Nacht hierzubleiben, Prinz Agathon. Wenn Ameja über deinen Schlaf wacht, dann kannst du morgen gehen.«

»Ich habe schon Schlimmeres überstanden, Menon.« Agathon stand bereits.

»Dann komme morgen vorbei, damit ich nach der Wunde sehen kann.«

Agathon verneigte sich vor Neilaios ein wenig tiefer als vor dem Arzt. »Ich danke euch. Wir sehen uns morgen.«

# Die Ballade von Ilithyia und Paredros

Die Räume, in denen Agathon wohnen würde, lagen im Obergeschoss über dem Eingangsbereich und besaßen eine Terrasse zum Innenhof. In einem Nebengelass stand ein Bett für Borras, denn ich ging davon aus, dass er seinen Herrn hier in der Fremde nicht alleine ließ. Ich wollte mich gerade verabschieden, als eine der Tempeldienerinnen auf der Treppe erschien. Sie verneigte sich so tief, dass ihr Haar den Boden berührte. »Die Hohepriesterin lädt heute bei Sonnenuntergang zu einem Festmahl ein. Es ist ihr eine Ehre, wenn du mit deinen Begleitern daran teilnimmst.«

Agathon lächelte. »Richte deiner Herrin aus, wir werden kommen.«

Mit einer weiteren Verbeugung zog sich das Mädchen zurück.

Auch ich verabschiedete mich. Gerne wäre ich nach Davos zurückgekehrt, in mein Zuhause. Die Ereignisse der letzten Tage hatten mich erschöpft. Ich sehnte mich nach der Ruhe meiner Kammer. Am Fenster sitzen und aufs Meer schauen. Nachdenken. Die Tage auf dem Schiff unter den Ruderern, die Zeit in Pylos, wo ich auf Schritt und Tritt beobachtet wurde. Mir fehlte Zeit für mich. Seit der Feier zur Wiederkehr des Lichts überschlugen sich die Ereignisse. Ich fühlte mich wie ein Blatt, das im Frühjahr den Lithaios hinunter wirbelte, ohne die Chance, etwas an seinem Weg zu ändern, dazu bestimmt, aufs Meer hinaus gespült zu werden.

Langsam ging ich zu dem Gemach, das ich bewohnte, wenn es zu spät wurde, nach Davos heimzukehren. Es grenzte an die Räume von Vater und ich mochte es, wenn er nebenan umherging oder ich durch die Wände seine Stimme hörte. Jetzt drückte mich die Stille nieder. Meine Glieder schmerzten und ich hätte gern ein Bad genommen. Doch das Fest erforderte meine Anwesenheit. Unmöglich, Pareia auch nur einen Abend mit Agathon alleinzulassen. Erst recht nicht nach Larkas' Tod.

Nachdem ich mich gewaschen und mein muffiges Reisekleid gegen ein frisches getauscht hatte, begab ich mich hinunter in die große Halle. Ein wenig erinnerte mich die Szenerie an den Abend in Pylos. Leises Flötenspiel untermalte die Szenerie aus kunstvoll platzierten Fackeln und Feuerschalen. Üppige Blumenbuketts verströmten ihren Duft. Die Tische bogen sich unter der verschwenderischen Fülle an Obst, Gebäck und Fleischspießen. So viel hatte es noch nicht einmal zur Wiederkehr des Lichts gegeben. Diener liefen herum und schenkten jedem aus den Weinkaraffen nach, der ihnen seinen Becher entgegenhielt. Pareia hatte wirklich keine Mühen gescheut, diesen Empfang so zu arrangieren, dass er die Überlegenheit von Phaistos unterstrich.

Auf Kissen saßen und lagen die, die sich einen Blick auf den Achäerprinzen erhofften oder die endlich ihren Hunger stillen wollten: Vaters Ratsmänner, Kaufleute, der Architekt, Menon und Selas. Sogar Ayra zwinkerte mir zu. Zwischen unseren Leuten machte ich den einen oder anderen Pferdeschwanzhelm aus. An einem flachen Tisch gegenüber von Agathon saß Geros. Er hob kurz den Kopf, als ich den Raum betrat, und seine Miene ließ keinen Schluss auf seine Gedanken zu.

Agathon erblickte mich und erhob sich.

»Ide, ich freue mich, dass du gekommen bist.«

»Eigentlich sollte ich dich so begrüßen«, sagte ich und lächelte.

»Die letzten Tage waren auch für dich schwer. Ich hätte es verstanden, wenn du dir Zeit für dich genommen hättest.« Er hielt mir den Arm hin und begleitete mich zu meinem Platz.

Wir setzten uns. Agathon nahm einen Becher von einem der Tabletts, mit denen die Diener umhergingen, und reichte ihn mir.

»Wie geht es deiner Verletzung?«, fragte ich.

»Die Heilsalbe von Neilaios wirkt Wunder.«

»Er ist sehr begabt.«

Unsere Unterhaltung war bei der Heilkunst der Ägypter angelangt, als ringsum die Gespräche erstarben. In der zweiflügeligen Eingangstür stand Pareia. Sie wartete, bis alle Aufmerksamkeit ihr galt, und schritt hoch erhobenen Hauptes zwischen den Feuerschalen hindurch. Ihr Kleid in leuchtenden Farben von Purpur, Rot, Gelb und die funkelnden Stickereien aus Gold entlang der Säume, ein Symbol für unseren Reichtum. Dagegen wirkte mein blaues Kleid schlicht und einfallslos. Natürlich war Pareias Kleid so geschnitten, dass es ihre Brüste zur Schau stellte. Meines ließ nur den oberen Ansatz meiner Rundungen erkennen. Auch ihr Gesicht hatte sie dem Auftritt angemessen gestaltet. Ein anderes Wort lässt sich nur schwer dafür finden. Karminrotglänzende Lippen, kohleumrandete Augen, auf die Lider smaragdgrünes Malachitpulver gestäubt, das aus Ägypten stammte. Reichtum, Macht und Fruchtbarkeit. Pareia strahlte wie eine Manifestation von Ilithyia.

Jeder, egal ob Krieger oder Dienerin, schaute zu ihr auf. Bewunderndes Murmeln erhob sich. Während meine Schwester in ihrem großen Auftritt badete, fühlte ich mich wie ein unscheinbares Mädchen, das an den Webstühlen zu Hause war, nicht wie die Tochter des Archons, die demnächst das Reich regierte. Ich sah zu Geros. Mit unbewegter Miene legte er ein Holzscheit nach. Über das Feuer hinweg fing ich seinen Blick auf. Melancholie schwang darin.

Agathon erhob sich. Formvollendet grüßte er sie, indem er die rechte Faust auf der Brust hielt und eine Verbeugung andeutete. »Hohepriesterin, geselle dich zu uns.« Doch er bot ihr nicht seinen Arm.

Pareia wählte den Platz neben mir, anstatt sich auf die rechte Seite von Agathon zu setzen. Eine Wolke aus Zimt und Kardamom umhüllte sie.

»Na, kleine Schwester, amüsierst du dich?«

Ich ersparte mir eine Entgegnung und hörte Agathon zu, der Geros in ein Gespräch über Schiffe verwickelte, in dem Geros erst einsilbige, dann ausführliche Antworten gab.

Pareia nahm einen Becher Wein vom Tablett, das ihr die Dienerin hinhielt, und beugte sich zu mir herüber. »Wie findest du den Prinzen? Ist er nicht ein viel schönerer Mann als unser ägyptischer Kapitän?«

»Ich weiß nichts von ihm.«

»Nun, so wie er aussieht, sollte es dir nicht schwerfallen, ihm eine gute Königin zu sein.« Sie lehnte sich noch ein Stück vor, sodass mich ihr Haar an der Nase kitzelte und mir der süßliche Duft den Atem nahm, und berührte Agathon am Arm.

Er wandte sich zu uns, und eine Braue hochgezogen, eindeutig ein Ausdruck der Missbilligung. »Hohepriesterin?«

»Bitte kein Titel. Nenne mich Pareia.« Sie schaute ihn voller Koketterie an.

»Lass mich das Gespräch mit Geros beenden. Danach möchte ich Ide kennenlernen«, ein Lächeln in meine Richtung, »denn ihretwegen bin ich doch hier, nicht?«

Pareias Augen verengten sich.

»Wir werden noch genug Gelegenheit haben, miteinander zu sprechen, Hohepriesterin.«

Er wandte sich wieder Geros zu.

Pareia stürzte den Inhalt ihres Bechers hinunter und orderte mit einer wedelnden Handbewegung einen neuen. »Ein bisschen hochmütig, dieser Achäer.«

Eine Bewegung hinter ihr ließ mich aufsehen. Borras, wie stets die Kapuze hochgeschlagen, trat aus den Schatten und setzte sich, ohne zu fragen, neben Pareia.

»Hohepriesterin. Prinzessin«, grüßte er.

Seine Stimme klang tief, eigentlich angenehm, mir lief trotzdem ein Schauer den Rücken hinunter.

Allerdings kam ich nicht dazu, weiter über den düsteren Ratgeber nachzudenken, denn Agathon beendete sein Gespräch mit Geros und wandte sich mir zu.

»Bestätigt Kreta deine Erwartungen?«, fragte ich ihn.

»Kreta fasziniert mich. Ein Ort voller Gegensätze, wie mir scheint.«

»In der Natur oder in den Menschen?«

»Heißt es nicht, dass die Menschen die Natur spiegeln? Du erinnerst mich an die blühenden Ebenen, euer Flottenkapitän Geros an die eisbedeckten Gipfel.«

»Im Sommer schmilzt das Eis. Die Hirten treiben dann das Vieh auf die Weiden hinauf.«

»Diese Insel überrascht mich. Eure Musik zum Beispiel.« Er nickte zu den Musikern. »Sie ist rau und wild. Wie die Menschen.«

»Wie meinst du das?«

Er lachte und in seinen Wangen zeichneten sich Grübchen ab. »Deine Schwester scheint an meinem Ratgeber interessiert.«

Ich schaute zu Pareia. Sie redete vorgebeugt auf Borras ein, dessen Miene undurchdringlich wie aus Stein gemeißelt aussah. Damals begriff ich nicht, dass Pareia ihre eigenen Pläne hatte. Der kokettierende Blick, die Art, wie sie ihre Lippen mit der Zunge benetzte, waren Agathon nicht entgangen.

»Bei uns leben die Priesterinnen in Keuschheit«, sagte er.

»Ilithyia ist die Göttin der Fruchtbarkeit. Pareia ist zuweilen ihr Gefäß.«

»Zweifelst du an der Bestimmung deiner Schwester? Oder an den Göttern?« Das Grübchen verriet seine Belustigung.

Ich dachte an das Fest zur Wiederkehr des Lichts, an meinen Ausflug zur heiligen Höhle. Einen Gott hatte ich nicht getroffen. Wenn es Götter gäbe, wäre dann der Achäerprinz hier? Zum

Glück wurde ich einer Antwort enthoben, denn zu den Musikern gesellte sich ein Harfner.

Er sang eine Ballade von Ilithyia und ihrem Geliebten Paredros. Die Gespräche verebbten und jeder lauschte der Erzählung des Musikanten.

Die Göttin liebte es, in Menschengestalt in den kretischen Gärten zu wandeln und an den Festen der Menschen teilzunehmen. Dabei begegnete ihr Paredros, ein wunderschöner Jüngling mit glühenden Augen und samtener Haut. Ilithyia verliebte sich. Die Harfentöne schwangen sich jubilierend in die Höhe. Doch Welchanos, der Ilithyia für sich begehrte, verbot ihr, einem Sterblichen ihre Gunst zu schenken.

Einen Sommer lang hielten sie ihre Liebe geheim. Dunkle Farben zogen sich durch die Musik. Dann erfuhr Welchanos davon. Er tötete Paredros und bestrafte Ilithyia, die ewig um ihren Geliebten trauern sollte. Der Sänger klagte das Leid Ilithyias, als hätte er es selbst erlebt.

Ilithyia trug den Leichnam zu der heilenden Quelle von Lebena und badete ihn in dem Wasser. Die Finger des Harfners lockten die Hoffnung herbei. Es dauerte den ganzen Winter. Ilithyia wich ihm keinen Tag von der Seite, flößte ihm Quellwasser ein, wusch und badete ihn, beweinte ihn. Die Hoffnung schwoll an, nur um sich wieder in traurigen Klängen zu verlieren.

Sobald im Frühling die Blumen um die Quelle erblühten, kam Paredros zu sich. Überglücklich verbrachte Ilithyia den Sommer mit ihm. Pulsierende Rhythmen wie Körper, die sich lieben. Doch als die letzte Blüte des Jahres ihre Blätter verlor, starb Paredros erneut. Ein schriller Ton zerschnitt die Harmonien. So erfüllt sich Welchanos Fluch: Jedes Jahr erwacht Paredros mit den Blumen. Jedes Jahr stirbt er mit ihnen. Und Ilithyia trauert um ihn jeden Winter.

Ich sah zu Geros. War es das, was uns bevorstand? Er erwiderte meinen Blick und ich las die gleiche Trauer darin, die mich erfüllte. Die letzten Töne verklangen in Melancholie.

Nachdem das Lied geendet hatte, brandete Applaus auf. Agathon klatschte begeistert und erhob sich. Vor dem Harfner verneigte er sich.

»Darf ich mir dein Instrument leihen?«

»Es ist mir eine Ehre, hoher Herr.« Der Harfner reichte ihm die Leier.

»Lass mich eine Geschichte aus meiner Heimat erzählen. Die Geschichte unserer Meeresgöttin.«

Agathons Lied erzählte von der schönen Thalassa, die mit Pontos die Fische schuf. Eine fröhliche Melodie, die den Schleier der Schwermut hob, der sich beim Lied des Harfners über uns gelegt hatte. Während mich der Klang seiner Stimme einhüllte, erfüllt von einem warmen Timbre, entschloss ich mich, mich auf Agathon einzulassen. Auf der einen Seite fühlte ich mich Oreichares gegenüber schuldig. Er mochte nicht der Vater sein, den ich mir gewünscht hatte, seine ganze Leidenschaft hatte stets Phaistos gegolten. Dafür verfügte er über Erfahrungen, ein Volk zu regieren, die mir fehlten. Vielleicht sollte ich ihm vertrauen, seinem Plan folgen und schauen, wie weit er mich brachte? Denn eines ließ sich nicht leugnen: Das Bündnis mit den Achäern war möglicherweise die letzte Chance für das Volk von Phaistos, meinem Volk, dem auch ich mich mein Leben lang verpflichtet fühlte. All diese Gedanken formten sich zu einem schlüssigen Ganzen, während Agathons Lied zu Ende ging.

Während die letzten Töne verklangen, schaute ich in die Gesichter der Leute. Ein Prinz, der musizierte. Die meisten trugen ein Lächeln im Gesicht. Selbst Pareia applaudierte. Allein die Augenbrauen von Borras trafen sich über seiner Nasenwurzel. Ihm schien nicht zu passen, dass sein Prinz mit Gesang und Leierspiel beeindruckte. Geros' Platz war leer.

Agathon reichte dem Harfner das Instrument zurück. Der verbeugte sich unzählige Male und ich war mir sicher, dass diese Lyra ihm von nun an heilig war.

Das Lied war der passende Abschluss für diesen Abend. Der Achäerprinz empfand das offenbar ähnlich, denn er verneigte sich vor mir.

»Ich ziehe mich zurück. Meine Schulter braucht Ruhe.«

Ich wunderte mich ohnehin, wie er es geschafft hatte, den Tag zu überstehen. »Gute Ruhe dir, Agathon. Wir sagen, die Träume der ersten Nacht in einem fremden Bett erfüllen sich. Mögen die deinen in eine gute Zukunft weisen.«

Mit einem Lächeln und einem Zwinkern ging er.

Auch ich begab mich wenig später in mein Gemach. Die Anspannung des Tages fiel von mir ab und hinterließ bleierne Müdigkeit. Gerade als ich die Tür öffnen wollte, trat Geros aus den Schatten.

»Ide, lass uns reden.«

»Bitte. Hat es nicht bis morgen Zeit?«

»Es ist wichtig. Wirklich.«

Einige Atemzüge lang sahen wir einander an. Es war immer noch Geros, der vor mir stand. Das Ziehen in meinem Magen ließ keinen Zweifel daran. So trat ich einen halben Schritt zur Seite, um ihn in meine Kammer zu lassen.

»Nicht hier. Ich möchte nicht von einer Dienerin oder gar von Pareia überrascht werden.«

Da hatte er wohl recht. An dem Abend, an dem ich meinen zukünftigen Gemahl nach Kreta brachte, mit einem anderen Mann in meinem Gemach erwischt zu werden, wäre ein Skandal, der den ganzen Plan gefährden konnte.

Wir huschten die Stufen hinunter. Vorsichtig öffnete Geros die Tür, die auf den Westhof führte und spähte hinaus.

»Komm.« Er fasste mich bei der Hand und zog mich mit sich.

Wir hatten beinahe die Stufen zum Ausgang erreicht, da knirschte etwas über uns in der Galerie. Abrupt blieb Geros stehen, sodass ich gegen ihn lief.

»Hast du das gehört?«, flüsterte er.

»Ja. Ist da jemand?« Ich suchte die Galerie ab. Nichts bewegte sich in den Nachtschatten.

Gemeinsam lauschten wir in die Dunkelheit. Außer meinem hämmernden Puls und dem Rascheln des Windes in den Blättern der Platanen hörte ich nichts.

»Wer weiß, vielleicht haben wir uns getäuscht.«

Auf Zehenspitzen gingen wir weiter durch die Seitenpforte hindurch und einen schmalen Fußpfad abseits des Hauptweges den Hügel hinunter, bis wir uns in den Gassen der Unterstadt befanden. Etwas oberhalb vom Ufer des Lithaios hielten wir im Schutze eines Felsens an.

»Weshalb sind wir hier?«, fragte ich.

Der Mond schob sich hinter einer Wolke hervor und Geros' Blick fiel auf die Kette. Er hob die Hand, als wollte er sie berühren, und zog sie wieder zurück. »Du trägst sie noch.« Der Versuch eines Lächelns.

»Wir sollten nicht hier sein, Geros.«

Meine Gefühle drohten mich zu überwältigen. So viel war in den letzten Tagen geschehen. Ich öffnete die Lippen, um Geros von Großvater zu erzählen und davon, dass ich ihm glaubte, dass es für Phaistos wirklich das Beste war, wenn Agathon und ich heirateten und damit die Kraft unserer Reiche vereinten. Hatte er es nicht selbst in Amyklaion von mir gefordert? Etwas in seinem Gesicht hielt mich davon ab.

»Es ist so vieles nicht richtig, was geschieht.«

»Wie meinst du das?«

»Agathon will diese Hochzeit genauso wenig wie du.«

Den Eindruck hatte der Prinz weder beim Tanz in Pylos noch heute vermittelt.

»Er hat einen Gefährten.«

»Borras?«

Geros lachte leise. »Nein. Iphitos.«

Iphitos? Agathon war so charmant zu mir gewesen. Wie er mit mir getanzt hatte, mich angelächelt hatte. »Das glaube ich nicht.«

»Nachdem, was ich in Pylos beobachtet habe, bin ich mir sicher.«

Es sprach einiges für Geros' Annahme: Wie vertraut sie miteinander umgegangen waren, als wir in der Kuhbauchbucht gebadet hatten. Wie Iphitos einem Schatten gleich dort erschien, wo Agathon war, und wie er am Tag unserer Abreise aus Pylos an der Mauer gelehnt hatte. Dennoch blieben Zweifel.

»Weshalb ist er nicht mitgekommen?«, fragte ich.

»Diokles hat es verboten. Er hat ihm auch Borras an die Seite gestellt. Darüber ist Agathon nicht glücklich. Ich habe den Eindruck, er traut ihm nicht. Und ich auch nicht.«

»Wie das?«

»Die Männer, die Agathon begleiten, bewegen sich wie Krieger. Das ist nicht bloß ein einfaches Geleit, ein paar Palastwachen, ansonsten Unterhändler und Würdenträger. Das sind Kämpfer.«

In mir kroch Kälte herauf und das lag nicht an den nächtlichen Temperaturen in dieser Jahreszeit. »Bist du dir sicher?«

»Du weißt, was Vafis berichtet hat, als er aus dem Norden wiederkam. Ich glaube, Pylos will über Mykene und Tiryns triumphieren. Das ist eine Streitmacht.«

»Das glaube ich nicht. Dieser Prinz bekommt Phaistos als Brautgabe zu mir dazu. Wozu sollen sie mit einer Streitmacht reisen?«

»Komm. Ich zeige es dir.«

Wieder nahm er meine Hand und zog mich zwischen den Olivenbäumen hindurch zum Ufer des Lithaios. Hinter einem Mastixstrauch ließ er mich los und legte den Finger an die Lippen. Ich knetete meine Finger, weil ich das warme Gefühl vermisste. Geros deutete zwischen Zweigen hindurch. Auf den Wiesen beim Ufer lagerten die Achäer. Kleine Feuer glimmten, um die die Männer in Gruppen lagen. Das Schnarchen war über das Gemurmel des Flusses hinweg zu hören.

»Da drüben«, flüsterte Geros. Er zeigte auf die Wagen, die neben den Pferden standen. »Das sind nicht bloß Wagen, um bequem zu reisen. Die Räder. Schau dir die Pferde an.«

»Sie sind kräftiger als unsere. Das ist mir schon in Pylos aufgefallen.«

»Genau. Was siehst du noch?«

Ich kniff die Augen zusammen und entdeckte einen Mann halb verborgen von den herabhängenden Ästen des Olivenbaums, an dem er lehnte. Aufmerksam schaute er nach Phaistos hinüber.

»Ist er allein?«

Ich beobachtete die andere Seite. Insgesamt hielten vier Männer Wache und sicherten so Pferde und Wagen.

»Wozu das alles, wenn sie doch in der Absicht hier sind, zwei Königshäuser durch Heirat zu vereinen?«, fragte Geros.

»Sie sind hier in einem fremden Land. Würdest du da blind vertrauen?«

Geros legte mir den Finger auf die Lippen. »Leise.«

Mir war gar nicht aufgefallen, dass ich die Stimme gehoben hatte.

»Wir haben ihnen in Pylos blind vertraut«, sagte er und zog mich weiter bis an den Rand des Lagers der Achäer.

Wieder beobachteten wir sie aus dem Verborgenen. Ja, ich erkannte jetzt, was Geros meinte. Die Männer waren vom Schlag her Borras ähnlicher als Agathon. Eine der Wachen ölte den Körper ein, sodass jeder Muskel im schwachen Licht des Feuers glänzte. Oberarme, die es gewohnt waren, ein Schwert zu führen. Wenn ich genau hinsah, erkannte ich bei jedem Schläfer das Futteral für ein Langmesser oder ein Schwert.

Leise begaben wir uns wieder zurück zu dem Felsen oberhalb des Lagers.

»Glaubst du mir jetzt?«, fragte Geros.

»Die Achäer waren sehr freundlich zu uns. Sie haben Vater geholfen.«

»Ja, da waren wir auch noch dort. Jetzt sind wir auf Kreta.«

»Diokles hat der Hochzeit und damit unserem Bündnis zugestimmt. Ich sehe keinen Grund dafür, dass sie in kriegerischer Absicht kommen.«

»Was wäre, wenn du es dir anders überlegst?«

»Das steht doch gar nicht zu Wahl.«

»Wissen sie das? Selbst wenn: Wer garantiert dir, dass sich Agathon nicht heimlich mit Mykene und Tiryns verbündet hat und wir ihnen hier Tür und Tor öffnen?« Geros ging auf und ab. »Ich traue diesen Leuten nicht.«

»Nehmen wir an, du hast recht. Was glaubst du, wie wollen sie vorgehen?«

»Wenn ich sie wäre, würde ich einen Putsch planen, und zwar in der Stunde, in der wir am verletzlichsten sind: zur Hochzeit.«

Solche Anschuldigungen brachte er nicht leichtfertig vor, dafür kannte ich Geros zu gut. Er war stehen geblieben, wandte mir den Rücken zu.

»Wenn das so ist, dann müssen wir etwas unternehmen.«

Er drehte sich um. »Nur was?«

Ich überlegte. Welche Möglichkeiten hatten wir? Vielleicht sah Geros zu schwarz. Auf der anderen Seite wusste ich um seine hervorragende Beobachtungsgabe. In mir formte sich ein Gedanke, ein Plan.

»Du hast einen Plan.«

Ich schüttelte den Kopf.

»Ich sehe es dir an.« Sein Finger malte eine Linie auf meiner Wange.

Mein Innerstes lag vor ihm, so klar wie die Zeichen auf den Tontafeln der Schreibstube. Ich umschloss seine Hände mit meinen. »Bitte Geros. Was ich vorhabe, ist Hochverrat. Vertrau mir.«

Stumm sah er mich an. Ich meinte Verstehen, Zuneigung, aber auch Angst um mich auf seinem Gesicht zu lesen. Vielleicht narrte mich ja die Dunkelheit.

Eine einzelne Zikade, die erste des Jahres, stimmte ihr Lied an und brach den Bann.

Am Eingang von Phaistos trennten wir uns.

In meinem Gemach drehte ich mich einmal um mich und suchte ein Gefäß.

Eine Keramikdose, so groß wie mein Handteller stand auf einem Bord. Großvater hatte sie mir geschenkt, als ich noch ein Kind war. Für deine Schätze, hatte er gesagt. Ich leerte sie auf mein Kopfkissen: Muscheln, ein Stein mit einem Loch, eine runde Goldscheibe von der Größe meines Nagels. Pareias Bienenkette, die sie damals häufig getragen hatte, zierten diese Scheiben. Sie symbolisierten Honigtröpfchen. Diese war abgefallen und ich hatte sie gefunden. Wie gerne wollte ich damals eine solche Kette besitzen. Die wäre nur für die Anwärterin auf das Priesterinnenamt bestimmt, sagte Vater. Anstatt die Goldscheibe zurückzugeben, damit die Kette repariert werden konnte, hatte ich sie in das Döschen getan und irgendwann vergessen. Mit der Dose und einer kleinen Öllampe huschte ich zu Vaters Räumen. Sie lagen verlassen im Dunklen. Bebend entzündete ich die Lampe.

In ihrem Schein suchte ich den Raum ab. Neben der Bettstatt standen eine leere Karaffe sowie ein kniehohes Tischchen, auf dem einige Papyri neben einem Gefäß für Tinte und einem Kalamos lagen. Vater hielt die Spitze des Schreibrohrs stets sorgfältig angeschnitten, sodass er es gleich benutzen konnte. Ich kniete nieder, tunkte die Spitze ein und schrieb eine Botschaft. Meine Hand zitterte und lag schwer auf. Die Spitze des

Schilfrohrs brach. Ängstlich lauschte ich auf die Geräusche auf dem Gang, Schritte, die vorüber eilten, und schnitt fahrig den Kalamos neu an. Endlich hatte ich die Nachricht fertig und steckte sie in die Dose. Ton für eine Bulle lag neben dem Tintengefäß, doch ich brauchte Vaters Siegel, damit der Minos von Knossos der Botschaft Glauben schenkte.

Vater besaß mehrere. Das höchste trug er als Ring bei sich. Doch eines der anderen musste hier sein. Hastig durchwühlte ich die Papiere. Nichts. Am Fußende hing Vaters Jagdkleid. Ich durchsuchte seine Taschen. Wieder nichts. Ratlos drehte ich mich einmal um mich. Es durfte nicht wahr sein.

Ein Knarzen ließ mich herumfahren. In der offenen Tür stand Borras. Sein Mund zuckte kurz, ehe er sich wieder im Griff hatte. Mein Herz hämmerte bis zum Hals.

»Hast du dich in dem Raum geirrt, Prinzessin?«

Das durfte nicht wahr sein. Hier war mein Zuhause. Er war der Gast. Ich straffte die Schultern nach hinten. »Das gilt wohl für dich, Borras.« Ich trat auf ihn zu, bis ich unmittelbar vor ihm stand. Pareia würde es schaffen, ihn von oben herab anzusehen, obwohl sie einen Kopf kleiner war. Ich stellte mir ihre hochgezogene Braue, das angriffslustig vorgereckte Kinn und die in die Hüfte gestemmten Fäuste vor und versuchte das zu imitieren. Offenbar verfehlte die Geste nicht ihre Wirkung. Borras wich einen halben Schritt zurück.

»Hinaus!« So herrisch wie ich konnte, wies ich mit ausgestrecktem Arm auf die Tür und bewegte mich noch einen Schritt auf ihn zu.

Einen langen Augenblick arbeitete es in seinem Gesicht. Dann verneigte er sich leicht und verließ rückwärts den Raum. Nur der vorgeschobene Kiefer verriet, dass ihm diese Entwicklung gar nicht gefiel. Ich folgte ihm und blieb in der Tür stehen, bis er sich an den Treppen noch einmal zu mir umdrehte, ehe er sie hinunterstapfte.

Erst nachdem seine Schritte verklungen waren, fiel die Anspannung von mir ab und ich ging in die Kammer zurück. Erschöpft wie nach einem harten Fußmarsch sank ich auf die Kante der Bettstatt nieder. Um diese Tageszeit war keiner mehr wach – die Situation hätte ganz anders ausgehen können. Was, bei allen Dämonen Potnias, hatte Borras hier gewollt? Auf jeden Fall bestätigte sein merkwürdiges Verhalten Geros' These. Umso wichtiger war es, die Botschaft zu senden, die ich geschrieben hatte. Doch wie, wenn Vaters Siegel fehlte? Sollte ich mein eigenes benutzen in der Hoffnung, der Minos erkannte es? Zu unsicher. Ich brauchte Vaters Siegel, wenn ich Gehör finden wollte.

Resigniert steckte ich die Dose ein. Morgen besuchte ich Vater bei Menon. Vielleicht gelang es mir da, an sein Siegel zu kommen. Ehe ich allerdings schlafen ging, trieb ich noch eine Wache auf, die ich vor Vaters Tür platzierte.

## Die Scherben des Tages

Großvater hatte mir stets gesagt: Beginne keinen Tag auf den Scherben des gestrigen! Doch wie sollte das gehen, so wie die Dinge jetzt standen? Ich befühlte die Dose in meiner Tasche, als ich auf dem Weg zu Agathons Gemach war.

»Guten Morgen, kleine Schwester. Hast du süß von deinem Prinzen geträumt?«

Pareia. Natürlich.

»Du hältst mich immer noch für ein Kind und denkst, ich begreife nicht, in welcher Situation sich unser Reich befindet.«

»Nein, Ide.« Pareias Stimme klang weich, der gehässige Ton war verschwunden. Sie streichelte mir über die Wange. »Du siehst überall das Gute. Ich wette, du findest den achäischen Prinzen attraktiv und sanftmütig. Vielleicht glaubst du sogar inzwischen, dass Vaters Vorhaben, dich mit ihm zu verheiraten, genau der richtige Weg ist.«

Ich entzog mich ihrer Berührung. Pareia wechselte ihre Gesichter, wie es ihr passte. Darauf fiel ich nicht mehr herein.

»Vermutlich hast sogar du inzwischen begriffen, dass er eine bessere Partie ist als dein kleiner Ägypter. Nun, dann lass dir gesagt sein: Das ist er nicht. Agathon ist genauso wenig geeignet, ein Reich zu führen wie du. Zu weichherzig. Regieren erfordert eine harte Hand und einen klugen Kopf.«

Wie so oft fehlte mir die passende Entgegnung. Wie so oft hatte ich Pareias Häme nichts entgegenzusetzen. »Hast du dich denn gut mit dem Schwertmann aus dem Norden amüsiert?« Mein Versuch klang kläglich.

»Der Nordmann ist interessant. Viel interessanter als dein Prinz. Ein kluger Stratege. Du solltest ihn gut behandeln, damit er dir immer zur Seite steht.«

Ich dachte an gestern Nacht. Kurz überlegte ich, Pareia davon erzählen. Doch ein unbestimmtes Gefühl ließ mich schweigen.

»Wenn du diesen Eindruck hast«, sagte ich stattdessen.

Pareias Lippen umspielte ein Lächeln. »Du weißt, dass ich dich immer unterstützen werde. Als Hohepriesterin. Als Ratgeberin. Als deine Schwester.«

Ich weiß, dass ich dich im Auge behalten muss, dachte ich und zwang mich, das Lächeln zu erwidern, ehe ich sie stehenließ.

Entsprechend verstimmt klopfte ich an Agathons Tür.

»Sehe ich Schatten auf deinem Gesicht?«, fragte er, nachdem er auf den Korridor getreten war und mich begrüßt hatte.

Ich schüttelte halbherzig den Kopf und haderte mit mir. Wie sagte ich ihm, dass ich Borras im Zimmer meines Vaters, im Gemach des Archons, erwischt hatte? Es klänge wie eine haltlose Anschuldigung. Beweisen konnte ich es nicht und Borras konnte behaupten, was er wollte. Wem vertraute Agathon? Seinem Ratgeber und Schwertmann oder der Frau, die zu einer Hochzeit mit ihm gezwungen wurde?

Borras kam aus dem Raum heraus und verbeugte sich knapp. Dabei flogen seine Augen unter den Brauen zwischen Agathon und mir hin und her.

»Ich sorge mich um Vater«, sagte ich zu Agathon.

Wir schritten die Treppen hinunter und liefen über den Zentralhof. Borras folgte uns.

Menon begrüßte mich mit den Worten: »Deinem Vater geht es viel besser. Er schläft gerade. Gönne ihm noch etwas Ruhe.« Dann öffnete er die Arme und empfing Agathon überschäumend. »Du siehst gut erholt aus, edler Agathon. Deine Gesichtsfarbe lässt darauf schließen, dass es deiner Verletzung besser geht. Lass mich sehen.« Er schob Agathon in den Raum, in dem auch Großvater lag. Borras trat ebenfalls ein und streifte mich dabei.

Zögernd blieb ich in der Tür stehen.

»Neilaios!«, rief Menon und klatschte in die Hände. »Wo ist dieser Nichtsnutz?«

»Ich bin da.« Neilaios drängte sich an mir vorbei.

Sie begutachteten Agathons Wunde.

»Die Heilung beginnt. Allerdings wirst du eine Narbe davontragen.«

»Es ist nicht die erste«, sagte Agathon.

In einem Tiegel rührte Neilaios frische Salbe an. »Die wird helfen, dass sie dünn und flach bleibt.«

»Dennoch: Du wirst dich ein paar Tage zurücknehmen. Genieße die Aussicht und unseren Wein. Ich will nicht, dass die Wunde aufreißt.« Menon hob warnend den Zeigefinger. »Ich kenne euch Krieger.«

»Ide.«

Ich fuhr zusammen. Großvaters Haut wirkte wie Pergament, so schimmerten die Adern durch. Dass Potnia schon vor seiner Tür stand, war nicht zu leugnen.

»Komm her zu mir.«

Ich trat an sein Lager und fasst seine Hand. Sie fühlte sich zerbrechlich wie Vogelknochen an. Mühsam hob er den Arm und zeigte auf Borras.

»Wer ist das?«

»Der Ratgeber und Schwertmann von Agathon. Das hab ich dir schon gestern erklärt.«

»Sein Name?«

»Borras.«

»Soll herkommen.«

Irgendetwas an Borras regte Großvater auf. Es war offenkundig keine gute Idee, wenn er ihm direkt gegenüberstand.

»Es strengt dich an. Schone dich, Großvater.«

Mit einer Kraft, die ich nicht mehr von ihm erwartet hatte, drückte er meinen Arm, dass es mich schmerzte. »Soll herkommen!«

Also sagte ich zu Borras: »Mein Großvater möchte dich kennenlernen.«

Borras drehte sich um.

Großvater fuhr hoch. Die Pupillen so geweitet, dass die Iris nahezu verschwunden war. Ein zittriger Finger auf Borras gerichtet. Seine Lippen formten Worte, doch kein Laut drang aus seinem Mund.

»Großvater! Was ist mit dir?« Ich stürzte zu ihm, fasste ihn bei den Schultern.

Er röchelte und wehrte sich gegen meinen Griff.

»Menon! Rasch!«

Der Arzt fuhr herum.

»Kairomenes, Hoheit.« Menon schaffte es, Großvater wieder aufs Lager zur drücken. »Gleichmäßig atmen.« Er machte es ihm vor.

Großvater schob ihn so heftig zur Seite, dass der dicke Arzt strauchelte. Er riss die Augen auf. Starrte Borras an. Dann kippte sein Kopf nach hinten. Sein Blick brach.

»Nein!« Ich schüttelte ihn. »Großvater!«

Ich begriff es nicht.

Eine Hand legte sich auf meinen Arm. Neilaios. »Lass ihn, Ide. Er hat die Reise zu den Göttern angetreten.«

Sacht drückte ihm Menon die Lider zu.

Ich nahm die Bewegung verzerrt wie durch die Oberfläche eines Sees wahr. Wieso? Großvater war schwach gewesen. Er hatte sich von seinem Ausflug zur Grotte nicht erholt und kämpfte gegen Fieber und Schwäche. Doch wieso jetzt? Wieso heute? Noch einmal spielten sich die Ereignisse vor meinem inneren Auge ab. Wie er ihn angestarrt hatte, auf ihn gezeigt hatte. Borras. Was verband die beiden?

»Was hat mein Großvater mit dir zu schaffen?«, fragte ich ihn.

»Ich kenne diesen Mann nicht.« Borras hielt unbeweglich meinem Blick stand. Dann nickte er mir und Agathon zu, schlug die Kapuze seines Umhangs hoch und verließ das Haus des Heilers.

Agathons Stimme riss mich aus meiner Starre.

»Es tut mir leid, Ide.« Er streckte die Hand aus und ohne nachzudenken reichte ich ihm meine. Behutsam zog er mich in eine Umarmung und streichelte meinen Rücken. »Es tut mir leid um deinen Großvater.«

Mir wurde die Situation bewusst und ich machte mich von ihm frei. »Ich gehe zu Vater.«

Vater wirkte wie ein Abbild von Großvater, wie er dort mit geschlossenen Lidern auf dem Rücken lag, die Arme auf einer dünnen Decke. Ein Fuß schaute heraus. Seine Brust hob und senkte sich kaum. Nur die Haut ließ erkennen, dass er noch am Leben war. Ihr fehlte das Wächserne, das sich unweigerlich einstellt, wenn der Geist den Körper verlässt. Weiches Licht fiel durch die geöffneten Verandatüren und tauchte den Raum in lebendige Farben, die die Blässe in Vaters Gesicht noch betonten. Eine frische Brise bewegte die Vorhänge und ich zupfte die Decke über den Fuß. Sie zierten rote Mäander auf gelben Grund, die mich an Blut erinnerten. Meine Hand blieb dort liegen, inmitten der Bewegung, als hätte sie vergessen, was sie als Nächstes tun sollte. Ich starrte auf die Mäander. Die Fäden des Gewebes traten überdeutlich hervor, jede Faser, in all dem Rot leuchteten einige wenige weiß.

»Bitte wecke ihn nicht«, sagte Neilaios leise hinter mir. »Es geht ihm schon besser, doch er braucht noch viel Ruhe.«

Meine Hand zog sich zurück in die Falten meines Gewandes, die Finger umschlossen die Dose.

»Großvaters Tod ändert einiges. Das muss Vater wissen. Vor allem, wie er ums Leben kam.« Ich sprach, ohne den Blick von ihm abzuwenden.

»Was meinst du damit?«

Jetzt drehte ich mich doch um. »Du musst mir nichts vormachen, Neilaios. Ich kenne doch deine hervorragende Beobachtungsgabe und bin mir sicher, du weißt genau, was geschehen ist.«

»Manchmal ist es besser, nicht hinzusehen, Ide.«

»Wir sind allein. Sag mir, was glaubst du?«

»Kairomenes kannte den Nordländer. Und dieser kennt ihn. Er wusste es nur gut zu verbergen.«

Ja, das glaubte ich auch und es missfiel mir. Irgendetwas ging hier vor und ich musste herausfinden, was. Die Dose! Ich hatte sie über die Ereignisse ganz vergessen.

»Phaistos darf in diesen Zeiten nicht ohne Archon sein«, sagte ich.

»Ich verstehe. Doch Oreichares ... Gib ihm zwei Tage.«

»Heute Nachmittag. Er muss es erfahren.«

Ein knappes Nicken.

»Ich möchte allein sein.« Ich schlang die Arme um mich und wandte mich wieder Vater zu.

Neilaios verneigt sich und zog sich zurück. Ich hörte, wie er die Tür schloss. Er würde niemanden hereinlassen.

Rasch nahm ich das Stück Ton, feuchtete es noch einmal mit Wasser aus der Karaffe neben Vaters Bett an. Dann füllte ich den Ton in die dafür vorgesehene Mulde an der Dose, wand den Faden herum und verknotete ihn. Den Knoten presste ich ebenfalls in den Ton und strich ihn glatt. Noch einen Blick über die Schulter zur Tür und ich drückte die Fläche gegen Vaters Ring.

Noch einmal betrachtete ich Vater. Er lag unverändert da, nur sein Mund hatte sich leicht geöffnet. Ich fühlte mich schrecklich. Den Siegelring des Archons zu missbrauchen, war undenkbar und doch hatte ich es getan. Es ist das Richtige, versuchte ich mich zu überzeugen, die einzige Möglichkeit, den Achäern nicht allein gegenüberzustehen, wenn es drauf ankam. Wenn ich dieses Reich führen wollte, musste ich mich an den Gedanken gewöhnen, dass meine Entscheidungen nicht jedem gefielen. Trotzdem. Das schale Gefühl, Vater hintergangen zu haben, blieb.

Leise schloss ich die Tür hinter mir. Neilaios wartete noch davor.

»Agathon ist mit dem Nordländer gegangen«, sagte er.

»Ich komme heute Nachmittag wieder. Halte solange Besuch von Oreichares fern.«

»Jawohl.«

»Jeden Besuch.«

An der offenen Tür zu Großvaters Gemach zögerte ich einen Lidschlag lang. Dann trat ich ins Freie.

Obwohl sich alles in mir wehrte, Vater jetzt allein zu lassen, lief ich nach Amyklaion hinunter. Ich hegte die Hoffnung, dort bei den Schiffen Tiro zu finden. Mein Weg war vergebens, niemand hatte ihn gesehen oder wusste, wo er sich aufhielt. Einer von Geros' Männern meinte, er wäre in Phaistos, um einen Auftrag von Geros zu erfüllen.

So lief ich zurück. Bewegung und die frische Frühlingsluft klärten meine Gedanken. Es glich einem Wunder, dass er so alt geworden war. Unausweichlich dieser Tag. Ich hatte Großvater einmal gefragt, wie er stets so fröhlich sein konnte. Immer lachte er, hatte er gelacht, und die Fältchen um seine Augen kündeten von einem unbeschwerten Gemüt. »Ich lebe in dem Bewusstsein, eines Tages nur noch durch den ewigen Hain zu spazieren. Das solltest du auch probieren«, hatte er geantwortet. Seine Worte hatte ich lange nicht verstanden. Was sollte ich über den Tod nachdenken, wo mir doch das Leben jeden Tag seine Fülle schenkte?

Auf meinem Fußmarsch von Amyklaion zurück wurde mir klar, was er damit gemeint hatte. Wenn ich mir die Endlichkeit meines Seins hier bewusst machte, dann nutzte ich vielleicht die Zeit intensiver. Ich spürte dem frischen Wind nach und sog den Duft der ersten Blumen auf. Die Trauer über den Verlust von Großvater war so präsent wie das Meer. Sie würde nicht weggehen, würde mich in stillen Stunden mit aller Wucht treffen. Aber sie hatte Dankbarkeit Platz gemacht. Das lange Leben, das die Götter Großvater geschenkt hatten, war auch ein Geschenk an mich. Viel hatte er mir beigebracht und so manches Wort von ihm würde sich mir noch erschließen. Das spürte ich damals auf meinem Weg von Amyklaion nach Hause.

Als ich durch das Nordtor von Phaistos trat, lief mir Neilaios entgegen.

»Ide! Der Archon ist erwacht!«

Das zumindest waren gute Neuigkeiten, auch wenn sich mein Magen bei dem Gedanken an das Gespräch verkrampfte, das ich nun führen musste.

»Ich hole Pareia.«

Als wir das Zimmer in Menons Haus betraten, blickte er uns halb aufgesetzt entgegen und hielt eine Schale in der Hand, aus der Brühe dampfte. Seine Augen lagen tief in dem fahlen Gesicht. Neilaios stopfte ein Kissen hinter seinen Rücken, damit er besser sitzen konnte.

»Wie geht es dir, Vater?«

»Die Suppe schmeckt scheußlich, also scheint es mir besser zu gehen. Doch Neilaios weigert sich, mir ein Stück Ziegenfleisch zu bringen.«

»Sie gibt dir die Kraft zurück«, sagte Neilaios. »Ich bleibe vor der Tür. Wenn ihr etwas braucht, ruft mich.«

Ich wartete, bis er die Tür geschlossen hatte, ehe ich sagte: »Großvater ist tot.«

»Kairomenes ist tot?« Vater richtete sich auf und stellte die Suppe auf die Ablage neben dem Bett.

Pareia lehnte an einer Halbsäule, hatte die Arme verschränkt und das Kinn vorgeschoben.

»Der Zeitpunkt könnte nicht ungünstiger sein.«

»Das ist es, was du dazu zu sagen hast, Vater?«

»Nichts läuft so, wie es sollte. Umso wichtiger ist es, nach vorn zu schauen.« Er schien mich überhaupt nicht gehört zu haben.

Ich lief in dem Raum auf und ab. »Dieser Borras hat damit zu tun.«

»Das ist lächerlich«, meldete sich Pareia zu Wort. Ihre Stimme splitterte wie Eis.

»Er schaute ihn an und hat einen Anfall bekommen!« Ich merkte, dass ich schrie.

»Woher sollen sie sich kennen? Borras stammt von den Stämmen aus dem Norden.«

Ich fuhr herum. »Du weißt ganz genau Bescheid, was?«

»Du hast an Großvater gehangen, Ide. Jetzt musst du deine Gefühle zur Seite schieben.«

»Pareia hat recht.« Vater streckte den Arm aus und hielt mich fest. »Dein Großvater war alt. Er hat viel mehr Jahre gesehen als jeder von uns.«

»Ich weiß, was ich gesehen habe.«

»Vielleicht hat ihn dieser Mann an jemanden erinnert. Es ändert nichts daran, dass ihn Welchanos zu sich gerufen hat. Wir müssen jetzt nach vorn sehen.« Er ließ mich los und lehnte sich wieder zurück.

»Das Volk hat ihn geliebt«, sagte Pareia. »Es wird seinen Tod als böses Omen verstehen. Erst der Schreiber. Dann deine Erkrankung, Vater. Jetzt Kairomenes' Tod.«

»Ich darf nicht in diesem Bett liegen. Das Volk muss mich sehen. Muss fühlen, dass wir immer noch stark sind.« Vater schlug die Decke zur Seite und ehe ich ihn aufhalten konnte, schwang er die Beine hinaus. Im selben Augenblick, in dem er sich hochhievte, rutschte er wieder zusammen.

Ich packte ihn unter den Achseln und schaffte es nicht, den schweren Körper hochzuheben. »Hilf mir«, fuhr ich Pareia an.

Zögerlich nahm sie einen Arm und gemeinsam gelang es uns, Vater wieder auf das Lager zu setzen. Sein Atem ging pfeifend. Trotzdem weigerte er sich, sich hinzulegen.

»Hör auf Neilaios und Menon. Ruh dich aus.«

Keuchend richtete sich Vater auf. »Deine Vermählung muss stattfinden, so rasch es geht. Sie wird den Menschen Hoffnung geben, ehe es zu Aufständen kommt.«

»Du musst mich und Geros trauen. Das gibt unserem Volk das Vertrauen zurück.«

Pareia stieß scharf die Luft aus.

»Ihn kennen die Menschen und mich auch. Sie schätzen Geros als den Kapitän unserer Flotte. Als deinen Ratgeber.«

Vater winkte barsch ab. »Dann stehen die Achäer vor unseren Toren.«

»Du hintergehst Vater.« Pareia baute sich vor mir auf. »Schleichst dich auch heimlich nachts mit Geros in den Olivenhain.«

Sie war das also gewesen. Ich wandte mich ab, blickte über die Veranda hinunter zum Meer. Still sah es aus, obwohl es an Tagen wie diesen aufgewühlt war. Eine graublaue Fläche, über die dunkle Wolken zogen. Tief im Westen hingen Regenschleier vor den Bergen. Doch draußen auf dem Meer glänzte helles Licht, dort schien die Sonne.

»Ich kann mir denken, was ihr dort getan habt. Was meinst du, was Agathon dazu sagt, wenn ich ihm davon berichte?«

Ich fuhr herum. »Du hast keine Ahnung! Geros hat mir die Achäer gezeigt. Die Männer, die Agathon begleiten ... Das sind Krieger.«

»Ach, er ist derjenige, der Intrigen spinnt und den Plan des Archons vereiteln will. Ich habe dir schon immer gesagt, dass er der falsche Ratgeber für dich ist.« Die letzten Worte galten Vater.

»Natürlich werden ein paar Wachen bei ihm sein«, sagte dieser matt.

»Ein paar Wachen? Du hast sie nicht gesehen. Die Schwerter! Die Streitwagen!« Ich redete mich in Rage.

»Du hattest schon immer eine blühende Fantasie, Ide.« Pareia lachte kalt.

»Hör auf, mich wie ein Kind zu behandeln! Das sind Soldaten. Das ist eine Armee.«

»Dann höre du auf, dich wie eines zu benehmen!«

Vater gab einen Laut von sich, der an das Stöhnen eines Bocks erinnerte, der von einem Pfeil getroffen war. Gebeugt saß er da, das Gesicht in die Hände gestützt.

Ich ging vor ihm auf die Knie, löste seine Hände vom Gesicht und hielt sie fest, sodass er mich ansehen musste. »Bitte, Vater. Denke noch einmal darüber nach. Du kannst Agathon wegschicken. Geros und ich werden Phaistos regieren. Alles wird gut werden.«

Er hob den Kopf. »Alles entgleitet mir, Ide.«

»Du kannst etwas tun. Vater, du bist der Archon von Phaistos. Dein Wort ist Gesetz.«

Er schüttelte langsam den Kopf. »Ich bin immer noch davon überzeugt, dass diese Hochzeit das Beste für Phaistos ist. Ich bitte dich, meine Tochter. Es liegt jetzt in deinen Händen, beide Reiche zu vereinen. Ich glaube fest daran, dass nur das einen Krieg verhindern wird.«

Er legte sich hin.

»Ich weiß, wieviel dir dein Großvater bedeutet hat. Du kannst später trauern. Zeige Agathon den Palast.« Er drückte meine Hand und wandte sich an Pareia. »Du richtest das Begräbnis für Kairomenes aus. Es darf die Feier nicht überschatten.«

Ich rannte hinaus, hinaus aus dem Raum, der mir viel zu eng geworden war. Hinaus aus Phaistos, wo jeder Stein eine stumme Mahnung bedeutete. Ich rannte die gepflasterte Straße hinüber nach Davos, nach Hause. Dort zog ich mich in meine Kammer zurück. Weit fort von Vater, von Agathon und irgendwelchen Verpflichtungen.

Zweimal brachte mir die Dienerin einen Teller Speisen. Zweimal musste sie ihn unangetastet wieder forttragen. Ich saß am Fenster, starrte aufs Meer und dachte an Großvater. Ich musste so alt wie Lydi gewesen sein und mich quälte das Fieber, da hatte er an meinem Bett gesessen und Geschichten erzählt. Später, als ich mir das Bein gebrochen hatte und für zwei Monate nicht aus dem Haus durfte, lehrte er mich das Spiel der Jäger auf einem aus Beryll und Lapis gefertigten Spielbrett.

In dem Sommer, in dem ich zur Frau wurde, nahm er mich mit zu den flachen Ufern des Sees. Sein angespannter Rücken verriet, dass er etwas vorhatte. Ich erinnere mich, wie neugierig ich war und ihn mit Fragen überschüttete. Großvater lachte nur. Erst als wir eine sandige Lichtung, umstanden von dichtem Schilf erreichten, sagte er: »Auch wenn du die Tochter des Archons bist, solltest du dich verteidigen können.« Er holte einen Dolch hervor und reichte ihn mir den Knauf voran.

»Wozu soll das gut sein?« In meiner kindlichen Welt kam nicht vor, dass sich die Tochter des Archons von Phaistos mit einem Messer verteidigen musste. Das übernahm die Palastwache.

»Irgendwann kommt der Tag, an dem ich nicht mehr auf dich aufpassen kann.«

Zögerlich ergriff ich den Dolch, den ein wahrer Künstler geschaffen haben musste. Er schmiegte sich in meine Hand, als wäre er für mich geschmiedet worden. Das goldene Heft und die Klinge zierten Spiralen. Vorsichtig probierte ich mit dem Daumen die Schärfe der Schneide, wie ich es bei den Männern gesehen hatte. Ein Schmerzenslaut entfuhr mir und aus einem feinen Schnitt quoll ein Blutstropfen.

»Ich habe ihn extra für dich anfertigen lassen«, sagte Großvater. »Jetzt bringe ich dir bei, wie du ihn benutzt.«

Tatsächlich hatte er mir sogar den Dolch für die Übung gelassen. Immer wieder war es ihm gelungen, ihn mir aus der Hand zu winden oder mich zu zwingen, ihn fallen zu lassen. Die Lehrstunden im Messerkampf blieben unser Geheimnis. Wir übten so lange, bis der Tag kam, an dem ich die Klinge an seinen Hals hielt.

»Jetzt weiß ich, dass du dich selbst schützen kannst«, hatte er gesagt.

Nun war der Tag da, an den er gedacht hatte. Ich holte den Dolch hervor und zog ihn aus seinem ledernen Futteral. Vorsichtig strich ich über die Spiralen. Die Tränen liefen mir über das Gesicht und ich warf mich auf die Kissen. Er fehlte mir so.

Pareias Stimme hallte vom Hof zu mir herauf. Sie war kurz nach mir in Davos erschienen und schwebte durch die Gänge, als ob es ein Weihefest zu organisieren galt. Sie kommandierte die Männer herum, die das Grab aushoben, erklärte den Steinmetzen, wie der Sarkophag aussehen sollte, und schrieb Ayra vor, welche Szenen sie auf dessen Seiten zu malen hatte. Ihre emsige Geschäftigkeit hielt mich auf meiner Kammer. Die Lautstärke, in der sie Befehle erteilte, und das Geräusch ihrer eiligen Schritte auf den Holzdielen verursachten mir quälende Kopfschmerzen.

Die Trauer war nicht das einzige Gefühl, das mich in dieser Zeit beherrschte. Enttäuschung nagte in mir, denn Geros hatte sich nicht einmal blicken lassen. Er wusste doch, wie sehr ich an Großvater hing, gehangen hatte. Wie gern wollte ich an seiner Schulter Zuflucht suchen, mich fallen lassen. Ich sehnte mich danach, seinen Duft zu atmen, seine Hand tröstend auf meinem Haar zu spüren. Nicht einmal zu einer förmlichen Kondolenz hatte er sich herabgelassen. Hatte Pareia doch recht? Was lief zwischen den beiden?

Eines allerdings wusste ich. Dieser Tag blieb der einzige, den ich für mich beanspruchen durfte. Nachdem die Dienerin das dritte Tablett gebracht hatte, zwang ich mich, ein Stück Gebäck zu essen.

# Ein diebischer Affe

Am anderen Morgen suchte ich die Badestube auf und ließ zu, dass eine Dienerin die Traurigkeit mit Lidschatten und Puder übermalte, ehe ich mich mit Agathon am Haus des Arztes traf.

»Sei gegrüßt, Ide«, sagte er. Die Art, wie er meinen Namen aussprach, ließ mich das erste Mal seit Großvaters Tod lächeln.

»Wie geht es dir?« Mit einer Geste lud ich ihn ein, mir zu folgen. Wir schritten die Gasse hinauf und ich schlug den Weg zum Gästehaus ein.

»Der Arzt sagt, ich werde überleben.« Agathon lachte und ich lachte mit, obwohl mich der Scherz an Großvaters Tod erinnerte. »Allerdings glaube ich eher seinem Helfer. Neilaios, richtig?«

Ich nickte.

»Er meint, ich soll mich weiter schonen, damit die Wunde geschlossen bleibt. Auch gab er mir eine Salbe, die die Heilung beschleunigen soll. Ich habe noch nie jemanden getroffen, der so viel über Kräuter weiß wie er.«

»Die Männer aus dem Osten kommen hierher, um zu lernen, welches Kraut bei bestimmten Leiden hilft und wie die Medizin zubereitet werden muss. Neilaios ist einer der besten von ihnen.«

»Ich hoffe, dich stören die Narben nicht, die zurückbleiben.« Er zwinkerte mir zu. Neben seinen Mundwinkeln vertieften sich die kleinen Grübchen.

Einen Moment lang schwieg ich, dann wies ich auf eine der unzähligen Baustellen von Phaistos. »Dort vorn entsteht ein neues Fresko. Das möchte ich dir gern zeigen.«

Agathons Lächeln blieb. »Einverstanden.«

Bei einem der letzten Erdbeben war das Gebäude eingestürzt. Lange lag hier nur ein Haufen Steine herum, bis ein Barbier die Ruine wieder aufbauen ließ. Im Erdgeschoss entstand sein Laden, drüber wohnte er bereits.

»Ide!« Lydi sprang auf mich zu. »Kommst du schauen, wie weit Mama mit dem Bild ist?«

Ayra saß auf dem Boden vor der Wand und trug mit einem Pinsel blaue Farbe auf. Sie erhob sich schwerfällig, als sie Lydi rufen hörte, und wischte sich die Hände am Kittel ab, den blaue, rote und gelbe Farbspritzer zierten. Mich überraschte, sie hier zu finden und nicht in Davos beim Sarg von Großvater.

Sie las offenbar meinen Gesichtsausdruck, denn sie sagte: »Morgen bin ich fertig – und wenn ich die ganze Nacht hindurcharbeite.« Auf meine unausgesprochene Frage ergänzte sie mit hochgezogenen Schultern: »Der Barbier zahlt gut.«

Und Pareia nicht. Es ist eine Ehre, das Gefäß für den Leib eines Herrschers von Phaistos zu schaffen, wenn seine Seele zu den Göttern fliegt. So ähnlich wird sie Ayra und die anderen Handwerker genötigt haben. Großzügigkeit gehörte nicht zu ihren Stärken.

Ayras Blick fiel auf Agathon und sie verneigte sich. Dabei zog sie fragend eine Braue nach oben.

»Prinz Agathon, das ist Ayra, die Freskenmalerin«, sagte ich.

Ayra verneigte sich tiefer und schubste ihre Tochter an. Lydi knickste.

»Ich bin erstaunt, dass eine Frau Fresken malt.« Über das Bein verlor er kein Wort.

Frau. Wie er das Wort betonte.

»Warum sollte sie das nicht?«, fragte ich deshalb spitz zurück. »Sie muss einen Spachtel und einen Pinsel halten. Das ist nicht schwer.«

»Dürfen bei euch nur Männer Bilder malen?«, fragte Lydi.

»Musst du heute nicht beim Schafehüten helfen?« Ayra schob Lydi aus dem Raum hinaus, die einen Schmollmund zog. »Entschuldige bitte. Meine Tochter ist noch ein Kind.«

Agathon trat vor die Wand und betrachtete das Gemälde.

Die Kontur von zwei Tänzerinnen war in zinnoberfarbenen Strichen auf den Unterputz skizziert. Die dritte tanzte bereits vor einem blauen Hintergrund. Ihr Haar fiel in einem dicken, mit Bändern geschmückten Zopf auf den Rücken. Unter einem goldenen Stirnband lugten kleine Locken hervor, vor den Ohren ringelten sich lange Strähnen. Den Kopf zierten Perlenketten. Ayra erschuf gerade die zweite Tänzerin, denn hier glänzte die letzte Putzschicht feucht.

»Dieses tiefe Blau ist wunderschön, so getreu unserer Wirklichkeit. Wie stellst du es her?«, fragte er.

»Ich erhalte das Pulver von den Färbern. Sie brennen Sand mit Kupferspänen und Pflanzenasche«, sagte Ayra. »Die Formel dazu stammt aus Ägypten.«

»Und das Schwarz? Seine Deckkraft ist unglaublich.«

»Nicht wahr? Schwarz entsteht aus verbrannten, gemahlenen Tierknochen.«

»Das ist eine außerordentlich feine Arbeit.« Agathon legte den Kopf schief. »Es scheint, als bewege sich die Tänzerin wirklich.«

Erst die Lyra, dann die Malerei? War Agathon wirklich solch ein Schöngeist?

Ungelenk knickste Ayra. »Wenn du erlaubst, ich muss weiter malen, ehe der Putz zu trocken ist. Sonst muss ich von vorn beginnen, weil sich die Farbe nicht mit der Wand verbindet.«

Mit einer Handbewegung gab Agathon sein Einverständnis.

Ayra tauchte den Pinsel in blaue Farbe auf einer Palette und zeichnete den Kragensaum des Kleides nach. Agathon stand hinter ihr und beobachtete sie genau.

»Ich habe noch keine Frau getroffen, die den Pinsel führt. Ja, ich kenne noch nicht mal einen Mann, der so geschickt ist wie du.«

Auf Ayras Wangen flammte ein leuchtendes Rot auf, doch sie hob den Blick nicht von ihrer Arbeit.

»Bei euch gibt es wirklich keine Malerinnen?«, fragte ich. Unmöglich, mir das vorzustellen. Auf Kreta stand die Malerei wie jedes andere Handwerk allen offen. Einige Frauen zeigten Geschick in der Siegelmacherei oder in der Töpferwerkstatt. In fernen Ländern tauschte Geros wertvolle Waren für ihre Produkte ein.

»Es ist eine Kunst, die den Männern vorbehalten ist.« Agathon zuckte die Schultern. »Sie wissen um die Wirkung von Farben, beherrschen die Techniken und verstehen es, die Götter abzubilden. Erstaunlich, wie geschickt sie ist.«

Unwillkürlich wich ich einen Schritt von ihm zurück. Es war das eine zu wissen, was über die Achäer und ihre Frauen erzählt wurde. Etwas anderes war es, das so beiläufig von Agathon zu hören. Vermutlich sollte ich nur hübsch und sittsam neben ihm sitzen. Eine Königin, deren Wort galt, sah er bestimmt nicht an seiner Seite.

»Lassen wir sie arbeiten«, sagte ich und wand mich zum Gehen.

»Warte bitte. Was ist das hier?«

Agathon beugte sich vor einem der Pfeiler, die das obere Stockwerk stützten, und betrachtete das Gefäß, das dort in den Boden eingelassen war.

»Die Pfeiler stehen für unsere Ahnen«, erklärte ich. »In den Schalen opfern wir Getreide, um sie und das Haus zu nähren.«

Die Schale war blitzeblank. Nicht ein einziges Weizenkorn lag darin. Viel zu lange her, dass wir etwas übrighatten. Hoffentlich nahm uns das Haus das nicht übel.

»Ein interessanter Brauch.«

Wenigstens machte er sich nicht lustig darüber. Wir verließen das Gebäude.

Nach einem gemeinsamen Mittagsessen, bei dem sich Agathon wieder als charmanter Plauderer zeigte, und der bei uns üblichen Mittagsruhe holte ich ihn am Gästehaus ab. Diesmal saß Timi auf meiner Schulter.

Er kam die Treppe herunter. Ein helles Hemd mit braunen Nähten hing locker um seine Schultern, dazu trug er einen passenden Schurz. Seine Füße steckten in Sandalen, deren Riemen sich die Waden hinaufwanden. Die Haare hatte er aus Gesicht und Stirn nach hinten gekämmt. Dort hielt sie ein Band zusammen. Der Rest fiel offen auf den Rücken. Mir gefiel, was ich sah.

Ihm folgte Borras in seinem Kapuzenhemd. Er starrte mich an auf eine Art, die unhöflich war.

»Er begleitet dich?« Mir missfiel, dass der finstere Mann dabei sein sollte.

»Wer bist du denn?« Agathon hielt Timi seinen Finger hin.

Timi kreischte und sprang auf meine andere Schulter.

»Vorsicht. Sonst beißt sie dir in den Finger.«

Agathon zog seinen Finger zurück und wies lächelnd auf Geros, der die Gasse herunterschritt und mit knappem Gruß bei uns stehenblieb. »Nun, du wirst von ihm begleitet. Traust du mir nicht? Oder dein Vater?« Die Frage klang freundlich, fast scherzend.

»Es entspricht unseren Sitten«, sagte ich.

»Dabei wird erzählt, dass die kretischen Mädchen nicht schüchtern sind.«

»Ich bin die Tochter des Archons. Wir kennen uns kaum. Was erwartest du?« Es klang schärfer, als ich beabsichtigt hatte.

Agathon lachte meine Bemerkung fort und fasste mich am Arm. »Lass uns gehen, Prinzessin Ide. Sowohl dein Beschützer als auch meiner werden genügend Abstand wahren, sodass wir uns unterhalten können. Sofern deinem Äffchen das genehm ist.«

»Sie heißt Timi.«

»Sehr erfreut, Timi.«

Agathon verbeugte sich theatralisch und wir schlugen den Weg zum Westhof ein. Geros folgte uns mit fünf Schritt Abstand und einem steinernen Gesichtsausdruck. Neben ihm ging breitbeinig Borras, die Schultern leicht vorgewölbt. Timi bewies ausnahmsweise, dass sie sich benehmen konnte.

Von der breiten Treppe aus öffnete sich ein weiter Blick nach Süden und Westen. Die Stufen wölbten sich leicht und waren kaum merklich zur Seite geneigt, sodass bei Regen das Wasser abfließen konnte.

»Unser Platz für Feste«, sagte ich. »Meine Schwester Pareia segnet im Frühjahr die Samen und im Herbst die Früchte, die das Jahr gebracht hat.«

Wir blieben auf den Stufen stehen. Agathon sah sich um.

Ich dachte an die Krönungszeremonie und versuchte, mir vorzustellen, wie ich gemeinsam mit Agathon den Prozessionsweg entlangschritt, der den Hof querte und an der großen Treppe endete. Es gelang mir nicht. Deshalb sagte ich: »Außerdem wird zuweilen ein Schauspiel mit Musik und Tanz aufgeführt.«

»Theater?« Agathon wandte sich mir zu. Seine Augen leuchteten.

»Ja. Die Stücke erzählen vom Leben der Götter. Hier auf diesen Stufen und dort drüben sitzen die Zuschauer.«

»Welche Rolle übernimmst du?«

Ich lachte. »Keine. Mein Gesang gleicht dem Kreischen der Möwen.«

Wir nahmen die Treppe zur Linken und ein Durchgang führte uns in die Propyla, die Torbauten.

»Hier begrüßen wir üblicherweise unsere Gäste – wenn wir sie nicht Hals über Kopf unserem Arzt vorstellen müssen.« Agathon tat mir den Gefallen, über diese Bemerkung zu schmunzeln.

Den Raum zierten Blumenfresken in Rot und Gelb. Durch eine zweiflügelige Tür gelangten wir in einen Lichthof. Ein Säulengang umlief den quadratischen Hof, in dessen Mitte eine junge Zypresse aufragte, die mit Blumen eingefasst war. Timi wollte von meiner Schulter. Ich legte ihr die Hand auf den Rücken und kraulte ihr Fell.

»Dort oben liegen Pareias Räume und daneben die von Vater.« Ich deutete hinauf in den dritten Stock zu einer rotschwarzen Balustrade.

Irrte ich mich oder bewegte sich etwas im Schatten?

Ein Blick über die Schulter verriet mir, dass Borras ebenfalls nach oben sah und dabei die Augen zusammenkniff. Ich schob das unangenehme Gefühl beiseite, das mich beschlich.

»Und welche Räume sind die deinen?«

»Ich bleibe hier selten über Nacht.« Ausweichend. Vielleicht ein wenig gereizt. Mir behagte es nicht, zu viel von mir zu verraten. »Komm, ich zeige dir Vaters Megaron.«

Wir betraten die Halle durch den Südeingang. Auch hier zog sich wie daheim in Davos eine Bank um Wände und ein Thron stand an der Stirnseite, auf dessen Lehne der Eberzahnhelm wie eine Krone ruhte. Auf den Fresken ringelten Greifen ihren Schwanz in die Höhe.

An der rechten Seite standen zwei gekreuzte Kriegsäxte, die Vater und Großvater gehörten. Agathon ging zu dem Achterschild, der an der linken Wand hing. Er streckte die Hand aus, um die Oberfläche aus Wildschweinhaut zu berühren. Damit stach der Schild aus allen anderen heraus, deren Weidengeflecht mit Rindsleder bespannt war.

»Nicht!« Ich machte eine rasche Handbewegung, um ihn aufzuhalten.

Erstaunt wandte sich Agathon um.

Borras war vor die Äxte getreten und warf uns einen interessierten Blick zu.

»Das ist der Schild meines Großvaters.«

»Kairomenes. Richtig?«

Mir schnürte es die Kehle zu. Er fehlte mir so. Ihn hätte ich um Rat fragen können. Immer hatte er eine Geschichte gewusst, die mir geholfen hatte, wenn ich nicht mehr weiterwusste.

Behutsam berührte mich Agathon am Arm »Du hast ihn sehr gemocht.«

Ich entwand mich seiner Berührung und fuhr die Rillen und Riefen in der Oberfläche nach, die feindliche Schwerter hinterlassen hatten. »Großvater war ein Seemann. Er hat unsere Flotte geführt. Ein stolzer Kapitän.« Wie Geros, dachte ich und drehte mich um. Mit verschränkten Armen stand er am Eingang. Meine Finger fanden die Kette, die er mir geschenkt hatte. »Auf den Meeren sind Piraten unterwegs und er hat gegen sie gekämpft. Nicht einmal hat er verloren. Unsere Dichter haben Lieder darüber geschrieben, auch wenn Großvater ungern davon erzählt hat. Es liegt kein Ruhm darin, einen Mann zu töten, hat er gesagt.« Meine Augen brannten und ich wischte energisch darüber.

Borras stapfte aus dem Megaron. Mir ging es erst später auf, als ich über die Geschehnisse nachdachte, sie immer wieder durchging und von allen Seiten betrachtete. Timi gab ein Gurren von sich, als spürte sie meine Traurigkeit, und fing an, meine Haare zu lausen.

»Eberzahnhelm, Doppelaxt und Schild beseelen den Krieger mit dem Atem des Welchanos. Er führt ihre Hand zum Sieg«, hörte ich in meinem Rücken.

Ich drehte mich um. Schwer auf einen Stock gestützt betrat Vater das Megaron.

Er ließ sich auf die Bank fallen. Gebeugt saß er da, lehnte auf dem Stock, als würde er ohne ihn herunterrutschen. Dazu der leere Thron an der Stirnseite des Raums. Als gehörte Vater nicht mehr auf diesen Stuhl. Dieses Bild hat sich mir eingebrannt. Müde und gebrochen ist er mir in Erinnerung geblieben.

»Oreichares.« Agathon legte die Faust aufs Herz.

»Ich hoffe, du wirst diesem Thron besser gerecht als ich.«

»Vater!« Ich war empört. Wie konnte er nur so von sich sprechen?

Agathon neigte den Kopf »Ich werde froh sein, wenn ich eines Tages ein so kluger Herrscher bin wie du.«

Trocken lachte Vater auf. »Klugheit ist nicht die wichtigste Eigenschaft für einen Archon. Mut ist es. Mut, Entscheidungen zu treffen, die keiner hören will. Mut, diese durchzusetzen. Mut, zu wissen, wann es genug ist. Also probiere ruhig diesen Stuhl und höre in dich hinein, ob er dir passt, Agathon.«

»Du bist der Archon von Phaistos. Ich werde nicht eher dort Platz nehmen, als es mir zusteht.«

»So viel zu Mut.« Schnaufend erhob sich Vater. »Ich sollte mich wieder hinlegen. Menon missfällt ohnehin, dass ich herumlaufe.« Schwerfällig schlurfte er hinaus.

Stille blieb zurück.

Meine Stimme kratzte, als ich sagte: »Ich möchte dir noch etwas zeigen.«

Am Arm zog ich Agathon in ein Nebengelass. Auf einem steinernen Sockel lag ein missgestalteter Schädel, viermal größer als ein menschlicher Kopf. Gewaltige Mahlzähne staken im Unterkiefer, an dessen Vorderseite zwei spitz auslaufende Hauer in einem Bogen nach unten ragten. In der breiten Stirnplatte gähnte eine große Höhle, in der bestimmt einmal das Auge gesessen hatte.

»Was ist das?« Agathons Stimme ließ zum ersten Mal Unsicherheit erkennen.

»Der Schädel eines Urahnen. Awesu. Der erste Sohn, den Welchanos mit einer Sterblichen zeugte. Er gründete unsere Flotte.«

»Ein Seemann. Kein Krieger. Ich habe noch nie gehört, dass die Kreter einen Eroberungsfeldzug führen.«

»Der Handel verbindet alle Völker.«

»Wir wissen uns zu verteidigen«, sagte Geros in ernstem Ton von der Tür her.

Agathon hob den Kopf.

Ohne auf seine Bemerkung einzugehen, sagte ich: »Die Ägypter lieben unser Holz und unser Öl, Alasiya unsere Keramik. Wir tauschen gegen Kupfer und auch gegen Gold. Dazu braucht es keine Kriege.«

»Menschen streben nach Macht. Warum handeln, wenn es einem gehören kann?«

War das sein Ernst? Ich musterte ihn aufmerksam. Offen und unverfälscht lag sein Blick auf mir.

Als spürte er meine Zweifel, sagte er: »Ich möchte wissen, wie du darüber denkst, Ide.«

»Gier und Macht stürzen Menschen ins Unglück.« Timi zog an der Leine zur Tür nach draußen. Ich gab ihr nach und Agathon folgte mir. »Hältst du mich für dumm?«

An die Wand neben dem Eingang gelehnt wartete Borras.

»Mir ist Herrschaftsstreben immer wieder begegnet. In vielerlei Gestalt«, sagte Agathon und zog mich ein Stück von den beiden Männern fort. »Vermutlich, nein, ganz sicher ist das ein Grund, warum ich hier bin.«

»Wie meinst du das?«

»Mein Vater setzt gewisse Erwartungen in mich.«

»Die Vereinigung unserer Reiche, um Stärke gegen Mykene und Tiryns zu zeigen.«

»Ja. Dabei liegt mir nichts ferner als diese Hochzeit.« Er schwieg, während wir weiterliefen. Ich ließ ihm Zeit.

Wir passierten einen Raum, der als Schule für Kinder der höheren Klasse genutzt wurde. Jetzt am Nachmittag war er leer. Dahinter öffnete sich der Zentralhof. Von der Westseite gelangte man zum Haus des Arztes und zum Gästehaus. An der

Ostseite zogen sich in zweistöckigen Kolonnaden die Magazine und Werkstätten entlang. Ich blieb stehen, damit sich Agathon den Trubel in Ruhe anschauen konnte. Zwei Männer trugen einen Pithos an Seilen zu einem Laden. Ihre Rücken bogen sich unter der Last. Ihnen wich eine Frau aus, die auf ihrem Kopf eine Schüssel balancierte. Eine andere zog hurtig einen Karren aus dem Weg. Gegenüber drängelte sich Tiro im Laufschritt zwischen einer Gruppe Leute hindurch zu dem Gang, der auf den Westhof führte, und erinnerte mich an die Dose in meiner Tasche. Über allem lag eine Kakofonie von Geräuschen.

Da die Sonne für einen Frühlingstag kräftig herunterbrannte, war die Mitte des Platzes leer. Agathon führte mich dorthin. Borras und Geros blieben unter den Säulen stehen.

»Es ist nicht leicht, letzter Sohn eines Herrschers zu sein«, sagte er. »Ich hatte drei Brüder. Sie sind in Kämpfen gefallen. Ruhmreich.« Er stieß die Luft scharf aus. »Jetzt liegen seine Erwartungen auf mir. Ausgerechnet.«

»Was heißt das?«, fragte ich vorsichtig nach.

»Ich war ein Nachzügler. Da drei ihrer Söhne zu erfolgreichen Kriegsherren heranreiften, zeigte mir Mutter die Welt der Musik und der Malerei. Ehrlich gesagt, ich war froh darüber. Kampf und Gewalt liegen mir nicht.«

Diese Worte rührten mich.

»Hast du dich jemandem versprochen?«

Seine Frage, dieser abrupte Wechsel des Themas verunsicherten mich.

»Ihm vielleicht?« Agathon schaute zu Geros hinüber, der uns ebenso aufmerksam beobachtete, wie Borras.

»Ich ...« Ich schaffte es nicht, den Satz zu vollenden, wusste ich doch selbst nicht, wie ich gerade zu Geros stand.

»Entschuldige, Ide. Du musst nicht antworten.« Er schüttelte den Kopf, mehr für sich als für mich. »Ich möchte ehrlich zu dir sein. Ich habe mich jemandem versprochen. Bevor Vater mich hierherschickte.«

»Das Mädchen darf sich glücklich schätzen.« Eine höfliche Floskel. Ich wusste nicht, wohin uns dieses Gespräch gerade trug.

»Du kennst ihn. Es ist Iphitos.«

Also stimmte es, was Geros gesagt hatte. Trotzdem verblüffte mich, wie selbstverständlich es Agathon ansprach, statt mir die Zukunft unserer Herrschaft mit Wohlstand und natürlich auch dem passenden Erben auszumalen.

»Warum bist du dann hier?«

»Während meine Brüder ihre Streitigkeiten mit Holzschwertern austrugen und hinterher stolz ihre blauen Flecken vorzeigten, habe ich Meinungsverschiedenheiten lieber durch Reden beigelegt.«

»Du willst einen Krieg verhindern.«

»Ich mag gern den schönen Künsten frönen, doch ich bin nicht dumm. Unsere Hochzeit ist der einzig richtige Weg, um sowohl dein Reich als auch Pylos gegen die Achäer zu stärken.«

»Was sagt Iphitos dazu?«

»Er versteht es. Als letzter Sohn des Diokles habe ich keine Wahl. Außerdem ist es das einzige, womit ich mir endlich Vaters Respekt verdienen kann.«

Für einen Moment zeigte sich der kleine, blonde Junge, der die Harfe spielte und sich nichts mehr wünschte, als aus dem Schatten seines machtgierigen Vaters herauszutreten, eines Vaters, der davon träumte, der größte Herrscher in ganz Achaia zu sein. Wenn er aber Iphitos zugeneigt war, wie sollte dann ...

Als ob er meine Gedanken so klar sehen konnte wie Kiesel auf dem Meeresgrund bei stiller See, strich mir Agathon eine Strähne hinter das Ohr und zeichnete von dort eine Linie bis zu meinem Schlüsselbein. »Du bist eine sehr schöne Frau, Ide. Es wird mir Freude bereiten, dir, nein, uns Kinder zu schenken.«

Mir wurde heiß und kalt. Meine Augen irrten zu Geros, der den Kiefer vorgeschoben hatte.

»Ide!«, erscholl ein Ruf. Dankbar für die Ablenkung wandte ich mich um. Ein Junge rannte auf uns zu. Er arbeitete im Warenlager.

»Was gibt es?«

»Wir haben eine Lieferung Gerste bekommen. Doch Kidaro glaubt, damit stimmt etwas nicht. Er bittet um dein Urteil.«

»Kidaro ist der Verwalter unseres Magazins«, sagte ich zu Agathon. »Lass uns hinüber gehen.«

Wenn er darüber erstaunt war, dass ausgerechnet ich bei den Ungereimtheiten zurate gezogen wurde, so verbarg er das geschickt. Borras und Geros folgten uns im Schatten der Kolonnaden.

»Gut, dass du da bist«, empfing mich Kidaro und grüßte flüchtig. Vor Agathon verneigte er sich. »Diese Pithoi sind aus Knossos gekommen. Sie enthalten Gerste.« Er wies auf fünf Gefäße mit Seilschlaufen, so hoch wie ich, die wellenförmige Bandmuster schmückten. Getreide, dass wir gut brauchen konnten. Timi erklomm eines und schaute von oben auf uns herab.

»Was macht dich misstrauisch?«

»Zwei scheinen schwerer als die anderen, sagen die Träger.«

Ich lief um die Pithoi herum und stieg auf einen Tritt, um die Oberfläche zu sehen. Die Deckel bestanden aus Tonziegeln, die eine Tonschicht verband. In diese Schicht war ein Siegel mit einem springenden Stier eingedrückt, das Zeichen eines hohen Herrn von Knossos.

»Das sieht unversehrt aus«, sagte Agathon, der auf Zehenspitzen balancierte. Er überragte mich um einen Kopf, sodass er auf den Tritt verzichten konnte.

»Ich denke nicht. Hier: Durch das Siegel läuft eine feine Linie. Jemand hat den Deckel vorsichtig geöffnet, dabei ist der Haarriss entstanden.«

»Der Deckel könnte beim Transport beschädigt worden sein«, sagte Agathon.

Ich kratzte an der Putzschicht. »Siehst du die ursprüngliche Siegelschicht und die später hinzugefügte? Ton verbindet sich nicht mehr, wenn eine Schicht bereits trocken ist.« Mit einer Handbewegung gab ich den Befehl, den Pithos zu öffnen, und stieg vom Tritt.

»Das erkennst du?«

»Ich überwache im Hafen die Magazine.«

Der Junge zerschlug den Deckel und sammelte die Teile heraus. Ein paar der gelben Körner rieselten zu Boden.

»Leert das Gefäß.«

Mit einem langstieligen Scheffel, der bis auf den Grund reichte, schöpften der Junge und Kidaro das Getreide in ein leeres Behältnis. Gespannt wartete ich ab. Selbst Timi drehte ihr Köpfchen und beobachte genau, was geschah. Der Pithos war bereits zu zwei Dritteln umgefüllt, da stieß der Junge einen überraschten Ruf aus.

»Hier ist etwas Hartes.«

Wieder stieg ich auf den Tritt, spähte in den Pithos und sah nichts als Schwärze, nichts zu erkennen.

Der Junge fischte mit der Kelle im Getreide und sagte schließlich: »Ich bekomme es nicht zu fassen.«

»Zerschlagt das Gefäß«, sagte Agathon.

»Nein!« Kidaro hob abwehrend die Hände. Selbst leer besaß ein Pithos einen hohen Wert.

Ich zwinkerte dem Jungen zu. »Du bist schlank. Macht es dir etwas aus, wenn dich jemand an den Füßen hält und du herausholst, was du gefunden hast?«

Eifrig schlug sich der Junge mit der Faust auf die Brust. »Sehr gern, Tochter des Archons.« Behände wie Timi sprang er hoch und stemmte sich auf den Rand, sodass er bäuchlings darüber lag.

»Geros. Bitte.«

Geros stieg auf den Tritt und packte die Beine des Jungen. Der verschwand bis zu den Knien in dem Gefäß. Wenig später kündete ein dumpfer Ruf, dass man ihn wieder herausziehen soll. Geros schnaufte. Den Jungen wieder aus dem Gefäß zu holen, trieb ihm den Schweiß auf die Stirn. Die Waden rutschten in seinen Fingern und der Junge stieß ein ängstliches Quieken aus. Geistesgegenwärtig packte Agathon zu und gemeinsam hievten sie ihn über den Rand. Gesicht und Haare des Jungen verschwanden unter einer hellen Schicht aus Staub und Spelzen.

»Gut gemacht«, sagte ich.

Er nieste und reichte mir grinsend einen kopfgroßen Stein. »Da sind noch vier drin.«

Jemand hatte das Siegel gebrochen, hatte Getreide herausgenommen und es durch die Steine ersetzt. Während des Transports waren diese durch ihr Gewicht auf den Boden des Pithos gesunken. Der Hunger verlieh Fantasie.

»Ich bin sicher, im zweiten Pithos findest du auch Steine«, sagte ich zu Kidaro. »Was hast du dafür eingetauscht?«

»Drei Pithoi mit Öl.«

»Drei? Das ist völlig überteuert. Mehr als zwei hättest du dafür nicht hergeben dürfen.«

Er rang die Hände. »Die Ernten waren auch im Norden karg. Das treibt die Preise nach oben.«

Ich seufzte. »Fordere eines zurück. Du hast Zeugen.«

Er verneigte sich und wir verließen das Magazin.

»Diese feinen Linien, diese Details«, sagte Agathon. »Ich habe von einem Siegelmacher in Mykene gehört, der ein wahrer Meister sei. Er soll auf Kreta geboren sein. Solche geschickten Hände gibt es wenige.«

»Unser Siegelmacher betreibt sein Handwerk seit vielen Jahren. Die braucht es auch, um zur Meisterschaft zu gelangen. Er hat gleich hier oben seine Werkstatt. Komm, ich stell ihn dir vor.«

Wir stiegen die Treppe vom Magazin hinauf. Hier befanden sich hinter einer Balustrade Werkstätten, deren Waren Vater besonders schätzte.

Wir fanden den Siegelmacher über eine Arbeit gebeugt. Mit Hammer und Stichel bearbeitete er eine Ringplatte aus Gold. Nach nur wenigen Schlägen zog er die Platte dicht vor die Augen und prüfte den Verlauf der Linien, ehe er fortfuhr.

»Will er uns nicht begrüßen?« Agathon flüsterte beinahe.

»Erst wenn die Linie fertig ist. Sonst ist der ganze Ring hinüber und er muss ihn einschmelzen.«

»Ich habe so etwas noch nie gesehen. In Pylos gibt es keinen Siegelmacher.«

»Hast du kein Siegel?« Ein Prinz ohne eigenen Siegelring, das konnte ich mir nicht vorstellen.

»Hier.« Er streckte mir seine Hand entgegen. Am Mittelfinger prangte ein Ring aus klarem Kristall, der von der Form her unseren Ringen ähnelte. Das Licht fing sich in den Tiefen des Steins und brach zu einem winzigen Regenbogen auf. »Bei uns schätzt man Ringe aus Achat, Jaspis und Beryll.«

»Er ist wunderschön«, sagte ich. »Was stellt er dar?«

Agathon zog ihn vom Finger und reichte ihn mir. Ich hielt ihn schräg, bis ich das Motiv erkannte. Zwei Männer, die mit Stöcken oder Schwertern kämpften. »Das überrascht mich. Diese Szene passt so wenig zu dir.«

»Ich habe ihn von meinem Bruder geerbt, einem großen Krieger.«

Jetzt hob der Siegelmacher den Blick von seiner Arbeit.

»Darf ich den Ring sehen, Herr?«

Agathon bedeutete mir, ihn dem Siegelmacher zu geben.

Der drehte und wendete ihn. »Das ist eine vortreffliche Arbeit aus Akrotiri.«

»Der untergegangenen Stadt auf Thera.«

»Ja. Diese Art, den Stein zu schleifen, und die Linienführung bei den Kämpfern sprechen dafür.«

Ich streckte die Hand aus und er legte mir den Ring auf die Handfläche. Noch einmal betrachtete ich die Gravur. Erstaunlich, was der Siegelmacher in diesen winzigen Zeichen erkannte.

In diesem Augenblick hüpfte Timi von meiner Schulter, schnappte sich den Ring und verschwand keckernd nach draußen.

»Du Diebin!«, rief ich und setzte hinter dem Affen her.

Borras verstellte mir den Weg. »Du hast den Prinzen von Pylos bestohlen.«

»Das war Timi, nicht ich.«

»Borras«, mahnte Agathon.

Borras reagierte nicht. »Dein Affe. Wer sagt, dass du ihn nicht dazu ausgebildet hast, uns zu bestehlen?« Er kam einen Schritt näher, so nah, dass ich seinen herben Geruch wahrnahm.

Mir blieb die Luft weg. Was bildete sich dieser Mensch ein? »Das ist doch absurd!«

»Sprich nicht in diesem Ton mit der Tochter des Archons.« Geros schob sich zwischen Borras und mich.

»Nicht, Geros.« Ich legte ihm die Hand auf die Schulter. Borras fest in die Augen blickend, sagte ich: »Lass mich durch und ich hole Agathons Ring zurück.«

Er wich keinen Schritt. »Das hast du zu verantworten.«

»Borras!« Agathons Tonfall ließ keinen Zweifel mehr daran, was er vom Verhalten seines Gefolgsmannes hielt.

Knurrend gab Borras den Weg frei. Leises Plingpling in meinem Rücken verriet mir, dass der Siegelmacher wieder an seine Arbeit gegangen war.

Timi saß auf der Balustrade und hielt den Ring ins Sonnenlicht. Das Funkeln schien ihr zu gefallen.

Borras zog sein Messer und stürzte sich auf sie.

»Nicht!«, rief ich. »Damit verscheuchst du sie nur.« Einmal hatte sie mir meinen Griffel gestohlen und ich war ihr durch halb Amyklaion nachgejagt, bis ich sie wieder eingefangen hatte. Damals hatte ich gelernt, behutsam vorzugehen.

Zu spät. Timi war viel zu schnell.

Borras sprang ins Leere und Timi saß oben auf dem Dach zwischen den Hörnern, die die Kante zierten. Er fluchte. Die Laute, die Timi ausstieß, klangen wie Lachen.

Aus meiner Tasche holte ich eine getrocknete Feige und hielt sie ihr entgegen. »Schau, Timi, was ich für dich habe.«

Timi hielt den Ring weiter fest und streckte den anderen Arm aus, der freilich zu kurz war, um von der Dachtraufe bis zu mir zu reichen.

»Wir tauschen«, sagte ich.

Sie legte den Kopf schief.

»Komm her, meine Schöne.«

Schließlich fasste sie den Entschluss, dass die Feige besser war als ein geschmackloser Gegenstand. Mit einer Hand hielt sie sich an der Dachkante fest und schwang herunter, um auf meiner Schulter zu landen. Sofort langte sie nach der Feige, die ich in meiner Faust verbarg.

»Erst den Ring.«

Sie stieß einen unzufriedenen Grunzlaut aus und ließ den Ring los. Dafür erhielt sie die Feige, die sie mit beiden Händen in ihren Mund stopfte.

Hinter mir ertönte Klatschen. Agathon spendete Beifall. Ich reichte ihm den Ring zurück und spürte meine Wangen brennen.

## Der Lauf des Stiers

Ayra hatte Wort gehalten und die Fresken auf den Seiten des Sarkophags vollendet. Langsam schritt ich um ihn herum. Die Bilder erzählten von der Zeremonie, die morgen stattfinden sollte. Sogar ich war samt Diadem und meinem hellblauen Kleid zu sehen. Auf den Stirnseiten eilten die Göttinnen herbei, Großvater auf seiner letzten Reise zu begleiten. Pasaja, die Herrin der Tiere, lenkte den Wagen, der von zwei gehörnten Pferden gezogen wurde. Potnia, die Herrin des Labyrinths, begleitete sie. Wie geschickt Ayra das Zaumzeug gezeichnet hatte. Beinahe dachte ich, sie hatte wirklich solche Fantasiewesen erschaffen. Erst beim genauen Hinschauen offenbarte sich, dass die Hörner am Zaum befestigt waren, so wie wir unsere Pferde schmückten, um die Götter zu ehren. Vor den Wagen von Asasara und Ilithyia waren Greife gespannt.

Besonders rührte mich das Bild von Großvater. Ayra hatte ihm seinen Pelzmantel angezogen, damit er auf seiner Reise nicht fror. Die Erinnerung daran, wie oft ich ihm diesen Mantel in den letzten Jahren nachtragen musste, weil er ihn wieder einmal liegen gelassen hatte, trieb mir die Tränen in die Augen. Diesmal würde er ihn nicht vergessen. Nie mehr.

»Ide.«

Ich schrak auf. Geros hatte den Raum betreten.

»Ich ...« Er kam mit geöffneten Armen einen Schritt auf mich zu, sodass ich seinen Duft roch. Wie ich diese Geste liebte.

Ich rührte mich nicht. Mein Bauch spielte verrückt. Ich wollte mich in seine Arme werfen und gleichzeitig wollte ich ihn aus dem Raum jagen.

»Es tut mir leid.«

»Was?« Ich blaffte ihn an, um ihm fern von mir zu halten. Wenn er mich jetzt an sich zog, mich festhielt und mir den Scheitel küsste, wie er es immer getan hatte, wenn ich traurig war, dann war es mit meiner Fassung vorbei. »Dass du es nicht mal für nötig gehalten hast, mich in den letzten Tagen zu besuchen? Diese verfluchte Hochzeit? Oder das, was zwischen dir und Pareia läuft?«

Er ließ die Arme hängen. »Es ist nichts zwischen deiner Schwester und mir.«

Jegliche Kraft hatte mich verlassen. Ein Hocker voller eingetrockneter Farbkleckse kam mir recht. Ich setzte mich und berührte die Zeichnung von Großvater mit den Fingerspitzen.

»Geh jetzt.« Ich fürchtete mich davor, ihm immer wieder zu begegnen. Ihm ins Gesicht zu schauen, zu wissen, was war, was hätte sein können, und dabei höflich zu lächeln. Vor Kurzem noch hatte ich Angst, wenn Geros im Sommer sein Schiff besteigen würde und wir getrennt wären. Jetzt wünschte ich ihn mir weit fort.

Sacht berührte er mich an der Schulter.

Ich sah ihn nicht an.

»Geh. Bitte.«

Ein Moment der Stille, in dem noch alles möglich war. Ich hörte seinen gleichmäßigen Atem, spürte das Zögern.

Dann verklangen seine Schritte. Ich weinte bitterlich.

Als ich keine Tränen mehr hatte, erhob ich mich. Meine Glieder schmerzten wie die einer alten Frau. Egal, was die Zukunft bringen mochte, ich wollte Klarheit. Vielleicht machte es mir die Entscheidung leichter.

Entschlossenen Schrittes begab ich mich auf die Suche nach Pareia.

Ich fand sie bei den Gräbern, wo sie die Diener herumscheuchte, die vor dem Dromos einen Altar errichteten. Andere schleppten zwei hölzerne Sockel herbei, die später Vaters und Großvaters Doppelaxt tragen würden.

»Ich muss mit dir über Geros reden.«

»Ich bin beschäftigt.« Sie wedelte mit der Hand, damit die Männer die Sockel weiter auseinanderrückten.

»Pareia, bitte.«

»Weiter auseinander! Der Kessel muss dazwischen passen.«

Ich fasste sie am Arm. »Rede mit mir!«

Sie schüttelte meine Hand ab, wie ein lästiges Insekt. »Also gut.«

»Was war zwischen dir und Geros?«

»Ach, Schwesterchen, das willst du nicht wissen.«

»Hör auf, mich wie ein Kind zu behandeln!«

Pareia biss sich auf die Lippe und ich stellte mir vor, welchen Gedanken sie zurückhielt. »Es wird dir nicht gefallen.«

»Das lass meine Sorge sein.«

»Also gut.« Sie entfernte sich von den Männern, die die Beerdigung vorbereiteten, und ob unserer lauten Auseinandersetzung verstohlen herüberschauten.

Ich lief ihr hinterher.

»Ich war jünger als du und Geros machte mir den Hof. Er war so verliebt in mich, wollte bei Vater um meine Hand anhalten. Ich hatte mich für den Weg als Hohepriesterin entschieden.« Sie blieb stehen und schaute mich an.

»Das ist nicht wahr«, sagte ich tonlos.

»Geros hat so gelitten. Einen ganzen Sommer ist er mir nachgelaufen, hat gebettelt und gefleht.«

Um mich herum drehte sich alles. Ich streckte den Arm aus, hielt mich an der rauen Rinde einer Platane fest.

»Weil er mich nicht haben konnte, hat er gewartet, bis du reif warst, kleine Schwester. Hast du dich nie gefragt, ob er dich will oder den Thron, den du mitbringst?«

Ich schüttelte stumm den Kopf.

Ein kleines Lächeln umspielte ihre Mundwinkel. »Von daher ist es dein Glück, dass Vater dich mit dem Achäer verheiratet.«

Damit ließ sie mich stehen. Kurz darauf erscholl ihr Ruf: »Weiter auseinander, habe ich gesagt, ihr Esel!«

Meine Füße fanden wie von selbst den Weg hinunter zum Meer. Stimmte das? War ich zweite Wahl für Geros? Wollte er mich nur, um Archon von Phaistos zu werden? Mein Herz protestierte, zählte die Momente auf, in denen mir Geros seine Liebe gezeigt hatte. Der Ausflug zu den Inseln. Und er hatte mir geholfen, Timi einzufangen, nachdem sie aus ihrem Käfig geschlüpft war, obwohl Vater eine Ratssitzung anberaumt hatte. Oder als ich bei einem unserer Ausflüge stürzte und mir den Knöchel verstauchte. Er trug mich die ganze Strecke zurück, anstatt Hilfe zu holen, weil er nicht wollte, dass mich die Diener in dieser hilflosen Lage sahen.

Mein Verstand gab Pareia recht. Immer hatte ich gespürt, dass etwas zwischen ihr und Geros vorgefallen war. Warum hatte er es mir nicht erzählt? Weshalb hatte er ein Geheimnis daraus gemacht? Die Antwort konnte nur lauten, dass er andere Absichten hatte, als bloß mit mir glücklich zu sein und Phaistos in eine bessere Zukunft zu führen.

Am Strand löste ich mich von den Sandalen. Der Wind wühlte das Meer auf und das wütende Brausen der brechenden Wellen passte zu meiner Stimmung. Ich lief ein Stück durch die Brandung. Das eisige Wasser löschte die Spuren im Sand. Wenn es doch mit Gefühlen und Gedanken genauso einfach wäre.

Aus angespültem Tang zog ich ein Stück Holz. Die Reise im Meer hatte es glatt gewaschen, sodass es an eine Schlange erinnerte, die mich beobachtete. Ein Glücksbringer. Ich warf es zurück in die See. Es tanzte auf den Wellen, bis es die Brecher unter sich begruben, und kämpfte sich wieder an die Oberfläche. So wie dieses Strandgut sein. Oben schwimmen, den Stürmen trotzen.

Während ich auf das Holzstück starrte, hatte es sich vom Ufer entfernt. Als ich Kind war, geriet ich beim Baden in eine Strömung, die mich aufs offene Meer hinauszog. Ich bekam Panik, paddelte heftig und kam doch nicht voran. Stattdessen erschöpfte ich mich, die Wellen überrollten mich, ich spuckte salziges Wasser. Großvater zog mich an Land. Sowie ich tropfnass und zitternd am Ufer stand, pochte er mir mit dem Finger an die Stirn. Zuerst denken. Ganz gleich, in welcher Situation du dich befindest, sagte er zu mir. Denken. Jede Silbe ein Klopfen. Dann schickte er mich noch einmal ins Wasser. Ich drehte mich auf den Rücken, fühlte, wohin mich die Strömung trieb. Schließlich schwamm ich schräg zum Ufer zurück. Großvater hüllte mich in eine Decke. Vergiss das nicht, sagte er.

Es fiel mir schwer, mich vom Anblick der Wellen loszureißen. Am liebsten wäre ich fortgeschwommen, wie das Holz, das zwischen den Wogen kaum noch zu sehen war. Doch es nützte nichts. Ich musste zurück.

Auf dem Fußpfad, der sich an der steilen Hügelseite hinaufzog, blieb ich stehen, um zu Atem zu kommen. Als ich mir die Hand auf die Brust legte, berührte ich die Achatkugeln. Ich löste den Verschluss und betrachtete sie. Das, was zwischen Geros und mir vielleicht gewesen war, hatte sein Ende gefunden. Morgen begruben wir Großvater und zwei Tage später würde die Hochzeit stattfinden. Loslassen. Vergangenes hinter sich lassen. Mit einer weit ausholenden Bewegung warf ich die Kette in die blühende Phrygana und erklomm weiter den Hügel.

Dort, wo der Pfad auf den Weg stieß, der Phaistos und Davos verband, prallte ich mit Agathon zusammen. Er griff zu und verhinderte so, dass ich stürzte.

»Ide, welche Freude dich zu sehen.«

Ich straffte mich und setzte ein Lächeln auf. Hoffentlich ging er weiter. Mir fehlte die Kraft, die aufmerksame Gastgeberin oder gar die gut gelaunte Braut zu geben.

»Wohin führt dieser Pfad?«, fragte Agathon.

»Zum Meer. Ich mag es, allein am Strand zu sein. Morgen ist Großvaters Beerdigung.«

»Ich verstehe.« Er verneigte sich ein wenig, gerade so viel, wie nötig war, um seine Anteilnahme auszudrücken.

Dankbar nickte ich.

»Ruh dich aus. Wir werden noch viel Zeit miteinander verbringen.« Noch einmal lächelte er mich so offen, ohne Arglist an, dass die dunklen Wolken, die meine Gedanken verschatteten, heller wurden.

Ich lief zurück nach Davos, während Agathon in den Pfad abbog. Mich wunderte nur, dass ihn sein Schatten Boras aus den Augen gelassen hatte.

Von einem Fenster aus beobachtete ich, wie sich an den Gräbern die Menschen versammelten. Zu Ehren von Großvater trugen sie ihre schönsten Kleider, deren bunte Farben genauso wie der frühlingshafte Sonnenschein meine trübe Stimmung verhöhnten. Ihr Anblick erinnerte mich an das Fest zur Wiederkehr des Lichts. Nur die Stimmung passte nicht. Statt des aufgeregten Gemurmels lag eine ehrfürchtige Stille über dem Platz. Kein Wort wurde laut gesprochen.

Großvaters Diener Naran kam mit seiner Familie. Ebenso Menon und der hagere Neilaios, dessen Gesicht vor Trauer noch länger wirkte. Ayra entdeckte ich, die Lydi an der Hand hielt. Die Kleine zeigte auf den Sarkophag vor dem Dromos, der in den Grabhügel führte. Links davon wartete ein massiver Altar aus Holz auf die Opfertiere, auf dessen Oberfläche einzig eine Obsidianklinge lag. Darunter gaben zwei gebundene Ziegen klagende Laute von sich. Auf der rechten Seite ragten die beiden Doppeläxte aus ihren Sockeln und umrahmten einen tönernen Kessel auf einem Dreifuß.

Einige von Geros' Männern, unter ihnen Tiro, stellten sich an den Rand des Platzes. Ich schloss die Finger um die Dose in meiner Tasche. Vielleicht ergab sich im Anschluss an das Ritual eine Gelegenheit, ihm die Botschaft zuzustecken. Von unseren Gästen war niemand anwesend. Vater hatte darauf bestanden, die Zeremonie ohne Agathon abzuhalten. Ich war ihm dankbar dafür.

Mich erstaunte, wie viele gekommen waren, obwohl Vater die Zeremonie im engsten Kreis zelebrieren wollte, damit die Hochzeit den Leuten im Gedächtnis blieb, nicht das Fest für Großvaters letzte Reise.

Eine Taube landete auf dem Sarkophag. Ich lächelte. Schickte die Herrin der Tiere eine Gesandte oder war sie selbst in Taubengestalt erschienen, um Großvater das Geleit zu geben?

»Prinzessin.«

Ich wand mich um. Die Dienerin stand in der Tür und hielt das Diadem mit den Rosetten und dem Busch aus Pfauenfedern in ihren Händen.

»Es ist an der Zeit. Die Tempeldienerinnen zünden die Feuer an.«

Sie platzierte das Diadem auf meinem Haar und huschte nach einer leichten Verbeugung davon. Ich strich die Falten des Rockes glatt und zupfte das Jäckchen zurecht, das vorn offen war. Großvater hatte verdient, fröhlich auf die letzte Reise begleitet zu werden. Mit einem tiefen Atemzug versuchte ich, die Wehmut zu vertreiben. Es gelang mir nicht und es kostete mich Mühe, das Lächeln zu halten.

Am Fuß der Treppe erwartete mich Vater an einen Stock geklammert. So gebrechlich, so alt wirkte er, dass mir das Herz noch schwerer wurde. Kurz drückte er meinen Arm und wir gingen gemeinsam an unseren Platz: Er setzte sich auf einen Schemel, von dem aus er den Sarkophag und den Opfertisch gut im Blick hatte. Ich nahm eines der bereitstehenden Gefäße und stellte mich ans Kopfende des Altars. Das, was jetzt kam, hasste ich.

Pareia, die einen Fellrock und eine lederverzierte Jacke trug, schlug einen Gong. Der helle Ton erschreckte die Taube, sie flatterte auf. Wenig später setzte die Musik ein. Die Flötenklänge schwangen sich in die Lüfte, ahmten den Ruf der Vögel im Frühling nach.

Angeführt von Geros schritt eine Reihe Männer herbei. Auch sie waren mit Fellschurzen bekleidet. Auf ihrer geölten Haut lagen Muschelketten. Sie brachten Geschenke für Großvater. Geros hielt das hölzerne Modell eines Schiffes in den Händen. Es stand für das Boot, in das Großvaters Geist am Ende dieses Tages stieg, um über das Meer zum ewigen Hain zu fahren. Die Männer hinter ihm trugen zwei Kälber, Nahrung für die letzte Reise.

Die Obsidianklinge glitt ohne Widerstand durch das Fleisch des ersten Tiers, als ihm Pareia mit geübten Handgriffen die Kehle aufschnitt. Bemüht, nur durch den Mund zu atmen, hielt ich den Eimer unter das Tier und fing das Blut auf. Obwohl ich die Kerben in der Platte des Opfertischs musterte, kämpfte ich gegen das Würgen. Nachdem das Kalb ausgeblutet war, musste ich das Ganze ein zweites Mal ertragen. Die Eimer befestigte Pareia an einer Tragestange. Ich presste den Handrücken vor den Mund, als dabei das Blut träge in den Gefäßen schwappte.

Dann trugen die Männer unter der anschwellenden Musik die Leiber in die Krypta. Ihnen voran schritt Geros mit dem Boot. Als sie wieder herauskamen, stellten sie sich an der Seite auf. Unterdessen streute Pareia Kräuter ins Feuer, deren würziger Duft den Blutgeruch überlagern sollte. Meine Übelkeit verschlimmerte sich allerdings noch. Geros versuchte, meinen Blick aufzufangen. Er wusste, wie sehr ich diese Zeremonie hasste. Heute schaffte er es nicht, mich aufzumuntern. In mir tobte eine stürmische See, die mich bis zum Grund aufwühlte und für nichts Raum ließ.

Lyraspiel löste die Flöten ab. Pareia nahm einen Korb Äpfel und Birnen vom Altar und nickte mir zu. Ich ergriff die Tragestange, an der die Eimer hingen, und hob sie auf meine Schulter. Dabei atmete ich durch den Mund und bemühte mich, nach vorn und nicht auf die träge schwappende Flüssigkeit zu sehen.

Gemessenen Schrittes begaben wir uns zum Kessel. Erst füllte Pareia die Früchte hinein. Danach nahm sie mir die Gefäße ab und leerte sie ebenfalls. Ich verneigte mich und stellte die Stange für später zur Seite. Mit einer goldenen Schöpfkelle rührte sie um.

»Beseelt sollst du werden von diesem Blut für deine Reise in den ewigen Hain.«

Sie entnahm eine Kelle und goss sie in die Flammen. Der Gestank wurde unerträglich.

Wieder spielte die Flöte und Pareia stimmte das Lied über das Schiff an, dass die Toten über die See nach Hause brachte. Die Leute stimmten in den Refrain ein. Sobald das Lied zu Ende ging, setzten die Trommeln ein. Alle Blicke wanden sich zum südlichen Teil des Platzes. In die feierliche Stimmung mischte sich Aufregung und mein Puls schlug schneller.

Es brauchte fünf Männer der Palastwache, um den Stier zum Altar zu führen. Obwohl das noch junge Tier gefesselt war, rollte es die Augen, zappelte in den Netzen und versuchte mit den Hörnern nach seinen Peinigern zu stoßen. Dabei brüllte es markerschütternd. Um ihn zu Räson zu bringen, prügelten die Männer mit Knüppeln auf den Bullen ein. Die Menge jubelte und klatschte im Takt der Trommeln. Ich dagegen schloss die Augen. Nach all den Jahren verursachte mir der Anblick eines gefangenen Stiers auf dem Weg zur Opferung immer noch Magendrücken.

Gemeinsam hievten die Männer das Tier auf den Altar. Die vier hielten ihn dort gepackt, während der fünfte Seile über den Köper warf und ihn an den Holzblock fesselte. Als der Stier sich nicht mehr rühren konnte, nahmen sie die Netze fort.

Die Trommeln erstarben und mit ihnen jeder Laut.

In die Stille hinein gurrte die Taube. Sie saß auf einem Zweig der Platane direkt über dem Sarkophag.

Pareia trat vor und hob die Arme. Zeit für mich, an meinen Platz zu gehen. Ich stellte mich an den Kopf des Stiers und atmete durch den Mund, um den Geruch der toten Kälber loszuwerden. Dabei vermied ich sorgfältig die Blutspritzer, wohl wissend, wie vergebens es war, wenn erst der Stier sein Blut Pareia schenkte.

»Göttinnen der Erde, hört mich an!«, begann sie.

»Pasaja! Potnia!«, intonierten die Leute.

»Göttinnen des Himmels, hört mich an!«

»Asasara! Ilithyia!«

»Wir bitten euch um Geleit für diesen Mann. Er ehrte euch.«

»Sein Leben lang.«

Auf der anderen Seite des Platzes rief auch Tiro die Formeln mit. Meine Finger tasteten nach der Dose.

»Ein großer Herrscher war er.«

»Groß und gütig.«

»Schützte Phaistos und seine Menschen.«

»Jeden Tag und jede Nacht.«

Das Loblied auf Großvater ging weiter. Pareia zählte seine ruhmreichen Taten auf, um die Göttinnen zu überzeugen, Kairomenes mit sich zu nehmen. Im Ausdruck des Stiers lag beinahe etwas Menschliches, als wüsste er, was ihm gleich drohte. Sein Blut verlieh Großvater die Kraft für die Reise. Ich strich ihm über die Stirn. Das Fell war feucht, er schwitzte vor Angst. Wenigstens würde sein Fleisch heute die Mägen füllen.

Pareias Lobpreisung neigte sich dem Ende zu, denn sie senkte die Arme und nahm das lange Opfermesser. Meine Handflächen taten weh und ich stellte fest, dass ich wieder die Nägel hineinbohrte. Verstohlen rieb ich die sichelförmigen Vertiefungen.

»Er befuhr die Meere.«

»Von Nord nach Süd, von West nach Ost.«

Mit einer großen Geste wandte sich Pareia wieder um und streckte die Arme bittend aus. Im Licht der Feuer blitzte die gewellte Klinge auf. »Göttinnen des Himmels, ich ersuche euch.«

»Asasara! Ilithyia!«

»Lasst den Leitstern leuchten. Füllt Wind in die Segel der Barke. Tragt Kairomenes sicher zum anderen Ufer.«

»Darum bitten wir.«

»Göttinnen der Erde, ich ersuche euch.«

»Pasaja! Potnia!«

»Lasst diesen Mann nie mehr darben. Sorgt für Früchte, Wein und Öl. Schenkt Kairomenes einen Platz in eurem Hain.«

»Darum bitten wir.«

»So nehmt das Blut des heiligen Stiers. Für jeden stehe eine Gabe zur Verfügung.«

Fünf Kultgefäße zu meinen Füßen. Vier Göttinnen und Großvater.

»Seine Stärke wird eure Stärke. Seine Kraft durchströmt eure Adern. Sein Leben, damit Kairomenes mit euch ziehen kann.« Sie hielt inne, machte eine Pause, beobachtete, wie sich jedes Augenpaar auf sie richtete. Sobald sie sicher war, dass sie die ungeteilte Aufmerksamkeit aller Anwesenden hatte, wandte sie sich dem Stier zu und hob die Hand. Die Messerklinge blitze im Sonnenlicht. Ich packte den Eimer fester, hielt den Atem an, fasste mich für den ersten Blutschwall.

Ein Brüllen ließ Pareia innehalten.

An der Westseite des Platzes gab es einen Tumult, missbilligende Rufe wurden laut. Wer, bei Welchanos geheiligtem Atem, störte Großvaters Trauerfeier? Die Leute stolperten kreischend zur Seite oder wurden auseinander gestoßen. Eine Frau fiel hin, jemand zog sie wieder auf die Beine. Ich überlegte, hinzulaufen und nachzusehen, was dort los war, da stürmte ein Mann in schwarzem Umhang zum Altar. Sein Schwert hielt er hoch erhoben.

Borras!

Eine der Palastwachen stellte sich ihm in den Weg. Ein Schlag mit dem Schwertknauf schickte den Mann zu Boden.

Er erreichte den Stier.

Ich wich zurück. Das Gefäß rutschte aus meiner Hand und zersprang.

»Der alte Mann wird sicher nicht mit deinen Göttern gehen«, sagte er.

»Warum nicht?«, entfuhr es mir.

Statt einer Antwort zwinkerte er mir zu.

Ein Schwertstreich und das erste Seil fiel. Der Stier brüllte. Ein zweiter Schwertstreich und das Tier war frei.

»Haltet ihn auf«, schrie Pareia.

Der Stier rappelte sich auf, rutschte vom Altar und kam auf den Beinen zu stehen. Er schwenkte den Schädel in jede Richtung und starrte schließlich mich an. Einen Moment lang stand die Zeit still. Die Geräusche ringsum klangen dumpf. Wie geronnenes Blut schimmerte die Iris. In der schwarzen Pupille fand ich meine Silhouette. Ich hörte auf zu atmen. Dann brüllte der Stier wieder und tat einen Satz von mir weg. Scheppernd fielen die beiden Doppeläxte um. Der Kessel kippte und zerbrach. Das Blut der Kälber breitete sich auf dem Boden aus.

Der Stier raste in die Menge. Die Leute schrien und stoben auseinander. Als er merkte, dass er an dieser Seite des Platzes nicht weiterkam, drehte er um und rannte zurück.

»Ide! Versteck dich!«

Geros' Stimme. Ich ignorierte ihn. Hier am Sarkophag war ich geschützt. Der Stier raste auf die andere Seite des Platzes. Dort, wo sich Ayra und Lydi befanden.

»Lydi!« Ayras Stimme gellte in höchster Gefahr.

Die panischen Leute rissen sie mit. Sie streckte einen Arm nach Lydi aus, während sie am anderen weitergezerrt wurde.

Das Mädchen stand allein, völlig erstarrt. Der Stier rollte wie eine Sturmflut auf sie zu. Er würde sie zu Tode trampeln.

Geros schrie Befehle. Doch er war zu weit weg. Ich rannte los, sprang und riss Lydi um. Schützte sie mit meinem Körper, während der Stier so dicht an uns vorbeistürmte, dass die Erde auf uns spritzte. Als er auf der anderen Seite des Platzes brüllte, rappelte ich mich auf und zog Lydi zum Sarkophag. Wir duckten uns dahinter.

»Bleib hier, bis es vorbei ist. Hast du verstanden?«

Sie nickte.

»Lydi!« Ayra wollte zu uns. Damas, der Töpfer, hielt sie am Arm fest und redete auf sie ein.

»Sie ist hier sicher«, rief ich zurück. Es wäre Wahnsinn, wenn sie in die Reichweite des Stieres kam.

Widerstrebend ließ sie sich fortziehen.

Der Stier scheute vor den kreischenden Leuten und drehte wieder um. Mit gesenktem Kopf kam er zurück, rannte geradewegs auf den Sarkophag zu, hinter dem wir kauerten. Blind vor Zorn übersah der Stier das Hindernis und prallte in vollem Lauf dagegen. Lydi schrie und klammerte sich an mich. Der Deckel des Sarkophags verschob sich und rutschte auf uns zu. Ich packte Lydi um die Taille und zog sie zur Seite. Krachend schlug der steinerne Deckel dort auf, wo wir eben noch gehockt hatten, und zerbrach in fünf Stücke. Fein gemalte Sterne auf dunkelblauem Grund lagen bloß. Ich starrte in Großvaters wächsernes Gesicht und presste die Faust vor meinen Mund.

Der Stier blieb stehen. Schüttelte sich, um den Schmerz des Aufpralls zu verscheuchen. Dann senkte er erneut den Kopf, eine Klaue scharrte am Boden. Ich schob Lydi hinter mich. Feuer! Jedes Tier hatte Angst vor Flammen. Schritt für Schritt näherte ich mich dem Feuer, Lydi sorgsam in meinem Rücken haltend. Als ich die Hitze spürte, bückte ich mich langsam. Meine Finger fanden das Ende eines Astes. Ich packte ihn, schubste Lydi wieder hinter den Sarkophag und lief schreiend auf den Stier zu.

»Verschwinde!« Ich schwenkte den brennenden Ast.

Der Stier legte ein wenig den Kopf schief.

Die Funken, die vom Holz fielen, versengten meine Hand. Den Schmerz sollte ich erst später spüren. Schnaubend stand der Stier mit bebenden Flanken da und starrte mich aus blutunterlaufenen Augen an. Der Platz hinter ihm war leer, der Weg hinunter vom Hügel und hinein in die Wälder frei. Ich musste ihn nur dazu bringen, sich umzudrehen.

Noch drei Schritt und der Stier befand sich nur eine Armlänge entfernt von mir. Ich stieß einen unartikulierten Schrei aus und schleuderte mit aller Kraft den Ast auf den Stier.

Er streifte den breiten Schädel über dem Auge. Es stank nach verbranntem Fell. Brüllend drehte der Stier ab und rannte davon.

Ich atmete auf. Doch nur kurz. Denn der vertraute Klang von Metall auf Metall ließ mich herumfahren.

Vier Männer, einer davon Tiro, versuchten Borras zu stellen. Der ließ sein Schwert tanzen, um sie sich vom Leib zu halten, und lachte dabei. Es schien, als machte es ihm Freude, die Angreifer immer wieder zurückzutreiben wie eine aufdringliche Schar Welpen. Mit dem Schwertknauf schlug Borras erst einen Mann, dann den zweiten nieder. Der dritte, ein Bursche so jung wie Tiro, wich zurück, stolperte dabei über eine Wurzel und fiel hin. Jetzt blieb noch Tiro, der einen Knüppel schwang und versuchte, Borras das Schwert aus der Hand zu schlagen. Selbst ich konnte sehen, dass Borras mit ihm spielte wie eine Katze mit ihrer Beute. Tiro war kein erfahrener Kämpfer. Seine Bewegungen wurden fahrig. Borras drehte das Schwert in der Faust und ich schrie auf. Er würde ihn töten.

Just in dem Augenblick, in dem die Schneide auf Tiro niedersauste, stieß Geros den Jungen aus dem Weg. Seine Klinge hielt Borras' Schwert auf.

»Was soll das?«, rief er.

»Die Antwort steht dir nicht zu, Ägypter!«

Wieder klirrten die Klingen.

»Du wagst es, eine Trauerzeremonie zu stören.« Ein geschickter Ausfall von Geros trieb Borras zurück, sodass er am Sarkophag zu stehen kam.

Lydi spähte völlig verschreckt dahinter hervor. Ich kauerte mich zu ihr.

Borras stürzte sich auf Geros. Beide rangen miteinander und plötzlich war es Geros, der gegen den Sarkophag gedrückt wurde. Borras lag halb auf ihm und versuchte, seine Klinge an Geros' Hals zu bekommen. Geros musste sein Schwert fallen lassen. Mit bloßen Händen drückte er gegen Borras' Schwertarm und schaffte es nicht, ihn wegzustoßen.

Tiro sprang Borras von hinten an und wollte ihn würgen. Borras' linker Ellbogen traf ihn im Gesicht, die Faust mit der Klinge schwebte weiter viel zu dicht vor Geros' Hals. Tiro stürzte in die Opferschalen und blieb in den Scherben benommen liegen.

Das Ächzen von Geros und Borras. Ein Wimmern von Lydi.

»Dein Blut wird den alten Archon über den Fluss tragen«, sagte Borras gepresst.

Geros! Ohne zu denken, griff ich nach einem Bruchstück des Deckels und zielte auf Borras' Kopf. Er sah die Bewegung kommen, wich aus, sodass ich ihn nur an der Schulter traf. Mit einem nachlässigen Stoß, wie wenn er einen Hund verscheuchte, schleuderte er mich fort. Hart prallte ich auf die Hüfte. Doch ich hatte Geros Luft verschafft. Rücklings hing er im Sarkophag. Er tastete über Großvaters Leib, fand den Dolch an seiner Seite. Ein Schnitt über Borras' Oberarm und der ließ das Schwert fallen. Geros drosch mit der Linken in seinen Magen. Als Borras keuchend nach Luft schnappte, drehte Geros ihm den Arm auf den Rücken, die Klinge berührte seinen Hals.

Mit einem Aufbäumen versuchte Borras ihn abzuschütteln. Doch dazu gab ihm Geros keine Gelegenheit. Noch ein Stück weiter drückte er Borras' Arm hinauf, bis dessen Gelenk knackte und er vor Schmerz in die Knie ging. Mit seinem Gewicht hielt ihn Geros am Boden.

»Es ist genug«, sagte er und verpasste dem Achäer eine Ohrfeige. »Reicht das?«

Borras wand sich in seinem Griff. Diesmal landete die Faust in Borras' Gesicht. Geros schlug ihn und hörte erst auf, als Borras nach Luft japste und seinen Widerstand aufgab.

»Wachen!«, rief Geros. »Wo, bei der Großen Welle, seid ihr?«

Im Laufschritt kamen drei Männer die Treppen vom Palast heraufgerannt.

»Wir haben Oreichares und die Hohepriesterin in Sicherheit gebracht«, sagte einer und schaute zu Boden. Offenbar schämte er sich, den Angreifer Geros überlassen zu haben.

»Bringt ihn nach Phaistos zu seinem Herrn.«

Sie übernahmen den Mann und führte ihn fort.

Ich hielt Lydi im Arm, die sich an mich schmiegte. Beruhigend streichelte ich ihren Rücken und versuchte, das Zittern zu vertreiben.

Geros strich mir eine Strähne aus dem Gesicht.

Ich entzog mich der Berührung. »Das hätte nicht passieren dürfen«, sagte ich, den Blick auf Großvater gerichtet. Sie hatten ihm wirklich den Pelzmantel angezogen. Auf dieser letzten Reise würde er nicht frieren.

»Was wird jetzt aus ihm?«, fragte Geros.

Unvorstellbar, die Trauerzeremonie fortzusetzen. Kein Stier. Ein zerstörter Sarkophagdeckel. Unvorstellbar, sie zu verschieben und noch einmal von vorn zu beginnen. Unvorstellbar, Großvater ohne angemessene Anrufung der Göttinnen auf die Reise zu schicken. Ich betrachtete das eingefallene Gesicht, das ihm nur noch entfernt ähnelte, und hob Großvaters Doppelaxt auf. Sacht lehnte ich sie an den Stamm der Platane. Mein Blick ging nach oben. Die Taube saß immer noch auf dem Ast und beäugte das Geschehen unter sich. Vielleicht war sein Geist schon längst unterwegs und hier lag nur eine leere Hülle?

»Sorge dafür, dass er seinen Platz in der Grabkammer bekommt«, sagte ich zu Geros.

Tiro erhob sich und rieb sich den Hinterkopf.

»Hilf Geros, Großvater an seinen Platz zu bringen«, bat ich.

»Jawohl.«

Ich zögerte, doch jetzt war nicht der rechte Zeitpunkt, Tiro wegen der Dose anzusprechen. Also nickte ich ihm nur zu.

Geros winkte ein paar seiner Männer herbei, die sich zwischen den Gebäuden versteckt hatten. Sie griffen sich die Tragestangen, die neben dem Dromos lagen, und schoben sie in den Raum zwischen den Füßen des Sarkophags. Acht Männer nahmen ihre Position an einem Stangenende ein. Auf Geros' Kommando hoben sie in einer einzigen Bewegung den Sarkophag an.

Ich fasste Lydi an der Hand. Stumm sahen wir zu, wie Geros und seine Leute Großvater den Dromos, so nannten wir den mit gemauerten Wänden befestigten Zugangsweg, hinunter in das Grab trugen.

Wenig später kamen sie wieder heraus, die Stangen wie Lanzen nach oben gerichtet. Geros tat einen Schritt auf mich zu, hielt dann aber inne und wartete neben dem Eingang. Ruhig lag sein Blick auf meinem Gesicht.

Noch ein paar letzte Worte. Ein Segen. Ein Gebet. Etwas, das die Göttinnen zufriedenstellte, damit sie Großvater auf dieser Fahrt beschützten. Ich brachte es nicht fertig, mich umzudrehen und zu gehen. Nicht so. Das hatte Großvater nicht verdient. Langsam schritt ich den Dromos hinunter an Geros vorbei. Er reichte mir den Dolch mit dem Griff voran. Wortlos nahm ich ihn und betrat den Grabhügel. Öllampen erhellten den Gang, der sich zu einer kreisrunden Krypta öffnete, deren blau bemalte Decke von zwei Säulen getragen wurde. Totenphitoi und zwei einfache Sarkophage aus gebranntem Lehm standen an den Wänden. Die Lampen wiesen den Weg zu einem Durchgang, der sich im hinteren Teil öffnete. Daneben lagen Lehmziegel. Ich bückte mich und gelangte in eine Grabkammer. Hier stand der Sarkophag in der Mitte, umgeben von einem schmalen Gang. An den Wänden vermittelten aufgemalte rote Säulen die Illusion von Größe. Auch hier wölbte sich die Decke einem blauen Himmel gleich. In einem Fach an der Rückwand stand das Boot, das Geros getragen hatte, in ihm ruhten die geopferten Kälber. Nahrung für die Reise.

Eigentlich sollte Pareia hier stehen. Sie wüsste, welche Worte zu sprechen waren. Ich starrte auf Großvater hinunter. In dem diffusen Licht wirkte sein Gesicht, als ob er schlief. Sacht legte ich den Dolch auf den Pelz. Selbst im Tod hatte Großvater noch Gutes bewirkt.

Jedes Wort schien hohl.

Ich blieb stumm.

Draußen blinzelte ich ins Licht. Geros wartete noch. Er nickte mir zu und verschwand im Inneren des Grabes, um den Durchgang zu verschließen.

Lydi schob ihre kleine Hand in meine.

»Sieh mal, Ide.«

Zwischen den heiligen Hörnern, die oberhalb des Eingangs befestigt waren, saß die Taube und putzte sich das Gefieder. Als sie uns gewahr wurde, gurrte sie und flog davon.

Mehr konnte ich nicht tun. Ich beugte mich zu Lydi hinunter. »Wollen wir deine Mutter suchen? Dann komm.«

Wir fanden Ayra in den Werkstätten. Sie hatte bei Damas, dem Töpfer, Unterschlupf gefunden, für den sie ab und an Keramik bemalte. Erleichtert schloss sie Lydi in die Arme und strich ihr immer wieder über das Haar. Tränen liefen über ihr Gesicht. Ihr schlimmes Bein hatte sie auf einen umgedrehten Korb gelegt.

»Ich wusste nicht, was ich tun sollte. Die Leute ... Damas«, sie schaute den Töpfer an, »hat mich festgehalten.«

»Niemandem ist damit geholfen, wenn dich der Stier tötet. Oder dieser Verrückte.« Damas verschränkte die Arme vor der Brust.

»Mir geht's gut.« Lydi wand sich aus der Umarmung. »Ide hat mich gerettet.«

»Das hat sie.« Ayra rieb ihr Knie. »Ich danke dir.«

»Es ist gut gegangen«, sagte ich. »Wo ist der Stier?«

»Er ist den Hügel hinuntergerannt, hat die Strohmieten umgerissen und ist in den Wald verschwunden«, sagte Damas. »Es sind schon ein paar Jäger hinter ihm her.«

»Was wird jetzt aus ...?« Sie schaffte es nicht, Großvaters Namen auszusprechen.

Ich wandte mich ab. »Geros hat den Sarkophag in den Grabhügel getragen.«

Ayra fasste meinen Arm. »Es tut mir sehr leid, Ide.«

Ich nickte und verließ fluchtartig die Werkstatt. Keine Kraft, um darüber zu sprechen. Nicht jetzt. Allein sein, das war es, was ich wollte.

Wie von selbst trugen mich meine Füße zum Grab zurück. Wieder schritt ich durch den Dromos. Der Platz zwischen den Hörnern über dem Eingang war leer. Die Taube war nicht zurückgekehrt.

In der Krypta brannten noch die Lampen. Ziegel verschlossen den Durchgang und bildeten eine glatte Wand. Ayra würde in den nächsten Tagen ein Fresko darauf malen. Einen Oktopus vielleicht oder Delfine. Großvater hatte das Meer geliebt. Vor dem Einschlafen hatte er mir oft eine Geschichte vom Meer erzählt. Erst handelten sie von Tieren, vom einsamen Kraken oder dem klugen Delfin, der ein Mädchen vor dem Ertrinken rettete. Als ich größer war, liebte ich Seefahrerabenteuer. Es brauchte viele Jahre, bis ich begriff, dass er einen Teil davon wirklich erlebt hatte. Ja, ein Meeresmotiv gefiele ihm. Vielleicht faszinierte mich deshalb Geros, weil ich in ihm Großvaters Sehnsucht nach der See wiedererkannte.

Ein Geräusch in meinem Rücken ließ mich herumfahren. Ich stieß einen erstickten Schrei aus.

Borras.

Er drängte mich gegen die Wand.

»Reicht es nicht, dass du die Totenfeier meines Großvaters gestört hast?«

»Dieser Narr!«

Erst viel später erinnerte ich mich an diese Bemerkung. Damals, dort in der Krypta zwischen all den Toten, rauschte das Blut in meinen Ohren und vernebelte das Denken. So heftig wie ich konnte, versuchte ich ihn von mir zu stoßen.

»Verschwinde! Du gehörst hier nicht her!«

Borras lachte nur. So musste es sich anfühlen, wenn man einen Felsblock wegdrücken wollte.

»Ich hatte nicht damit gerechnet, dich hier zu treffen.« Sein Lächeln ließ mich frieren.

»Was willst du?«

Er fasste mir an die Brust. Seine Lippen fuhren die Linie meines Halses bis zum Ohr nach. »Mein schöner Prinz interessiert sich für Männer. Ich interessiere mich für dich.«

Ein Gedanke drängte sich vor, verdrängte die Angst.

»Bei der Löwenhatz wolltest du ihn töten.«

Borras lachte. »So? Nun, ich konnte nicht eingreifen, ohne das Wohl meines Prinzen zu gefährden.« Er umfasste mein Kinn und zwang mich, ihn anzusehen. »Und du behältst deine Ansichten besser für dich.«

»Was soll das heißen?«

»Es wäre doch schade, wenn dir etwas zustieße.«

Manchmal erlebe ich Momente, in denen zwei Gedanken aneinander anstoßen wie Steine, die die Brandung hin und her rollt. Jedes Klacken formt eine neue Erkenntnis. Bei Borras' Worten klackten in meinem Hirn zwei Steine aneinander.

»Was wolltest du in Vaters Gemach?«, fragte ich ihn.

»Es heißt, die Mädchen von Kreta sind starrköpfig und heißblütig. Sie sollten allerdings nicht zu viele Fragen stellen.«

Er presste seine Lippen auf meinen Mund.

Ich schlug zu.

Über sein Gesicht glitt ein Schatten. »Ich werde dich lehren, mir zu gehorchen.« Sanft strich er mit dem Finger über meine Wange. »Später.«

Borras schlug die Kapuze seines Mantels hoch. Behände wie eine Wildkatze huschte er den Gang nach draußen.

Ich rutschte an der Wand zusammen und barg das Gesicht in den Händen. Etwas drückte mich ins Kreuz. Ich ignorierte es lange, bis das Gefühl nicht mehr wegzublenden war. Die Dose. Die Botschaft für Knossos! Meine Trauer hatte später noch Zeit. Ich musste Tiro suchen.

Die Sonne sank bereits ins Meer, als ich Großvater verließ. Jemand hatte die Ziegen unter dem Altar weggeholt. Auch die Äxte fehlten.

## Zäsur

Tiro saß am Ufer des Lithaios, ein Stück oberhalb des Lagers der Achäer. Er schnitzte an einem Olivenholz herum und legte es hastig weg, als ich auf ihn zukam.

»Ilithyias Segen, Ide.« Er wischte sich die Hände am Schurz ab. »Geros hat mir gesagt, ich soll die Fremden im Auge behalten.«

»Gut. Ich habe eine Aufgabe von höchster Wichtigkeit für dich.«

Er nickte.

»Wie du nach Knossos kommst, weißt du?«

Wieder nickte er.

Ich reichte ihm die Dose. Er drehte sie in den Händen. »Was ist da drin?«

»Eine Botschaft. Bringe sie dem Minos von Knossos.«

»Sie ist von Archon Oreichares?« Er befühlte das Siegel, als wäre es ein Schatz.

»Von ihm persönlich.«

»Ich soll sofort aufbrechen?«

»Ja. Eines noch: Du darfst mit niemandem darüber sprechen. Auch nicht mit Geros.«

»Sage deinem Vater, er kann sich auf mich verlassen.«

»Mögen die Götter über dich wachen.«

Er lief davon.

Ich sah ihm nach, hoffte, das Richtige getan zu haben. Es gab keinen anderen Weg. Da unten lagerten die Krieger der Achäer. Denke stets wie dein Gegenüber, hatte Großvater gesagt und den Handel auf dem Marktplatz mit einem Streitgespräch unter den Würdenträgern verglichen. Verstehe, was jeder will und warum. Überlege, was du tun würdest, wenn du ihre Interessen verfolgen müsstest. Ich klopfte mir gegen die Stirn, als hälfe das, die Situation zu durchschauen. Mir fehlte Großvaters Weitblick, die Fähigkeit, auf die Welt zu schauen, als läge sie wie ein Brettspiel vor mir, und mehrere Züge vorauszudenken. Agathon tat sein Bestes, einen würdigen Bräutigam und künftigen Archon zu geben, er lieferte keinen Grund für Zweifel, auch wenn Geros das anders sah. Blieb Borras. Waren sie zwei Seiten eines Siegels? Agathon, der freundlich und gewinnend auftrat, und Borras, der im Dunkeln seine Fäden spann? Geros war sich so sicher, dass die Achäer ihre eigenen Absichten verfolgten. Ihm vertraute ich und deshalb war Tiro jetzt auf dem Weg nach Knossos. Oh Ilithyia, hoffentlich hatte ich keinen Fehler begangen.

Auf der Treppe zu meinem Gemach hielt ich inne. Pareias und Vaters Stimmen drangen aus dem Megaron herauf. Heftig. Erregt. Kurz war ich versucht, zu ihnen zu gehen. Doch dann schüttelte ich den Kopf. Keiner von beiden war bei Großvater gewesen, um sich zu verabschieden. Das Ritual, Pareias Rede, der Stier – all das hatte nichts mit Kairomenes' Ehre zu tun. Es ging nur darum, die Leute ruhig zu halten. Gefüllte Bäuche rebellierten weniger. Ich ging in mein Gemach und legte mich aufs Bett.

Erstaunlicherweise schlief ich in der Nacht gut. Die bleierne Schwere war aus meinen Gliedern gewichen, als ich am Morgen die Fensterläden aufstieß und aufs Meer hinausschaute. Ruhig lag es da. Über den Bergen hingen Wolken, von denen sich einzelne lösten und nach Süden trieben. Ich fühlte mich stark genug, Vater und Pareia gegenüberzutreten.

Ich fand Vater auf der Ostterrasse, wo er das Gesicht in die Morgensonne hielt. Auf dem Tisch dampfte eine Schale Bergtee neben einem Teller Gebäck, das nach Kardamom und Mandeln duftete. Seine Wangen waren eingefallen und unter den Augen lagen dunkle Ringe. Die Last der letzten Tage drückte seine Schultern nieder.

Ohne ein Wort erhob er sich und nahm mich kurz in die Arme. Dann kehrte er zu seinem Sessel zurück und schloss die Lider.

Ich setzte mich auf die andere Seite des Tisches. Naran brachte eine weitere Tasse. Seit Großvater nicht mehr unter uns weilte, kümmerte er sich um Vater. Von einem Olivenholzstäbchen ließ ich Honig in den Aufguss tropfen.

»Du hast dich nicht von ihm verabschiedet«, sagte ich schließlich.

Ohne das Gesicht aus der Sonne zu nehmen, antwortete Vater: »Wenn du so alt bist wie ich, dann verliert der Tod seine Bedeutung. Nur das Schicksal der Lebenden ist von Belang.«

»So einfach machst du dir das?«

Er drehte den Kopf zu mir. »Du bist noch jung, Ide. Dir ist der Tod noch nicht so oft begegnet.«

»Er war dein Vater.« Der Vorwurf war deutlich zu hören. Ich verstand Oreichares nicht. Nicht mehr. Mit jedem Tag, der seit seinem Entschluss zu dieser unsäglichen Hochzeit verging, entfernte er sich mehr von mir.

Wieder wandte er sich der Sonne zu. »Kairomenes hat länger gelebt als jeder andere vor ihm.«

Täuschte ich mich oder schwang in diesen Worten leise Verbitterung mit? Vaters Gesicht wirkte friedlich und doch nahm ich bewusst die Falten wahr, die sich tief in seine Haut gegraben hatten. Den Mund presste er zu einem Strich zusammen.

»Es gab viele Momente des Abschiednehmens.«

Kein Archon vor ihm hatte so lange im Schatten seines Vorgängers regiert. Wie ich ihn betrachtete, wurde mir klar, wie schwierig das für ihn gewesen sein musste. Ich holte Luft, setzte zu einer Entgegnung an. Wollte ihm von Borras' Überfall erzählen. Vater saß still. Die Sonne auf seinem Gesicht war ihm wichtiger als das, was ich zu sagen hatte.

»Jetzt gilt es, nach vorn zu schauen.« Noch einmal sah er mich an. »Die Allianz mit Pylos ist am wichtigsten. Das Schicksal von Phaistos liegt jetzt in deinen Händen. Lass mich dir einen Rat geben, Ide: Überlege gut, bevor du handelst. Denn wenn du gehandelt hast, nehmen die Dinge ihren Lauf und du kannst nichts tun, sie aufzuhalten.«

Es klang endgültig. Mir wurde die Brust eng. Wenn ich Borras beschuldigte, gefährdete ich die Hochzeit und damit die Chance auf Frieden. Diesen Übergriff einfach so hinzunehmen, könnte ihn andererseits ermutigen, noch Schlimmeres zu planen. Was zählte mehr? Meine verletzte Ehre oder die Zukunft meines Volkes? Hatte sich Vater so gefühlt, als er von Kairomenes die Herrschaft übernommen hatte? Wie naiv war ich gewesen, dass ich geglaubt hatte, es wäre einfach, über Phaistos zu herrschen, und ich würde alles anders, besser machen als er. Ich rührte weiter in meinem Tee und wünschte mir Geros an meine Seite.

»Erklärst du Ide ihre Pflichten, Vater?« Pareia rauschte herein, nahm auf dem dritten Stuhl Platz und winkte dem Diener.

Ich verzog den Mund und legte das Honigstäbchen fort.

»Ide weiß um ihre Verantwortung.« Der scharfe Unterton entging mir nicht.

»Du hast das Ritual nicht vollendet«, sagte ich.

»Das hast du ja übernommen.«

Sinnlos, über Vergangenes zu sprechen. Ich durfte mich nicht provozieren lassen. Ruhig sagte ich: »Die Menschen brauchen etwas, an das sie glauben können. Ich finde, du solltest im Rahmen der Hochzeitszeremonie einen Stier opfern.«

»Stieropfer sind bei Hochzeiten nicht vorgesehen.«

Eine Hochzeit zwischen einem Achäer und einer Kreterin auch nicht. Ich schob den Gedanken weg. »Das Blut des Stiers gibt den Leuten Hoffnung. Sie glauben an ...« Diesen Zauber, wollte ich sagen. »An deine Magie.«

»Diese Rituale sind nicht dazu gemacht, dem Volk zur Erbauung zu dienen.«

Ausgerechnet sie musste das sagen. Ich bezweifelte, dass Pareia wirklich an unsere Götter glaubte. Vielmehr genoss sie die Macht, die ihr das Amt der Hohepriesterin verlieh.

»Ide hat recht. Diese Hochzeit ist etwas Besonderes. Ein Stieropfer unterstreicht das.«

Überrascht hob ich eine Augenbraue.

»Ihr seid euch offensichtlich einig.« Pareia erhob sich und schob dabei den Stuhl so zurück, dass er gegen die Terrassentür stieß.

Mit harten Schritten stürmte sie an Naran vorbei, der ihre Tasse brachte.

»Sei nachsichtig mit ihr, Ide.« Vater nahm sich ein Stück Gebäck. »Du bist nicht die Einzige, die etwas aufgeben muss.«

Pareia? Ich schaute ihn fragend an.

Vater biss in das Gebäck. »Du solltest eines probieren.«

Seufzend nahm ich ein Stück. Es schmeckte mir nicht. Ich legte den angebissenen Keks zur Seite und erhob mich. Vater reagierte nicht.

Das war so bezeichnend für ihn. Wenn er gesagt hatte, was zu sagen war, beendete er jedes Gespräch. So oft hatte ich mir gewünscht, er wäre mehr Vater, weniger Herrscher. Irgendwann war der Wunsch der Resignation gewichen. Ähnlich energisch wie Pareia verließ ich die Terrasse. Den Aufguss hatte ich nicht angerührt.

An der Tür drehte ich mich noch einmal um. Wie er dort saß, das Gesicht in der Sonne, ein einziger privater Moment, alle Fragen, alle Sorgen, alle Entscheidungen für eine Tasse Bergtee zurückgelassen, so sah ich mich in einigen Jahren.

Es gibt Zäsuren im Leben, in denen man spürt, dass nichts mehr so sein wird wie zuvor, und in denen die Zukunft in völliger Dunkelheit liegt. Dieser Augenblick, als ich Vater verließ und in den Garten ging, war ein solcher. Alles, was von heute an hinter mir lag, war vorbei und käme niemals wieder. Was vor mir lag, wusste ich nicht. Ich konnte nur Schritt für Schritt versuchen, es herauszufinden.

Die Gedanken über meine Zukunft rissen jäh ab, als ich vor Timis Käfig trat. Die Tür stand offen. Auf dem Boden lag Timi. Sie sah aus, als schliefe sie, wäre da nicht das Blut gewesen, das sich wie ein Halo um sie herum ausbreitete. Vorsichtig berührte ich sie. Meine Hand zitterte. Timi fühlte sich an wie ein mit Stroh ausgestopftes Spielzeug für Kinder.

Timi, die mich stets zum Lachen gebracht hatte, war tot.

Ich weinte leise.

»Hier bist du.«

Ich fuhr herum. Hinter mir stand Agathon. Ich setzte ein Lächeln auf und hoffte, dass es ihn täuschte.

»Ich habe dich gesucht, weil ich mit dir über die Feierlichkeiten sprechen wollte.« Sein Blick ging an mir vorbei, fand Timi. »Was ist passiert?«

Er kam in den Käfig, streckte die Hand aus.

Nicht, wollte ich rufen, sie sieht so friedlich aus.

Behutsam, als ahnte er meine Gedanken, drehte er sie auf den Rücken. Auf dem Bauch klaffte eine große Wunde, die aussah, als stammte sie von einem Messer.

»Wer tut so was? Ein unschuldiges Tier.« Agathon zog seine Jacke aus und breitete sie über Timis Körper.

»Borras.«

»Borras? Das glaube ich nicht. Er wirkt zwar unnahbar und etwas grobschlächtig, doch das ist nur eine Mauer, die er vor langer Zeit um sich gezogen hat.« Er fasste mich am Arm und führte mich aus dem Garten hinaus.

Dem Gärtner bedeutete er, sich um Timi zu kümmern. Ich hätte sie gern selbst begraben, doch ich fand nicht die Kraft, diesen Wunsch laut auszusprechen.

»Er hat mich bedrängt. Gestern nach der Trauerfeier. Und ich habe ihn vor der Tür von Vaters Gemächern erwischt. Ilithyia allein weiß, was er da wollte.«

Seine Braue malte einen erstaunten Bogen auf seine Stirn. »Gibt es hier einen Platz, an dem wir uns ungestört unterhalten können?«

Mein Gemach kam nicht infrage. Ich ertrug den Gedanken nicht, Agathon an den Ort mitzunehmen, an dem ich mit Geros die schönsten Stunden verbracht hatte, nachdem er sich heimlich des Nachts über die Dächer auf die Terrasse geschlichen hatte. So verließen wir den Garten durch das Südtor und folgten dem Pfad, der um die Mauern des Palastes herumführte. An einer Stelle, von der sich der Blick bis nach Amyklaion hinüber öffnete, stand eine Bank. Hierhin verirrte sich selten jemand.

Langsam setzte ich mich und meine Gelenke fühlten sich an wie die einer alten Frau.

»Keftiu ist wunderschön«, sagte Agathon.

Keftiu, das alte Wort, gebrauchte er. Strahlend wie das Licht stand er dort vor mir und schaute aufs Meer hinaus, das einem silbernen Spiegel gleich in der Sonne lag. Der Wind wehte ihm eine feine Haarsträhne ins Gesicht, die sich aus dem Lederband gelöst hatte. Er strich sie gedankenverloren zur Seite.

»Es wäre eine Schande, wenn Krieg die Insel überrollt.«

Ich schwieg, wartete ab, was er von mir wollte.

»Immer habe ich von Frieden geträumt. Das Streben meines Vaters nach Macht ist mir fremd. Trotzdem habe ich aufmerksam verfolgt, was er und die Herrscher von Mykene und Tiryns planen.« Er setzte sich zu mir und griff sich dabei an die verletzte Schulter, als schmerzte sie ihn noch. »Pylos, Mykene und Tiryns – bei uns herrscht nicht so viel Einigkeit, wie ich mir wünsche.«

»Diese politischen Händel sind mir gleich. Mich interessiert die Zukunft von Phaistos.«

»Durch unsere Hochzeit gewinnen unsere beiden Völker.« Er nahm meine Hände in die seinen. Sie fühlten sich warm und trocken an. »Keftiu – Kreta – bringt es Frieden und auch meinem Volk bietet es Sicherheit. Wir werden die größte Handelsflotte segeln lassen, die die Meere je gesehen haben.«

Macht. Reichtum. Kein Wort über Borras. Keine Nachfrage, was geschehen war. Keine Anteilnahme an Timis Tod. Ich entzog ihm meine Hände. »Wie stellst du dir das vor?«

»Ich glaube, dass wir uns gut ergänzen. Das Volk von Phaistos liebt dich. Dein Vater kann in Davos bis an sein Lebensende wohnen, während wir in Phaistos residieren.«

Wie großzügig. »Und Pareia?«

»Sie ist mehr an ihrem eigenen Wohl als an dem der Menschen interessiert.« Prüfend musterte er mich.

Da hatte er zweifellos recht, zugeben wollte ich das nicht. Noch nicht. »Ich habe mich mit dieser Hochzeit abgefunden«, sagte ich. »Das schulde ich dem Volk von Phaistos. Jedoch weigere ich mich, Borras hier zu dulden.«

»Borras ist etwas ungestüm.«

»So nennst du das? Ich denke, er verfolgt seine eigenen Pläne.«

»Borras stammt aus Lynkestis. Die Stämme im Norden sind ein raues Volk. Schon kleine Jungen lernen, das Schwert zu führen und mit dem Bogen umzugehen. Die Bergdörfer wurden ihm zu klein, also ging er ans Meer und verdingte sich, wo immer ein Schwertarm gebraucht wurde.«

Was erzählte er mir diese Geschichte?

»Er schloss sich einem Kapitän an, wohnte in seinem Haus und arbeitete als Ruderer auf seinem Schiff. Der Kapitän, dessen Frau und Tochter wurden zu Borras' Familie. Eine, die er mehr liebte als die, in die er hineingeboren wurde.«

»Das gibt ihm noch lange nicht das Recht, die Trauerfeier für meinen Großvater zu stören.«

»Er hat mal erzählt, dass seine Familie von Seefahrern aus Keftiu umgebracht wurde, als diese einen neuen Stützpunkt auf einer Insel kurz vor Athinai errichten wollten.«

Ich fasste mir an die Stirn. Die Einzelheiten fügten sich zu einem Bild zusammen. »Er glaubt, dass Großvater am Tod seiner Familie schuld ist.«

»Vielleicht. Er ist nicht gut auf die Leute von hier zu sprechen.«

»Ich kann nicht glauben, dass Großvater das getan haben soll. Er ist, er war der gütigste Mensch, den ich kenne, ging jedem Kampf aus dem Weg. Doch wenn Borras das wirklich denkt, dann kann er nicht bleiben.« Jetzt war ich es, die Agathons Hände umfasste.

Schweigend sahen wir uns an. Ich hielt Agathons Blick Stand. Obwohl es völlig abwegig war, dass Großvater so etwas getan haben sollte, es zählte nur das, was Borras glaubte und wie er sich verhielt. Ich war überzeugt davon, dass er es auf uns abgesehen hatte, welches Motiv ihn auch immer antrieb. Ich hatte Angst vor ihm und jetzt hatte mir Agathon einen triftigen Grund geliefert, Borras aus Phaistos zu verbannen.

Schließlich sagte er: »Ich denke darüber nach.«

»Das reicht mir nicht. Wenn stimmt, was du sagst, macht er Großvater, meine Familie, mich verantwortlich für sein Schicksal. Du musst ihn fortschicken.«

Agathon rang mit sich.

Er machte bei allem Verständnis für Borras' Geschichte nicht den Eindruck, dass ihm sehr an Borras gelegen war. Weshalb tat er sich so schwer?

Ich wagte einen Vorstoß. »Du traust deinen Männern nicht.«

»Mein Vater hält nicht viel von mir. Ich befürchte, er hat Borras aufgetragen, den Erfolg dieser Allianz sicherzustellen.«

Einen Feind in der Nähe konnte er besser kontrollieren als einen, den er nicht sah. Aus Agathons Sicht mochte das klug sein. Ich hatte Zweifel. Doch ich kam nicht dazu, weitere Argumente anzuführen, denn wir wurden durch aufgeregtes Rufen unterbrochen.

»Ide! Prinzessin!«

Naran stürzte um die Ecke der Mauer und keuchte. Sein Gesicht wirkte eingefallen und fahl.

»Schnell! Du musst kommen ... Er ... Ich ...« Seine Stimme flatterte.

»Was ist passiert?«

»Dein Vater.«

Über Agathons Nase bildete sich eine steile Falte.

»Was ist passiert?«, wiederholte ich die Frage, packte Naran am Arm und schüttelte ihn.

»Er ist tot.« Er krümmte sich schluchzend zusammen.

»Was?«, fragte ich.

»Wo?«, fragte Agathon.

»Auf der Terrasse.«

Ich setzte mich in Bewegung, zog Agathon mit mir. Immer schneller lief ich zurück, an der Mauer entlang, durch den Garten, bis ich auf der Terrasse abrupt stoppte.

Alles sah noch genauso aus wie vorhin. Der Stuhl, den Pareia gegen die Terrassentür geschoben hatte. Der Teller mit Gebäck. Das angebissene Stück am Rand. Selbst die Tasse, die Naran mir gebracht hatte, stand unberührt an ihrem Platz. Nur eines störte das Bild: Vater lag in einer seltsam gekrümmten Haltung auf dem Boden. Der Stuhl, auf dem er gesessen hatte, war umgestürzt.

Langsam ging ich auf ihn zu. Schritt für Schritt. Ging um ihn herum, bis ich seine Hände sah, zu Klauen verkrampft. Sein Gesicht, bläulich, aufgedunsen und zu einer Fratze entstellt. Die Augen aufgerissen, riesige Pupillen, als stünde er Welchanos persönlich gegenüber.

»Als die Krämpfe begannen, habe ich nach Menon geschickt«, sagte Naran leise. »Ich kam zurück und er war ... Er lag da so.«

Meine Knie knickten ein. Ich hockte mich neben Vater, streckte eine Hand aus und schaffte es nicht, ihn zu berühren.

»Meinem Archon geht es schlecht?« Menon flatterte durch die Flügeltüren und schlug mit einem schrillen Laut die Hände vor den Mund. Neilaios schob sich an ihm vorbei.

»Koneion«, sagte er, nachdem er Vater betrachtet und an dem Aufguss gerochen hatte.

»Schierling?« Agathon trat an den Tisch und schnupperte an der Tasse. »Jemand hat ihn vergiftet.«

»Vergiftet?« Pareias Stimme schnitt durch den Morgen. »Wer hat ihm den Tee gebracht?«

Keiner sagte etwas.

Ihr Blick richtete sich auf Naran.

Der sank zu Boden und hob flehend die Arme. »Bitte. Ich habe nichts getan. Ich habe den Aufguss angesetzt, einen ganzen Kessel voll, Malotira mit Diktamos und Wacholderbeeren, und habe ihn dem Archon und seinen Töchtern serviert.«

»Hast du davon getrunken?«, fragte sie mich.

Ich starrte die noch volle Tasse an und schüttelte den Kopf.

»Wo bleibt die Palastwache? Sie sollen ihn fortführen und hinrichten.«

Ich stand auf. »Naran hat sein halbes Leben lang unserem Großvater gedient. Er hat dir den Schweiß von der Stirn getupft, wenn du Fieber hattest. Du glaubst ernsthaft, er könnte damit zu tun haben?« Erst als Agathon seine Hand auf meinen Arm legte, wurde mir bewusst, dass ich zuletzt geschrien hatte.

»Eben. Er ist für Großvater verantwortlich und der stirbt.«

»Aber das war doch ganz anders!«

Unbeirrt von meinem Einwurf fuhr sie fort: »Dann war er für Vater verantwortlich und jetzt ist er auch tot. Was glaubst du also, wer verantwortlich für das Gift ist?«

Hinter ihr waren vier Wachen erschienen.

»Weg mit ihm«, befahl sie ihnen. »Ihr wisst, was zu tun ist.«

Naran schluchzte auf. »Bitte. Ich habe nichts getan.«

Die Wachen rückten vor. Ich verstellte ihnen den Weg.

»Ihr werdet ihn nicht töten!«, befahl ich.

»Was unterstehst du dich?«

»Ich bin die zukünftige Archontissa.« Ein Blick zu Agathon. In seinem Gesicht meinte ich Zustimmung zu lesen. »Mein Gemahl und ich werden nicht dulden, dass jemand hingerichtet wird, bis dessen Schuld eindeutig erwiesen ist.«

Oh ja, es gelang mir gut, in dem herrischen Tonfall zu sprechen, der jeden Widerstand im Keim erstickte. Die Wachen schlugen sich mit der Faust auf die Brust und nahmen Naran in die Mitte. Ich nickte ihm noch einmal zu. Ich würde nicht zulassen, dass er für etwas starb, vor dem ich mir bei allen Göttern nicht vorstellen konnte, dass er es getan hatte.

»Nun, wenn du solche Entscheidungen triffst, dann ist es an der Zeit, die Hochzeit zu feiern.« Pareia hob eine Augenbraue.

Ich biss mir auf die Lippen. Sie hatte recht. Jetzt, da unser Volk keinen Herrscher mehr hatte, durften wir keine Zeit verlieren. Nicht einmal die Zeit, die eine angemessene Bestattung von Vater erfordert hätte.

Sie ging zur Tür zurück. »Morgen beginnt das Fest.«

## Ein Schritt nach dem anderen

Ganz Phaistos schnatterte wie eine Schar Gänse, als ich am ersten Tag der Festlichkeiten auf dem Balkon vor Vaters Schlafgemach stand. Ich schaffte es noch nicht, von diesem Raum als mein Schlafgemach zu denken, auch wenn meine Kleider auf der Stange hingen.

Einen Tag hatte Pareia mir noch gegeben. Vater wurde in einem schmucklosen Sarkophag ohne jegliche Feier, ohne Opfer in den Grabhügel getragen. Sie hatten ihn in das Löwenfell aus Pylos gewickelt. Mir fehlte die Kraft, dagegen zu opponieren. Nur ein Lyraspieler hatte eine traurige Weise vorgetragen. Seltsamerweise konnte ich nicht weinen. Ich fühlte mich, als ob ich über mir schwebte, wie die Taube, die sich wieder eingefunden hatte, und vom Ast der alten Platane auf mich herabsah. Ich sagte mir, dass ich stark sein müsse. Für Phaistos. Die Hochzeit schuf Sicherheit, eine Zukunft. Wenn alles wieder in geordneten Verhältnissen lief, fände ich genug Zeit zum Trauern. Wenigstens war Geros unter den Männern, die den Sarkophag trugen. Er schaute zu mir herüber, während Pareia die Götter anrief, kurz, ohne Feuerschalen, ohne Blutopfer.

Ein Klopfen ließ mich herumfahren. Agathon stand in der Tür. Ich wischte mir übers Gesicht, um den Kummer zu vertreiben.

»Der Diener sagte, es ist Zeit.« Sie hatten ihm eines der rituellen Gewänder gegeben: einen weißen Umhang, der mit einem ledernen Band gegürtet war.

Zögerlich folgte ich ihm. Als spürte er meinen Widerstand, legte er mir die Hand auf den Rücken. Eine federleichte Berührung, die mir zeigte, dass auch ihn das Kommende bewegte.

In der Pfeilerhalle erwartete uns Pareia. Drei ihrer Tempeldienerinnen standen einen Schritt hinter ihr. In den Ecken glommen Räucherschalen. Schwerer Duft nach Thymian und Lavendel tränkte den Raum. Die Luft klebte vor Feuchtigkeit und trieb mir den Schweiß aus den Poren.

An der Seite, halb verborgen hinter einer Säule, erblickte ich Borras. Was hatte er hier verloren? Das Ritual war nur für das Brautpaar bestimmt. Vielleicht hatte ich mein Gesicht verzogen, vielleicht ahnte er meine Gedanken – er trat einen Schritt nach vorn und stellte sich breitbeinig neben Pareia. Sie warf ihm von der Seite einen Blick zu und ich begriff erst viel später, welche Bedeutung darin lag.

Mit erhobenen Armen rief Pareia die Götter an. Sie bat Ilithyia um Fruchtbarkeit, Reinheit, Läuterung. Zwei Menschen vereinen sich wie Ilithyia mit Paredros, begründen ein neues Geschlecht, erneuern sich wie die Natur im Frühling. Die Tempeldienerinnen summten dazu eine hypnotische Melodie, erst leise, dann immer lauter, bis sie die Tonfolgen intonierten. Sobald die Stimmen wieder zu einem Murmeln herabgesunken waren, gab sie uns das Zeichen.

Ich löste das Band, das den Umhang hielt, und ließ ihn zu Boden fallen. Aufmunternd nickte ich Agathon zu, es mir gleich zu tun. Er versuchte ein Lächeln, das schief wurde. Erstaunlich. Denn auch in Pylos hatte es Badewannen gegeben und ich hatte ihn am Strand gesehen.

»Normalerweise bade ich allein«, sagte Agathon in mein Ohr und legte mit einer hölzernen Bewegung den Umhang ab. Drei rote, kaum verheilte Striche, die Male, die ihn bis ans Lebensende an den Löwen erinnern würden, zogen sich von seiner Schulter über die Brust. Das umliegende Gewebe war violett angelaufen und dick.

Hinter der Pfeilerhalle führten ein paar Stufen zum heiligen Wasser hinab. Das Becken nahm den ganzen Raum ein. Über der Wasserlinie umlief eine gemalte Ranke den Raum. Darüber erhoben sich Blumen und Bäume, zwischen deren Ästen Vögel nisteten. Gemeinsam stiegen wir die Treppe hinunter, bis das warme Wasser unsere Knöchel umspülte.

»Warum ist er hier?«, flüsterte ich, während ich die letzte Stufe nahm und nun bis zur Taille im Wasser stand. »Hat er Angst, dass ich dich in diesem Becken ertränke?«

Agathon lachte auf. »Er ist mein Arm, mein Schwert. Es ist seine Aufgabe, in meiner Nähe zu sein.«

»Ich traue ihm nicht.« Ich biss mir auf die Lippe. Jetzt war nicht der rechte Zeitpunkt, ihm von der Begegnung vor meinem Gemach zu erzählen.

»Ich nehme an, es ist meine Aufgabe, dich zu waschen?« Er griff nach einem der Schwämme, die auf einem Sockel lagen, und drücke das Wasser über meiner Schulter aus.

»Vertraust du ihm?«

»Er ist seit acht Jahren an meiner Seite. Von ihm habe ich gelernt, das Schwert zu führen und auf einem Pferd zu sitzen.« Sanft rieb er mir über den Hals und den Rücken.

Wenn nur Geros' Daumen über meinen Handrücken strich, tanzten und summten Bienen in meinem Bauch. Jetzt spannte sich jeder Muskel und der Hals wurde mir eng. Wie anders hatte ich mir die Katharsis mit Geros vorgestellt. »Das ist keine Antwort«, sagte ich. Unwillkürlich glitt mein Blick die Treppe hinauf. Borras stand dicht bei Pareia und – ich schnappte nach Luft – er hielt ihre Hand. Pareia fing meinen Blick auf und machte einen Schritt nach vorn, sodass ich mir nicht sicher war, ob ich richtig beobachtet hatte.

»Er ist kein schlechter Mensch, du wirst sehen.«

Ich nahm Agathon den Schwamm aus der Hand und betupfte vorsichtig die Wunde. Trotzdem zuckte er, weil sie ihn noch schmerzte. Durch das Bad nahmen wir einen Fremden in unsere Gemeinschaft auf. Das Wasser spülte all die Schrecknisse, allen Schmutz fort, den er in seinem Leben gesammelt hatte. Ich hatte meine Zweifel, dass das bei Borras genügte.

»Sind wir jetzt rein genug?«, riss mich Agathons Stimme aus meinen Gedanken.

»Zumindest äußerlich.« Ich legte den Schwamm fort und stieg aus dem Bad.

Eine Dienerin hüllte mich in ein Tuch. Eine zweite gab eines Agathon. Nachdem wir abgetrocknet waren, trat Pareia vor.

»Ilithyia gebar diesen Brunnen. Das heilige Wasser hat Schmutz und alles Böse von euch fortgenommen. Nun läutert euren Geist, befreit ihn von falschen Gedanken, sodass er offen sei für das, was heute beginnt.« Sie verbeugte sich tief und reichte uns ein Alabastron. Das Fläschchen zierten Fische.

Ich nahm es mit einem Kopfnicken entgegen und schüttete etwas von dem Duftöl auf die Hand. Agathon drehte sich um und bot mir seinen bloßen Rücken dar. Ich verrieb das Öl und fragte mich, wie es wohl wäre, wenn ich ihn das erste Mal berührte, um ihm beizuwohnen. Sein Körper war hübsch, kein Zweifel, schlank und feinporige Haut, die heller war als die von Geros. Er drehte sich um. Am Bauch zeichneten sich die Muskelstränge ab. Geros – nein, ich durfte ihn nicht mit Geros vergleichen. Ich beendete mein Werk und reichte Agathon das Fläschchen.

Er kniete vor mir nieder und salbte mir die Füße, widmete sich jeder Zehe, ehe er nach oben zu den Knien strich, den Oberschenkeln und sich schließlich aufrichtete, um meinen Leib zu ölen. Was mochte in ihm vorgehen, der er männliche Körper begehrte? Sein Gesicht wirkte konzentriert und ließ keinen Schluss auf das zu, was er dachte. Zum Abschluss zog er mich sacht an sich und berührte mit den Lippen meine Stirn.

»Ein Schritt nach dem anderen«, flüsterte er, sodass nur ich seine Worte hören konnte. »Wir wissen nicht, was morgen ist, was die Götter für uns vorgesehen haben. Vertraue darauf, dass sich alles finden wird.«

Ein Kloß in meinem Hals verhinderte, dass ich ihm antwortete. Stattdessen machte ich mich von ihm los und zog eines der beiden weißen Gewänder an, die für uns bereit lagen.

Pareia geleitete uns zu der zweiflügeligen Tür, die in den zentralen Hof führte. Sie bedeutete uns, im Inneren des Gebäudes zu warten. Ich wandte mich um, um nach Borras zu sehen, doch er war verschwunden. Als sie durch die Tür trat, erhaschte ich einen Blick auf den Platz, der voller Menschen war. Das Stimmgemurmel erstarb.

»Volk von Phaistos!«, hörten wir Pareias Stimme durch die Tür. »Heute ist ein großer Tag. Die Götter haben in der Vergangenheit wenig Gnade gezeigt. Dürren, Missernten, Fluten, die unsere Schiffe zerstörten. In unseren Bäuchen rumort der Hunger. Unsere Kinder sterben. Doch damit ist nun Schluss.«

Sie machte eine Pause und ich sah sie förmlich vor mir, wie sie langsam ihren Blick über die Menge schweifen ließ, jedem das Gefühl gab, sie spräche nur zu ihm. Die Leute verhielten sich still, warteten weiter auf ihr nächsten Worte.

»Der Tod von Archon Oreichares und der Tod seines Vaters waren unser letztes, großes Opfer. Welchanos ist versöhnt und schenkt uns heute seinen Segen. Phaistos wird auferstehen. Es wird aufblühen wie die Wildrosen im Frühling und keiner von uns wird mehr hungern oder vorzeitig zu den Göttern reisen müssen.«

Jubel quittierte diese Worte.

»Ja, Volk von Phaistos, die Götter schenken uns ihre Gunst. Sie schickten uns Agathon, den Prinzen von Pylos. So wie sich Ilithyia mit Paredros vereint, wird sich Agathon mit Ide, Tochter des Oreichares, Enkelin des Kairomenes, vereinen und unser Reich zu neuer Blüte führen.«

In den tosenden Applaus und die begeisterten Rufe mischten sich Trommeln. Zwei Männer der Palastwache öffneten die Türflügel. Nebeneinander schritten wir die Treppe hinunter.

Agathon fasste meine Hand. Überrascht sah ich ihn an und er schenkte mir ein strahlendes Lächeln. Von der Seite warfen die Tempeldienerinnen Blumen vor unsere Füße. Ich bewunderte Pareia, sie hatte diesen Augenblick fabelhaft inszeniert. Auf halber Höhe blieben wir stehen, sodass uns jeder gut sehen konnte. Agathon hob unsere verschränkten Hände über unsere Köpfe und noch stärkerer Jubel brandete auf.

Fast jedes Gesicht kannte ich. Das Vertrauen, das aus ihnen sprach, rührte mich und ein Schauer rann mir über die Haut. Mitten unter den Menschen stand Geros. Er war der Einzige, der nicht klatschte, nicht jubelte. Sein Kiefer war angespannt und die Arme hatte er vor der Brust verschränkt. Mir zerriss es das Herz und doch schaffte ich es, das Lächeln in meinem Gesicht stehen zu lassen.

Mit einer großen Geste gebot Pareia Ruhe. »Volk von Phaistos! Ein Fremder, den wir in unsere Reihen aufnehmen, muss nicht nur seine Klugheit beweisen. Er muss Stärke zeigen. Deshalb lasst uns nun zum Faustkampf schreiten.« Sie senkte die Arme und die Menge vor ihr teilte sich und gab den Blick auf den Kreis frei, den marmorne Kieseln auf dem Pflaster markierten. Die Fläche bedeckte Sand.

Auf der langen Seite standen zwei Sessel auf einem aus Holz gezimmerten Sockel – der Platz für Pareia und mich.

Langsam schritt sie zu dem Podest und wir folgten ihr. Agathon hielt immer noch meine Hand fest. War der Druck seiner Finger jetzt stärker oder bildete ich mir das nur ein? Die Leute, die die Gasse bildeten, streckten die Arme aus, berührten uns, unsere Gewänder, wollten von der Kraft ein Stück abhaben. Ich lächelte ihnen zu, drückte Hände.

Am Podest blieben wir stehen. Pareia stieg hinauf und alle Aufmerksamkeit richtete sich auf sie.

»Wie ihr alle wisst«, sie umfasste mit einer ausholenden Bewegung alle Anwesenden, »kämpft der älteste Sohn des Archons gegen den Fremden, der das Haus mit seiner Tochter führen möchte.«

Bei uns zogen die Männer zu den Frauen, denen sie sich versprachen. Das galt auch für die Familien der Herrscher, sofern es Töchter gab.

»Oreichares hat keine Söhne hinterlassen. Deshalb wird Geros, Kapitän unserer stolzen Flotte, Ratgeber und Vertrauter unseres Archons, diesen Platz einnehmen.«

Als die letzten Worte im aufbrandenden Jubel untergingen, fiel mein Blick auf Borras, der neben der kreisförmigen Arena stand. Um seinen Mund spielte ein kaltes Lächeln, das mich schaudern ließ.

Ein Diener lenkte mich ab. Er reichte mir die Lederbänder für Agathons Hände. Ich nahm das erste und wickelte es um seine Handfläche, über die Fingerknöchel bis zum Unterarm. Diese Art Faustwehr schützte mehr die Hand des Kämpfers, als dass sie dem Gegner Schaden zufügte. Agathon hielt mir die Hand steif hin. Ich traute ihm nicht zu, ein guter Faustkämpfer zu sein. Diese Hände, die einer Harfe zauberhafte Melodien entlockten, waren nicht in der Lage kräftig zuzuschlagen. Hinzu kam die Verletzung, die ihn in seinen Bewegungen beeinträchtigte. Geros konnte vielleicht ein bisschen langsamer sein, Agathon eine Chance mehr einräumen – doch die Leute würden es merken, wenn er ihn gewinnen ließe. Andererseits durfte Agathon nicht verlieren – eine Niederlage würde ihn den Respekt unseres Volkes kosten, denkbar schlechte Voraussetzungen für den künftigen Archon.

Ich hielt inne, suchte Geros' Blick. Einen Herzschlag lang war es zwischen uns wie früher. Eine fast unmerkliche Kopfbewegung von ihm und ich wusste, es gab nur einen Weg.

»Was ist?«, fragte Agathon. »Warum machst du denn nicht weiter?«

Das Ende des Lederbandes fiel zu Boden. Pareia zog irritiert die Augenbrauen zusammen. ich ließ mich nicht beirren und erklomm das Podest.

»Was soll das?«, zischte sie mir zu.

Ohne einen Blick für sie drehte ich mich zu den Menschen. Jeder schaute zu mir, denn allen war bewusst, dass hier etwas Außergewöhnliches geschah. »Volk von Phaistos, hört mich an.« Noch ein Blick zu Geros, der mir aufmunternd zunickte. »Agathon wollte meinem Vater, unserem Archon, das Leben retten, als er in den Fängen der Bestie war. Die Götter hatten einen anderen Plan, doch durch seinen selbstlosen Einsatz ist Agathon verletzt worden.«

Sie hörten mir zu, schauten von Agathon wieder zu mir. Pareia machte einen halben Schritt auf mich zu, blieb dann aber stehen.

»Der Löwe hat seine Schulter aufgeschlitzt, die Wunden sind kaum verheilt. Menon weiß das, er hat ihn behandelt.« Der Arzt, der gleich in der ersten Reihe am Kreis stand, bestätigte das und ich fuhrt fort: »Agathon jetzt gegen Geros antreten zu lassen, wäre eine Schande. Feige. Ein solcher Kampf ist unser nicht würdig.«

Zustimmendes Gemurmel. Neben mir schnappte Pareia hörbar nach Luft.

»Deshalb wird nicht Agathon gegen Geros antreten, sondern Borras, Schwertmann des Agathon.«

Augenblicklich wichen die Leute vor Borras zurück, schufen ihm Platz, nach vorn zu kommen. Betont langsam schritt er zwischen den Menschen hindurch. Den Umhang warf er über die Schulter. Sein Oberkörper glänzte frisch geölt. Jeder Muskelstrang trat deutlich hervor und die zahlreichen Narben erzählten von den Kämpfen, die er ausgefochten hatte. Ich zweifelte plötzlich, ob das eine gute Idee war. Geros schenkte mir ein winziges Lächeln, einen Schimmer Vertrauen.

»Wie kannst du nur?« Pareia spuckte mir schier ins Ohr.

»Ein ausgewogener Kampf«, rief ich. »Er wird den Göttern gefallen.«

Mit gesenkter Stirn schaute mich Pareia lange an, bis sie sich endlich an die Menschen zu unseren Füßen wandte. »Was für eine kluge Entscheidung unserer zukünftigen Archontissa. Die Götter segnen sie!«, rief sie begeistert, als wäre es ihre Idee gewesen. Nur ihre zur Faust geballte Hand strafte sie Lügen.

Borras streckte mir mit steinerner Miene die Hände hin. Nur in seinen Augen glomm ein Feuer, das mir Angst einjagte.

Ich schluckte. Das war wohl die erste Gelegenheit, den Mut unter Beweis zu stellen, von dem Großvater gesprochen hatte. Also wickelte ich die Lederbänder um seine Fäuste und hoffte, dass mein festgefrorenes Lächeln überzeugend genug war.

Als ich den Knoten festzog, beugte sich Borras ein wenig vor. »Ich werde ihn mit Blut bezahlen lassen«, sagte er so leise, dass es nur für meine Ohren bestimmt war.

Ich öffnete den Mund und schloss ihn wieder. Das war nicht der rechte Zeitpunkt, Borras zurechtzuweisen. Also ließ ich ihn stehen, um meinen Platz einzunehmen.

Geros stieg über die weiße Linie aus Kieseln in den Sandkreis. Borras kam von der anderen Seite. Die Leute jubelten, als sich die Kämpfer gegenüberstanden.

Pareia hob einen Arm und senkte ihn. Ein Gong ertönte zum Zeichen, dass der Kampf eröffnet war. Dann nahm sie neben mir Platz.

»Warum?«, fragte sie.

»Willst du deinen neuen Archon beschämen? Durch eine ungerechte Niederlage oder einen Gegner, der nicht alles gibt?«

Agathon stieg auf die Tribüne und stellte sich wie selbstverständlich hinter mich.

Im Ring umkreisten sich Geros und Borras. Sie erinnerten mich an Raubkatzen, die sich belauerten.

Zuerst wagte Borras einen Ausfall. Die Menge schnappte nach Luft, ich allerdings erkannte, dass er Geros nur testete. Der tänzelte behände zur Seite. Noch einmal sprang Borras vor und griff Geros' andere Seite an. Dieses Spiel wiederholte er ein paar Mal, um herauszufinden, auf welcher Seite Geros schwächer war. Der wich gekonnt aus, nicht zu viel, nicht zu wenig, gerade weit genug, um aus der Reichweite von Borras zu sein. Dabei schonte er seine Kräfte, als stellte er sich auf einen langen Kampf ein. Er war schmaler, drahtiger als Borras, dessen schiere Muskelmasse einschüchternd wirkte.

Wieder griff Borras an. Diesmal brachte sich Geros in seinen Rücken und landete einen Treffer auf die Nieren. Jeden anderen Mann hätte dieser Schlag in die Knie gehen lassen, doch mir schien es, als hätte Geros auf einen Stein geschlagen. Borras fuhr herum und holte aus. Geros, der noch einen zweiten Schlag nachsetzen wollte, duckte sich zu langsam, sodass ihn Borras' Faust an der Schulter streifte und aus dem Gleichgewicht brachte. Wie eine Katze rollte er herum und sprang wieder auf die Füße. Die Schläge folgten nun in hartem Rhythmus. Geros blockte sie mit seinen Unterarmen, an denen ich erste blutige Striemen ausmachte. Er trippelte auf den Fußspitzen um Borras herum, dessen Wut von Runde zu Runde stieg.

Plötzlich bückte sich Borras, griff eine Handvoll Sand und schleuderte sie Geros ins Gesicht. Ich schrie auf. Geros riss den Arm hoch, um sich die Augen zu reiben. Da sprang Borras ihn an und rang ihn zu Boden. Das widersprach allen unseren Regeln, ich wollte aufspringen. Agathons Hand legte sich beruhigend auf meine Schulter.

Die rohe Kraft seines Gegners ließ Geros keine Chance. Ich presste mir die Fingernägel in die Handflächen. Doch wider Erwarten stieß er seine Stirn gegen Borras' Nase. Es knackte. Kurz benommen wich der zurück und wischte sich das Blut mit dem Handrücken ab, sodass es Geros gelang, ihn von sich zu stoßen und aufzuspringen.

Die Zuschauer klatschten und stampften unter viel Geschrei mit den Füßen. Einen solchen Kampf hatte es schon lange nicht mehr gegeben.

Geros hob wieder die Fäuste, wartete ab, dass Borras auf die Füße kam. Der aber nahm ihn mit den Beinen in die Zange und brachte ihn erneut zu Fall. Brüllend wie ein Tier stürzte er sich auf Geros. Da spiegelte etwas in der Sonne.

»Er hat ein Messer!«, schrie ich, doch in dem Toben der Menge gingen meine Worte unter.

Bemerkte das denn kein anderer? Mein Blick blieb an Agathons Dolch hängen. Ich riss ihn aus der Scheide und rief Geros' Namen. Er hörte mich nicht.

In einem Satz sprang ich von dem Podest hinunter zu den beiden Kämpfenden. Borras lag auf Geros und presste ihn zu Boden. Blut färbte die Leiber der beiden Kämpfenden und den Sand. Geros' Rechte drückte gegen den Arm von Borras, der das Messer hielt, die Klinge auf Geros' Gesicht gerichtet. Der linke Arm von Geros war frei.

Noch einmal rief ich seinen Namen. Geros wandte den Kopf. Ich warf ihm das Messer zu und es gelang ihm, es zu greifen. Er führte einen Streich gegen Borras' Arm aus, sodass der seine Klinge fallen ließ. Beim nächsten Schlag traf der Knauf Borras' Schläfe. Wenig später lag Borras unten und Geros kniete auf seinen Armen. Borras versuchte sich aufzubäumen. Durch seine Körperkraft hätte er es wohl auch geschafft, Geros von sich zu stoßen, der aber hielt ihm den Dolch an den Hals.

Es war genug.

Ich sah hinauf zu Pareia, die immer noch in ihrem Sessel saß. Es war an ihr, diesen Kampf für beendet zu erklären. Ihr Gesicht spiegelte die Wut, die Borras antrieb. Sie rührte sich nicht. Also hob ich beide Arme.

»Der Kampf ist zu Ende!«, rief ich. »Geros hat gesiegt.«

Die Leute jubelten.

Agathon, der mir gefolgt war und neben mir stand, klatschte ebenfalls.

Geros gab Borras frei. Mit gestrafftem Rücken kam er auf uns zu und blieb hoch aufgerichtet vor Agathon stehen. Den goldenen Knauf voran reichte er ihm den Dolch zurück. Der Achäer nickte ihm zu und steckte den Dolch wieder in seinen Gürtel.

Ein Aufschrei ließ Geros herumfahren.

Borras stand wieder auf den Beinen. Die Schnur seiner Faustwehr spannte er zwischen den Händen, bereit, sie um Geros' Hals zu legen.

»Schluss!« Agathons Stimme donnerte über den Zentralhof.

Augenblicklich wurde es still. Borras stockte in der Bewegung. Mich überraschte, dass Agathon zu solcher Autorität fähig war.

»Es reicht.«

Borras' Augen verrieten, dass er nur in diesem Moment nachgab. Diese Niederlage würde er nicht vergessen. Geros hatte sich einen unversöhnlichen Feind geschaffen. Von nun an würde er keine Nacht mehr ruhig schlafen können. Wenn er ging, so musste er beständig einen Blick über die Schulter werfen.

»Es wird nie genug sein, mein König.« Borras deutete eine Verbeugung an.

»Wie meinst du das?« Die Worte hatten meine Lippen verlassen, ehe ich darüber nachgedacht hatte.

Er musterte mich wie ein Pferd, das zum Verkauf stand. »Du weißt es nicht? Hat dir niemand erzählt, was für ein Mann dein Großvater war? Ein Dieb und ein Mörder.«

»Ich verstehe dich nicht. Was soll das heißen?«

»Siehst du diese Narben.« Er berührte sein Gesicht.

Die beiden aufgeworfenen Linien, die seine Wangen teilten, schlecht verheilt, als ob die Wunden noch lange geschwärt hätten.

»Kairomenes hat sie mir zugefügt.«

»Was? Das kann nicht sein. Wann soll das gewesen sein?«

»Du warst noch nicht mal geboren, als Kairomenes mit seiner Flotte Richtung Miletos segelte und dem Handelsschiff meines Vaters begegnete.«

Unsere Geschichte ging anders. Ich erinnerte mich an die Erzählungen. In dem Jahr, als Vaters Krönung stattfand, trat Kairomenes eine letzte Fahrt an. Sie sollte weit über Thera und Phylakopi hinaus in den Norden führen. Kairomenes wollte dort einen neuen Handelsstützpunkt aufbauen, der die Wege nach Wilusa und Miletos verkürzte. In Miletos lebten Leute von unserem Volk. Wir nannten es das Tor nach Arzawa. Hierher lieferten wir Keramik und Öl und Zedernholz. Es wird erzählt, dass unsere Flotte von Piraten angegriffen wurde. Wir haben gesiegt, doch es gab schwere Verluste auf beiden Seiten. Das Piratennest wurde zerstört. Kairomenes kehrte zurück, doch der Handelsstützpunkt wurde nie gegründet.

»Erbarmungslos haben die Männer von Kairomenes die Besatzung gemeuchelt. Meinem Vater hat er den Bauch aufgeschlitzt, dass seine Gedärme auf das Deck gefallen sind und sein Todeskampf so lange dauerte, bis auch der letzte seiner Männer niedergemetzelt war. Das hier«, er berührte sein Gesicht, »hat er mir persönlich zugefügt, damit ich für meinen Lebtag nicht vergesse, dass ich ein Sklave bin.« Er spuckte auf den Boden.

Ich sog scharf die Luft ein. Das passte nicht zu Großvater, zu dem liebevollen Menschen, als den ich ihn erlebt hatte.

»Du beleidigst den Vater des Archons.« Geros baute sich drohend vor ihm auf.

»Tote kann man nicht beleidigen. Erst recht nicht, wenn man die Wahrheit über sie sagt.«

Ich legte meine Hand auf Agathons Arm. »Auf ein Wort.«

Er sah mich an.

Ich schluckte ob dessen, was ich jetzt sagen musste. Keine Ahnung, wie Agathon reagierte. »Borras muss gehen.«

Die Falte erschien wieder über seiner Nase.

»Du kannst ihn nicht hierlassen. Er wird Geros bei der nächsten Gelegenheit töten.« Was er mit mir tun würde, verschwieg ich.

»Er ist mein Schwertmann.«

»Ich weiß, wieviel er dir bedeutet. Doch er macht mir Angst. Denk an Großvater ...« Es kostete mich Kraft, leise zu sprechen.

Pareia war von ihrem Sessel aufgesprungen und starrte zu uns herüber. Sie wollte wissen, was hier vorging. Ich ignorierte sie.

»Dein Großvater trägt selbst die Schuld.«

Jetzt war nicht der rechte Moment, das zu hinterfragen. Ich schob den Gedanken fort. Eines hatte schon in meiner Kindheit geklappt, wenn ich von Vater auf den Schoß genommen werden wollte. Ich legte den Kopf schief und schenkte Agathon einen Augenaufschlag. »Bitte. Schick ihn fort.«

Die Zeit dehnte sich, obwohl der Schatten, den wir warfen, an derselben Stelle verharrte.

»Also gut«, sagte Agathon, nachdem er offenkundig alle Für und Wider abgewogen hatte. Er schob mich zur Seite, schritt auf Borras zu und legte ihm die Rechte auf die Schulter.

»Du warst mir stets ein treuer Begleiter, Borras. Unser Weg endet hier. Dein Schwertarm ist stark, ich bin sicher, du wirst einen Platz finden, an dem du ihn besser einsetzen kannst als hier in Phaistos. Nimm deine Männer und zwei Beutel Gold.«

Wie großzügig von ihm! Er überging den Verrat und ermöglichte Borras, erhobenen Hauptes aus Phaistos hinauszugehen.

Die Leute klatschten, erst verhalten, dann kräftig.

»Dein Gold will ich nicht.« Brüsk wandte sich Borras um und ließ Agathon stehen, auf dessen ausgestreckter Hand die beiden Goldsäckchen ruhten. Er verließ den Zentralhof in Richtung Nordtor. Pfiffe begleiteten ihn hinaus.

Ich fing Pareias Blick auf und fand nur Wut darin.

Noch nicht einmal gekrönt, fühlte ich mich müde, wollte schlafen, nur schlafen, nicht denken müssen. War es diese Unrast, die Vater umgetrieben hatte? Das Wissen, zuerst Archon zu sein und den Jungen samt seinen Träumen und Wünschen wegzusperren? Wenn das der Preis dafür war, unser Volk zu führen, gewöhnte ich mich besser daran.

## Das Blut des Archons

Am Abend nach dem Faustkampf fanden wir uns an einer Tafel in der großen Halle ein. In den Ecken brannten Feuerschalen und vertrieben die Kühle des Abends. Um niedrige Tische waren Kissen und Decken platziert, auf denen sich die Würdenträger von Phaistos ausgestreckt hatten, die sich den weiteren Fortgang des Spektakels nicht entgehen lassen wollten. Agathon und ich nahmen in der Mitte der langen Seite Platz.

Auf Pareias Geheiß trugen die Diener die Speisen herein. In Milch gegartes Zicklein, Lammfleisch mit Zwiebeln und Bohnen, gekochter Weizen, Erbsenpüree, Oliven, Linsensalat, Brot. Der Duft nach Safran und Zimt verriet, dass die Köche ob des feierlichen Anlasses reichlich Gewürze aus Ägypten verwendet hatten.

Ich beugte mich zu Agathon hinüber. »Wie ging Borras' Geschichte weiter?«

»Sie haben ihn in Miletos verkauft.«

»Aber er ist kein Sklave mehr«, sagte ich leise.

»Borras hat in den Marmorsteinbrüchen gearbeitet. Später kam er nach Ephesos. Sein Herr förderte sein Talent im Schwertkampf und bildete ihn im Ringen aus. Er trat gegen die Sklaven anderer Fürsten an und sorgte so für den Ruhm seines Herrn. Eines Tages fühlte er sich stark genug, einen Fluchtversuch zu unternehmen, der kläglich scheiterte. Sie fingen ihn ein und peitschten ihm den Rücken blutig. Borras schwor Rache. Sein Herr musste ein kluger Mann gewesen sein und das geahnt haben, denn er hat ihn noch einmal verkauft.«

»An deinen Vater?«

»Nicht ganz. Borras kam nach Mykene, wo er auf meinen Vater traf. Der brachte ihn nach Pylos als Gefährten für mich, von dem ich die Fertigkeiten im Kampf lernen sollte. Ich weiß nicht mehr, wie oft ich von Vater hörte, ich solle mehr wie Borras sein. Deshalb schenkte er ihm die Freiheit. Nach dem Tod meiner Brüder war Borras ihm näher als ich.«

Ich kämpfte gegen den Drang an, die Augen zu schließen. Suchte stattdessen Geros. Er saß am Rand, die Beine untergeschlagen, und begegnete meinem Blick. Mich jetzt an seine Schulter lehnen, spüren, wie sein Daumen über meinen Handrücken strich. Mit ihm über das sprechen, was Agathon erzählt hatte. Um es zu begreifen, zu verstehen.

In mir wehrte sich immer noch alles, diese Taten Großvater zuzuschreiben. Doch was wusste ich von den Ereignissen vor meiner Geburt? Die Sänger und Geschichtenerzähler verklärten die Ereignisse. Aber Großvater ein blutrünstiger Schlächter? Er war sanft, liebevoll und von einer Klugheit, die ich zeitlebens bewundert hatte. Ich bekam diese Gedanken nicht übereinander. Bis heute verstehe ich es nicht.

Ein Klatschen riss mich aus diesen Gedanken.

Pareia hatte sich erhoben und klatschte noch einmal in die Hände, um sich die Aufmerksamkeit aller zu sichern.

»Heute ändert der Fluss des Lebens, den unser Volk hinabfährt, für immer seine Richtung«, begann sie. »Für die Vermählung von Ide, Tochter des Oreichares, Enkelin des Kairomenes mit unserem geschätzten Gast und zukünftigen Archon werden wir ein Opfer bringen. Es wird die Götter milde stimmen und uns ihren Segen bringen. Fruchtbare Felder, reiche Ernten, starke Kinder – Phaistos wird schöner als je zuvor erblühen!«

Beifall brandete auf.

Agathon sah mich an. Ich zuckte die Schultern. Noch ein Stieropfer. Doch was sollte das triumphierende Lächeln, das ich auf ihrem Gesicht zu erkennen glaubte?

»Folgt mir!« Sie schritt auf die Tür zu, die zum Zentralhof führte.

Ich blieb sitzen, während alle anderen um mich herum bereits standen oder zur Tür drängten. Eine Ahnung hielt mich zurück, die Stille vor einem Beben, die mich von den fröhlich durcheinander schnatternden Menschen ringsum isolierte, ohne dass ich ihr einen Namen geben konnte. Agathon ergriff meine Hand, warm und fest. Ich entzog sie ihm. Zögernd erhob ich mich. Wir ließen uns von den Leuten vorwärts drängen.

Zwei Diener stießen die Türflügel auf.

Ein Aufschrei aus den ersten Reihen, erschrocken, betroffen. Murmeln, ohne dass ich verstand. Laute des Entsetzens, aber auch der Zustimmung. Ich reckte den Hals, nur Köpfe, Nacken. Dann teilten sich die Leute, ließen uns durch, schufen eine Gasse bis zum Altar. Jetzt war ich es, die nach Agathons Hand griff.

Dort, auf dem rechteckigen Stein, lag Lydi.

Nackt.

Jede Rippe stach hervor.

Seile hielten sie an Ort und Stelle.

Sie weinte nicht, sie schrie nicht. Ihre offenen Augen starrten in den Nachthimmel. Langsam, Stück für Stück drehte sie den Kopf, als sie der Menschen um sich herum gewahr wurde. Leerer Blick. Mohnsaft. Wenigstens das.

»Menschenopfer?« Agathons Stimme rau und voller Unglauben.

Ich schüttelte den Kopf. Ich wusste von keinem. Zu meinen Lebzeiten, zu Vaters Lebzeiten war dieses Ritual nicht mehr durchgeführt worden.

Stille senkte sich über den Hof. Die greifbare Anspannung stellte mir die Härchen auf den Armen auf. Ein Schluchzen kam irgendwo aus der Menge.

»Meine Schwester Ide hat um dieses besondere Opfer gebeten.« Pareia verkündete es mit lauter, klarer Stimme, die auch der letzte im hintersten Winkel verstand.

Was? »Nein.« Das Wort floh tonlos von meinen Lippen.

»Eine weise Entscheidung, Schwester. Das Blut dieses Kindes wird die Zukunft unserer Reiche sichern.« Pareia griff nach dem Dolch, der bereitlag. Die Obsidianklinge, die den Opfern vorbehalten war. Vor ein paar Tagen noch wollte sie damit dem Stier die Kehle durchschneiden und jetzt schwebte die Spitze über Lydis Brust.

»Nein!« Ich schrie es laut.

»Ziehst du deine Wahl in Zweifel?«

Jemand fing dumpf an, mit den Füßen auf den Boden zu stampfen. Auf der anderen Seite des Hofes fiel jemand ein. Noch jemand hinter uns. Ein Sog erfasste die Zweifler, bis der dumpfe Rhythmus auch den letzten erreicht hatte. Die Leute wollten Blut fließen sehen, sie wollten dieses Opfer. Zu lange hatten sie gehungert.

»Das hast du ganz allein entschieden.« Die Autorität der Hohepriesterin infrage stellen, ein Fehler, der uns dauerhaft schwächen würde. Fieberhaft suchte ich nach einem Argument. Ja, Großvater hatte mir von den Menschenopfern erzählt. Als Welchanos das Feuer aus der Erde brechen ließ, opferten sie seinen älteren Bruder. »Das Opfer ist sinnlos! Die Götter akzeptieren nur königliches Blut.«

Pareias Lächeln wurde noch breiter. »Sie hat königliches Blut. Lydi ist die Tochter von Oreichares.«

»Was?« Eisige Kälte griff nach meinem Herzen. Mein Blick irrte über die Menge. Wo war Ayra?

»Oh ja.« Sie stach mit dem Finger in meine Richtung. »Nachdem du unsere Mutter getötet hast, wandte sich Vater einer gewöhnlichen Freskenmalerin zu, die selbst seine Tochter hätte sein können. Einem Krüppel.« Sie spuckte das Wort aus.

Dort, wo das Schluchzen erklungen war, drängte sich Ayra durch die Leute. Ihr folgten zwei Wachen auf dem Fuße, die sich rüde Platz verschafften. So, wie sie »Halt! Stehenbleiben!« brüllten, musste Ayra ihnen entkommen sein.

»Wir haben uns geliebt!«, rief sie. Sie stürzte sich auf Lydi, nestelte an den Fesseln herum.

Die Wachen packten sie an den Schultern und zogen sie zurück.

»Tu meiner Kleinen nichts! Pareia, ich flehe dich an!«

»Deine Archontissa hat das entschieden.«

»Hör auf!«, rief ich. »Ich befehle es dir!«

Das rhythmische Stampfen erstarb. Dunkel war ich mir der unzähligen Augenpaare bewusst, die auf uns gerichtet waren.

»Den Göttern kannst du nicht befehlen.«

Agathon trat einen Schritt vor. »Menschenopfer sind grausam. Wenn du dieses unschuldige Kind opferst, dann stirbt der Handel, den unsere Väter geschlossen haben.«

Er war auf meiner Seite. Er versuchte Lydis Leben zu retten.

»Dein Volk steht dann in den bevorstehenden Kriegen allein da. Überlege dir, Hohepriesterin, ob dieses Opfer das wert ist.«

Pareias Augen verengten sich. Sie presste die Lippen eine Winzigkeit stärker zusammen und ich sah ihre nächste Bewegung, bevor sie geschah. Ich sprang vor. Die Obsidianklinge schnitt in meinen Arm und fiel auf den Boden, zerbrach. Eine weitere Klinge, die sich auf Lydi zu bewegte – ich wollte sie zur Seite schlagen.

Eine Hand, die meine aufhielt.

»Nicht.« Agathons Stimme.

Der goldene Knauf, die Lilienblüten auf der Klinge, ja, das war sein Dolch. Er schnitt die Stricke durch, die Lydi an den Opferstein fesselten.

Vorsichtig hob ich die Kleine herunter. Auf ein Nicken von mir gaben die Wachen Ayra frei. Sie nahm mir Lydi ab und streichelte ihr immer wieder über die dunklen Locken.

»Danke«, sagte ich leise zu Agathon.

Er fasste mich am Arm. »Komm.«

Irritiert schaute ich ihn an. Der Tonfall ließ keinen Zweifel daran, dass ich dieser Aufforderung folgen sollte. Mit einem letzten Blick auf Pareia ließ ich mich fortführen.

»Ich werde abreisen«, sagte er, als wir auf dem Hof standen.

»Was?« Ich begriff nicht.

»Dieser Plan unserer Väter. Die Idee, unsere Reiche zu vereinen.« Er schüttelte den Kopf.

Wenn er jetzt ging, dann bekäme Pareia, was sie wollte. Ich stand ihr allein gegenüber. Nein, mit Geros. Doch ohne Vaters Segen, ohne seine Unterstützung würden wir es nicht schaffen. Heute hatte ich es gespürt. Die Leute vertrauten ihrer Hohepriesterin mehr als der jüngeren Tochter und dem Fremden.

»Du hast hinter diesem Plan gestanden.«

»Aus Loyalität meinem Vater gegenüber. Falsch verstandener Loyalität. Das hier«, er deutete auf die Stadt, »das ist nicht das, was ich im Leben möchte.«

»Was soll jetzt aus Phaistos werden?«

»Du bist klug, Ide, du wirst einen Weg finden, wie du deinem Volk helfen kannst.«

Er legte mir die Hand auf die Schulter, drückte sie einmal sanft. Dann wandte er sich ab und schritt die Treppe zum Nordhof hinauf.

Ich sah ihm nach und mir fiel nichts ein, das ihn aufhalten konnte. Vor wenigen Wochen noch schreckte mich schon die Vorstellung, mit ihm gemeinsam zu herrschen. Jetzt machte mir Angst, dass er mich zurückließ.

Tumult am oberen Ende der Treppe ließ mich aufhorchen. Wachen stürmten herein und schleppten einen Mann zwischen sich, dessen Beine mehr über den Boden schleiften, als dass er lief. Der Anführer erkannte mich und grüßte hektisch.

»Wo finde ich die Hohepriesterin?«

Ich wies auf die Tür hinter mich. »In der großen Halle.«

Die Männer eilten an mir vorbei und ich erkannte, wen sie gepackt hatten. Tiro! Rasch folgte ich ihnen.

In der Halle drängten sich die Leute. Die Stimmung war aufgeheizt, als hätte Pareia eine ihrer Reden gehalten. Sicher wollte sie klarstellen, dass das verpasste Opfer ganz im Sinne der Götter gewesen wäre.

Drinnen zerrten sie Tiro bis zu Pareias Platz und stießen ihn dort zu Boden. »Den hier haben wir aufgegriffen, als er die Treppe zu den königlichen Gemächern hinaufgeschlichen ist.«

Pareia stemmte die Hände in die Hüften. Ihre Brauen stießen über der Nasenwurzel zusammen. »Dein Gesicht habe ich schon einmal gesehen.«

Tiro hielt den Kopf gesenkt. Seine Hände waren auf dem Rücken gefesselt.

»Sieh mich an.«

Tiro reagierte nicht.

»Du sollst mich ansehen, habe ich gesagt.«

Eine der Wachen schlug Tiro ins Gesicht, sodass sein Kopf nach hinten flog. Aus seiner Nase rann ein dünner Blutfaden und tropfte auf seine Brust.

»Du bist dieser Junge, den meine Schwester aus den Bergen mitgebracht hat.« Sie sah sich um, suchte mich.

Unwillkürlich drückte ich mich an die Säule, doch sie zeigte mit dem Finger auf mich.

»Ich erinnere mich, dass sie dich heimgeschickt hat in dein Dorf. Mit viel zu vielen Geschenken. Lebensmittel, die wir selbst gebraucht hätten. Also: Was hast du hier im Palast zu suchen?«

Tiro pustete sich eine Locke aus dem Gesicht und schwieg.

Der Wachmann holte zu einem weiteren Schlag aus. Pareia gebot ihm Einhalt. »Ich glaube nicht, dass ihn das zum Sprechen bewegt.«

Ein Fingerschnippen und die Wache packte Tiros Hand. Das Geräusch eines brechenden Zweigs, gefolgt von Tiros Schreien.

»Ich frage dich noch einmal: Was suchst du hier? Noch mehr stehlen?«

Stöhnend schüttelte Tiro den Kopf.

Gleich darauf brach der zweite Finger. Tiro heulte auf. Mein Magen rebellierte.

Als ob sie die Flammen des heiligen Feuers studierte, legte Pareia den Kopf schief und betrachtete den Jungen. »Du scheinst nicht sehr an deinen Fingern zu hängen. Vielleicht hat ein Bein mehr Wert für dich?«

Eine Wache packte Tiros Bein, die andere hielt ihn an den Schultern fest und der Dritte holte mit der flachen Seite seines Schwertes aus, um Tiro das Schienbein zu zertrümmern.

Er biss sich auf die Lippe, sammelte sich für den Schmerz. Sagen würde er nichts. Seine Augen verrieten es mir.

»Halt!« Ich hob die Hände und trat vor. »Er ist meinetwegen hier.«

»Sieh an.« In einer geschmeidigen Bewegung baute sie sich vor mir auf. »Warum, liebste Schwester, will er dich so dringend sprechen?«

Ich rang mit mir. Die Leute rückten ein Stück näher, verfolgten gebannt den Kampf, der sich ihnen darbot.

»Magst du es uns nicht erzählen?« Sie beugte sich zu Tiro herunter, trat auf seine gebrochenen Finger.

Tiros Schreie taten mir weh.

»Lass ihn in Ruhe, Pareia!« Ich stieß sie von dem Jungen weg. »Ich habe ihn nach Knossos geschickt.«

»Du überraschst mich, kleine Schwester. Willst du mir deine Pläne verraten?«

»Die Männer von Borras sind Krieger. Sie sind nicht in Frieden gekommen.«

Jetzt würde sich zeigen, wie Pareia wirklich dachte.

»Erst sorgst du dafür, dass er fortgejagt wird wie ein Hund. Jetzt beschuldigst du ihn des Verrats und willst seine Männer hinterrücks ermorden lassen.«

Ich schwieg.

»Sie haben Phaistos umringt.« Leise klang Tiros Stimme in der Stille.

»Und wird deine Hilfe kommen?«

Er schüttelte den Kopf. »Die Flotte der Mykener bedroht Knossos.«

Meine Schultern sackten nach vorn. Es war umsonst gewesen.

»Nun, es ist an der Zeit, diese unsägliche Herrschaft von Schwächlingen nach vielen Generationen zu beenden.«

Die Erkenntnis durchfuhr mich wie der scharfe Schmerz einer heißen Flamme. »Du hast Vater ...«

Sie schlug zu. Ich spürte wie meine Lippe aufplatzte und die Ohrfeige brannte auf meinem Gesicht. »Wage nicht, es auszusprechen!«

Ihr Zeigefinger erhoben, die Drohung unverhohlen.

Der Boden drehte sich unter meinen Füßen. Pareia hatte Vater vergiftet. Alles fügte sich wie die Scherben einer Tontafel, die wieder zusammengesetzt wurden. Meinen Tod hätte sie in Kauf genommen. Ja, er wäre ihr willkommen gewesen.

So viele Worte, die ich ihr ins Gesicht schleudern wollte. Vater hatte sie geliebt. Sie war ihm die liebste Tochter gewesen. Voller Stolz hatte er oft zu mir gesagt, nimm dir ein Beispiel an deiner Schwester. Der Respekt, den sie im Volk genoss. Jeder sah zur Hohepriesterin auf. Sie hatte doch alles. Wieso war es nicht genug?

Keine Silbe davon verließ meine Lippen.

»Nehmt Ide in Gewahrsam.« Ein kurzes Zögern. »Und ihm brecht die Beine, damit er bei jedem Schritt erinnert wird, wem er sich zu beugen hat.«

»Nein!« Ich stürzte nach vorn. Auf Tiro zu.

Hände, die meine Arme packten, auf den Rücken drehten. Schmerz, den ich erst später realisierte. Ich trat nach dem Mann der mich hielt, wand mich. Vergebens.

Sie hielten Tiro fest. Zu dritt. Ein vierter schwang ein Schwert und schlug auf das linke Bein. Das Knacken hallte durch den Raum, in dem sich keiner rührte. Das zweite Knacken vom rechten Bein ging in Tiros Brüllen unter. Blut lief auf den Boden.

Noch zwei weitere Male schlug die Wache zu.

Pareia schaute auf Tiro hinunter, dessen Schreie einem Wimmern wichen, und ein Lächeln stahl sich in ihre Mundwinkel.

»Du bist kein Mensch«, sagte ich. »Du bist ein Dämon, den Potnia geschickt hat.«

Sie wandte sich zu mir, eine Augenbraue abschätzig erhoben. Einen Moment lang glaubte ich, jetzt würde sie mich töten.

»Schafft sie weg. Und geht Borras suchen! Ich will ihn sprechen.« Ohne mich eines weiteren Blickes zu würdigen, drehte sie sich zu den Leuten. »Ich bin jetzt eure Königin.«

Wie auf ein geheimes Signal hin, gingen die Leute auf die Knie und legten ihre Hand auf die Brust.

## Die Berge sind an Schnee gewöhnt

Wenig später stießen mich die Wachen in mein Gemach, sodass ich auf den Boden stürzte. Hinter mir schlug die Tür zur. Ein Rumpeln kündete von dem Balken, den sie durch die Türgriffe schoben. Eingesperrt.

Ich rappelte mich auf die Knie, kroch zu dem Sessel, zog mich ächzend hoch, bis ich halb darin lag, halb saß. Schultern und Arme schmerzten von den harten Griffen und dem Sturz. Auch der Oberschenkel, den ich mir in der Höhle verletzt hatte, pochte wieder. Schlimmer fühlte sich das Stechen hinter meiner Stirn an. Ich wollte mich zusammenrollen, weinen und fand nicht einmal dazu die Kraft. Die Ereignisse der letzten Wochen, ja meines ganzen Lebens fügten sich zu einem Ganzen, wie wenn Ayra ein neues Fresko malte. Mit jedem Strich trat das Bild klarer hervor, bis es sich zum Schluss vollständig dem Betrachter darbot. Warum hatte ich nicht bemerkt, was Pareia umtrieb? Warum trug sie diesen Hass in sich? Wie konnte sie nur Vater ermorden, um auf dem Thron von Phaistos zu sitzen? Mich schauderte und ich wusste nicht, ob es an der zum Fenster hereindringenden Kälte der Nacht lag. Die Frage nach dem Warum hilft dir nicht weiter, hatte Großvater zu mir gesagt, als ich damit haderte, dass mein Hündchen in einen Brunnen gefallen und ertrunken war. Viel mehr Bedeutung hat es, wie du mit den Dingen umgehst, die dir widerfahren. Dort in diesem Sessel aber erschien alles aussichtlos. Ich bestand nur aus Schmerz. So starrte ich ins Dunkel und stellte mir die immer gleichen Fragen in einer Endlosschleife.

Ein leises Geräusch lenkte mich ab. Es klang wie ein Kiesel, der auf der Terrasse aufschlug und ein Stück über den Boden kollerte. Ich hörte wohl schon Dinge, die nicht sein konnten. Doch das Geräusch wiederholte sich. Schwer stemmte ich mich aus dem Sessel und stieß die Flügel zur Terrasse auf. Ein weiterer Kiesel rollte direkt vor meine Füße. Ich bückte mich und hob ihn auf.

»Ide.« Geflüstert.

Auf der Terrasse war niemand. Ich trat an die Brüstung. Unten standen zwei Wachen. Eine davon schaute zu mir herauf. Sie sollten also verhindern, dass ich versuchte herabzuklettern.

»Ide. Hier oben.«

Ich drehte mich um, wollte nach oben sehen.

»Komm erst in die Schatten, dass die da unten dich nicht sehen.«

Ich zog mich hinter die Säulen zurück, die sodass ich von unten nicht mehr zu sehen war.

»Geros!«

Er lag bäuchlings auf dem benachbarten Dach, halb verborgen hinter den gemauerten Stierhörnern, die jede Dachkante zierten.

»Ilithyia sei Dank, dass du da bist.«

Geros warf einen weiteren Kiesel hinunter in den Hof. Beide Wachen wandten sich nach dem Geräusch um und Geros glitt rasch vom Dach und nahm mich in die Arme.

»Wir müssen dich herausholen.«

»Aber wie? Und was wird aus Naran? Aus Tiro? Und Lydi? Wenn Pareia sie zu fassen bekommt, wird sie zu Ende bringen, was sie heute begonnen hat.«

»Einer meiner Leute bringt sie und Ayra in den Osten, nach Myrtos. Seine Familie stammt von dort.«

»Danke.« Zwei Gedanken: Erleichterung, sie in Sicherheit zu wissen. Traurigkeit, dass ich mich nicht einmal verabschieden konnte.

»Pareia zwingt Naran, ihr Leibdiener zu sein. Weigert er sich, tötet sie seine Familie.«

Reichte ihr nicht der Triumph, den Thron für sich zu haben? Musste sie noch Unschuldige quälen? Ich wagte kaum, die nächste Frage zu stellen. »Und der Junge?«

»Sie haben ihn bis zum Fluss geschleift und dort liegen lassen. Neilaios hat sich um ihn gekümmert.«

»Das kann ihn das Leben kosten, wenn Pareia das herausfindet«, warf ich ein.

»Neilaios sagt, Tiro wird wieder laufen können, wenn auch nicht wie zuvor. Er ist jung, der Knochen kann heilen. Ich habe einen Burschen nach Vorizia geschickt. Bis Tiros Verwandten ihn holen, bleibt er in der Ziegelei.«

Langsam rutschte ich an der Säule nach unten, bis ich auf dem Boden saß. So viel Unglück hatte das alles gebracht. Jede Entscheidung, die ich getroffen hatte, brachte Tod und Verderben. Einmal hatte ich Großvater gefragt, wie er es geschafft hatte, nicht zu zweifeln, nicht zu verzweifeln. Ein Archon muss der Toten gedenken und weitermachen, hatte er geantwortet. So einfach war das. Jetzt war es an mir, weiterzumachen. Dort, in diesem Moment mit Geros, wusste ich nicht, ob ich dazu die Kraft besaß.

Geros hockte sich zu mir und legte mir beide Hände auf die Schultern.

»Ich habe Naran befreit. Ich hoffe, er nimmt seine Familie und verschwindet auch von hier. Jetzt musst du hier fort. Sonst bist du die nächste auf dem Opferstein.«

»Sag mir eins, Geros. Was war zwischen dir und Pareia?«

»Ist das jetzt wichtig? Es geht um Phaistos. Und um dich.«

»Mir ist es wichtig. Stets hat sie betont, dass ich nur die zweite Wahl für dich bin, dass du nur auf Vaters Thron spekuliert hast.«

Er schnaufte. »Das passt zu ihr. Sie war in mich verliebt, als du noch ein Kind warst. Dass ich sie verschmäht habe, hat sie mir nie verziehen. Auch nicht, dass dein Vater große Stücke auf mich hielt und mich in seinen Rat berufen hat.«

»In den letzten Tagen ...« Ich suchte nach Worten und begann noch einmal neu. »Ich wusste nicht, was ich noch glauben sollte. Alles hat sich verändert. Verändert sich noch.« Sacht berührte ich seine Wange. »Was machen wir jetzt?«

Geros nahm meine Hand von seiner Wange fort, hielt sie fest. »Ich liebe dich, Ide. Doch ich sehe nur einen Weg.«

Es gab nur eines, was er meinen konnte. Das Schweigen dehnte sich, höhlte mein Herz aus wie ein steter Tropfen einen Stein. Schließlich sprach ich es aus. »Agathon zurückzuholen.«

»Ja. Wenn er wieder da ist. Wenn er auf dem Thron sitzt und du an seiner Seite, dann könnt ihr Pareia in die Schranken weisen.«

»Oder aus Phaistos verbannen.«

»Oder das.« Er hielt immer noch meine Hand.

»Seit ich denken kann, wollte ich nur eines. Mit dir zusammen sein. Gemeinsam den Menschen von Phaistos ein besseres Leben ermöglichen. Nicht alles, was Vater entschieden hat, fand meine Zustimmung. Er ist alt geworden in den letzten Jahren, bestand auf den gewohnten Dingen. Es ist Zeit, neue Wege einzuschlagen.«

Geros schwieg. Sein Daumen streichelte meine Hand.

»Ich habe auch an eine Allianz mit den Achäern gedacht.« Ich schüttelte den Kopf. »Doch nicht so.«

Er beugte sich vor, seine Lippen streiften meine. Ich spürte dem Kuss nach, der vielleicht der letzte zwischen uns sein mochte.

»Ich werde immer an deiner Seite sein. Du kannst alles schaffen, was du willst, Ide.«

Mein Lächeln missglückte. »Das hat Großvater auch immer zu mir gesagt.«

»Siehst du. Er war ein kluger Mann.«

»Wirst du zurechtkommen?« Ich zeichnete die Linien seines Gesichtes nach, einmal noch. Meine Finger zitterten dabei.

»Die Berge sind an Schnee gewöhnt.«

Ich ließ die Worte zwischen uns hängen. Schließlich fragte ich: »Wie soll ich hier herauskommen?«

Jetzt grinste Geros und zog unter seinem Hemd die Kleidung hervor, die ich am Leib hatte, als ich Großvater gefolgt war. Als ich hineinschlüpfte, schien es Jahre her, dass ich sie zuletzt getragen hatte, ein anderes Leben.

Während ich mir die störrischen Haare zurückband, schlich er sich geduckt an die Brüstung. Vorsichtig spähte er hinunter. Noch einmal warf er ein Steinchen, dann richtete er sich kurz auf und schwenkte den Arm zweimal, ehe er sich wieder hinter die Brüstung duckte.

Fragend legte ich den Kopf schief.

Geros zwinkerte mir zu und bedeutete mir, Geduld zu haben.

Ich fragte mich, was er plante. Wenig später hörte ich unten im Hof ein lallendes Singen.

Den ungleichmäßigen Schritten nach torkelte jemand über das Pflaster.

»Was steht ihr denn hier?« Gegröl.

Geros spähte noch einmal hinunter. Dann winkte er mir heftig zu.

»Hier, trinkt einen Schluck«, schallte es mit schwerer Zunge herauf.

Ich huschte zu ihm. Im Hof legte ein Mann in deutlicher Schieflage seine Hand auf die Schulter des Wachmannes. Die Statur erinnerte mich an Selas.

»Komm jetzt, Ide.« Geros formte mit den Händen einen Tritt und hob mich auf das Nachbardach.

»Leg dich flach hin.«

»Verschwinde!«, schallte es herauf.

Geros folgte mir.

Im Hof zerbrach ein Krug, dem folgte Gekicher, das sich zur Hysterie steigerte und schließlich in ein Greinen umkippte. »Du hast mir den Wein aus der Hand geschlagen. Warum machst du das?«

»Du sollst verschwinden!«

Ein letztes Mal schaute Geros zwischen den gemauerten Hörnern hindurch und winkte wieder. Dann fasste er meine Hand. »Das sollten wir auch tun.«

»Und Selas?«

»Er ist nicht so betrunken, wie er sich gibt.« Er zwinkerte mir zu und zog mich in gebückter Haltung über die Dächer.

Wir umrundeten den kleinen Lichthof. An der Kante der Gebäude, die den Hof auf der Westseite begrenzten, sprang zuerst Geros auf das tieferliegende Dach, ehe er mich stützte. Die lange Strecke bis zum Giebel bewältigten wir im Laufschritt.

»Von hier müssen wir auf die Mauer«, flüsterte Geros. »Pass auf, sie ist schmal.«

Vorsichtig ließ ich mich über die Kante gleiten, bis ich bäuchlings auf dem Dach lag, und tastete mit dem Fuß nach der Mauer.

»Noch ein Stück.«

Geros fasst meine Hüfte. »Du hast es gleich geschafft. Noch zwei Handbreit.«

Unter meinen Zehen fühlte ich die Mauer und ließ die Kante los. Für einen Moment verlor ich das Gleichgewicht, taumelte und drohte, von der Mauer zu stürzen. Geros' Arme an meiner Hüfte hielten mich.

»Ich hab dich.«

Einen Herzschlag lang blieben wir so stehen. Die alte Vertrautheit war wieder da. Ich traute mir kaum zu atmen, wollte den Moment festhalten.

»Komm jetzt«, sagte Geros und seine Stimme klang weich.

Hand in Hand balancierten wir über die Mauer, umrundeten die Hörner, bis wir eine Stelle erreichten, an der der Boden nur eine halbe Manneslänge unter uns lag.

Wir sprangen hinunter und huschten im Schutz der Mauer weiter.

Am Ende des Gebäudekomplexes wies Geros auf einen in der Dunkelheit kaum erkennbaren Trampelpfad. »Hier entlang.«

»Weißt du, wo Agathon hingegangen ist?«

Geros schritt voran. »Halt dich an meiner Schulter fest.«

Bei jedem Schritt tastete ich den Boden ab, ehe ich den Fuß voll belastete. Phrygana zerkratzte meine Beine. Hier war schon lange niemand mehr entlanggelaufen.

»Richtung Kydonia«, nahm er meine Frage auf. »Er hat eine Handvoll seiner Männer dabei. Die, die loyal zu ihm stehen.«

»Und die anderen?«

»Die befehligt Borras. Er hat sämtliche Straßen besetzt und noch ein paar Wachen in den Feldern und Hainen verteilt, allerdings hauptsächlich auf der nördlichen Seite des Hügels rund um das Dorf. Von Strategie versteht er etwas.« Er schnaufte anerkennend.

»Wieso Kydonia? Seine Schiffe liegen in Amyklaion.«

»Borras' Leute versperren die Straße zum Hafen. Ein paar unserer Leute haben sich ihnen angeschlossen und verteidigen den Hafen. Sie wollen sich wohl einen Platz unter dem neuen Herrn sichern.«

Ich schüttelte den Kopf.

»Ich denke, er will Kydon überzeugen, ihm ein Schiff zu geben.«

Zwei natürliche Felsstufen bildeten ein Hindernis, das im Dunklen deutlich schwieriger war als bei Tageslicht. Ich rutschte weg. Ein Stein kollerte fort und landete im trockenen Laub des Vorjahres. Das Geräusch barst in meinen Ohren und ich hielt erschrocken inne. Wir lauschten in die Nacht. Ein kleines Tier, vielleicht eine Maus, raschelte in den Büschen. Sonst blieb es still. Am Fuß des Hügels bedeutete mir Geros, mich hinzuhocken und zu warten.

Geduckt schlich er fort. Seine Schritte waren kaum hörbar. Die Zeit zog sich endlos, obwohl die Sterne kein Stück weitergerückt waren, als er wieder vor mir stand.

»Ein Achäer patrouilliert durch die Getreidefelder. Wenn wir uns westlich halten, umgehen wir ihn.«

Endlich erreichten wir den Olivenhain, der uns vor Blicken schützte.

»Ab hier musst du allein weiter«, sagte Geros. »Halte dich zwischen den Olivenbäumen, bis du weit genug von Phaistos fort bist. Nimm einen großen Bogen um den Hügel herum. Ich bin mir nicht sicher, ob er auch unterhalb von Davos Leute postiert hat. Wenn du die Färberei hinter dir gelassen hast, kannst du auf der Straße weiter. Hast du verstanden?«

Ich nickte. »Wie weit wird Agathon gekommen sein?«

»Er hat nur seinen Streitwagen. Seine Männer müssen zu Fuß reisen. Wenn ich er wäre, würde ich in der Nacht im fremden Land rasten.«

»Und du?«

»Ich ziehe meine Leute zusammen und ich werde die Männer finden, die auf deiner Seite sind. Auf der Seite der rechtmäßigen Herrscherin.« Er drückte meine Schulter.

Ich zögerte einen Augenblick, dann zog ich ihn an mich, barg mein Gesicht in seiner Halsbeuge, atmete seinen Duft, der mich an Zypressen erinnerte.

Sanft schob er mich von sich. »Geh jetzt, Ide.«

Noch ein letzter Blick und ich lief los, eine Hand erhoben, damit mir die Zweige der Olivenbäume nicht ins Gesicht schlugen.

Ich war noch nicht weit gekommen, als ein Ruf von weiter rechts erscholl:

»Halt! Wer ist da?«

Die harte Aussprache eines Achäers. Abrupt blieb ich stehen und hielt mich am knorrigen Stamm eines Baumes fest. Mit geöffnetem Mund atmete ich und bemühte mich, leise zu sein.

»Was ist?« Eine zweite Stimme in der Sprache der Achäer.

»Ich hab etwas gehört. Schritte, als ob jemand läuft«, antwortete der erste.

Ein Moment Stille.

»Ich höre nichts.«

»Ich bin mir sicher, dass da was war. Lass uns nachsehen.«

Rascheln, als Olivenzweige zur Seite geschoben wurden. Das Knacken eines Zweiges.

Sie waren näher, als ich erwartet hatte, und kamen direkt auf mich zu. Hämmernden Herzens presste ich mich gegen den Stamm.

Ein Husten klang aus der Richtung, aus der ich gekommen war.

Die Schritte der Achäer erstarben. Noch einmal erklang das Husten.

»Da! Das kommt von dort.«

Ein deutliches Rascheln in den vertrockneten Olivenblättern, die auf dem Boden lagen.

»Los! Den kriegen wir.«

Die Achäer entfernten sich von mir. Ich lauschte den verklingenden Geräuschen. Das musste Geros gewesen sein, der sie abgelenkt hatte.

Weiter. Ich musste weiter.

Irgendwann drang der beißende Geruch der Färberbecken in meine Nase. Sicherheitshalber blieb ich im Schutz der Olivenbäume, bis der Gestank nachließ. Dann begab ich mich auf die Straße und fiel in einen gleichmäßigen Laufschritt. Die Geräusche der Nacht begleiteten mich. Das sehnsuchtsvolle Rufen eines Käuzchens. Ein Tier, den Lauten nach ein Marder, huschte auf der Suche nach Nahrung durchs Gebüsch. Wind streifte durch die Blätter und untermalte alles mit dem ewigen Lied. Nur das Meer hörte ich nicht bis hierher. Ich fand die Dunkelheit immer tröstlich, nie unheimlich. Großvater hatte mir in den Schatten die Umrisse der Götter gezeigt, die über uns wachten. Auch wenn ich heute meine Zweifel hege, ob sie sich wirklich für die Geschicke von uns Menschen interessierten, die Zuversicht, die mir seine Geschichte vermittelt hatte, war geblieben.

Irgendwann brannten meine Muskeln. Eine Pause wäre wunderbar, ich wollte allerdings keine Zeit verlieren. Wer weiß, wie weit Agathon gekommen war und ich durfte ihn nicht verpassen. So biss ich die Zähne zusammen und lief weiter. Einen Fuß vor den anderen. Der Mond schob sich über die Bäume und die Sterne waren ein ganzes Stück weitergezogen, als ich vor mir die hellen Lichtpunkte von drei Feuern ausmachte. Ich wurde langsamer. Beine und Rücken taten weh und ich hoffte inständig, dass ich wirklich Agathon gefunden hatte und dass vor mir nicht das Lager von Bauern oder Reisenden lag.

Ein kräftiger Stoß warf mich zu Boden. Pfeifend wich die Luft aus meinen Lungen, als mir jemand das Knie ins Kreuz presste. Ich bäumte mich, versuchte es zumindest. Der Angreifer drückte mich nieder und drehte mir die Arme auf den Rücken. Dann wurde ich grob hochgezogen und zu den Feuern geschleift. Ich blinzelte. Durch die vielen Stunden im Dunkeln konnte ich nur Schemen erkennen.

»Den Burschen hab ich gefunden, als er zu unserem Lager geschlichen ist«, sagte der, der mich gepackt hielt.

Einer der Schemen stand auf. »Burschen? Du solltest deine Augen reiben. Das ist Ide, die Prinzessin von Phaistos. Lass sie los.«

Agathon. Erleichtert entspannte ich mich.

Der Griff verschwand und der Mann warf sich vor mir zu Boden.

»Verzeih mir«, sagte er, die Stirn auf die Erde gepresst. »Ich habe dich nicht erkannt.«

»Erhebe dich«, sagte ich. »Du hast deinen Herrscher beschützt.«

»Es erstaunt mich, dich hier zu sehen.« Er mustere mich und mir wurde bewusst, wie schäbig mein Äußeres war.

»Ich habe dich gesucht, Agathon.« Ich erwischte mich dabei, wie ich die Finger verknotete, und ich zwang mich, die Arme an die Seite zu nehmen. Vierzehn Männer zählte ich, die um die

Feuer herumsaßen oder bereits lagen und jetzt aufmerksam zu uns herschauten.

»Dann setz dich. Hier.« Er reichte mir einen Becher heißen Gewürzwein. »Du siehst aus, als ob du das brauchst.«

Dankbar nippte ich an dem Getränk und überlegte, wie ich am besten anfing.

Agathon ließ mir Zeit und legte einen Ast auf das Feuer, um die heruntergebrannten Flammen zu neuem Leben zu erwecken. Schließlich sagte er: »Verrate mir, was dich zu dieser Stunde herführt.«

Tief atmete ich ein, ehe ich sagte: »Ich möchte, dass du mit mir zurückkommst, Agathon.«

Ein belustigtes Lächeln stahl sich in seine Augenwinkel. »Warum sollte ich das tun?«

»Borras' Männer belagern Phaistos. Pareia hat sich zur Archontissa gemacht.«

»Und du?«

»Ich bin eine Gefangene.«

»Eigentlich.« Jetzt lächelte er richtig.

»Eigentlich. Sie will sich mit Borras verbünden. Für eine Herrschaft voller Gewalt. Du erinnerst dich an Tiro?«

»Den Schiffsjungen.«

»Sie hat ihm die Hand gebrochen und beide Beine. Wenn du an meiner Seite zurückkehrst, dann können wir Phaistos in eine gute Zukunft führen.«

»Du weißt, dass ich diese Hochzeit nie wollte. Ich habe mich entschieden zurückzugehen.«

»Um bei deinem Vater in Ungnade zu fallen?«

Sein Mundwinkel zuckte und verriet den wunden Punkt, den ich getroffen hatte.

»Mein Preis ist genauso hoch wie deiner. Doch nur gemeinsam können wir Pareia und Borras aufhalten.« Wie konnte ich ihm nur begreiflich machen, dass es das Beste für uns beide war, wenn wir die Rolle erfüllten, die sich unsere Väter für uns ausgedacht hatten?

»Der Plan unserer Väter war von Anfang an zum Scheitern verurteilt.«

»Um zu herrschen, muss man sich nicht lieben. Wir müssen uns einig sein, das entscheidet.«

Sein Blick glitt ins Feuer. Aus dem Ende des frisch aufgelegten Astes trat der Saft aus und verging zischend in der Hitze. Die Flammen griffen nach ihm, hüllten ihn gelb und rot ein, bis er barst und lauter Funken in die Nacht stoben. Agathon war noch nicht überzeugt.

»Die Mykener ankern vor Knossos. Die Allianz, die unsere Väter angedacht haben, würde nicht nur mein Volk schützen. In erster Linie stärkt sie deines und macht Pylos bei den Achäern zu einem Gleichen unter Gleichen.«

Ein breites Lächeln legte sich auf sein Gesicht. »Ich ehre es, wie du kämpfst, Ide. Doch mein Entschluss ist gefallen. Du kannst heute hier schlafen. Morgen wird dich einer meiner Männer zurückbegleiten.«

Sie gaben mir eine Decke. Eingerollt lag ich in der Nähe des Feuers und lauschte auf das Knacken der Scheite.

Mein Plan war gescheitert. Ohne Agathon brauchte ich nicht in Phaistos aufzutauchen. Pareia würde mich wieder festsetzen und wenn es ihr in den Kram passte, lag ich als nächstes auf dem Opferstein. Würde sich noch irgendjemand in Phaistos hinter mich stellen? Außer Geros? Ich zermarterte mir das Hirn in jener Nacht, suchte nach einer Möglichkeit, Pareia aufzuhalten und fand doch keine. Vielleicht sollte ich Agathon bitten, mich mitzunehmen. Ein neues Leben in Pylos anfangen. Ohne die Bürde einer königlichen Geburt.

In dieser Nacht wälzte ich mich hin und her. Zerschlagen erhob ich mich am anderen Morgen. Die Glieder taten mir weh und hinter der Stirn pochte ein dumpfer Schmerz. Agathon reichte mir einen Becher heißen, verdünnten Wein.

»Zum Wachwerden.« Eine steile Falte grub sich über seiner Nasenwurzel in die Stirn, die gestern noch nicht dagewesen war. Dunkle Ringe umschatteten seine Augen.

Dankbar nickte ich und umschloss den Becher mit beiden Händen.

»Wenn du ausgetrunken hast, brechen wir auf.«

»Wir?«

»Ich hätte wissen müssen, dass Borras nicht einfach aufgibt und verschwindet, wenn ich ihn fortschicke.«

Aufmerksam sah ich in an. Er lief vor mir auf und ab wie ein Löwe im Käfig vor der Hatz. Es machte mich mürbe zu so früher Stunde.

»Kindisch von mir zu glauben, ich könne mich einfach davonstehlen. Ich wusste, dass Borras die meisten Männer ausgesucht hat. Es hat mich trotzdem überrascht, dass sie geblieben sind und mir nicht folgten. Vermutlich halten sie mich für den gleichen Schwächling wie mein Vater.« Er lachte trocken auf und blieb endlich stehen.

»Du hast deine Meinung geändert?«

»Ich habe die ganze Nacht nachgesonnen. Die Leute aus Mykene werden Knossos einnehmen. Phaistos wird die nächste Stadt sein. Wenn sie dort auf Borras treffen ...« Er ließ den Satz unvollendet. »Borras ist ein Krieger. Von Diplomatie versteht er nichts. Es wird Krieg zwischen Pylos und Mykene geben.« Er fasste mich an beiden Armen. »Das, Ide, ist der Grund, warum ich mit dir nach Phaistos zurückkehre.«

Seine Worte überzeugten mich nicht und das musste mir ins Gesicht geschrieben stehen, denn er ließ mich wieder los und fuhr fort.

»Du tust alles für deine Leute, begibst dich in Gefahr. Du lebst deine Überzeugungen. Und ich?« Er zuckte die Schultern und schwieg. Um uns herum packten die Männer ihre Decken zusammen. Schließlich sagte er: »Ich schulde es meinem Volk.«

Er streckte mir den Arm hin.

Ich dachte an den Jungen mit der Harfe und an den Mann, der lachend ins Meer hineingerannt war. Das Unbeschwerte war aus seinen Zügen verschwunden, hatte einem harten Ausdruck Platz gemacht. Mehr würde ich nicht bekommen. So fasste ich seinen Arm oberhalb vom Handgelenk und besiegelte unseren Pakt.

Auf dem Rückweg trafen wir niemanden. Nicht einmal einen Bauern. Je näher wir Phaistos kamen, desto unruhiger wurde ich. Immer wieder suchte ich die Olivenhaine um uns herum ab. Was, wenn Borras' Männer uns hier auflauerten? Schließlich erreichten wir die Färberei. Ich hoffte, dass Geros erschien. Er wusste doch, dass wir diesen Weg nahmen. Ich wollte ihn an meiner Seite wissen.

Wir blieben allein.

Bei den ersten Häusern von Phaistos blieb Agathon stehen. Bis hierher waren wir nicht aufgehalten worden. Auch die Hütten lagen verlassen vor uns. Nirgendwo war jemand zu sehen. Nur ein Hund schnüffelte an einer Ecke, ehe er sein Bein hob und die Mauer markierte. Wo waren alle hin?

Ein langgezogener Ton erklang. Das Tritonshorn. Ich horchte auf. Noch einmal rief das Horn. Länger diesmal.

»Das Zeichen, dass die Zeremonie beginnt«, sagte ich.

»Welche Zeremonie?«, fragte Agathon.

Der dritte Ton zog sich noch länger. Kein Zweifel.

»Die Krönung.«

Er hob eine Braue. »Wir sollten uns beeilen.«

Wir eilten die menschenleere Straße hinauf. Eine alte Frau saß vor einer der Hütten und stützte sich auf einen Holzstab. Unter dem braunen Tuch lag ihr Gesicht im Schatten. Sie streckte den Arm nach mir aus, die Hand zur Faust geballt.

»Tochter des Oreichares«, krächzte sie. »Enkelin des Kairomenes.«

Ich hielt an. Sie kam mir merkwürdig bekannt vor.

»Dich kenne ich doch?«

Langsam drehte sie den Arm und öffnete die Faust. Sechs kleine Knochen lagen darin, auf die rote Hieroglyphen gemalt waren.

»Die Knöchelchen lügen nicht. Die Götter vertrauen dir, Königstochter.«

Das war doch ... Ich beugte mich zu ihr hinab, spähte unter das Tuch und entdeckte das Feuermal auf der linken Wange. »Du bist in Amyklaion gewesen. Wer bist du?«

»Du kannst den Wagen des Schicksals in eine andere Richtung lenken. Höre auf dein Herz. Die Knöchelchen sagen die Wahrheit.«

»Was willst du mir damit sagen?«

Sie schloss die Hand und erhob sich ächzend. Schwer auf ihren Stock gestützt, wandte sie sich zum Gehen.

Ich fasste nach ihrem Gewand. »Aber was soll das heißen? Was soll ich denn tun.«

Stumm zeigte sie hinauf zum Palast.

»Ja, aber was?«

Langsam drehte sie den Kopf und richtete ihre farblosen Augen auf mich. »Hast du das Muschelhorn nicht gehört, Kind?«

Sie machte sich los und schlurfte in die Gasse. Ich wandte mich zu Agathon um. Er war ebenfalls stehen geblieben und wartete auf der Straße.

»Hast du das gehört? Was will sie mir damit sagen?«

Wieder drehte ich mich zu der Alten. Doch die Gasse war leer. Die Frau verschwunden. Ich machte einen Schritt zwischen die Hütten, wollte ihr nachlaufen. Weit konnte sie nicht gekommen sein.

»Lass es gut sein, Ide. Wir sollten hinauf, Borras und deine Schwester aufhalten, ehe es zu spät ist.«

Er hatte recht. Ich setzte mich wieder in Bewegung. Vor der letzten Kurve, die die Straße den Hügel hinaufnahm, bog ich nach links ab.

»Wohin gehst du?«

»Es ist besser, wir nehmen nicht den Haupteingang. Pareia wird dort Wachen postiert haben. Ich möchte lieber überraschend auf diesem Fest erscheinen.« Woher ich diese Gewissheit nahm, wusste ich nicht. Es fühlte sich richtig an.

»Gibt es noch einen anderen Weg in den Palast hinein?«

»Ab und an bot es sich an, Vaters Refugium unerkannt zu verlassen.«

Er grinste. »Wir haben so manches gemeinsam, scheint mir.«

Wir kletterten über die Mauer, die hier niedriger war als auf der Südseite, und gelangten in den Teil des Palastes, in dem Vaters Räume lagen. Einer von Agathons Männern schaute um jede Ecke. Unbehelligt kamen wir zu der Tür, die auf den Westhof hinausführte.

Hier hielten wir inne, sahen uns an. Durch die Türflügel drang gedämpfte Musik.

Vorsichtig spähte ich durch den Spalt zwischen den beiden Flügeln. Der Westhof war voller Menschen. Sie drängten sich auf der großen Treppe, in deren Mitte ein blumengeschmückter Sessel stand, saßen auf den Mauern der Speicher und der angrenzenden Gebäude und drängten sich im Hof. Nur den Prozessionsweg, den Feuerkörbe säumten, hielten sie frei. An dessen südlichem Ende stand Pareia, die Arme in ihrer typischen Pose erhoben. Vor ihr kniete eine der Tempeldienerinnen und hielt ihr ein Kissen hin, auf dem ein goldener Ölbaumkranz lag – die Krone von Phaistos.

»Jetzt ist die Stunde gekommen, an dem Phaistos seine rechtmäßige Herrscherin begrüßt. Die Götter haben mich auf diese Aufgabe vorbereitet. Nun beugt das Knie und seht, wie sie mir ihren Segen schenken!«

Dieses Geschwätz fand ich kaum zu ertragen. Pareia redete weiter und die ersten gingen vor ihr auf die Knie. Noch etwas fiel mir auf: Ringsum auf den Dächern und an den Eingängen, an jedem strategisch wichtigen Punkt, waren Wachen postiert. Ich sah weder Borras noch Geros unter den Leuten, auch wenn ich glaubte, das eine oder andere Gesicht von Geros' Männern entdeckt zu haben.

»Ich weiß nicht, ob ich für das bereit bin, was jetzt kommt«, sagte ich. »Wer bin ich denn? Ein Mädchen, für das diese Verantwortung zu groß ist.«

Agathon löste das Lederband, das meine Haare hielt, und zupfte eine Locke zurecht.

»Du bist die Königin«, sagte er und beugte sich vor. Einen flüchtigen Moment lang berührten seine Lippen meine Stirn. Dann stieß er die Tür auf.

Gemeinsam traten wir hindurch.

## Welchanos' Geist

Jeweils eine Wache stand rechts und links neben den Türflügeln. Der Rechte neben der Tür packte mich am Arm. Agathon stieß den Linken fort, sodass er die Treppe hinunterstolperte und auf der letzten Stufe hinschlug.

»Lass mich los!«, herrschte ich ihn an. »Siehst du nicht, wer ich bin?«

Der Mann starrte mir ins Gesicht.

»Ide?«

Seine Hand verschwand von meinem Arm.

»Entschuldige.« Er wich zurück und verneigte sich mit der Faust auf der Brust, ehe er sich zu den Menschen wandte. »Volk von Phaistos! Ide lebt. Die Tochter unseres geschätzten Herrschers Oreichares ist hier!«

Obwohl er es nicht schaffte, die Musik und die Geräusche auf dem Platz zu übertönen, verbreitete sich der Ruf wie eine Welle, bis die Musik verstummte und einem Raunen Platz schuf. Wer schon kniete, erhob sich. Die Leute wanden sich uns zu, grüßten und senkten die Köpfe, als ob sie aus einem Körper bestanden. Nur die Tempeldienerin hielt unverändert ihre Pose und das Kissen.

Pareia ließ die Arme sinken.

Ich straffte mich und schritt die Treppe hinunter. Die Menge teilte sich, ließ mich hindurch, bis ich den Prozessionsweg erreichte. Sie murmelten meinen Namen.

»Ide!«

»Die Tochter des Oreichares.«

Eine Stimme sagte: »Unsere wahre Archontissa.«

Auf dem Prozessionsweg blieb ich stehen.

»Du!« Pareia zeigte auf mich.

Ihr Gesicht spiegelte Unglauben, Ablehnung, Enttäuschung. War da auch Wut? Letzte Nacht hatte ich mir dieses Gespräch ausgemalt. Unter vier Augen. Nur wir beide. Die Blicke der Leute huschten von mir zu Pareia und zurück. Sie spürten, dass etwas in der Luft lag. Mein Herz hämmerte wie von einem Aufstieg in die Berge, während ich den Weg hin zur großen Treppe schritt. Auf der dritten Stufe inmitten des Blumenschmucks drehte ich mich um. Entdeckte Naran in der ersten Reihe. Der treue Naran. Lächelnd nickte er mir zu, ein hoffnungsvolles Strahlen auf dem Gesicht.

»Volk von Phaistos!«, rief ich. »Geehrte Gäste aus Pylos!«

Die Aufmerksamkeit aller war mir sicher.

»Unser Reich hat schwere Zeiten hinter sich. Kairomenes, mein Großvater, hat selbst erlebt, wie Welchanos die Erde öffnete und Feuer und Asche regnen ließ. Ihr habt seine Geschichte bestimmt gehört, denn er hat sie gern erzählt.« Ich lächelte, als ich daran dachte, wie Großvater diese Geschichte wieder und wieder berichtete. Was er wohl sagen würde, wenn er mich hören könnte? »Welchanos' Zorn hat unsere Flotte vernichtet. Dürren ließen das Getreide verdorren. Krankheiten setzten uns zu. Doch wir haben nicht aufgegeben.«

Beifälliges Murmeln. Pareia schwieg mit versteinertem Gesicht.

»Mein Vater hat sein ganzes Leben in den Dienst von Phaistos gestellt. Sein einziger Wunsch war es, dass ihr, dass wir alle wieder in besseren Zeiten leben. Deshalb hat er einen Pakt mit dem Archon von Pylos geschlossen. Sein Vermächtnis ist eine Chance, die es so noch nie gab. Heute stehen wir an dem Punkt, an dem wir das Schicksal unserer Völker auf einen neuen Weg lenken können. Ich bin dankbar, Agathon an meiner Seite zu wissen.«

Ich deutete auf die Tür, durch die wir gekommen waren, und Agathon folgte der Einladung. Gemessenen Schrittes kam er den Prozessionsweg entlang. Die Leute grüßten ihn und klatschten. Vor mir ließ er sich auf ein Knie fallen. Wieder trat Ruhe ein. Auf mein Zeichen erhob er sich und stellte sich neben mich. Fest nahm er meine Hand.

»Wir sind uns der Verantwortung unseren beiden Völkern gegenüber bewusst. Wir wollen den Menschen und den Göttern dienen, mit Freude im Herzen und mit all unserer Leidenschaft. So, wie es unsere Väter erträumt haben. Heute, Volk von Phaistos, beginnt ein neues Zeitalter.«

Agathon hob die Hand, die meine hielt. Unsere ineinander verschränkten Finger, für alle sichtbar, unterstrichen meine Worte.

Jubel brandete auf. Wir lächelten uns zu.

Dreimal musste ich ansetzen, ehe ich fortfahren konnte: »Nun bitte ich die Hohepriesterin um ihren Segen.«

Sie zögerte. All ihre Pläne vereitelt. Wenn sie weiter die oberste Priesterin sein wollte, blieb ihr nichts anderes übrig als mitzuspielen. Das wusste sie genau, deshalb nahm sie das Kissen, auf dem die Krone aus Ölbaumzweigen das Licht einfing, und schritt auf uns zu. Nur der verkniffene Mund verriet, wie es in ihrem Inneren stand. Ich musste das klären. Nicht heute. Aber bald.

Vor den Stufen blieb sie stehen.

Schwieg.

Ich wartete. Atmete. Ein Druck von Agathons Fingern an meiner Hand.

Stille lag über dem Hof. Jeder beobachtete unser stummes Kräftemessen.

»Ich rufe die Götter an, diese Verbindung zu segnen«, begann Pareia endlich.

Ich verbot mir, vor Erleichterung die Miene zu verziehen. Diesen Triumph wollte ich ihr nicht gönnen.

»So wie sich Ilithyia mit Paredros verbindet, vereinen sich diese beiden Menschen, Ide und Agathon, um unserem Volk zu dienen.«

Dienen – das war das Wort, das Vater häufig gebraucht hat, wenn ich mich als Kind beschwert hatte, dass er nie Zeit für mich fand. Jetzt trat ich in seine Fußstapfen und fühlte mich nicht bereit dazu.

Nacheinander rief Pareia die einzelnen Gottheiten an. Ihre Worte rauschten an mir vorbei. Wie lange hatte ich von diesem Moment geträumt, hier auf der großen Treppe neben Geros zu stehen und den Segen der Götter zu erbitten. In einem prächtigen Kleid hatte ich mich gesehen, Geros trug den Eberzahnhelm und den goldenen Schild. Musik sollte spielen, farbige Bänder und Blumen den Hof schmücken. Stattdessen stand ich in abgerissenen Kleidern hier und das letzte Bad schien eine Ewigkeit hinter mir zu liegen.

»Welchanos, ...«

Ich zuckte zusammen. Pareia kam zum Ende ihrer Litanei.

»... dein heiliges Licht erstrahlt an diesem Tag und weist den Weg in eine glorreiche Zukunft unter der gütigen Herrschaft von Ide und Agathon.« Sie griff nach der Krone. Gleich würde sie sie auf meinen Kopf legen. Der letzte Moment, den ich überstehen musste.

Noch ehe Beifall aufbrandete, sagte jemand vom Nordeingang her: »Das bezweifle ich.«

Agathon und ich wandten uns gleichzeitig um.

Breitbeinig, die Arme vor der Brust verschränkt, stand dort ein schlanker Mann, dessen Haare zu einem seltsamen Vogelnest zusammengesteckt waren. Ich brauchte einen Atemzug, bis ich begriff, wen ich vor mir hatte. Agathon und ich sprachen es gleichzeitig aus.

»Iphitos!«

Er kam die Stufen herunter, bis er neben Pareia stand, und beugte ein Knie.

»Mein Prinz. Ide«, grüßte er uns.

»Ich freue mich …« Agathon unterbrach sich, legte seine Hände auf Iphitos Schultern. »Was machst du hier?«

Das fragte ich mich auch.

»Ich muss dich warnen.« Iphitos erhob sich. »Nachdem du abgereist warst, habe ich deinen Vater belauscht, als er mit dem obersten Schreiber gesprochen hat. Er …« Iphitos rang nach Worten. »Er hat Borras beauftragt, dich zu töten.«

»Das glaube ich nicht.« Agathon schüttelte den Kopf.

»Es ist so.«

»Das ist eine Lüge«, sagte Pareia. Ihre zu Schlitzen zusammengekniffenen Augen und das winzige Lächeln in ihrem Mundwinkel verrieten es mir.

Iphitos deutete eine Verbeugung an. »Bedaure, Hohepriesterin. Es ist die Wahrheit, so infam es auch erscheinen mag. Agathon, dein Vater hatte nie vor, dass du Ide heiratest. Er wollte deinen Tod und Borras auf dem Thron von Phaistos sehen.«

»Du hast es gewusst?«, platzte ich in seine Worte. »Wie lange schon?«

»Wir sind zum Herrschen bestimmt.« Pareias Stimme klirrte wie brechendes Eis.

Ich kam nicht dazu, etwas darauf zu entgegnen, denn ein infernalisches Gebrüll erscholl vom Dach der Getreidespeicher. Eine fellbedeckte Gestalt mit einem riesigen Schädel, aus dem Hauer wuchsen, hob ein Schwert in die Höhe, als ob sich die Unterwelt aufgetan hätte und einer von Potnias Dämonen auf die Erde gekommen wäre. Die Leute in der Nähe kreischten und wollten weg.

»Sie müssen sterben! Tötet sie.« Die Schwertspitze zeigte in unsere Richtung. »Tötet sie!«

Wie eingefroren starrte ich auf die Gestalt.

»Was bei allen Göttern ist das?«, fragte Agathon.

»Der Schädel von Awesu«, sagte ich.

»Euer Urahn? Er ist zum Leben erwacht?«

»Das ist Borras.«

In dem Gemenge hörte ich Waffenklirren. Die achäischen Krieger zogen ihre Schwerter und griffen die Palastwachen an.

Borras schlug sich wie ein Tier durch die Massen, metzelte nieder, wer ihm im Weg stand. Die Leute stürmten die Treppe zu uns hinauf, rempelten uns an, versuchten zum Nordtor zu kommen.

Hier an der Mauer kamen wir nicht weg. An den Eingängen kämpften unsere Krieger gegen Borras' Leute. Immer mehr stürmten auf den Hof, während die Bewohner von Phaistos und die Bauern versuchten, nach draußen zu gelangen. Eine Feuerschale kippte um. Noch eine. Borras kam näher. Das Fell glänzte schon feucht von Blut.

»Bei Welchanos, wir müssen hier weg.« Ich zeigte auf die Tür, durch die wir gekommen waren. Im Palast, seinen Kammern und Gängen kannte ich mich aus. Dort konnten wir entkommen. »Los«, rief ich Agathon und Iphitos zu.

Wir drängten uns entgegen den Leuten die Stufen hinunter.

»So einfach kommst du mir nicht davon.«

Pareia! In dem Durcheinander hatte ich sie nicht mehr im Blick gehabt.

Sie stellte sich uns in den Weg. In ihrer Hand blitzte ein Dolch.

»Was soll das?«

»Alles machst du kaputt. Mein ganzes Leben lang. Damit ist jetzt Schluss!«

»Ich bin deine Schwester.«

»Wenn es dich nur nie gegeben hätte.«

Der Angriff verblüffte mich. Unfähig zu glauben, dass sie zu so etwas fähig war, blieb ich wie festgefroren stehen. Eine Bewegung, ein Schatten. Jemand fiel Pareia in den Arm. Naran. Zu spät, die Klinge streifte meinen Arm, hinterließ Schmerz. Pareia stieß Naran fort. Ein Blutfleck breitete sich auf seinem Bauch aus. Er stürzte.

»Nein!«, brüllte ich, riss die Hände hoch, denn sie ging auf mich los. Ich erwischte ihr Handgelenk, versuchte, das Messer aufzuhalten, das vor meinem Gesicht schwebte. Blut tropfte von meinem Arm. Er brannte, dass es mir das Wasser in die Augen trieb. Pareia kämpfte mit der Kraft, die ihr die Wut verlieh. Nichts erinnerte mehr in ihrer hassverzerrten Fratze an meine Schwester. Die Messerspitze war nur noch ein Fingerbreit von meinem Auge entfernt, als ich nach hinten taumelte, über die Stufe stolperte, fiel. Pareia zog ich mit mir, sie fiel mit mir und erschlaffte.

»Pareia!«, rief ich.

Sie bewegte sich nicht. Ich bekam keine Luft.

»Pareia!« Ich schlug gegen ihre Schulter.

Jemand zerrte sie von mir herunter. Iphitos, der mit der anderen Hand Agathon hinter sich hielt. Ich rappelte mich hoch.

Naran! Ich stürzte zu ihm, nahm ihn in die Arme. Mein ganzes Leben lang kannte ich ihn. Schon sein Vater hatte für unsere Familie gearbeitet. Nun lag er hier, hielt sich den blutenden Bauch.

Naran fasste nach meiner Hand, öffnete den Mund, wollte etwas sagen. Es gelang ihm nicht. Sein Blick brach und sein Griff erschlaffte.

Sanft drückte ich ihm die Lider zu.

Mein Blick fiel auf Pareia. Das Messer stak in ihrer Brust. Ihr Blick war gebrochen. Ich hatte meine Schwester umgebracht.

»Komm.« Iphitos zog an mir. »Borras hat uns gleich erreicht.«

Erst jetzt nahm ich wahr, was auf dem Hof geschah, und erschrak. Überall lagen Tote. Verletzte schrien und wimmerten. Dazwischen kämpften die Soldaten von Borras gegen unsere Krieger. Das schlimmste jedoch waren die Flammen, die das Gebälk vom Obergeschoss erfasst hatten.

Phaistos brannte.

Die Tür zur Empfangshalle war noch rauchfrei.

»Da entlang!«, rief ich.

Wir drängten uns zwischen Verwundeten und Kämpfenden hindurch.

Da riss mich jemand hart zurück, drückte mir die Luft ab, dass ich nach Atem rang.

»Halt!«

Borras. Ich wand mich in seinem Griff, spürte das Fell in meinem Rücken. Den Schädel musste er weggeworfen haben, denn sein Bart kratzte an meinem Hals.

Iphitos und Agathon fuhren herum.

»Du hast meinem Vater Loyalität geschworen. Er hat dir die Freiheit geschenkt.«

»Richtig. Er. Diokles. Nicht du. Du warst immer eine Enttäuschung für ihn. Er hat sich einen Sohn wie mich gewünscht, einen Krieger, mutig und stark, und keinen Sängerknaben.« Er spuckte das letzte Wort aus.

»Du willst also mich«, sagte Agathon. »Lass sie gehen.«

»Nicht.« Iphitos machte einen Schritt nach vorn, um sich zwischen Agathon und Borras zu schieben.

Agathon hielt ihn zurück. »Er hat lange genug Vaters Gedanken vergiftet. Es muss ein Ende haben, dass seinetwegen Unschuldige leiden müssen.«

Was hatte er vor? Ich wollte etwas sagen, ihn aufhalten. Nur ein Kieksen verließ meine Kehle. Borras hielt mich wie eine Stoffpuppe.

»Rührend, wie du dich um sie sorgst.« Borras lachte, dass es mir in den Ohren schmerzte.

Die Handflächen offen zur Seite gestreckt, näherte sich uns Agathon einen weiteren Schritt. »Lass sie los.«

»Nicht«, flehte ich. Er verstand, die Harfe zu spielen. Ja, er konnte ein Schwert führen. Borras aber ... Ich hatte ihn bei der Löwenhatz gesehen und bei Großvaters Trauerzeremonie. Agathon kam gegen ihn nicht an.

»Du hast recht. Ich sollte dich erledigen und dein Schoßhündchen dazu. Sie mache ich zu meiner Königin.« Aufreizend langsam strich er mir mit der Messerspitze über die Wange, die Kehle und zerschnitt das Band, das mein Hemd zusammenhielt.

»Daraus wird nichts.«

Eine Stimme, die mein Herz hüpfen ließ.

Geros.

Er trug den Eberzahnhelm, Vaters Achterschild und die Doppelaxt.

»Das nenn ich einen Gegner.« Borras stieß mich fort, dass ich hart auf dem Boden landete, und zog sein Schwert.

»Schaff Agathon hier raus«, rief Geros. »Im Hafen wartet die *Thyella.*« Dann schwang er die Axt. Sie traf auf Borras' Schwert.

Er hatte recht, der Prinz musste überleben, sonst würde die Rache der Achäer fürchterlich werden. Flammen schlugen aus den Dachbalken und Fenstern. Rauch drückte in den Hof, ließ mich husten. Ich zog mir einen Zipfel Stoff vor den Mund, lief los, zog Agathon mit mir. Über die Schulter warf ich einen Blick zurück.

Borras gelang ein Streich, der einen blutigen Striemen auf Geros Arm hinterließ. Doch der kämpfte weiter, als spürte er die Verletzung nicht, und trieb Borras zurück. Verbissen schlug Geros immer wieder mit der Axt nach ihm.

Der Schild und die Axt. Welchanos Geist. So, wie Geros kämpfte, war Welchanos in ihn gefahren. Ich betete, dass er den Kampf überlebte, und fasste Agathons Hand fester.

Gefolgt von Iphitos rannten wir zu der zweiflügeligen Tür. Eine erschlagene Wache hielt den linken Flügel offen, an dem bereits Flammen leckten. Ich rannte hindurch. Wir hetzten durch die Flure, mussten umkehren, als uns Feuer entgegenschlug. Von der Decke rieselten Steine herab. Hitze raubte den Atem. Auf dem Zentralhof sah es nicht besser aus. Ein paar Menschen versuchten ihre Habe zu retten. Menon, der die Instrumententasche an seine Brust presste, hetzte in Richtung der

Magazine. Ich rief ihm zu, dass das sinnlos war, weil es dort brannte. Er hörte mich nicht.

»Wo entlang jetzt?«, fragte Agathon keuchend.

»Dort hinein.« Ich zeigte auf den Zugang zum Megaron. Aus den Fenstern des oberen Stockwerks, Vaters Räume, drang bereits Rauch. »Schnell!«

Die Luft im Gang roch zwar nach verbranntem Holz, war aber noch atembar. Über uns prasselte das Feuer. Aus den Ritzen im Gebälk drang Rauch. Ich hoffte, wir würden es bis zu der Tür schaffen. Ein Krachen ließ uns die Köpfe einziehen. Über uns brach die Decke ein. Ich hechtete nach vorn, rettete mich vor dem herabstürzenden Gebälk. Staub mischte sich mit Rauch. Ich hustete.

Ein dumpfer Schrei ließ mich herumfahren. Iphitos lag am Boden. Sein linkes Bein stak unter einem schwelenden Balken.

Agathon beugte sich nieder, um ihm zu helfen. Lehmbrocken und kokelnde Holzstücke fielen herab.

»Nicht«, stöhnte Iphitos. »Geht, ehe das ganze Gebäude einstürzt.«

»Ich lasse dich hier nicht zurück.« Ungeachtet des Rauchs, der von oben den Raum zu füllen begann, zerrte Agathon an dem Balken.

Ich packte mit an, versengte mir dabei die Handflächen. Gemeinsam hoben wir den Balken von Iphitos herunter. Agathon half ihm auf, legte sich seinen Arm um die Schultern. Wir hasteten weiter. Mit großem Getöse brachen hinter uns weitere Teile der Decke ein.

Endlich lag die kleine Tür vor uns. Wir stolperten mehr, als dass wir liefen, ins Freie. Rannten den Hügel hinunter inmitten anderer Flüchtender. Aus den Häusern schleppten Männer und Frauen ihre Habe. Selbst die Kleinsten trugen ein Bündel.

Rufe und Geschrei: »Feuer!« – »Raus hier! Schnell!« – »Der Dachstuhl brennt!«

Ich warf einen Blick über die Schulter. Über Phaistos hing eine schwarze Rauchwolke. Wir querten die Brücke über den Lithaios, brachten das Wasser zwischen uns und das Feuer.

Erschöpft ließ ich mich nieder, wo ich eben stand, und schaute hinauf auf den Berg, der das Zentrum meiner Welt gewesen war. Die Rauchwolke wuchs beständig. Flammen schlugen heraus. Meine Lungen brannten, immer wieder hustete ich.

»Was machen wir jetzt?«, fragte Iphitos, der sich neben mich gesetzt hatte.

»Geros hat gesagt, ich soll euch nach Amyklaion bringen.« Ich wischte mir über das Gesicht und stellte dabei fest, dass der Arm noch blutete.

»Erst einmal verbinden wir Ides Verletzung.« Agathon riss von seinem Rock zwei Streifen Stoff ab. Einen machte er im Fluss nass und wusch damit die Wunde aus. Den anderen wickelte er darum.

Ich suchte die Leute ab, die immer noch aus der Stadt gerannt kamen. Viele bekannte Gesichter. Doch keines gehörte Geros. War er Borras und dem Feuer entkommen?

»Hier.« Agathon knotete aus einem dritten Streifen eine Schlinge, die er mir über den Hals zog. »Leg deinen Arm hinein.«

Ich tat wie geheißen. Der Schmerz im Arm wurde zu einem dumpfen Klopfen.

Agathon berührte mich an der Schulter. »Lass uns aufbrechen.«

Wie gelähmt saß ich da, unfähig auch nur ein Glied zu rühren. Phaistos brannte. Meine Heimat zerstört. Was sollte aus all den Menschen werden? Welche Zukunft lag jetzt vor ihnen? Die Flammen vernichteten alles, wofür ich gelebt hatte. Gescheitert. Nichts war mir geblieben. Stumm rief ich Ilithyia an und bat, wenigstens Geros zu verschonen. Es durfte noch nicht alles verloren sein. Vielleicht, wenn es mir gelang, Agathon zurück nach

Pylos zu schaffen. Vielleicht, wenn Geros überlebt hatte. Eine letzte Hoffnung. Winzig.

Ich erhob mich, verbiss mir den Schmerz in meinen Gliedern. Redete mir gut zu. Wenn es Geros geschafft hatte, dann wartete er in Amyklaion auf uns.

## Aus der Asche von Phaistos

Jeder meiner Muskeln brannte, als wir endlich Amyklaion erreichten. Auf der Straße waren wir nicht die einzigen gewesen. Männer, Frauen, Familien flüchteten aus Phaistos. Das geschäftige Summen der Hafenstadt, das mich immer an einem Bienenkorb erinnerte, war einem aufgeregten Gebrumm gewichen. Die Händler standen vor ihren Läden. Ringsum schnappte ich Fetzen aufgeregter Erzählungen von den Kämpfen, dem Feuer und dem herabgestiegenen Gott auf.

Wir drängelten uns durch die Leute, bis der Hafen vor uns lag. Die *Thyella* und die anderen Schiffe ankerten draußen. Auf dem Kai war niemand zu sehen. Erschöpft setzte ich mich auf einen Packen Seile. Selbst von hier war die dunkle Rauchwolke zu sehen, die über Phaistos hing.

Iphitos brachte Wasser und reichte jedem von uns einen Schlauch. Dankbar leerte ich ihn zur Hälfte. Meine Kehle kratzte vom vielen Rauch.

»Geros kommt nicht mehr«, sagte ich.

Agathon antwortete nicht.

»Was tun wir jetzt?« Ich nahm noch einen Schluck. »Steigt ihr auf eins der Schiffe und fahrt nach Hause?«

»Ich bin nicht zum Herrschen geeignet. Manchmal wünschte ich mir, ich könnte weit weg von allem sein. Vielleicht ist das jetzt die Gelegenheit?« Er warf Iphitos einen zärtlichen Blick zu. »Vielleicht sollten wir irgendwohin fahren? Nur nicht zurück.«

Es klang traurig. Resigniert.

»Ide!« Eine Gestalt rannte aus der Gasse hinaus und enthob mich einer Antwort.

Geros? Nein. Der Mann war größer und hager.

»Wer ist das?«, fragte Agathon.

»Neilaios.«

»Der Arzt.«

Ich ersparte es mir, ihn zu korrigieren, dass Neilaios der Gehilfe des Arztes war. Es war nicht mehr wichtig.

»Endlich habe ich dich gefunden.« Neilaios verneigte sich tief. »Ich habe in Phaistos nach dir gesucht. Die Flammen. Die Toten. Abgeschlachtet oder im Feuer umgekommen. Jede Frau habe ich angesehen und gefürchtet, dass du es bist.«

Ich fasste ihn an den Armen, wollte ihn zur Besinnung bringen. »Weshalb hast du mich gesucht?«

»Dann bin ich nach Davos. Dort war keiner. Nur fremde Krieger, die alles plünderten. Die Vasen zertrümmerten, Figuren aus den Fenstern warfen.«

»Was ist los, Neilaios?« Ein Verdacht beschlich mich. »Hast du Geros gesehen?«

»Nein, nein.« Er schüttelte heftig den Kopf. Sammelte sich. »Die Achäer haben Knossos besiegt.«

»Was sagst du da?« Agathon schüttelte ihn an der Schulter.

»Sie ziehen in Richtung Phaistos. Hab's mit eigenen Augen gesehen.«

»Wie viele?«

Neilaios knetete seine Finger.

»Wieviel Männer hast du gesehen?«

»Fünfhundert. Vielleicht mehr.«

»Bewaffnet, nehme ich an.«

Neilaios nickte.

»Du weißt, was das heißt«, sagte Agathon an Iphitos gewandt.

Der machte eine Geste, die Verständnis ausdrückte. Verbundenheit. Den unbedingten Willen, alles für Agathon zu tun.

»Du bist in Gefahr, Ide.«

»Was soll das heißen?« Ich begriff es nicht.

»Die Mykener ziehen nach Phaistos, um es einzunehmen. Sie werden jeden aus dem alten Herrschergeschlecht töten.«

Der letzte Rest Glauben, dass sich noch etwas zum Guten wendete, erlosch in mir. Alles verloren. Alles umsonst. Vaters Plan. Großvaters Opfer. Selbst Pareias Tod. Ich hatte kein Zuhause mehr. Du kannst alles schaffen, was du willst. Nichts hatte ich erreicht. Großvaters Vermächtnis wurde fortgespült wie der Sand vom Meer.

»Kannst du irgendwo unterkommen?«

Dich verstecken, meinte er. Ich dachte an die Schreibstube am Hafen. Dort gab es einen Raum mit Kissen auf dem Boden. Also nickte ich. »Und du?«

Er richtete sich auf. »Iphitos und ich gehen zurück. Vater war klug genug, sich mit Tiryns gutzustellen. Ich zähle darauf, dass sich die Mykener eher freuen, dass ihnen ein Kampf abgenommen wurde.«

»Aber Phaistos ist niedergebrannt.« Ich hörte mich wie ein quengeliges Kind an.

»Davos ist ein guter Platz.«

Das Meer schlug aufgebracht gegen den Kai.

»Ich kann, ich darf mich meiner Verantwortung nicht entziehen, Ide.«

»Ist das Geros?«, unterbrach uns Iphitos.

Ich hob den Kopf. Tatsächlich! Er kam taumelnden Schrittes auf den Kai gewankt, stützte sich dabei schwer auf die Doppelaxt. Der Schild war fort. Überall war Blut an seinem Körper, auf der Brust, an den Armen, Beinen. Ein Schnitt klaffte an der Seite. Ein weniger weiter vorn und Borras hätte ihm den Bauch aufgeschlitzt, ein wenig weiter hinten und er hätte ihm das Rückgrat gebrochen. Es war ein Wunder, dass Geros es bis hierher geschafft hatte.

Ich sprang schnell auf, rannte zu ihm. Stützte ihn. »Borras?«, fragte ich.

»Tot.«

So, wie Geros aussah, musste es ein hart erkämpfter Sieg gewesen sein.

Iphitos kam mir zu Hilfe. Gemeinsam setzten wir Geros auf den Seilhaufen.

Bei seinem Anblick veränderte sich der verwirrte Gesichtsausdruck von Neilaios. Er hockte sich neben ihn und besah die Verletzung an der Seite. Iphitos brachte ihm Wasser und mit geübten Handgriffen, die ihm Sicherheit gaben, begann Neilaios, die Wunde zu säubern.

»Ich bin so froh, dass du lebst.« Immer wieder streichelte ich Geros' Gesicht, berührte ihn, konnte kaum glauben, dass er wirklich hier war.

Er hatte einen Arm um mich gelegt und hielt mich, als ob er mich nie wieder loslassen wollte. »Die ganze Stadt ist zerstört«, murmelte er an meiner Schulter. »Die Häuser eingestürzt. Überall die Toten.«

Neilaios holte eine Dose mit Katgut aus seiner Tasche und begann den tiefen Schnitt in Geros' Seite zu nähen.

»Was ist mit ...«, Agathon zögerte. »Borras' Männern?«, vollendete er die Frage.

»Viele sind umgekommen. Gefallen im Kampf. Getötet vom Feuer. Vom Mob. Ein paar haben ihre Rüstung ausgezogen und sich unter die Flüchtenden gemischt.«

»Knossos ist besiegt«, sagte ich.

»Was meinst du?«

»Die Achäer haben Knossos eingenommen und ziehen jetzt nach Phaistos.«

»Das ist wahr«, mischte sich Neilaios ein, der sich einen Streifen von seinem Hemd riss, um die Verletzung zu verbinden. Niemand beachtete ihn.

»Dann muss ich zurück.« Er wollte sich erheben und sank wieder nieder. »Bei allen Göttern von Keftiu.«

»Geros, hör mir zu: Ide ist in Gefahr.« Agathon fasste ihn an der Schulter.

Geros sah zu ihm hoch.

»Die Mykener töten sie, wenn sie hierherkommen. Sie werden nicht zulassen, dass ihnen jemand die Herrschaft streitig macht.«

»Dann musst du sie in Sicherheit bringen. Geht nach Pylos. Ich bleibe und kämpfe.«

Langsam schüttelte Agathon den Kopf.

»Du würdest in den Tod gehen«, sagte ich. »Sie sind zu viele und du bist verletzt.«

»Sie hat recht. Es gibt nur einen Weg«, sagte Agathon.

»Und der wäre?«

Agathon verzog den Mund zu einem schiefen Lächeln.

Geros verstand. »Ich soll Ide fortbringen.«

»Als Berater des alten Archons wäre auch dein Leben nicht sicher.« Agathon begann auf und ab zu laufen. »Dieser Plan war von unseren Vätern hübsch ausgedacht, aber er ist nicht richtig. Du gehörst an Ides Seite. Nicht ich.«

Iphitos lächelte, als Agathon endlich stehen blieb und seine Hand drückte.

»Nehmt die *Thyella*, beladet sie mit allem, was ihr braucht, und verlasst Amyklaion vor Einbruch der Dunkelheit.«

»Wohin sollen wir gehen?«, fragte ich.

»Dorthin, wo euch niemand kennt, niemand sucht.«

Schweigen legte sich wie der Dunst auf uns, der draußen die beiden Inselchen scheinbar über dem Meer schweben ließ. Die Berge im Westen hatte er vollständig verschluckt. Die vertraute Küstenlinie, die Linien der grünen Hügel um Amyklaion, die weite Ebene, durch die sich das silberne Band des Lithaios schlängelte, in all das gruben sich meine Wurzeln. Ich wünschte mir so sehr, noch einmal hinauf ins Gebirge zu gehen, dessen Gipfel sich in Wolken versteckten. Noch einmal den Kofinas besteigen und beobachten, wie sich die Sonne am Morgen des Äquinoktiums über den östlichen Rand des Gipfelplateaus schob.

Wenn ich auf dieses Schiff stieg. dann ließ ich das alles zurück.

Was viel schwerer wog: Das Volk von Phaistos behielte mich als die in Erinnerung, die geflohen war. Die das Erbe ihrer Vorfahren mit Füßen getreten hatte.

Als hätte er meine Gedanken gelesen, sagte Agathon leise: »Ein Märtyrertod hilft niemandem. Weder den Menschen noch dir. Ich habe in diesen Tagen dein Volk schätzen gelernt, Ide. Es verdient eine Chance auf ein besseres Leben.«

Unausgesprochen, dass nur er ihm diese Chance geben konnte.

»Phaistos ist niedergebrannt. Was willst du tun?«, fragte Geros.

»Ich kann mir vorstellen, das Davos eine Handelsstadt wird, die mit Städten in allen Himmelsrichtungen Waren tauscht.«

Eine Handelsmacht, die den Leuten das Vertrauen zurückgab. Ein neues Reich aus der Asche von Phaistos geboren.

Geros schob Neilaios zur Seite und biss die Zähne zusammen, als er sich erhob. »Du bist ein kluger und aufrechter Mann, Agathon. Ich gebe zu, anfangs hatte ich meine Zweifel. Nimm diese Axt. Sie gehörte schon immer den Archonten in Phaistos. Die Leute haben mich mit ihr kämpfen sehen. Sage ihnen, dass ich sie dir gegeben habe.«

Agathon nahm die Axt entgegen, als wäre sie zerbrechlich wie eine Eierschale. Er zog den Dolch mit den Lilienblüten aus seinem Gürtel und reichte ihn Geros. »Nimm du deine Klinge zurück.«

Sie reichten sich die Hände, dann zog Agathon Geros in eine Umarmung, bei der dieser schmerzerfüllt die Luft einsog.

»Ich möchte dir noch etwas geben, Ide«, sagte er, nachdem er Geros losgelassen hatte. Er fasste in die Tasche seines Gewands und hielt mir die Faust entgegen.

Ich öffnete meine Hand und er ließ eine Kette hineingleiten. Eine Silberschnur, an der drei Achatkugeln hingen. Die Kette, die mir Geros am Vorabend des Äquinoktiums geschenkt hatte.

Mir schossen die Tränen in die Augen. Ich beugte mich vor und gab ihm einen Kuss auf die Wange.

»Ich werde jetzt nach Phaistos zurückkehren und die Mykener erwarten.«

Mir kam ein Gedanke. »Eines noch! Neilaios, erzähle allen, was du heute hier gehört und gesehen hast.« Ich nahm seine Hände in meine. »Sorge dafür, dass es die Leute weitererzählen. Jeder, der diesen grauenhaften Tag überlebt hat, soll wissen, dass die Toten nicht umsonst gestorben sind. Sage ihnen aus der Asche von Phaistos wird ein neues, besseres Reich entstehen. Unter Agathons Führung.«

Das war das letzte, was ich für meine Heimat, für mein Volk tun konnte. Ich hoffe, dass es ein Geschenk war und kein Fluch.

Neilaios nickte heftig, sodass seine lange Gestalt schlackerte. »Das werde ich tun. Und denke dran: Geros' Wunde ist tief, ich konnte sie nicht richtig säubern. Erneuere jeden Tag den Verband, und du, Geros, schone dich, dann wird sie auch so heilen. Allerdings wirst du eine tiefe Narbe zurückbehalten.« Er entbot uns den Gruß und rannte davon.

Warm lächelte Agathon. »Du kannst alles schaffen, was du willst, Ide.«

Ausgerechnet die Worte, die mich mein ganzes Leben begleiteten. »Die Götter mögen euren Weg beschützen.«

»Und den euren.« Mit Iphitos an seiner Seite lief er den Kai hinunter und bog in die Gassen von Amyklaion ein.

Der Rest ist schnell erzählt. Geros trommelte seine Leute zusammen. Selas war darunter. Mit wenigen Worten schilderte er ihnen die Lage und stellte es ihnen frei, uns zu begleiten oder zu bleiben. Jeder einzelne entschied sich für Geros. Sie schafften das Nötigste auf die *Thyella*: Wasser, Lebensmittel, Decken,

Kleidung, wenige Handelsgüter. Sobald die Sonne die beiden Inseln berührte, legten wir ab.

## Ein Schimmer Türkis

Das lange Erzählen hatte Ide erschöpft, so wie sich endlich der Regen erschöpft hatte. Sie lehnte sich zurück. Ihr Blick verlor sich in der Ferne und sie strich über die weiße Linie auf ihrem Arm. Vom Strand stiegen Nebelschwaden auf. In das allgegenwärtige Grau des Meeres mischte sich bereits ein hoffnungsvoller Schimmer Türkis.

Auf dem Tisch standen eine Karaffe Wasser, Datteln, Käse und Hirsebällchen. Makar hatte immer wieder davon gegessen. Sie, Ide, wie er nun wusste, hatte keinen Bissen genommen. Die Kette lag unberührt zwischen ihnen.

»Ihr seid hierhergekommen«, sagte er, begierig, den Rest der Geschichte zu erfahren.

»Tagelang segelten wir nach Südwesten, bis wir auf diese Küste hier trafen. Wir gingen an Land. Die Männer segelten unter Selas' Führung weiter nach Osten.« Ihre Aussprache klang inzwischen so, als hätte sie nie aufgehört, die Sprache ihrer Heimat zu benutzen. »Hast du je von Agathon gehört? Ich frage mich, wie es ihm ergangen ist. Wie es ihnen allen ergangen ist.«

»Er hat seine Idee einer Handelsstadt verwirklicht und wurde von allen geschätzt.«

Ide nahm es mit einem zufriedenen Nicken hin und beobachtete eine Möwe, die über den Strand hüpfte und in den angespülten Algen nach Essbarem pickte.

»Wie ging es mit euch weiter?«

»Wir stießen auf Nomaden, die nicht fragten, woher wir kamen, und für jede helfende Hand dankbar waren. Viele Jahre lebten wir bei ihnen. Meine Kinder wurden geboren, ein Mädchen und ein Junge. Doch meine Sehnsucht nach dem Meer wuchs und Geros' Verletzung aus dem Kampf machte ihm von Sommer zu Sommer mehr zu schaffen. Er konnte mit den anderen Männern nicht mehr mithalten. So verließen wir den Stamm und ließen uns hier nieder, wo bereits eine sesshafte Gruppe lebte. Geros vermisste das Meer noch mehr als ich. Hier konnte er wenigstens die Wellen an den Füßen spüren, auch wenn er wohl nie wieder richtig glücklich war.« Sie wischte sich den Augenwinkel.

»Was ist aus ihnen geworden? Aus Geros und deinen Kindern?«

»Der Sohn ist fortgegangen, nach Marsa Matruh. Das hier«, sie umfasste den Ort mit einer Geste, »hat jungen Menschen nicht viel zu bieten. Meine Tochter lebt in Dakha. Ich habe sie lange nicht gesehen.«

Makar wartete, ob sie mehr erzählen wollte. »Und Geros?«, fragte er schließlich.

Ein Schleier legte sich auf ihr Gesicht. »Die Götter haben ihn schon vor vielen Jahren zu sich gerufen. Die Verletzung ist aufgebrochen. Das Fieber ließ sich nicht vertreiben. Er ist in meinen Armen gestorben.«

Makar lauschte auf den Wind und das Meer. Es brüllte nicht mehr wie ein rasendes Tier, es rauschte rhythmisch.

»Er fehlt mir jeden Tag.« Sie starrte ins Leere.

Mehr gab es nicht zu sagen.

Makar lehnte sich an die Hauswand und sah nach Norden, dorthin, wo Kreta lag.

Unter den Wolken zeichnete sich ein silberner Schimmer ab. Sein Schiff schaukelte in der See, als wäre es ein aufgeregtes Pferd, das mit den Hufen scharrte. Im Laufe der Nacht würden die Wellen abflachen. Sie behielt wohl recht, dass er morgen endlich aufbrechen konnte.

»Hier.« Er schob die Kette zu ihr hinüber. »Morgen bei Sonnenaufgang fahren wir.«

Ide schloss die Augen. Frieden legte sich auf ihr Gesicht.

## Nachwort

Nach der Lektüre eines Romans über die faszinierende bronzezeitliche Kultur auf Kreta mag sich der eine oder andere Leser fragen, welche der geschilderten Ereignisse historisch belegt sind. Die nach ihrem legendären König Minos bezeichnete minoische Kultur nahm im dritten vorchristlichen Jahrtausend ihren Anfang. Die Minoer bauten auf erdbebengefährdetem Land große Paläste und Städte, schufen meisterhafte Keramik, farbenfrohe Fresken und beeindruckende Miniaturszenen auf Siegelringen. Sie befuhren das östliche Mittelmeer, um mit Ägypten, Ugarit und Byblos in der Levante und Alasiya, dem heutigen Zypern, zu handeln. Sie nutzten hieroglyphenartige Zeichen und entwickelten eine bis heute nicht entzifferbare Schrift, die als Linear A bezeichnet wird.

Die Handlung des Romans spielt um das Jahr 1450 v. Chr. Um diese Zeit sind die blühenden Städte und Paläste zerstört worden, Brände wüteten, Menschen wurden getötet. Ob Erdbeben oder kriegerische Auseinandersetzungen die Ursache dafür sind, liegt im Dunkeln. Fest steht nur, dass sich ab dieser Zeit die mykenische Kultur auf Kreta durchsetzte. Der vorliegende Roman entwirft ein mögliches Szenario, auch wenn die geschilderte Handlung der Fantasie entsprungen ist. Die Darstellung der minoischen Kultur basiert auf einer breiten Forschung, obgleich sie an der einen oder anderen Stelle den Erfordernissen einer spannenden Geschichte gebeugt wurde.

Die Vulkaneruption von Thera, dem heutigen Santorin, bestimmte maßgeblich die Geschicke auf Kreta. Ihr genauer Zeitpunkt ist umstritten und wurde in diesem Roman aus dramaturgischen Gründen auf ca. 1500 v. Chr. gelegt, obwohl die neuere Forschung davon ausgeht, dass sie bereits mehr als hundert Jahre eher stattfand.

Neben Phaistos ist ein wichtiger Handlungsort Davos, das in unmittelbarer Nähe zu Phaistos liegt. Damit wird im Roman die archäologische Stätte von Agia Triada bezeichnet, deren minoischer Name vergessen ist. Einige Forscher ordnen Agia Triada dem mykenischen Toponym *da-wo* zu, aus dem der Name Davos entstanden ist. Ob Agia Triada ein Landsitz war oder ein eigenständiger Palast, ist ungeklärt. Nach dem Untergang von Phaistos vollzog Agia Triada einen Aufschwung als Handelszentrum.

Wer durch die Lektüre des Romans Lust bekommen hat, sich näher mit der minoischen Kultur zu beschäftigen, dem seien die beiden folgenden, lesenswerten Kompendien ans Herz gelegt:

- *Panagiotopoulos, Diamantis: »Das minoische Kreta – Abriss einer bronzezeitlichen Kultur«,*
- *Otto, Brinna: »König Minos und sein Volk – Das Leben im alten Kreta«.*

Ohne die Arbeit von Archäologen und Geschichtswissenschaftlern wäre dieser Roman nicht möglich gewesen. Ihnen gebührt mein Dank. Fehler gehen zu meinen Lasten und nicht zu ihren.

Des Weiteren danke ich allen Menschen, die mich in meinem Schreiben unterstützen, zuvorderst meinem Verleger Christian Leeck, meinen Testleserinnen und Autorenfreunden, deren Feedback diese Geschichte zu einer besseren macht, und meinem Mann Frank, der mit mir die Liebe zu Kreta teilt. Ganz besonders aber danke ich Ihnen, liebe Leserin, lieber Leser, dass Sie dieser Geschichte gefolgt sind. Vielleicht führt Sie Ihre nächste Reise auf den Spuren von Ide und Geros nach Kreta ins Reich der Minoer.